Issue d'une famille dont les origines remontent aux passagers du *Mayflower*, **Lara Adrian** vit avec son époux sur le littoral de la Nouvelle-Angleterre, où elle profite des charmes de cimetières centenaires, du confort moderne et des embruns de l'océan Atlantique.

Du même auteur, chez Milady :

Minuit :

1. *Le Baiser de minuit*
2. *Minuit écarlate*
3. *L'Alliance de minuit*
4. *Le Tombeau de minuit*
5. *Le Voile de minuit*
6. *Les Cendres de minuit*
7. *Les Ombres de minuit*
8. *Captive de minuit*
9. *Au-delà de minuit*
10. *Après minuit*

Ce livre est également disponible
au format numérique

www.milady.fr

Lara Adrian

Après minuit

Minuit – 10

Traduit de l'anglais (États-Unis) par Pascal Tilche

Milady

Milady est un label des éditions Bragelonne

Titre original : *Darker After Midnight*

Publié en accord avec Dell Books, une maison d'édition
de The Random House Publishing Group,
une division de Random House, Inc.

ISBN : 978-2-8112-0965-0

Bragelonne – Milady
60-62, rue d'Hauteville – 75010 Paris

E-mail : info@milady.fr
Site Internet : www.milady.fr

Aux formidables lecteurs et communautés en ligne qui suivent mon travail tant aux États-Unis qu'ailleurs dans le monde, avec toute ma reconnaissance et mes remerciements les plus sincères pour votre enthousiasme et votre soutien. Je vous souhaite de profiter pleinement des aventures encore à venir !

Et à John, toujours… au-delà des mots.

Chapitre premier

— Les charges sont en place, Lucan. Je n'attends plus que ton ordre pour déclencher... et c'en sera fini.

Le crépuscule s'achevait et Lucan Thorne se dressait, silencieux, dans le jardin couvert de neige de la vaste propriété de Boston qui leur avait si longtemps servi de base d'opérations, à lui et à la petite troupe de ses frères d'armes. Pendant plus de cent ans, lors d'innombrables patrouilles, c'était de là qu'ils étaient partis chaque nuit pour tenter de maintenir une paix fragile entre les humains qui régnaient sur les heures diurnes et les prédateurs parfois mortels dont l'existence leur était inconnue et qui circulaient secrètement parmi eux la nuit.

Lucan et ses guerriers de l'Ordre exerçaient une justice expéditive et létale et n'avaient jamais connu le goût de l'échec.

Ce soir-là, c'était pourtant l'amertume de ce dernier que ressentait Lucan.

— Dragos paiera pour tout ça, grogna-t-il derrière ses crocs qui pointaient.

Ses yeux lançaient des lueurs d'ambre tandis qu'il observait par-delà la pelouse enneigée la claire façade de calcaire du manoir néogothique. Un enchevêtrement de traces de pneus rappelait la poursuite qui était venue se terminer là par une fusillade après que les policiers avaient enfoncé la grille de la propriété. Il y avait aussi des taches de sang à l'endroit où étaient tombés sous leurs balles les trois terroristes, responsables d'un attentat à la bombe sur le bâtiment des Nations unies à Boston, qui avaient entraîné à leurs trousses la police et toutes les équipes de télévision de la région.

Et tout ça, de l'attaque sur une installation d'une organisation internationale humaine jusqu'à la chasse donnée aux suspects sous les caméras des médias, avait été orchestré par l'adversaire principal de l'Ordre, un vampire du nom de Dragos, rendu fou par sa soif de pouvoir.

Ce n'était pas le premier membre de la Lignée à rêver d'un monde où l'humanité ne vivrait que pour servir sous l'empire de la peur. Mais là où d'autres avant lui, faute de ténacité, avaient échoué, Dragos avait fait preuve d'une patience et d'un esprit d'initiative étonnants. Il avait soigneusement semé les graines de sa rébellion pendant l'essentiel de sa longue vie, s'assurant en secret la fidélité de nombreux adeptes au sein même de la Lignée et transformant en esclaves mentaux tous les humains qu'il croyait en mesure de l'aider à remplir ses objectifs machiavéliques.

Au cours des dix-huit mois précédents, c'est-à-dire depuis qu'ils avaient découvert ses plans, Lucan et ses frères d'armes l'avaient forcé à fuir sans cesse. Ils étaient parvenus à le repousser, annihilant tous ses efforts et détruisant une partie de ses installations.

Jusqu'à ce jour.

À présent, c'était l'Ordre qui se voyait repoussé et forcé à fuir, et Lucan n'aimait pas ça du tout.

— Quelle est l'heure d'arrivée prévue au Q.G. provisoire ?

La question était destinée à Gideon, l'un des deux guerriers qui étaient restés avec Lucan pour en finir à Boston tandis que les autres habitants du complexe partaient pour un refuge temporaire dans le nord du Maine. Gideon détourna les yeux de son Smartphone pour croiser le regard de Lucan par-dessus les verres bleu clair de ses lunettes.

— Savannah et les autres femmes sont sur la route depuis près de cinq heures et devraient donc arriver d'ici une demi-heure. Niko et les autres guerriers sont à deux heures derrière.

Lucan hocha la tête, l'air sombre mais soulagé que le déménagement soudain se soit passé aussi bien. Il y avait bien encore quelques détails à régler, mais jusqu'ici tout le monde était sain et sauf et les dommages qu'avait voulu infliger Dragos à l'Ordre avaient été bien inférieurs à ce qu'il avait prévu.

Lucan perçut un mouvement près de lui. Tegan, l'autre guerrier resté en arrière, revenait d'un dernier examen de la propriété.

— Des problèmes ?

— Aucun. (Aucune émotion sur le visage de Tegan, où ne se lisait qu'une détermination sans faille.) Les deux flics dans la voiture banalisée en planque devant les grilles sont toujours sous transe et endormis. Après le solide nettoyage de mémoire que je leur ai fait subir plus tôt dans la soirée, il y a de bonnes chances pour qu'ils ne se réveillent pas avant la semaine prochaine. Et quand ils le feront, ce sera avec une gueule de bois qu'ils n'oublieront pas de sitôt.

Gideon grogna.

— Mieux vaut un nettoyage de mémoire sur une paire de flics de Boston qu'un bain de sang public avec la moitié des policiers locaux, et des fédéraux pour faire bon poids.

— Ça, tu peux le dire, appuya Lucan en se rappelant la nuée de policiers et de reporters qui avait envahi le terrain de la propriété ce matin-là. Si la situation avait empiré et que l'un d'entre eux avait décidé de venir frapper à la porte du manoir… Seigneur, je suis sûr qu'il est inutile que je vous dise à quelle vitesse ou jusqu'à quel point les choses auraient pu se dégrader.

Tegan prit un air grave.

— J'imagine que nous devons remercier Chase pour ce répit.

— Ouais, répondit Lucan.

Il avait déjà vécu très longtemps (plus de neuf cents ans), mais quel que soit l'âge qu'il était destiné à atteindre, il savait qu'il n'oublierait jamais la vision de Sterling Chase sortant du manoir pour se retrouver la cible des nombreux policiers et agents fédéraux qui couvraient la pelouse. Il aurait suffi que l'un d'eux panique sous l'effet de l'adrénaline à ce moment-là pour que Chase se fasse descendre instantanément. Et passer plus d'une demi-heure sous les rayons ardents du soleil matinal aurait pu tout aussi bien le tuer.

Mais Chase ne s'était apparemment pas soucié de tout ça quand il s'était laissé menotter et emmener par les autorités humaines. Sa reddition, son sacrifice même, avait fait gagner à l'Ordre un temps précieux. Il avait détourné l'attention du manoir et de ce qu'il dissimulait, donnant à Lucan et aux autres la possibilité de sécuriser le complexe souterrain et d'organiser l'évacuation de ses occupants dès le coucher du soleil.

Vu la façon dont il avait merdé ces derniers temps, en particulier lors d'une attaque ratée contre Dragos qui avait mis sa tête à la une de tous les quotidiens et sur toutes les chaînes de télévision du pays, Chase était bien le dernier des guerriers que Lucan se serait attendu à voir sauver la situation. Ce qu'il avait fait ce jour-là était pour le moins surprenant, pour ne pas dire suicidaire.

Mais il fallait voir aussi que Sterling Chase s'était engagé depuis quelque temps déjà sur un chemin qui le menait tout droit à l'autodestruction. Peut-être cela avait-il été pour lui le moyen de planter un dernier clou dans son cercueil ?

Gideon passa la main dans ses cheveux blonds en épis et lâcha un juron.

— Quel dingue, putain ! Je n'arrive pas à croire qu'il a vraiment fait ça.

— Ç'aurait dû être moi.

Le regard de Lucan passa de Tegan, le guerrier qui était déjà avec lui quand il avait fondé l'Ordre en Europe, à Gideon, celui qui l'avait aidé à installer le quartier général de Boston des siècles plus tard.

— Je suis le chef de l'Ordre. S'il y avait un sacrifice à faire pour épargner tous les autres, c'est moi qui aurais dû le faire.

Tegan lui jeta un regard sombre.

— Combien de temps crois-tu que Chase aurait réussi à garder sa Soif sanguinaire à distance ? Qu'il soit prisonnier des humains ou libre d'aller et venir, sa soif le tient. Il est perdu et il le sait. Il le savait quand il est sorti par cette porte ce matin. Il n'avait plus rien à perdre.

Lucan grogna.

— Et maintenant il est en cellule quelque part, entouré d'humains. Certes il nous a évité d'être découverts aujourd'hui, mais que se passera-t-il si sa soif prend le dessus et qu'il finit par exposer l'existence de la Lignée ? Un instant d'héroïsme pourrait alors avoir mis un terme à des siècles de secret.

— Je suppose qu'il va falloir lui faire confiance, répliqua Tegan.

— La confiance…, reprit Lucan. Il a tout fait pour en épuiser son stock ces derniers temps.

Malheureusement, ils n'avaient pas d'autre choix. Dragos avait démontré très clairement jusqu'où il était prêt à aller pour détruire l'Ordre. Il n'avait aucune considération pour la vie, que ce soit celle des hommes ou celle des membres de sa propre race, et il venait de montrer qu'il allait continuer sa lutte pour le pouvoir au vu et au su de tous. Ça représentait un danger considérable et des enjeux incalculables.

Et cette lutte était désormais personnelle. Dragos venait de franchir une ligne blanche, et il n'y aurait pas de retour en arrière.

Lucan se tourna vers Gideon.

— Il est grand temps. Appuie sur le bouton qu'on en finisse.

Le guerrier hocha la tête et revint à son Smartphone.

— Ah, merde ! murmura-t-il, d'une voix où perçait son origine anglaise. Allons-y alors !

Les trois mâles de la Lignée se tenaient côte à côte dans la fraîcheur de la nuit. Au-dessus d'eux, le ciel était clair et sans nuage, d'un noir infini pailleté d'étoiles. Tout était immobile, comme si la Terre et les cieux s'étaient figés dans le temps, suspendus dans cet instant qui séparait le silence d'une nuit d'hiver parfaite du premier grondement de la destruction qui se déroulait quelque cent mètres sous les semelles de leurs bottes. Cela sembla durer éternellement, non pas sous la forme du spectacle grandiose d'explosions furieuses et de flammes rugissantes mais sous celle d'une lente annihilation tranquille et pourtant totale.

— Les quartiers d'habitation sont scellés, indiqua Gideon d'un ton sinistre comme le roulement des explosions se calmait. (Il toucha l'écran et une autre séquence de sourds grondements se déclencha loin sous le sol enneigé.) La salle d'armes, l'infirmerie… n'existent plus.

Lucan s'interdit de s'attarder sur les souvenirs ou sur l'histoire qu'abritait le labyrinthe de pièces et de couloirs dont le doigt de Gideon déclenchait systématiquement l'explosion en effleurant le petit écran de son téléphone.

Il avait fallu plus de cent ans pour faire du complexe ce qu'il était devenu. Il ne pouvait pas nier que le sentir détruit ainsi lui donnait un coup au cœur.

— La chapelle est scellée, annonça Gideon, après avoir appuyé sur le détonateur virtuel une nouvelle fois. Il ne reste plus que le labo.

Lucan avait entendu la voix du guerrier se serrer. Le laboratoire technique était la fierté de Gideon, le centre nerveux de toutes les activités de l'Ordre. C'était là que ses membres se réunissaient tous les soirs pour planifier les patrouilles de la nuit. Lucan revoyait clairement le visage de ses frères d'armes, ces mâles de la Lignée pétris d'honneur et de courage, assis autour de la table de conférence du labo, tous prêts à donner leur vie pour leurs compagnons. D'ailleurs, certains l'avaient fait. Et d'autres le feraient probablement encore.

Tandis que les explosions continuaient à se faire faiblement entendre sous terre, Lucan sentit un poids se poser sur ses épaules. Il regarda derrière lui, où se tenait Tegan, sa grande main une présence affirmée, ses yeux verts plongés dans le regard de Lucan en une démonstration de solidarité inattendue. Et le silence revint.

— Ça y est, déclara Gideon. C'était la dernière. C'est fini, maintenant.

Pendant un long moment, aucun d'entre eux ne dit rien. Il n'y avait pas de mots. Rien à dire dans l'ombre du manoir à présent désaffecté sous lequel gisait un complexe en ruine.

Enfin, Lucan fit un pas en avant. C'est les crocs plantés dans la langue qu'il jeta un dernier regard à l'endroit où s'était trouvé son quartier général, et son foyer aussi, pendant tant d'années. Une lumière ambrée envahissait sa vision tandis que ses yeux se transformaient sous l'effet de sa fureur rentrée.

Il pivota pour faire face à ses deux compagnons et quand il trouva enfin ses mots, sa voix était rauque de détermination.

— Nous en avons peut-être fini ici, mais cette nuit ne marque en rien la fin de quoi que ce soit. Ce n'est qu'un début. Dragos veut la guerre ? Eh bien, bordel, il va l'avoir !

Chapitre 2

La cellule puait le moisi. Comme s'ajoutaient à ça les odeurs âcres de l'urine et de la sueur humaines, de l'angoisse et de la maladie, la finesse de l'odorat de Chase le desservait plutôt. Il jeta un regard par en dessous au trio de paumés menottés qui partageaient avec lui la cage d'à peine deux mètres sur trois de ce poste de police de Boston. Le camé au crystal assis sur le banc en face de lui faisait aller et venir nerveusement ses talons sur le lino blanc déjà passablement usé. Menotté bras derrière le dos, il se tenait les épaules en avant sous les plis d'une chemise de flanelle à carreaux trop grande pour lui. Ses yeux cernés étaient enfoncés dans les orbites creuses d'un visage émacié et il laissait son regard aller et venir d'un mur à l'autre, puis du sol au plafond, en recommençant sans cesse. Et pourtant il faisait bien attention à ne jamais regarder Chase directement, comme un rongeur piégé et terrifié que son instinct aurait prévenu qu'il était en présence d'un dangereux prédateur.

À l'autre extrémité du long banc était assis un homme mûr qui perdait ses cheveux et tentait pitoyablement de le cacher en arrangeant sur son front ceux qui lui restaient. Immobile comme une pierre, suant abondamment, il priait d'une voix à peine audible et avec la ferveur d'un homme qui s'attend à être pendu, mais Chase entendait parfaitement le plaidoyer qu'il adressait à son Dieu pour le pardon de ses péchés et une mesure de miséricorde. Moins d'une heure plus tôt, ce même individu protestait de son innocence, jurant aux flics qui l'avaient arrêté qu'il n'avait pas la moindre idée de la façon dont des centaines de photos de lui posant auprès d'enfants nus avaient pu finir sur son ordinateur. Chase avait déjà du mal à respirer le même air que le pédophile ; il aurait été bien en peine de le regarder plus longtemps.

Mais c'était à cause du troisième homme de la cage, la brute arrivée dix minutes auparavant suite à son arrestation pour violence conjugale, que Chase gardait les mâchoires serrées. Son jean trop lâche pendouillait sous la panse de buveur de bière que l'on devinait sous le sweat aux couleurs des Patriots datant de plusieurs *Super Bowls*. Le haut gris était décousu aux épaules et le logo rouge, blanc et bleu imprimé sur le devant était taché des restes étalés d'un ragoût à la purée. À en juger par la bosse qui ornait le nez malmené du type et aux traces sanglantes d'ongles qui dévalaient le côté gauche de son visage, il semblait que sa victime ne se soit pas laissé faire sans combattre. Le regard rivé aux quatre balafres sanglantes qu'arborait la joue de l'humain, Chase sentait ses narines battre et sa gorge se serrer.

— Cette salope m'a carrément cassé le nez, se plaignit l'Homme de l'année en se laissant aller contre le mur carrelé de blanc de la cellule. Vous imaginez un truc pareil ? Je lui file une petite claque de rien du tout parce qu'elle me largue mon dîner sur les genoux, en lui disant de regarder où elle met ses foutus pieds, et elle me prend par le colback et me fout un pain. Grosse erreur de jugement ! (Il grogna avec un sourire mauvais.) Mais elle ne sera pas assez conne pour réessayer, croyez-moi. Et ces putains de flics, mec ! J'aurais dû savoir qu'ils la croiraient, elle, et pas moi. Juste comme la dernière fois. Et je devrais laisser un juge m'agiter devant le nez un morceau de papier disant que je dois me tenir à l'écart de ma propre femme ? Et rester hors de ma propre maison ? Des clous, oui. Qu'ils aillent se faire foutre, et elle avec. Je l'ai déjà envoyée à l'hosto plusieurs fois. La prochaine fois que je la vois, je m'en vais t'arranger cette pute si bien qu'elle n'aura plus jamais l'occasion de rameuter les flics contre moi.

Chase ne disait rien, se contentant d'écouter en silence et s'efforçant de ne pas trop regarder les ruisselets rouge vif qui cascadaient le long de la mâchoire du bourreau domestique. La vue et l'odeur du sang suffisaient à éveiller le prédateur chez n'importe lequel des membres de la Lignée, mais c'était encore pire chez lui.

La tête penchée sur la poitrine, il prit une légère inspiration et huma soudain quelque chose d'encore plus perturbant que la puanteur rance de la pièce et l'odeur cuivrée des globules rouges en train de coaguler, quelque chose de brut et de sauvage, qui rappelait presque la charogne.

C'était lui !

En s'en rendant compte, il esquissa un sourire, mais il lui était difficile de profiter de l'ironie de la situation alors même que ses gencives vibraient sous l'effet de son besoin de se nourrir.

Du fait de la soif féroce qui l'accompagnait depuis plus longtemps qu'il n'aurait été prêt à l'admettre, ses sens étaient en permanence en surrégime. Il ressentait chaque déplacement de l'air ambiant, aussi ténu qu'il soit, percevait le moindre mouvement, le moindre tic chez ses compagnons de cellule agités. Il entendait chacune de leurs inspirations et de leurs expirations inquiètes, chaque battement de leur cœur, chaque afflux de sang dans les veines de ces trois humains… si proches de lui dans la cellule.

À cette pensée, il sentit la salive envahir sa bouche et, derrière sa lèvre supérieure, ses crocs s'enfoncer comme deux dagues dans le moelleux de sa langue. Sa vision commença à se resserrer et ses yeux à lancer des lueurs de braise tandis que ses pupilles rétrécissaient en minces fentes derrière ses paupières fermées.

Putain. Il ne faisait pas bon se trouver là pour lui, surtout dans ces conditions.

Mauvais endroit, mauvaise idée, mauvaises chances de s'en sortir.

Mais bon... Il ne s'était pas vraiment soucié de tout ça quand il s'était livré à la police sur la pelouse du domaine de l'Ordre ce matin-là. Sa seule préoccupation avait été de protéger ses amis, de leur donner la possibilité – presque à coup sûr la seule chance qu'ils auraient – d'éviter d'être découverts par les autorités humaines et, en tout cas il l'espérait pour eux, de trouver un moyen de vider les lieux pour rejoindre un endroit sûr.

Et c'est pour ça qu'il n'avait opposé aucune résistance quand les flics l'avaient menotté et traîné jusqu'au poste. Il avait coopéré pendant les sept heures d'interrogatoire, distillant juste assez d'informations aux policiers locaux et à ceux du FBI pour répondre à leurs questions sans fin et garder leur attention sur lui comme cerveau et cheville ouvrière des violences qui avaient eu lieu dans la ville au cours des jours précédents. Des violences qui avaient commencé quelques nuits auparavant avec une fusillade lors d'une fête dans la luxueuse résidence que possédait sur la North Shore, région côtière au nord de Boston, un jeune politicien sur la pente ascendante.

La tentative d'assassinat ratée était bien à mettre au compte de Chase, mais, contrairement à ce que pensaient les flics et les agents fédéraux, sa cible n'avait été ni le sénateur yuppie, ni même son prestigieux invité d'honneur, le vice-président des États-Unis. Non, ce soir-là, Chase visait un vampire du nom de Dragos. Cela faisait plus d'un an que l'Ordre pourchassait Dragos et soudain Chase avait trouvé ce salaud à tu et à toi avec des humains influents au carnet d'adresses bien rempli auprès de qui il se faisait passer pour l'un d'entre eux. Chase ne pouvait qu'imaginer pourquoi, mais le résultat de ses cogitations était effrayant. Et c'est la raison pour laquelle, quand il avait eu la possibilité d'agir, il n'avait pas hésité à tirer sur le salopard.

Mais il avait échoué.

Non seulement Dragos semblait avoir réchappé de son attaque, mais Chase s'était retrouvé le point de mire de tous les médias du pays dans les heures qui avaient suivi. Il avait été repéré à la fête du sénateur et un témoin oculaire avait donné de lui aux policiers une description quasi photographique.

Ajoutez à cela un attentat à la bombe le jour suivant dans l'immeuble des Nations unies à Boston et une poursuite par la police d'une voiture suspecte pleine d'anarcho mécontents qui avait conduit les flics directement sur le seuil de l'Ordre, et les pandores de Boston étaient sûrs d'avoir découvert une importante cellule de terroristes de l'intérieur.

Une erreur que Chase avait été ravi de confirmer, au moins provisoirement.

Il avait passé les heures de jour au poste, content de laisser les flics penser qu'il se montrait coopératif et qu'il était maîtrisé. Plus longtemps il resterait là en prétendant qu'il était responsable de tous les événements récents et en leur disant tout ce qu'ils voulaient entendre, moins ils se presseraient de surveiller le domaine ou de le fouiller. Il avait fait tout ce qui était en son pouvoir pour détourner l'attention du complexe et de ses amis. S'ils n'avaient pas su utiliser le temps gagné intelligemment pour évacuer, il ne pouvait désormais plus rien y faire.

Quant à lui, il fallait qu'il se remette en chemin.

Il lui fallait présenter la note à Dragos, et une note salée encore. Le salaud avait fait monter la pression de plusieurs crans au cours des semaines écoulées, et après ce dernier coup, qui avait presque exposé l'Ordre aux yeux de l'humanité, Chase n'osait pas penser à ce que Dragos serait prêt à faire ensuite. Comme il l'avait déjà fait, il repensa au sénateur que Dragos avait courtisé ces derniers temps. Rien qu'à cause de cette association l'homme était en danger, si Dragos ne l'avait pas déjà recruté depuis la dernière fois que Chase l'avait vu.

Et si Dragos avait transformé en Laquais, c'est-à-dire en esclave mental, un sénateur américain, en particulier un sénateur disposant comme Robert Clarence d'un accès direct à la Maison Blanche du fait de son amitié avec son mentor universitaire, désormais vice-président, alors les conséquences risquaient d'être incalculables.

Ce qui donnait à Chase une raison supplémentaire de se casser de cet endroit le plus vite possible. Il lui fallait s'assurer que le sénateur Robert Clarence n'était pas encore sous la férule de Dragos. Mieux même, il devait trouver Dragos. Il lui fallait absolument le mettre hors d'état de nuire une bonne fois pour toutes, même s'il devait le faire seul.

Les menottes métalliques qui lui enserraient les poignets ne pouvaient le retenir plus longtemps qu'il ne le voulait. Pas plus que cette cellule verrouillée ni l'un quelconque des flics qui passaient dans le couloir et s'arrêtaient pour le regarder à travers la petite vitre dans la porte.

La nuit était tombée. Chase le savait sans avoir besoin d'une horloge murale ni d'une fenêtre ouvrant sur la rue. Il le sentait dans ses os et dans sa moelle affaiblie et affamée. Et avec la nuit, la soif sauvage qui le possédait désormais se rappelait à lui.

Il la repoussa au plus profond de son être et s'efforça de revenir au problème Dragos.

Ce qui n'était pas facile à faire car l'Homme de l'année et ses griffures sanguinolentes s'approchaient lentement de lui dans le coin de la petite salle.

— Foutus flics, hein ? Putain ! Quand je pense qu'ils nous laissent là à croupir sans rien à manger ni à boire, enchaînés comme des animaux. (Il partit d'un petit rire de dérision et posa ses fesses juste à côté de Chase sur son banc.) Et toi, y t'ont chopé pour quoi ?

Chase ne répondit pas. Il avait déjà assez de mal à contenir le grondement qui se formait au fond de sa gorge asséchée. La tête toujours penchée, il se garda bien de regarder l'humain, de peur que celui-ci ne perçoive la lueur affamée qui émanait de ses yeux.

— Et alors, tu te crois trop bien pour parler avec moi, ou quoi ?

Chase sentit le type l'évaluer et considérer le pantalon de jogging et le tee-shirt qu'il portait quand les flics l'avaient amené, les mêmes vêtements que ceux qu'il portait dans l'infirmerie du complexe souterrain de l'Ordre quand il s'en était échappé pour filer en surface dans l'espoir d'éviter à ses amis d'être découverts. Il avait été pieds nus à ce moment-là, mais à présent il arborait une paire de sandales de douche gracieusement prêtées par ses geôliers.

Malgré la frange de ses cheveux blonds coupés court qui lui tombait dans les yeux et son regard détourné, Chase sentait que l'homme avait les yeux rivés sur lui.

— On dirait que, toi aussi, quelqu'un t'a salement arrangé, mon pote. Ta jambe saigne à travers ton ben.

C'était vrai. Chase jeta un regard à la petite tache rouge qui s'épanouissait sur le tissu gris qui couvrait sa cuisse droite. Que ses blessures de l'autre nuit ne soient pas encore guéries était mauvais signe. Il lui fallait absolument du sang.

— C'est les flics qui t'ont fait ça, mec, ou bien ?

— Ou bien quoi ? murmura Chase d'une voix rauque.

Il coula un long regard à l'humain et retroussa sa lèvre supérieure juste au-dessus de la pointe de ses crocs.

— Oh ! Put… ! (Le malabar écarquilla les yeux.) Qu'est-ce que… bordel !

Il s'éloigna de Chase en un mouvement de recul maladroit qui le fit cogner dans la porte de la cellule au moment même où une paire de policiers entraient.

— Allez, les gars, c'est l'heure de la promenade, dit le premier.

Il regarda autour de lui dans la pièce, passant du pédophile et du junkie, tous deux oublieux de tout ce qui n'était pas leur propre misère, à la brute, qui se tenait à présent le dos plaqué contre le mur opposé, mâchoire pendante, aspirant l'air avec difficulté comme s'il venait juste de courir un marathon.

— Y a un problème ici ?

Chase leva le menton juste assez pour envoyer un regard perçant à l'humain à la respiration sifflante. Cette fois, il garda les lèvres fermées et réduisit l'ambre de ses yeux à une simple étincelle. Mais la menace était bien là et le massif bourreau domestique ne parut pas prêt à prendre le risque de le contrarier.

— No… on, bredouilla-t-il avec un bref hochement de tête. Aucun problème, sergent. Tout est cool.

— Bien. (Le flic avança dans la cellule tandis que son partenaire maintenait la porte ouverte.) Tout le monde debout et suivez-moi.

Il s'arrêta devant Chase et désigna le couloir d'un mouvement du menton.

— Toi d'abord, connard !

Chase se leva de son banc. Avec ses deux mètres de haut, il dominait le policier et tous les autres humains présents.

Même s'il n'avait jamais fait de body-building, grâce aux atouts génétiques que lui conférait son appartenance à la Lignée son corps musculeux ridiculisait le policier, pourtant adepte inconditionnel de la salle de gym. Comme s'il éprouvait le besoin d'affirmer son autorité sur Chase, l'humain bomba le torse et lui indiqua résolument la porte du doigt en posant son autre main sur la crosse de l'arme qu'il portait à la hanche dans un holster.

Chase se mit en route devant lui, mais seulement parce qu'il lui serait plus facile de s'échapper depuis le couloir qu'à partir de la cellule verrouillée.

Derrière lui, avec une politesse exagérée, le pédophile demanda d'une voix onctueuse :

— Est-ce qu'on pourrait vous demander où vous nous emmenez, sergent ?

— Par ici, dit l'autre flic en dirigeant le groupe vers un couloir qui s'étendait au-delà du bureau d'accueil vers l'arrière du poste.

Chase avançait le long du lino usé, à l'affût du moment opportun pour fausser compagnie au groupe et foncer hors du poste avant que l'un quelconque des humains ait pu s'apercevoir qu'il n'était plus là. C'était un geste risqué, un geste qui déclencherait à coup sûr toute une série de questions, mais malheureusement il ne voyait pas comment procéder autrement.

Alors qu'il s'apprêtait à ce premier pas vers la liberté, une porte métallique s'ouvrit à l'extrémité du couloir. Une bouffée d'air froid s'engouffra à l'intérieur et Chase vit de légers flocons de neige danser autour de la silhouette élancée d'une grande jeune femme. Elle était emmitouflée dans un long manteau de laine à capuche. Ses cheveux couleur caramel ondulaient contre ses joues rosies par le froid et tombaient sur des yeux au regard calme et intelligent.

Chase se figea et l'observa tandis qu'elle tapait du pied pour débarrasser ses bottes de cuir brillantes de la neige et se tournait pour dire quelque chose au policier qui l'accompagnait.

Nom de Dieu ! C'était elle le témoin à la fête du sénateur.

Le flic qui l'escortait intercepta le regard de Chase et son visage se contracta. Il lança un regard agacé aux policiers qui menaient la petite troupe au timing malheureux et fit immédiatement disparaître la jolie assistante du sénateur Clarence dans une des pièces qui donnaient sur le couloir.

— Avancez ! intima le policier qui fermait la marche.

Chase se dit qu'il y avait de bonnes chances que Bobby Clarence se trouve au poste ce soir-là avec sa charmante collaboratrice et décida de ne pas laisser passer cette occasion d'entrer en contact avec lui.

Il renonça alors à se faire la belle et laissa les flics le conduire plus avant dans le couloir, vers la pièce où était entré le témoin de son supposé forfait.

Chapitre 3

— Mettez-vous à l'aise, je vous en prie, madame Fairchild. Ça ne devrait pas prendre beaucoup de temps.

L'inspecteur qui l'avait accueillie au poste ouvrit la porte de la salle d'identification et la laissa passer devant lui. Plusieurs hommes en costume sombre au visage sévère attendaient déjà là avec une poignée de policiers en uniforme. Elle salua d'un signe de tête en avançant dans la pièce.

Il y faisait sombre comme dans un cinéma, la seule lumière provenant d'une grande vitre qui donnait dans la zone réservée à la parade, que des rampes de néons baignaient d'une lumière blanche crue. Sur le mur du fond s'étalait une échelle de tailles surmontée à intervalles réguliers des chiffres 1 à 5.

L'inspecteur montra d'un geste les sièges capitonnés installés devant la grande vitre.

— Nous allons bientôt commencer, madame Fairchild. Asseyez-vous, je vous en prie.

— Je préfère rester debout, répondit-elle. Et, s'il vous plaît, inspecteur Avery, appelez-moi Tavia.

Il acquiesça puis se dirigea vers le distributeur d'eau fraîche et la cafetière installés dans le coin opposé.

— Je vous offrirais bien du café, mais il est mauvais même quand on vient de le faire. Et en fin de journée, comme maintenant, c'est pire que du pétrole brut.

Il mit un gobelet en carton sous le distributeur d'eau fraîche et actionna la tirette. On entendit quelques grosses bulles remonter dans la bonbonne.

— Le blanc maison, dit-il. Pour vous, si vous en voulez.

— Non, merci.

Même si elle appréciait les efforts qu'il faisait pour la mettre à l'aise, elle n'était pas là pour qu'on lui fasse des politesses en la laissant attendre. Elle avait simplement une tâche à remplir et un ordinateur portable plein d'emplois du temps, de feuilles de calcul et de présentations à revoir une fois chez elle.

D'habitude, elle ne craignait pas les longues heures de boulot qui se fondaient en longues nuits de travail. Dieu sait qu'elle n'avait pas à se soucier d'être perturbée par une quelconque vie sociale. Mais ce soir-là elle était à cran et ressentait l'étrange mélange d'hyperacuité mentale et d'épuisement physique qui caractérisait les suites de chaque série de traitements et d'examens qu'elle subissait dans la clinique privée de son médecin. Elle avait passé presque toute la journée aux bons soins de ce dernier et, même si elle n'était pas particulièrement enthousiaste à l'idée d'un arrêt éclair au poste de police, elle tenait à savoir derrière les barreaux l'homme qui avait ouvert le feu sur une salle pleine de monde quelques jours plus tôt avant d'orchestrer un attentat à la bombe au cœur de la ville le matin même. C'est là qu'était sa place.

Tavia s'approcha de la vitre et la tapota de l'ongle.

— Ce verre doit être sacrément épais.

— Ouais. C'est du Securit de six millimètres. (Avery la rejoignit et prit une gorgée d'eau.) C'est un miroir sans tain. Nous pouvons les voir mais eux ne nous voient pas. Même chose côté audio ; notre pièce est insonorisée mais nous avons des haut-parleurs qui nous permettent d'entendre ce qui se dit de leur côté. Soyez rassurée : quand les méchants seront alignés contre le mur du fond, aucun d'entre eux ne sera en mesure de vous identifier ni d'entendre ce que vous direz.

— Je ne suis pas inquiète.

Son regard résolu croisa celui de l'homme d'âge mûr par-dessus son gobelet en carton avant de se tourner vers les autres policiers et les agents du FBI présents.

— Je suis prête. Je veux le faire.

— OK. Maintenant, dans une petite minute, une paire de policiers vont faire entrer un groupe de quatre ou cinq hommes dans cette pièce. Tout ce que vous aurez à faire, ce sera de bien regarder ces derniers et de me dire si l'un ou l'autre d'entre eux pourrait être l'homme que vous avez vu lors de la réception du sénateur l'autre soir. (L'inspecteur laissa échapper un ricanement et fit un clin d'œil à ses collègues.) De toute façon, vu la description détaillée que vous nous avez donnée après la fusillade, j'ai comme le sentiment que nous n'allons pas traîner ici ce soir.

— Je suis là pour vous aider, répondit-elle.

Avery finit son eau et froissa le gobelet dans son poing.

— En temps normal, je ne révélerais rien de notre enquête, mais dans la mesure où le type a tout avoué en bloc et a renoncé à se faire assister par un avocat, la parade de ce soir est une simple formalité.

— Il a avoué ?

Avery hocha la tête.

— Il sait que nous le tenons pour la violation de domicile et la tentative d'assassinat. Il n'aurait eu aucune chance d'échapper à ces chefs d'inculpation alors que le portrait-robot que vous nous avez permis d'établir lui correspond trait pour trait et qu'il se trimballe avec des blessures toutes fraîches dues aux balles qu'il a reçues dans sa fuite.

— Et l'attentat à la bombe d'aujourd'hui en ville ? demanda Tavia en regardant les agents fédéraux d'un air interrogateur. Il admet en être responsable aussi ?

L'un des hommes en costume confirma du menton.

— Il n'a même pas essayé de nier. Il dit qu'il a tout organisé lui-même.

— Mais je pensais qu'il y avait d'autres personnes impliquées. Les chaînes d'info ont diffusé les images de la poursuite toute la journée. J'ai entendu dire que les policiers avaient tué trois terroristes dans une propriété privée.

— C'est exact, l'interrompit Avery. Il a affirmé avoir engagé les trois furieux pour qu'ils mettent en place la bombe dans l'immeuble des Nations unies en ville. Il n'a visiblement pas choisi les plus malins, vu la façon qu'ils ont eue de nous conduire directement à lui. D'ailleurs, il n'a absolument pas cherché à se battre. Il est sorti de la maison et s'est rendu aux policiers juste après leur arrivée sur les lieux.

— Vous voulez dire qu'il vit là-bas ? demanda Tavia.

Elle avait vu des images du manoir et du parc qui l'entourait à la télévision. C'était un vrai palais. Le bâtiment de calcaire clair avec ses quatre étages, ses portes laquées de noir et ses hautes fenêtres en ogive évoquait plus les vieilles fortunes de Nouvelle-Angleterre qu'un fou violent aux tendances terroristes.

— Nous ne sommes pas parvenus à déterminer qui exactement possède le domaine, expliqua l'inspecteur. Il est géré par une fondation privée depuis plus de cent ans et le titre de propriété est enfoui sous une dizaine d'écrans légaux de toutes sortes. Notre homme prétend qu'il le loue depuis quelques mois, mais qu'il ne sait rien du propriétaire. Il dit qu'il était fourni meublé, qu'il n'y a pas de contrat et qu'il paie le loyer en espèces à l'un des grands cabinets juridiques de la place.

— A-t-il expliqué pourquoi il a fait tout ça ? demanda Tavia. S'il a avoué la fusillade et l'attentat, est-ce qu'il donne une excuse quelconque pour ses actes ?

L'inspecteur Avery haussa les épaules.

— Pourquoi les types dérangés font-ils ce genre de trucs ? Il n'a pas fourni de réponse concrète. En fait, ce type est presque autant une énigme que l'endroit où il habitait.

— Comment ça ?

— Nous ne sommes même pas sûrs de son vrai nom. Celui qu'il nous a donné ne correspond à aucun numéro de Sécurité sociale ni au moindre contrat de travail. Pas de permis de conduire, pas de carte grise, pas de crédit, pas de carte d'électeur, rien. C'est comme si ce gars-là était un fantôme. La seule chose que nous ayons trouvée est la trace d'un don à une association d'anciens élèves de Harvard à son nom. La piste s'arrête là.

— Ça fait au moins un point de départ, répondit Tavia.

L'inspecteur laissa échapper un petit rire.

— J'imagine que ça serait vrai si ce don ne remontait pas aux années 1920. À l'évidence, il ne s'agit pas de notre méchant. Je ne suis peut-être pas très bon juge de l'âge, mais j'ai quand même la nette impression qu'il est très loin des quatre-vingt-dix ans.

— Ça, c'est sûr, murmura Tavia.

En se remémorant les événements de la soirée organisée à l'occasion des fêtes par le sénateur Clarence, et l'homme qu'elle avait vu tirer depuis la mezzanine de la maison, elle aurait dit qu'il avait à peu près son âge, trente-cinq ans tout au plus.

— Un parent, peut-être ?

— Qui sait ? répondit l'inspecteur. (Il leva les yeux comme la porte de la pièce adjacente s'ouvrait et qu'un policier en uniforme y pénétrait à la tête d'un petit groupe d'hommes.) Ah ! On y est, Tavia. C'est l'heure du spectacle.

Elle hocha la tête, mais fit soudain un pas en arrière à la vue du premier des suspects.

C'était lui l'homme qu'elle était venue identifier au poste.

Un coup d'œil lui avait suffi pour reconnaître ses traits taillés à la serpe et sa mâchoire volontaire. Ses cheveux blonds coupés court étaient ébouriffés et lui tombaient en partie sur le visage, mais pas assez pour masquer ses yeux perçants bleu acier. Et il était si grand et si musclé, exactement comme elle se le rappelait. Ses biceps ressortaient sous les manches courtes d'un tee-shirt blanc et un pantalon de jogging gris usé pendait de ses hanches, laissant deviner des cuisses elles aussi musclées.

Il entrait dans la pièce avec un air de défiance, d'arrogance même, qui semblait rendre négligeable le fait qu'il était là prisonnier, les mains attachées derrière le dos. Il avançait en tête du groupe, tout en bras et en jambes, d'un pas souple qui tenait plus de l'animal que de l'humain. Elle remarqua toutefois qu'il boitait légèrement. Il avait sur la cuisse droite une tache de sang rouge sombre qui imprégnait le tissu léger de son jogging. Tavia voyait cette tache s'étendre un peu à chacune des enjambées qui le faisaient progresser le long du mur de parade. Malgré son lourd manteau d'hiver, elle frissonna, mal à l'aise. Décidément, elle ne serait jamais capable de supporter la vue du sang !

On entendit soudain dans les haut-parleurs le policier ordonner à l'homme de s'arrêter au niveau du « 4 » sur le mur et de se mettre de face. Il obtempéra et, dès qu'il fut en place, son regard se fixa très nettement sur elle à travers la vitre.

Elle sursauta.

— Vous êtes sûr qu'ils ne peuvent pas…

— Je vous promets que vous êtes parfaitement en sécurité ici, la rassura Avery.

Mais ça n'empêcha pas ce regard bleu foudroyant de rester rivé sur elle, même après l'entrée des trois autres hommes de la parade et leur installation contre le mur. Ces trois-là se tenaient voûtés, incapables de tenir vraiment en place, têtes inclinées, lançant des regards anxieux par en dessous vers le grand miroir sans tain sur lequel ils ne voyaient que leur propre reflet.

— Si vous êtes prête, l'invita l'inspecteur à son côté.

Elle hocha la tête et balaya des yeux les trois hommes même si cela ne servait à rien. Ils avaient beau être très différents les uns des autres, lui restait dans une catégorie à part. L'un était maigre comme un clou et avait de longs cheveux bruns emmêlés qui lui pendouillaient sur les épaules. Le deuxième avait la carrure d'un taureau, un visage peu engageant encadré d'épaisses boucles noires et le regard brillant par-dessus son nez boursouflé et rouge. Quant au troisième, petit quinquagénaire au cheveu rare, il suait de tous ses pores sous la lumière sans pitié des spots.

Et puis il y avait lui… intense, menaçant, d'une beauté presque cruelle. Il ne l'avait toujours pas quittée des yeux. Tavia n'était pas du genre à se laisser troubler, mais elle avait peine à soutenir le poids de ce regard, même si elle était dissimulée et protégée dans la salle d'identification derrière un verre Securit de six millimètres d'épaisseur et entourée d'une demi-douzaine de policiers armés.

— C'est lui, lâcha-t-elle en pointant le doigt vers l'emplacement numéro 4. (Même si cela n'était pas possible, elle aurait juré l'avoir vu esquisser un sourire au moment où elle avait levé la main pour le désigner.) C'est lui, inspecteur Avery. C'est l'homme que j'ai vu à la fête l'autre soir.

Avery lui tapota l'épaule. Dans l'autre pièce, les policiers venaient d'ordonner aux quatre hommes de s'avancer l'un après l'autre.

— Je sais que j'ai dit que c'était juste une formalité, mais nous avons besoin d'une certitude, Tavia…

— J'en suis absolument certaine, répondit-elle d'un ton sans réplique.

Elle sentait son sang commencer à vibrer sous l'effet d'une alarme interne. Elle reporta son regard sur l'autre pièce au moment précis où le numéro 4 faisait ses deux pas en avant.

— Inutile de poursuivre. Cet homme est le tireur. Je le reconnaîtrais n'importe où.

— OK, OK. C'est bon, Tavia. Qu'est-ce que je vous avais dit ? Emballé, c'est pesé ! Vous avez été parfaite.

Elle écarta la louange d'un signe de tête.

— Y a-t-il autre chose ?

— Euh, non. Nous en avons juste pour quelques minutes pour finaliser ça ici et nous pourrons vous laisser aller. Si vous voulez que je vous raccompagne…

— Non, merci. Je me débrouillerai très bien toute seule.

En parlant, son regard revint une fois de plus à l'homme qui aurait pu tuer quelqu'un lors de la soirée du sénateur Clarence. S'il était vraiment l'organisateur de l'attentat qui avait eu lieu le matin en ville, il avait la mort de plusieurs innocents sur la conscience. Tavia soutint son regard pénétrant. Elle aurait bien voulu qu'il voie à travers la vitre tout le mépris qu'elle avait pour lui dans les yeux. Elle resta là un long moment avant de se détourner.

— Si nous pouvions terminer, inspecteur. Le sénateur doit faire une intervention importante demain matin et j'ai encore beaucoup de choses à organiser et de travail en retard à rattraper cette nuit.

— Tavia Fairchild !

Le grognement profond et l'énoncé inattendu de son nom sur des lèvres étrangères la firent se figer un instant. Elle ne se demanda pas qui parlait. Le sourd grondement de sa voix la traversa avec la même intensité glaciale que celle des balles qu'il avait fait pleuvoir sur la foule des invités du sénateur quelques jours plus tôt.

Immobile, choquée par ce qui arrivait, Tavia lança un regard interrogateur à l'inspecteur et aux autres policiers présents.

— Cette pièce… Je croyais que vous aviez dit que…

Avery bredouilla une excuse et attrapa le téléphone accroché au mur à côté de la vitre. Tandis qu'il parlait dans le combiné, l'homme de l'emplacement 4 continuait à s'adresser à Tavia. Et continuait à la regarder comme si rien ne les séparait.

Il fit un pas en avant.

— Votre patron est en grand danger, Tavia. Vous aussi, peut-être.

— Nom de Dieu ! Faites taire ce fils de pute tout de suite, exigea l'un des agents fédéraux d'Avery, qui était toujours à l'interphone.

Les policiers de la salle de parade réagirent immédiatement.

— Numéro 4, taisez-vous et retournez au mur !

L'homme ignora l'ordre et fit un pas de plus en avant alors même que le deuxième policier arrivait de l'autre bout de la pièce.

— Il faut que je le trouve, Tavia. Il faut qu'il sache que Dragos risque de le tuer… ou pire. C'est peut-être déjà trop tard.

Sans voix, elle secoua la tête. Ce qu'il disait n'avait aucun sens. Le sénateur Clarence allait très bien, elle l'avait vu au bureau le matin même, avant qu'il parte pour une journée complète de réunions et de rendez-vous d'affaires en ville.

— Je ne sais pas de quoi vous parlez, murmura-t-elle, même s'il n'était pas censé pouvoir l'entendre. (Il n'était pas censé la voir non plus, et pourtant...) Je ne connais personne du nom de Dragos.

Les deux policiers venaient sur lui à présent. Le saisissant chacun par un bras, ils tentèrent de le tirer en arrière vers le mur. Bien qu'entravé, il se dégagea comme s'ils n'avaient rien pesé et en maintenant toute son attention sur Tavia.

— Écoutez-moi. Il était là ce soir-là. C'était l'un des invités.

— Non, affirma-t-elle, certaine à présent qu'il se trompait.

Elle avait elle-même rédigé à la main et envoyé chacune des cent quarante-huit invitations. Elle avait une mémoire infaillible de ce genre de choses. Elle aurait été capable de réciter chaque nom et de se souvenir de chaque visage des hôtes figurant sur la liste. Il n'y avait personne de ce nom-là ce soir-là.

— Dragos était là, Tavia. (Les flics de la salle de parade essayèrent de nouveau de s'emparer de lui.) Il était là. Je lui ai tiré dessus. Ah ! Si seulement j'avais tué ce salopard !

Elle se sentit esquisser un geste de dénégation de la tête et fronça les sourcils tandis que l'impossibilité de ce qu'il disait se faisait jour en elle. Il n'y avait eu qu'une victime à la soirée. La seule personne blessée avait été l'un des plus généreux contributeurs à la campagne du sénateur Clarence, un homme d'affaires et philanthrope du nom de Drake Mestre.

— Vous êtes fou, murmura-t-elle.

Et pourtant, alors même qu'elle prononçait ces mots, elle ne les croyait déjà plus tout à fait elle-même. L'homme qui avait son regard verrouillé dans le sien à travers la vitre – même si c'était parfaitement improbable, et même impossible – ne lui semblait pas fou. Il avait l'air dangereux et très présent, profondément convaincu de ce qu'il disait, capable aussi d'une violence inouïe malgré les menottes qui l'entravaient derrière le dos.

Les yeux dans les siens, il ne cillait pas un seul instant. Ç'aurait été plus facile pour Tavia de le chasser de ses pensées en décidant qu'il n'était pas sain d'esprit plutôt que d'accepter le nœud qui se formait au creux de son estomac sous le poids de son regard. Décidément, non, quelle qu'ait été son intention le soir de la fête, elle doutait vraiment que la folie ait eu quoi que ce soit à voir avec.

Et pourtant, rien de ce qu'il disait n'avait de sens.

— Ce type est sévèrement dérangé, dit l'un des fédéraux. Finissons-en et sortons le témoin d'ici.

L'inspecteur Avery acquiesça.

— Je m'excuse pour tout ça, Tavia. Inutile pour vous de rester plus longtemps ici.

Il passa devant elle. Un mélange de stupéfaction et d'agacement se lisait sur son visage aux traits tirés. Il tendit la main vers la porte du couloir. Les autres policiers et agents du FBI se regroupèrent lentement derrière eux pour rejoindre la porte.

Tavia entendit alors des bruits de lutte en provenance de la salle de parade. Elle tenta de jeter un coup d'œil par-delà l'inspecteur, mais il était déjà en train de l'éloigner de la vitre.

Alors qu'ils atteignaient la porte, il y eut un bref coup frappé à l'extérieur et elle s'ouvrit devant eux. Le sénateur Clarence se tenait dans le couloir, des flocons de neige encore accrochés à ses cheveux soigneusement peignés et à son loden.

— Désolé de ne pas être arrivé plus tôt, dit-il d'un ton enjoué. Ma réunion avec le maire s'est prolongée, comme toujours. (Il jeta un coup d'œil à Tavia et se rembrunit.)

Y a-t-il quelque chose qui ne va pas, Tavia ? Je ne vous ai jamais vue si pâle. Que se passe-t-il ici ?

Avant qu'elle ait pu le rassurer, le sénateur avait franchi la porte.

— Messieurs, lança-t-il en guise de salut aux policiers en pénétrant plus avant dans la pièce.

Alors qu'il approchait de la vitre, un grognement sourd jaillit de la salle de parade.

C'était un cri inhumain. Un grondement si étrange et effrayant qu'il glaça le sang de Tavia. Son instinct l'avertit alors d'un danger imminent. Quelque chose de terrible allait se produire. Elle se retourna vers l'intérieur de la pièce.

— Sénateur Clarence, faites attention à…

Trop tard !

La vitre explosa.

Des éclats de verre jaillirent dans toutes les directions tandis que quelque chose d'énorme traversait la vitre et venait s'écraser en tas au milieu de la salle d'identification.

C'était l'un des hommes de la parade, le taureau aux cheveux noirs qui portait le sweat aux couleurs des Patriots. Il hurlait de douleur, les membres tout tordus sous l'impact. Il avait le visage, le cou et les mains lacérés et en sang.

Tavia lança un regard affolé derrière elle.

Le grand miroir sans tain avait laissé place à un trou béant… et derrière son cadre vide se dressait une formidable menace toute de muscles et d'intention létale.

Ses menottes pendouillaient, inutiles, chaîne brisée. Il était parvenu à s'en libérer on ne savait comment. Bon Dieu, mais de quelle puissance disposait-il ? Non seulement il avait été capable de faire ça, mais en plus il avait projeté un homme adulte à travers un verre Securit de six millimètres d'épaisseur ! Sans parler de sa rapidité, puisqu'il était parvenu à faire les deux avant même qu'un des policiers présents dans la salle de parade ait pu intervenir pour l'en empêcher.

Les yeux bleu acier de l'homme regardaient à présent au-delà d'elle le sénateur Clarence.

— Maudit Dragos, cracha-t-il avec une fureur mal contenue. Il t'a déjà mis le grappin dessus, n'est-ce pas ? Tu lui appartiens déjà, bordel !

Il lança le bras droit devant lui à travers le vide laissé par l'éclatement de la vitre. Aussi vif qu'un cobra, il avait déjà saisi une manche du manteau du sénateur. Il tira, soulevant ce dernier et l'attirant à lui à travers l'ouverture comme s'il n'avait quasiment rien pesé.

Oh, mon Dieu ! Cet homme allait tuer le sénateur Clarence, sur place et à l'instant même.

— Non !

Tavia s'était mise en mouvement avant même de s'en rendre compte. Elle s'empara de la menotte métallique qui entourait le poignet de l'agresseur et tira avec tout ce qu'elle pouvait donner.

— Non !

Sa faible tentative le ralentit à peine. Mais dans la fraction de seconde qu'elle dura, son regard revint sur elle. Il y avait quelque chose d'inhumain dans ces yeux… quelque chose qui semblait crépiter sous l'action d'un feu diabolique. Quelque chose qui pénétra directement au cœur de son être comme l'aurait fait une lame affûtée, tout en provoquant chez elle une curiosité inattendue qui la fit s'approcher encore.

Son cœur battait la chamade, son pouls comme un tambour contre ses tympans. Et pour la première fois de sa vie, Tavia Fairchild ressentit une vraie terreur. Elle plongea le regard dans ces yeux bleus étrangement hypnotiques et elle se mit à crier.

Chapitre 4

Elle ne lâchait pas prise, même si elle hurlait de terreur. Ses doigts fins mais étonnamment forts restaient accrochés à la menotte qu'il avait au poignet, comme si elle était prête au combat par pur réflexe malgré la peur et la panique qui émanaient de partout dans la pièce.

Tavia Fairchild était tenace, Chase devait lui accorder ça.

Elle n'avait pas eu peur de lui le soir de la fête chez le sénateur, pas plus que quelques minutes plus tôt, quand elle l'avait regardé dans les yeux à travers le miroir sans tain, l'accusant sans détour devant les flics et les fédéraux qui se tenaient dans la salle d'identification.

Il ne pouvait lui en vouloir pour ça. Comme les policiers, elle était persuadée de faire son devoir en tentant de maintenir un homme dangereux, un tueur qui avait avoué ses forfaits, hors d'état de nuire. Leurs esprits humains étaient bien incapables de comprendre à quelle sorte de mal devaient faire face Chase et le reste de l'Ordre.

Pas plus que Tavia Fairchild ne pouvait soupçonner que son patron était un mort-vivant.

Le sénateur Robert Clarence pouvait bien paraître inchangé aux yeux des mortels, les sens que la Lignée avait conférés à Chase lui avaient dit qu'il s'agissait d'un Laquais à l'instant même où il avait pénétré dans la salle d'identification. L'homme appartenait à Dragos désormais, et n'obéirait plus qu'à son Maître. S'il en était besoin, Chase en avait la confirmation dans le regard terne du politicien et l'absence d'intérêt qu'il montrait pour sa propre vie ou n'importe quelle autre dans la pièce. C'était Dragos qui l'avait envoyé au poste. Chase avait la ferme intention de le lui renvoyer en pièces détachées.

Il détourna le regard de Tavia Fairchild et s'arracha à son étreinte.

— Où est Dragos ? (Il serra son poing sur le bras du sénateur jusqu'à sentir les os craquer et éclater contre sa paume.) Dis-le-moi tout de suite !

Le Laquais se contenta de hurler de douleur.

— Écartez-vous ! cria l'un des policiers derrière lui dans la salle de parade.

Il y eut alors un piétinement et une succession de déplacements rapides dans la salle d'identification, où les agents fédéraux et les policiers présents se précipitaient pour mettre à l'abri Tavia Fairchild.

Chase serra encore plus fort le bras du sénateur, le pulvérisant dans l'étau de son poing.

— Je vais le trouver. Et tu vas me dire où, espèce de pourriture de…

Quelque chose de pointu venait de se planter à l'arrière de son épaule. Ce n'était pas une balle, mais il ressentait la morsure puissante de fines électrodes plantées profondément dans sa chair comme des hameçons. Ses oreilles s'emplirent alors du cliquetis rapide d'un Taser que l'on décharge. Au même instant son corps reçut une décharge électrique de cinquante mille volts qui le secoua violemment de la tête aux pieds en faisant protester ses muscles.

Chase rugit, plus de fureur que de douleur. Pour un membre de son espèce, le coup n'était guère plus violent qu'une piqûre d'abeille. Il fit un pas en avant, une main tenant toujours fermement le sénateur Clarence, l'autre à la recherche d'une meilleure prise.

— Putain, se récria quelqu'un dans la salle d'identification. Est-ce qu'on a vérifié si ce type était camé ? À quoi carbure-t-il, bordel ?

L'un des fédéraux en costume sombre avait sorti son automatique de son holster.

— Remettez-lui-en une giclée, bon Dieu, ou bien je m'en charge définitivement !

La décharge d'un deuxième Taser atteignit Chase. Cette fois, les électrodes le transpercèrent au milieu de la moelle épinière et il eut droit de nouveau à cinquante mille volts. Le doublé atteignit son objectif. Chase lâcha sa proie. À l'instant même, plusieurs policiers et fédéraux se précipitèrent pour faire sortir le sénateur et Tavia de la salle.

Chase lança son bras gauche derrière lui pour arracher les électrodes plantées dans son dos. Son système nerveux central toujours irradié par le deuxième coup de Taser, il sauta maladroitement par-dessus le cadre métallique de la vitre brisée.

L'agent du FBI ouvrit alors le feu, suivi immédiatement par l'un des policiers qui étaient restés dans la salle d'identification près de lui.

Les balles se frayaient un chemin à travers la poitrine et l'abdomen de Chase, coup après coup, le projetant en arrière. Chancelant, il vit des taches rouges s'étendre un peu partout sur son corps.

Pas bon, tout ça. Pas bon du tout, même ! Mais il appartenait à la Lignée. Il survivrait.

Et il lui restait une chance de se saisir du Laquais de Dragos avant que les flics ne le fassent sortir du poste de police…

Tandis que l'agent du FBI rechargeait son arme, l'un des flics restés en arrière dans la salle de parade désormais presque vide s'avança en visant Chase de son arme.

— Reste où tu es ! (Le flic était jeune et sa voix manquait d'assurance, mais son bras ne tremblait pas.) Ne t'avise pas de bouger d'un seul pouce, connard !

Chase pissait le sang comme un arrosoir l'eau. Une flaque rouge s'étendait autour de ses pieds et sur le verre cassé qui jonchait le sol. Il fit un pas en arrière, tentant de puiser en lui la vitesse et l'agilité qui faisaient partie de son patrimoine de membre de la Lignée. Mais sans succès.

Son corps était déjà trop affaibli par la Soif sanguinaire qui le poursuivait depuis de nombreux mois.

Et il perdait encore du sang. Trop et trop vite.

Mais il sentait toujours l'odeur du Laquais de Dragos quelque part dans le bâtiment. Il savait que l'esclave mental était toujours à sa portée et il y avait quelque chose en lui, un esprit chevaleresque, un peu endormi certes, qui s'agitait cependant à l'idée de laisser une femme innocente à moins de quelques mètres de l'un des serviteurs sans âme de Dragos.

Il tuerait le Laquais plutôt que de laisser Tavia Fairchild s'approcher d'un être aussi malfaisant.

Chase se retourna, chercha de son regard troublé la porte qui le conduirait jusque dans le couloir. Il fit un pas hésitant, traînant des pieds.

— Et merde ! murmura l'un des policiers inquiets.

Chase entendit le déclic d'une arme derrière lui. Puis la voix d'un agent fédéral, dure et précise.

— Un pas de plus et tu es bon pour le cimetière, trouduc.

Même enchaîné à un char d'assaut, Chase aurait été incapable d'empêcher ses jambes de bouger.

Il fit encore un pas.

Il n'enregistra que l'impact de la première balle. Les autres le transpercèrent l'une après l'autre, jusqu'à ce que le sol se dérobe sous ses pieds. Il perçut l'odeur de la poudre et celle de l'adrénaline humaine. Et alors que ses jambes cédaient sous lui et que son corps venait durement à la rencontre du sol de la salle de parade, il sentit celle de son propre sang qui se répandait sur l'étendue de lino blanc sale dans toutes les directions autour de lui.

Le vampire prenait son temps pour parcourir les quelques dizaines de mètres qui séparaient la limousine que son chauffeur venait de garer le long du trottoir du club privé coincé au fond d'une allée étroite de Chinatown. Il n'avait pas de gardes du corps avec lui, ne lançait aucun regard craintif du côté des ombres que projetaient de tous côtés les immeubles dans les rues glacées alentour.

Pas ce soir-là.

Ce soir-là, il se baladait dans le cœur de Boston, au beau milieu du domaine d'intervention de l'Ordre, sans la moindre précaution. Au lieu de gardes, il avait opté pour une compagnie plus amusante, plus proche de ses désirs. Les deux charmantes femelles humaines se pressaient pour ne pas se laisser distancer et leurs talons hauts cliquetaient rapidement sur le trottoir verglacé. Il ne connaissait pas leurs noms, et s'en fichait éperdument. La rousse aux longues jambes fines et la blonde au teint frais qu'il avait sélectionnées quelques minutes auparavant parmi les jeunes filles mineures qui faisaient la queue pour entrer à *La Notte*, le club en vogue du moment, n'étaient pour lui que des jouets.

Elles trottaient derrière lui en gloussant, toutes contentes, tandis qu'il approchait l'impressionnant mâle de la Lignée posté en sentinelle au niveau du porche dans lequel s'ouvrait la porte métallique qui donnait accès au club privé. Le garde, une brute de l'Agence du maintien de l'ordre du nom de Taggart, qui avait fait toutes sortes de boulots pour le compte de Dragos pendant le temps qu'il avait passé aux plus hauts postes de cet organisme quasi impuissant, se dressa devant lui, l'air menaçant. Mais soudain ses yeux naturellement exorbités s'écarquillèrent de surprise. Il l'avait reconnu.

— C'est vous, monsieur ! murmura Taggart, qui ouvrit la porte et s'effaça pour les laisser passer tous les trois en inclinant la tête.

Pour Dragos, cette marque de respect était la bienvenue, comme l'était l'impression de liberté dont il se sentait drapé comme d'une cape tandis qu'il traversait la salle encombrée de vampires et d'hommes et de femmes à peine vêtus qui fournissaient aux clients du club les plaisirs particuliers qu'ils venaient y chercher. Sur une estrade centrale, une beauté nue à la peau sombre s'enroulait autour d'une barre de Plexiglas avec la grâce d'un serpent. Assis aux tables qui entouraient l'estrade, des dizaines de mâles de la Lignée regardaient, captivés. D'autres, avachis dans des alcôves isolées, bénéficiaient de services plus personnalisés de la part des humains employés par le club un peu spécial géré par l'Agence.

Pourtant, malgré les actes sexuels variés et les repas de sang qui se déroulaient dans l'enceinte de la boîte, on sentait comme une atmosphère de restriction. Les lois de la Lignée interdisaient de tuer des humains et, pour la plupart des membres de l'Agence du maintien de l'ordre en particulier, cette loi était inviolable. Elle était pour eux aussi sacrée que le dogme du secret, dont le respect avait permis à la Lignée de vivre pendant des siècles aux côtés des humains, et de s'en nourrir, sans avoir jamais été détectée.

Mais pour certains, comme Dragos et le mâle qui traversait à présent la salle pour l'accueillir, cette contrainte était oubliée depuis belle lurette.

Dragos regardait son lieutenant approcher. Il faisait partie d'une poignée de vampires aux mêmes vues appartenant au cercle de ses fidèles les plus intimes, un cercle de plus en plus restreint d'ailleurs, suite à une série de cafouillages et d'échecs qui l'avaient forcé à couper quelques branches pourries. Mais tout ça était désormais du passé. À présent il avait le regard rivé vers le futur, vers la victoire. Elle était si proche qu'il pouvait presque en sentir le goût dans la bouche.

—Bonsoir, monsieur le directeur adjoint.

—Monsieur. (L'Agent jeta un regard furtif autour de lui avant de regarder Dragos dans les yeux.) C'est, eh bien... monsieur, c'est un plaisir inattendu de vous voir ici en ville.

—Alors pourquoi me donnez-vous l'impression que vous allez vous pisser dessus ? répondit Dragos en découvrant ses dents en un bref sourire. (En général, une visite à l'improviste de sa part signifiait qu'une tête allait rouler.) Détendez-vous, Pike. Je suis ici ce soir pour le plaisir, pas pour affaires.

—Alors, il n'y a rien qui cloche, monsieur ?

—Absolument rien, confirma Dragos.

Mais son lieutenant n'avait pas l'air vraiment rassuré. Il gardait un ton de conspirateur, sans aucun doute effrayé à l'idée d'être vu en conversation si familière avec Dragos dans un endroit aussi public.

—Mais, monsieur, pensez-vous qu'il soit sage de venir en ville comme ça, et en plus ici ? Il y a à peine une semaine que l'Ordre a envoyé deux de ses guerriers dans ce club pour poser des questions sur votre compte.

Dragos secoua légèrement la tête.

—Je ne me fais pas de souci pour l'Ordre. À l'heure qu'il est, ils ont largement de quoi s'occuper. Je m'en suis assuré moi-même aujourd'hui.

Pike resta un instant perdu dans ses pensées.

—Alors, les rumeurs étaient vraies ? Le complexe de l'Ordre a été découvert par les hu...

Avec un regard pour les deux compagnes mortelles de Dragos, Pike se tut abruptement et se racla la gorge.

— La police locale les a repérés ?

Dragos se laissa aller à un sourire.

— Disons juste que les pandores de Boston ont reçu un coup de pouce de ce côté-là.

Le mâle de la Lignée sourit à son tour, mais son regard continua de passer avec hésitation de Dragos aux deux femelles qui l'encadraient. Dragos haussa les épaules en réponse à la question qu'il lisait dans les yeux de son lieutenant timoré.

— Vous pouvez parler sans crainte, Pike. Je leur ai refilé tellement d'alcool et de cocaïne en venant qu'elles ne se souviendront même pas de leur nom demain matin. Si je les laisse survivre jusque-là, ajouta-t-il d'un ton traînant accompagné d'un regard lubrique aux deux jeunes femmes auxquelles il était pressé de goûter.

— Êtes-vous en train de dire que l'attentat qui a eu lieu en ville ce matin et la poursuite policière qui a suivi…

— C'est exactement ce que je suis en train de dire, Pike. (Dragos vit l'expression admirative de son lieutenant se marquer encore plus.) Depuis l'organisation de l'explosion par les Laquais que j'ai recrutés pour faire le boulot, jusqu'à la poursuite qui a mené les forces de l'ordre directement sur le seuil de Lucan Thorne, tout est de mon fait.

— J'ai entendu dire que l'un des guerriers serait aux mains de la police. Est-il vrai qu'ils ont arrêté Sterling Chase ?

Dragos acquiesça. La reddition apparemment volontaire du guerrier constituait, dans cette frappe contre l'Ordre, le détail qu'il n'avait pas lui-même arrangé ni prévu. Il ne savait pas encore trop quoi en penser, mais il avait envoyé son Laquais le plus récent pour voir où en était la situation au poste en centre-ville. De fait, le sénateur ne devrait pas tarder à l'appeler avec un rapport complet.

— D'après ce qu'on dit, Chase est presque Renégat, reprit Pike. Ça ne me surprend pas vraiment, en fin de compte. À voir la façon dont il s'est comporté ici quand il est venu à votre recherche la semaine dernière avec cet autre guerrier – les rapports que j'ai vus donnent le nombre d'Agents blessés et racontent qu'il s'est battu comme un chien enragé –, il ne doit pas être loin de succomber définitivement à la Soif sanguinaire. Difficile de croire qu'il s'agit du même Sterling Chase qu'il y a quelques années. À l'époque, tout le monde était sûr qu'il était parti pour une brillante carrière à l'Agence.

Dragos laissa échapper un soupir. Les souvenirs de Pike ne l'intéressaient pas le moins du monde.

— Que ce fils de pute devienne Renégat ou crève en taule, je m'en fous royalement. Tout ce qui compte pour moi, c'est que ça fera un guerrier de moins.

— Bien sûr, monsieur, répondit Pike d'un ton bref. Je suis parfaitement d'accord.

Dragos écarta l'obséquiosité de son lieutenant d'un geste de la main.

— Je veux une table, Pike.

Tout en parlant, il se mit à caresser les cheveux blonds soyeux de l'une de ses compagnes. Puis, ne voulant pas paraître négliger la rousse, il se retourna vers elle et caressa son long cou mince.

— Je prendrai celle-là, près de la scène.

C'était la meilleure table, en demi-lune, avec banquette. Située au centre de la salle, elle offrait une vue à la fois sur les danseuses et sur le reste du club. Et elle était pour l'instant occupée par pas moins de huit vampires, dont la plupart étaient au moins aussi gradés qu'Arno Pike.

Même s'il était clair qu'il n'était pas à l'aise avec l'ordre qu'il venait de recevoir, le lieutenant de Dragos se précipita pour y obéir. Il y eut bien quelques manifestations de désaccord de la part des Agents installés à la table, des regards acérés et des murmures mécontents, mais Pike parvint à ses fins et se dépêcha de rejoindre Dragos pour l'amener à sa table.

Dragos traversa le club de l'Agence comme s'il en était le propriétaire.

De toute façon, ce serait bientôt le cas, et avec lui, il posséderait la ville et tout ce qu'il y avait dedans, vampires et humains compris.

Il ne serait vraiment satisfait que quand ce foutu monde serait entièrement à ses pieds.

Et ça ne tarderait pas. Il lui avait fallu beaucoup de temps pour établir son plan, plusieurs siècles pour en bâtir les fondations et poser chaque brique exactement où il le fallait, mais tout était en place à présent et rien, pas même l'Ordre, ne pourrait plus l'empêcher d'atteindre son objectif.

Il se glissa sur la somptueuse banquette de cuir en demi-lune, la jolie rousse à sa droite, la blonde aux yeux écarquillés à sa gauche.

— Joignez-vous à nous, Pike. Tout le monde ici a bien vu à qui vous faites allégeance. Et puis, il est désormais inutile de faire semblant. Les règles du jeu ont changé depuis ce matin. À présent, c'est moi qui les édicte.

Comme Pike s'installait à côté de la blonde, Dragos tourna un regard appréciateur sur l'autre femme. La peau de sa gorge et de sa poitrine généreusement exposée dans son décolleté était aussi blanche que de la crème, presque translucide. De fines veines bleues battaient tout près de sa clavicule et Dragos sentit ses crocs jaillir de ses gencives pour envahir sa bouche. Il se précipita sur elle d'un coup puissant, trop vif pour qu'elle puisse faire quoi que ce soit d'autre qu'émettre un petit cri et rester bouche bée tandis qu'il lui perçait la carotide et qu'il aspirait une longue goulée de sang à la morsure palpitante.

Après quelques instants, il se retourna pour goûter à son amie à sa gauche. Il montra encore moins de considération envers elle, enfonçant les doigts dans ses bras quand elle se mit à gémir en tentant de s'arracher à sa morsure. Il aurait pu la calmer avec une transe légère, un égard que la plupart des membres de sa race offraient volontiers à leurs Amphitryons. Mais où aurait été le plaisir alors ?

Dragos se nourrissait sans gêne aux deux femmes, le regard sur Arno Pike, qui luttait de toutes ses forces pour ne pas laisser son côté sauvage prendre le dessus à la vue de tant de sang frais. Ses yeux brillaient comme des braises et ses pupilles n'étaient plus que des fentes étroites. Et Dragos savait que, malgré ses lèvres bien serrées, ses crocs devaient être sortis à leur maximum derrière.

Dragos se mit à rire. Soudain il attrapa le mâle par le revers du veston noir qui faisait partie de l'accoutrement standard des Agents du maintien de l'ordre et l'attira plus près.

— Pourquoi nier ce que tu es ? De quoi as-tu peur ? De l'Ordre ? (Il secoua la tête.) C'est pour ça que nous avons tant travaillé. Pour cette liberté. Elle est pour nous un droit imprescriptible.

Pike laissa échapper une profonde expiration et ses lèvres se retroussèrent sur ses dents et ses crocs. Il poussa un grognement affamé et tourna son regard d'ambre sur la blonde, à présent affalée entre eux deux sur la banquette couverte de sang, abrutie par les drogues et la perte de sang, incapable désormais de se rendre compte de ce qui se passait.

— Prends-la, lança Dragos à son lieutenant. Elle est à toi.

Avec un grondement, Pike précipita la femme sur la table et déchira sa robe sur le devant. Puis il lui tomba dessus comme un animal, faisant de son repas un spectacle qui attira le regard de tous les vampires présents.

Dragos jouissait en voyeur non seulement de la luxure débridée de son lieutenant mais aussi de l'intérêt avide des autres mâles qui s'approchaient à présent de tous côtés, crocs luisants, regards d'ambre brûlants, au milieu du rythme impitoyable des lumières stroboscopiques qui inondaient l'espace depuis la scène.

Comme c'était bon de sentir ce relâchement, cette puissance prédatrice sans frein. Cela faisait bien longtemps qu'il n'avait pu se comporter aussi librement en public, sans avoir sans arrêt l'Ordre à ses trousses, lui mettant sans cesse des bâtons dans les roues. Il en avait terminé de fuir devant Lucan Thorne et ses guerriers. Le coup qu'il leur avait porté ce jour-là était clair. À présent, c'était à eux de se terrer, c'était à leur tour de se demander où il risquait de frapper de nouveau et avec quelle force.

Désormais, c'était lui qui décidait.

Ce moment et tout ce qu'il contenait lui appartenaient.

Et il n'était pas satisfait, pas encore.

Il fit monter la rousse sur la table en lui murmurant un ordre à l'oreille. Elle se dévêtit comme il lui avait dit de le faire, en se trémoussant en rythme sur les basses qui émanaient des haut-parleurs du club et en passant ses doigts fins dans les ruisseaux de sang jumeaux qui coulaient de la morsure ouverte qu'elle avait au cou.

Les rangs se resserraient, les requins se rassemblaient pour la mise à mort. Il ne s'écoula que quelques secondes avant qu'un premier vampire s'écarte de la foule pour sauter sur la table pour la rejoindre.

Comme il la prenait à la gorge, Dragos hocha la tête pour approuver.

— Bois, lança-t-il, puis il se leva pour s'adresser à l'assemblée. Prenez tout ce que vous voulez, vous tous ! Il n'y a pas de lois ici ce soir. Personne pour nous empêcher d'être ce que nous sommes vraiment.

Avec un rugissement d'approbation, un autre mâle sauta sur la table pour boire au poignet de la rousse. Puis un troisième vint planter ses crocs dans son autre poignet.

Dans un coin éloigné de la salle, un cri de femme s'éleva d'un coup avant de s'arrêter tout aussi brusquement. Et ce fut la ruée. De plus en plus de vampires, soudain voraces, se mirent à se nourrir, et les bruits de succion ne furent bientôt plus interrompus que par les cris affolés des humains saccagés.

Dragos observait tout ça avec la satisfaction d'un roi barbare chez lui dans l'arène. Le parfum cuivré du sang humain répandu s'élevait à présent de partout, faisant du club une scène orgiaque folle. Et ce moment, ce moment terrible et parfait, rien ni personne n'aurait pu le lui enlever, pas même l'Ordre.

Qu'ils apprennent donc ce qu'il avait fait là et qu'ils fulminent de ne pas y avoir été pour l'arrêter. Qu'ils mettent à bas l'Agence du maintien de l'ordre en cherchant furieusement qui étaient ses alliés secrets. Ils pouvaient bien démanteler toute l'organisation, pour ce qu'il en avait à faire ! Il ne pourrait que profiter de cette dispersion. Et bientôt, rien de ce qu'ils pourraient faire n'aurait plus d'importance.

Il les posséderait, comme il posséderait le reste des paysans qui peuplaient ce monde insignifiant et naïf.

Enivré par son triomphe imminent, Dragos lança la tête en arrière et rugit comme la bête qu'il avait toujours été.

Chapitre 5

— Vous croyez qu'ils l'ont tué ?

— Hein ? grogna le sénateur Clarence, qui était assis à côté de Tavia à l'arrière du 4 × 4 noir du FBI qui filait sur la voie express.

Il n'avait pratiquement pas ouvert la bouche tandis qu'ils quittaient la ville, excepté pour lui dire qu'il tenait absolument à ce que lui-même et l'agent du FBI s'assurent qu'elle rentrait chez elle sans problème. Et à présent il l'observait, le visage bizarrement dénué d'expression vu ce qui s'était produit au poste de police.

Peut-être était-ce le choc ? Dieu sait qu'elle restait elle-même incrédule face aux événements.

— Il y a eu tant de tirs pendant qu'ils nous faisaient sortir de cette pièce… Je me demandais juste si vous croyiez que la police avait tué cet homme.

— Ça ne m'étonnerait pas plus que ça. (Le sénateur haussa les épaules.) Et très franchement ça ne me poserait pas de problème. Et ça ne devrait pas vous en poser non plus, Tavia. Il n'y a pas de place dans notre monde pour quelqu'un comme lui. Si j'en avais eu la possibilité j'aurais moi-même truffé de plomb le crâne de ce salopard.

La froideur de cette remarque troubla Tavia. Elle connaissait Bobby Clarence depuis près de trois ans, ayant travaillé à ses côtés d'abord comme stagiaire quand il était procureur adjoint, puis en tant qu'assistante depuis qu'il avait décidé de se présenter au Sénat. Elle savait qu'il ne faisait pas de concessions quant à la sécurité nationale et à la lutte contre le terrorisme ; il avait même bâti toute sa campagne sur ses engagements dans ce domaine. Mais elle ne l'avait jamais entendu parler avec tant de désinvolture de la vie d'un être humain, ou plutôt de sa mort présumée.

Elle se détourna et se mit à contempler le paysage enneigé qui défilait de l'autre côté de la vitre teintée du véhicule qui la ramenait chez elle, à des kilomètres de la ville proprement dite.

— Qui est Dragos ?

Comme il ne réagissait pas du tout, Tavia crut d'abord que le sénateur ne l'avait pas entendue. Mais lorsqu'elle se retourna vers lui, il avait le regard rivé sur elle. Il lui sembla même que son regard la traversait. Elle sentit comme un étrange picotement dans la nuque, qui ne dura pas, tandis que le beau visage de son patron se détendait pour arborer une expression de légère confusion.

— Je ne sais pas de qui vous voulez parler, Tavia. Devrais-je connaître ce nom ?

— Il semblait croire que oui… je veux dire l'homme au poste de police. (Elle observa le visage du sénateur pour voir si ça lui évoquait quelque chose, mais ce n'était visiblement pas le cas.) Avant que vous n'entriez dans la pièce, il m'a dit que vous couriez un danger de la part d'un individu nommé Dragos. Il a dit que nous risquions tous deux d'être en danger. Il voulait vous avertir…

Le sénateur Clarence fronçait les sourcils.

— Il vous a dit tout ça ? Vous avez parlé à cet homme ? Quand ?

— Je ne lui ai pas parlé. Pas vraiment. (Elle essayait encore de comprendre ce qui s'était passé ce soir-là.) Il m'a vue à travers la vitre de la salle d'identification. Il a commencé à parler. Il a dit tout un tas de trucs bizarres.

Le sénateur hocha lentement la tête.

— Des trucs fous sortis de la bouche d'un paranoïaque à vous entendre, Tavia.

— Oui, à ceci près qu'il ne m'a pas semblé fou. Il avait l'air perturbé et instable, mais pas fou.

Elle regarda son patron, qui se frottait le poignet sans y penser, ce même poignet écrasé un peu plus tôt par l'étreinte formidable de cet homme qui était parvenu à briser la chaîne de ses menottes et la vitre d'une salle d'identification prétendument inviolable avant qu'une demi-douzaine de policiers et d'agents du FBI ne parviennent à reprendre le contrôle de la situation. Et tout ça pour pouvoir mettre la main sur le sénateur Clarence.

— Quand il vous a vu, il a dit qu'il était déjà trop tard. Il a dit que cette personne, ce Dragos, vous possédait. Qu'a-t-il voulu dire par là ? Pourquoi croyait-il que vous connaissiez cette personne et que vous sauriez où le trouver ?

Un tendon se mit à battre dans la mâchoire bien taillée de Robert Clarence.

— Je n'en sais vraiment rien, Tavia. Les politiciens se font beaucoup d'ennemis. Certains d'entre eux sont des doux dingues sans danger, d'autres des sociopathes destructeurs à la recherche d'attention qui pensent que la violence et la terreur sont les meilleurs moyens de l'obtenir. Qui sait ce que me reproche ce fou ? Tout ce que, moi, je sais, c'est qu'il est venu dans ma maison pour commettre un assassinat et que, quand il a échoué, lui et ses complices militants ont décidé de faire sauter un bâtiment officiel et de tuer plusieurs innocents ce faisant. Le seul danger évident auquel l'un de nous semble avoir été exposé ce soir venait de lui et de lui seul.

Tavia acquiesça d'un hochement de tête à l'énoncé de ces faits bruts. Elle ne pouvait en contester aucun et elle ne savait pas vraiment pourquoi elle se sentait obligée de disséquer et d'analyser ce qu'elle avait entendu dans la salle d'identification du poste de police, ni pourquoi il lui était impossible de se sortir de la tête cet homme et chacun des mots étranges qu'il avait prononcés.

Sans parler de ses yeux…

Elle voyait encore leur nuance bleu acier et se souvenait parfaitement de l'intensité avec laquelle ils l'avaient épinglée sans ciller, d'un regard où ne se lisait pas la moindre trace de folie.

Elle ressentait toujours la chaleur particulière qui lui avait semblé irradier de ces iris enfiévrés à l'instant où leurs regards s'étaient verrouillés l'un à l'autre, quelques secondes à peine avant que les électrodes des Tasers ne s'enfoncent en lui et que les balles se mettent à voler.

Elle était tellement plongée dans ses pensées qu'elle sursauta quand le sénateur se claqua la cuisse de la main.

— Ah, zut ! Je savais bien que j'oubliais quelque chose.

— Quoi ? demanda-t-elle en se retournant vers lui tandis que le 4 × 4 quittait la voie express pour rejoindre une petite route et parcourir les quelques kilomètres qui les séparaient encore de sa maison.

Il avait son regard de chien battu, celui qu'il réservait habituellement pour les moments où il s'apprêtait à lui demander de travailler tout le week-end ou de trouver un cadeau de dernière minute pour l'hôtesse d'une soirée mondaine quelconque qu'il lui fallait absolument impressionner.

— C'est demain qu'a lieu le petit déjeuner de charité en faveur de l'hôpital des enfants.

Tavia acquiesça.

— Huit heures à Copey Place. J'ai demandé au teinturier de livrer vos vêtements chez vous et je vous ai envoyé votre discours par e-mail à la fois sur votre mobile et sur votre ordinateur personnel avant de quitter le bureau pour le poste de police ce soir.

Comme d'habitude, elle avait tout prévu, mais il n'avait pas l'air satisfait pour autant. Il grimaça.

— Je pensais apporter quelques modifications au discours. En fait, j'espérais que vous pourriez m'aider à le réécrire complètement. Avec tout ce qui s'est passé, je n'ai pas eu l'occasion de vous en parler. Je suis désolé, Tavia. Je sais que vous êtes probablement épuisée, mais pourriez-vous m'accorder une ou deux heures ce soir ? Nous pourrions travailler chez moi, puisque nous sommes déjà à mi-chemin de Marblehead…

— Je ne peux pas, répondit-elle, les mots sortant de sa bouche avant même qu'elle s'aperçoive qu'elle allait les dire.

Elle n'avait jamais refusé la moindre des tâches qu'il avait voulu lui confier, mais il y avait quelque chose ce soir-là, quelque chose qui concernait directement Bobby Clarence, qui curieusement réveillait son instinct de prudence. Elle secoua la tête, alors même que la surprise qu'elle lisait dans son regard se changeait en déception, puis en froide désapprobation.

— J'aimerais pouvoir vous aider, mais ma tante est très malade et c'est moi qui ai ses médicaments. (Elle plongea la main dans son sac et en tira un flacon plein de pilules blanches.) Je crains que si je ne suis pas là pour m'assurer qu'elle les prenne bien et qu'elle ait un repas correct…

— Bien sûr, je comprends, répondit le sénateur.

Il connaissait les grands traits de son histoire personnelle et savait que sa tante Sarah l'avait élevée seule pendant presque toute son existence. Elle constituait la seule famille que Tavia ait jamais connue et le fait que celle-ci puisse tout lâcher pour prendre soin de la vieille femme était parfaitement vraisemblable.

Le 4 × 4 ralentit en écrasant glace et neige sous ses pneus à l'approche du petit cottage propret aux tons de gris, aux volets noirs et à la porte d'entrée garnie d'une couronne de Noël, d'où s'échappait par presque toutes les fenêtres une chaleureuse lumière dorée. Tavia affronta le regard inquisiteur du sénateur depuis l'autre côté de la large banquette arrière.

— Je suis désolée de ne pas pouvoir vous aider cette fois. Je suis sûre que les changements que vous apporterez au discours seront les bons.

Il hocha la tête.

— Saluez de ma part votre tante Sarah. Dites-lui que j'espère qu'elle ira très vite mieux. (Ses lèvres dessinèrent un sourire qui aurait pu passer pour compatissant s'il n'avait pas été démenti par l'éclat sombre du doute dans ses yeux.) À demain matin, Tavia.

Elle ouvrit la portière du 4 × 4 et en descendit.

Elle aurait peut-être mieux fait de se mordre la langue, mais il y avait une question qui lui brûlait les lèvres depuis qu'ils avaient quitté le poste de police, une question qui la troublait presque autant que celles qui commençaient à agiter son esprit sur le compte du sénateur lui-même. En fait, c'était quelque chose qui la tarabustait depuis plus longtemps même... depuis la semaine précédente, au moment où elle avait vu pour la première fois l'un des soutiens les plus généreux de Bobby Clarence.

Une fois dehors elle se retourna pour s'adresser au sénateur.

— Drake Mestre ? Vous le connaissez bien ?

C'est alors qu'elle vit la faille dans une façade par ailleurs si bien constituée.

— Drake Mestre, répéta-t-il sur un ton plus autoritaire qu'interrogatif. (Il s'éclaircit la voix et tenta de se composer un masque de surprise légère, mais Tavia avait décelé sa fausseté.) Qu'est-ce que Drake Mestre vient faire dans tout ça ?

Elle laissa la question en suspens. Elle n'avait pas la réponse. Pas encore.

Mais elle avait bien l'intention de la découvrir.

— Il faut que j'y aille, maintenant, dit-elle, et elle pivota pour rejoindre la maison.

Tante Sarah l'accueillit à la porte, vêtue d'un survêtement de molleton rouge avec un tablier vert aux motifs de Noël noué autour de la taille. Des chants de Noël se répandirent dans la nuit, accompagnés d'une odeur de pain fraîchement cuit et de cannelle ainsi que du fumet d'un ragoût mijotant sur le feu.

— Te voilà enfin ! s'exclama la vieille dame. Pourquoi tu ne répondais pas à ton portable ? J'ai essayé de te joindre toute la soirée.

— Je suis désolée. J'ai dû désactiver la sonnerie. (Tavia pénétra dans la maison et regarda le 4 × 4 noir quitter lentement le bord du trottoir.) J'ai eu une longue journée, tante Sarah. Je sais, j'aurais dû appeler. J'espère que tu ne t'es pas inquiétée.

— Bien sûr que je me suis inquiétée ; je t'aime. (Elle regarda Tavia en plissant ses yeux marron.) Comment s'est passée ta visite chez le docteur Lewis ? Est-ce que tu lui as parlé des terreurs nocturnes et des maux de tête que tu as depuis quelque temps ? Es-tu passée prendre tes médicaments ?

— Le rendez-vous s'est bien passé, comme les centaines d'autres qui l'ont précédé. Et j'ai ma nouvelle provision de drogue avec moi.

Tavia secoua son sac et l'on entendit le bruit des pilules dans leur flacon. Rencontrant le regard chaleureux de sa tante, elle sourit à la vieille femme qui se préoccupait tant d'elle. C'était la première impression de réconfort, de normalité, qu'elle ressentait de toute la journée.

— Moi aussi, je t'aime, tante Sarah. Qu'y a-t-il pour dîner ?

D'abord, Chase se crut en enfer. Outre le fait qu'il se sentait comme si un camion lui était passé dessus à plusieurs reprises, il avait la bouche sèche et la tête qui résonnait des bips et des sifflements incessants provenant d'équipements électroniques proches de lui.

Il resta allongé là les yeux fermés un moment, luttant toujours pour retrouver le plein usage de ses sens après un long sommeil abrutissant. Il y avait quelqu'un dans la pièce avec lui. Ils étaient deux. Des humains, un mâle et une femelle. Debout de part et d'autre de son corps, ils parlaient à voix basse. La femme était en train de couvrir ses jambes nues d'un drap et d'une légère couverture tandis que l'homme se penchait par-dessus sa tête pour appuyer sur des boutons sur l'un des moniteurs en alarme.

— Sa pression sanguine est encore extrêmement élevée, dit l'homme d'une voix caverneuse à l'accent bostonien. Et son rythme cardiaque n'a pas beaucoup baissé non plus au cours de la dernière heure. Le ralenti de ce type vaut celui d'une foutue voiture de course.

— Il a beaucoup de chance d'être en vie, en tout cas, répondit la femme. Avec toutes ces blessures par balles, ses constantes devraient tendre vers zéro plutôt que de percer les plafonds comme elles le font. (À la voix, elle semblait d'âge mûr et fatiguée. Elle mâchouillait bruyamment un chewing-gum à la menthe en parlant.) On m'a dit que le labo avait encore foiré ses analyses sanguines et qu'ils recommençaient tout pour la troisième fois. C'est pas possible, c'est des clowns qu'ils ont mis là en bas ce soir, ou quoi ? Ce qui semble sûr, c'est qu'entre-temps il va falloir que je mette en perce une nouvelle poche d'O⁻ avant la relève.

Nom de Dieu !

Il n'était pas mort, pas plus qu'il ne se trouvait en enfer. Il était dans un service hospitalier humain. Et à en juger par les menottes qui retenaient son poignet droit accroché au montant du lit à roulettes, Chase devina qu'il était toujours techniquement en cellule.

Il fallait absolument qu'il sorte de là.

Son premier instinct fut de sauter à bas du lit et de filer avant que ses résultats d'analyse hors du commun provoquent de la part des humains des questions auxquelles ils ne tiendraient pas à connaître les réponses. Et, comme si ça ne suffisait pas, il y avait aussi le fait que Dragos avait recruté un autre Laquais. La fureur se réveilla derrière le brouillard épais entretenu en lui par ses blessures lorsqu'il se rappela l'éclat vide du regard du sénateur Clarence. Et elle ne fit que s'accroître quand il repensa à Tavia, femme innocente inconsciente du mal qui rôdait auprès d'elle à la toucher.

Il devait faire quelque chose. Mais il n'avait la force ni de se lever, ni de s'échapper. Il n'arrivait même pas à soulever les paupières.

Il avait besoin de sang.

Pas du sang en boîte dont parlait Miss Hollywood Chewing Gum, mais de globules rouges frais, pris directement à la veine d'un humain. Les transfusions avaient probablement permis à ses organes de fonctionner juste après la fusillade, mais s'il voulait avoir une chance de guérir vraiment et de retrouver toute la force et toute la puissance que lui avait conférées son appartenance à la Lignée, il lui fallait se nourrir.

Beaucoup.

Et très vite.

Se déplaçant à côté de lui près du lit, l'infirmier se mit à réarranger certains des cathéters fixés au bras libre de Chase.

— Tu as entendu ce qui se dit à propos de l'autre type qu'ils ont ramené ici du poste ce soir, celui que ce gars-là a essayé d'utiliser comme boulet de démolition ? Il est dans un sale état.

L'infirmière laissa échapper un grognement sec.

— Oh oui ! J'en ai entendu parler. Moelle épinière sectionnée, paralysie totale jusqu'au cou. Juste retour des choses, si tu m'en crois.

— Comment ça ?

Le bruit du chewing-gum se rapprocha et une odeur de menthol chatouilla les narines de Chase comme elle se penchait sur lui pour inspecter une des blessures qu'il avait à la poitrine.

— Avant de travailler ici, je faisais la nuit au Massachusetts General Hospital. Il lui est arrivé plus d'une fois de faire admettre sa femme aux urgences après une rouste suivie d'un brusque accès de mauvaise conscience. Il avait toujours une excuse toute prête : elle s'était pris un mur, ou bien elle s'était ouvert la tête en faisant le ménage, etc. Alors ce n'est pas moi qui vais pleurer à l'idée qu'un type comme ça passe le reste de sa vie assis sur son cul à bouffer de la purée et à pisser dans une poche.

— Pas possible ! (L'infirmier laissa échapper un ricanement.) Ce n'est pas pour rien qu'on dit qu'on récolte ce qu'on sème !

— En attendant, moi aussi je deviens mauvaise si j'ai pas ma clope toutes les deux heures, répliqua l'infirmière en mâchant encore plus furieusement son chewing-gum. Est-ce que tu peux finir ici pendant que je file en bas m'en griller une ?

— Oui, bien sûr. J'ai presque fini. Il me reste juste à préparer un cocktail nocturne pour M., euh… (Il se tut le temps de regarder le nom.) Pour M. Chase ici présent. Quelque chose de bien tranquillisant, après sa tentative de suicide au plomb de ce soir dans la salle de parade.

L'infirmière à l'haleine mentholée ôta ses gants de latex avec un claquement violent qui fit l'effet d'un coup de tonnerre pour Chase.

— Tu es un amour, Mike. N'oublie pas d'éteindre quand tu auras fini ici, OK?

— T'inquiète pas! Allez, file! Je te couvre.

Chase écouta le bruit feutré des semelles de crêpe de l'infirmière qui quittait la chambre. La porte se referma avec un petit déclic. Chase se mit à bouillir de l'envie d'agir, de prendre sa chance de se nourrir.

Il regarda à travers la fente de ses paupières. L'infirmier lui tournait le dos. Il était en train de préparer une poche à intraveineuse. C'était un homme d'un gabarit certain, comme sa voix l'avait laissé pressentir, grand et fort, avec des épaules carrées qui ressortaient sous sa blouse bleu ciel.

— Bien, monsieur Chase! J'ai là pour vous une poche de tisane.

Il accrocha la poche à l'un des pieds à perfusion qui se dressaient à côté du lit, puis se pencha sur Chase et souleva son bras pour en fixer le tube à un cathéter libre à son poignet.

— Je vous promets que c'est que du bon…

Chase ouvrit grand les yeux.

— Nom de Dieu!

Dans un mouvement de panique, l'homme tenta de s'écarter du lit.

Il n'alla pas loin. Chase lui accrocha la nuque de la main et, dans un sursaut soudain de puissance rentrée, l'amena jusqu'à lui. Il y avait mis tout ce qui lui restait, et ça avait suffi.

Les cris de l'homme étouffés contre la couverture qui recouvrait sa poitrine, le vampire planta les crocs dans son cou.

Il but rapidement, profondément, goulée après goulée. Le sang cuivré frappa sa langue asséchée comme du feu, nourrissant les cellules racornies de son corps et enflammant ses sens. Il sentit une montée instantanée de force et de puissance : c'était ça qui faisait du sang humain une vraie drogue. Mais il ne pouvait pas se permettre de réfléchir à ça à ce moment-là. Une seule chose importait, sortir de cet endroit.

La tentation de se gaver était aussi forte pour lui que pour n'importe quel junkie, mais dès que Chase sentit sa puissance culminer, il passa la langue sur la morsure pour la sceller. L'homme était flasque à présent, étourdi par la perte de sang. Par sécurité, Chase plaça sa paume contre son front pour le mettre en léthargie, puis il repoussa sa lourde masse de son bras libre. Il se débarrassa ensuite des menottes qui retenaient l'autre avec une combinaison de commande mentale et de pure force vampire.

Chase, qui était nu en dehors de ses nombreux bandages, s'assit et commença à enlever les cathéters plantés dans ses veines. Il se libéra aussi des sondes qui mesuraient ses constantes vitales, puis il se dépêcha d'enlever à l'infirmier sa blouse bleue, qu'il enfila. En revanche, les sabots en plastique de l'homme étaient bien trop petits pour lui.

Pieds nus, Chase souleva l'humain pour le poser sur le lit à sa place, fixant la sonde de l'électrocardiographe à son doigt avant que la machine ne déclenche l'alarme. Pour être sûr que l'homme ne se réveille pas en hurlant « vampire » à qui voudrait l'entendre, Chase effaça rapidement de sa mémoire l'attaque qu'il venait de subir. Enfin, après avoir remonté le drap et la couverture à son menton, il pivota pour se diriger vers la porte… juste au moment où l'infirmière l'ouvrait.

— Je ne sais pas vraiment, Darcy. Je viens juste de remonter de ma pause, lança-t-elle par-dessus son épaule, la tête tournée vers le bureau des infirmières, alors qu'elle pénétrait dans la chambre.

Chase se plaqua contre le mur derrière la porte. Son corps bénéficiait encore du pic d'énergie offert par le repas de sang qu'il venait de faire, chaque muscle prêt à agir. Il ne voulait pas faire de mal à la femme, mais si elle le voyait…

Elle s'attarda sur le seuil et regarda vers le lit, où était étendu immobile le grand infirmier, toujours endormi.

— Mike, tu es toujours là ? lança-t-elle à voix basse afin de ne pas réveiller le patient.

Comme elle faisait un pas dans la chambre, Chase se rencogna derrière la porte, rassemblant toute l'ombre de la pièce autour de lui, comme le lui permettait son don particulier, parfois plus efficace que la force et la puissance brute dont disposaient les membres de son espèce. Il maintenait les ombres tout contre lui, les déformant à sa guise, tandis que la femme parcourait des yeux la chambre à la recherche de son collègue.

— Michael ? (Elle fronça les sourcils, frissonnant un peu dans le froid provoqué par l'illusion que créait Chase, et resserra contre elle sa veste blanche.) Pour ce qui est de penser à éteindre avant de sortir, tu repasseras.

Sur ces mots, elle pivota sur ses talons et quitta la chambre en actionnant l'interrupteur.

La pièce fut plongée dans l'obscurité et Chase relâcha le rideau d'ombre qui lui avait évité d'être découvert.

À travers la vitre de la porte, il la vit retourner au bureau des infirmières plus loin dans le couloir et se mettre à bavarder avec la paire de jeunettes qui en avaient la charge. Il se glissa alors hors de la chambre dans sa blouse volée, ses pieds nus ne faisant aucun bruit sur le sol du couloir qu'il emprunta vers la sortie.

Elles ne le virent pas.

Pas plus qu'aucun autre œil humain n'aurait pu le suivre tandis qu'il fusait à une vitesse surnaturelle de l'autre côté du couloir, aussi silencieux et aussi furtif qu'un fantôme.

Une fois dehors, Chase fila dans la rue. Pour les humains qu'il dépassa, il ne fut rien d'autre qu'un courant d'air froid au milieu des bourrasques de neige qui tombaient du ciel obscur. À présent, il savait exactement où il allait. Tous ses sens de prédateur le guidaient vers une résidence bien précise de la North Shore avec une certitude et une vélocité dignes de la Mort elle-même.

Chapitre 6

Cinq cent trente-deux e-mails dans sa boîte de réception depuis le milieu de journée, y compris celui que Tavia lui avait dit avoir envoyé avec le fichier de son discours pour l'opération de levée de fonds du matin suivant.

Toujours aussi efficace, elle était allée jusqu'à joindre à son message un second fichier contenant des éléments anecdotiques sur certaines des personnes qui assisteraient au petit déjeuner de charité. En gros, des antisèches lui permettant de rester à la hauteur de sa réputation de politicien chaleureux et plein de charme. Il ne jeta qu'un coup d'œil distrait au document, trouvant difficile de se soucier des choix philanthropiques de circonstance d'un ramassis de mondains de Back Bay ou des relations entretenues par chacun des cadres dirigeants au portefeuille bien garni figurant sur la liste des invités avec l'équipe de son ancienne université.

À la lumière tamisée de sa lampe de bureau, il ouvrit son agenda et posa un regard indifférent sur la masse de réunions et de comités, d'apparitions publiques et d'engagements mondains qui en emplissait les pages.

Tout ça n'avait plus la moindre importance pour lui.

Cela en avait-il jamais eu ? Il n'en était plus très sûr. Il ressentait un détachement froid vis-à-vis de tout ça. Même à la vue de son propre nom et de ce qu'il était.

Oh, certes, il avait encore un travail à accomplir. Il était indispensable qu'il poursuive sa carrière sur la même trajectoire. Mais tous ses vieux rêves et ses désirs passés, comme l'ambition personnelle qui était à l'origine du moindre de ses pas prudents, ne signifiaient plus rien pour lui.

Sa vie avait un nouveau but.

Drake Mestre, Dragos, la seule cause qu'il serve désormais, lui avait montré un nouveau chemin, un chemin plus sincère.

Il avait tout éclairci pour lui la dernière fois qu'ils s'étaient rencontrés. Était-ce seulement la veille au soir ? Il ne pouvait se rappeler exactement quand ça avait eu lieu. Le temps, comme tout ce qui était lié à la coquille vide de ce qu'il avait jadis été, avait quelque part, d'une façon qu'il ne s'expliquait pas, cessé d'exister.

Il avait le sentiment d'avoir toujours appartenu à son Maître. Il n'y avait rien avant ni après lui. Rien au-delà de l'objectif de répondre à son bon plaisir et par-dessus tout de le protéger.

Et c'était la raison pour laquelle la première chose qu'il avait faite en arrivant à sa résidence de la North Shore avait été de contacter son Maître et de l'informer de ce qui s'était passé au poste de police avec le guerrier de la Lignée en garde à vue.

Il avait parlé à son Maître de Tavia Fairchild et de toutes les questions qu'elle lui avait posées, et aussi de ses soupçons imprudents. Il espérait que le Maître ne serait pas trop chagrin qu'il ait laissé la femme échapper à sa surveillance, mais il n'eut droit à aucune réprimande. En fait, le Maître avait paru presque amusé.

— Laisse-moi me charger de la femme, lui avait-il enjoint. Je vais m'occuper personnellement de l'indiscrète Tavia Fairchild. Tu as tes ordres, Laquais. Assure-toi de les exécuter sans délai.

Et c'est ce qu'il avait fait.

L'audience privée était prévue pour le lendemain soir, une faveur personnelle obtenue d'un ami de longue date qui avait atteint l'une des plus hautes positions du pays. Le Maître serait content. Et à cette heure-ci le lendemain, il aurait ajouté un nouveau serviteur loyal à son équipe.

Le Laquais sourit, impatient de recevoir l'approbation de son Maître.

Il venait d'éteindre son ordinateur et s'apprêtait à se lever pour rejoindre sa chambre quand il entendit un bruit étouffé dans le couloir sur lequel donnait son bureau. Il se leva et alla jusqu'à la porte fermée, puis l'entrebâilla avec précaution pour jeter un coup d'œil de l'autre côté.

L'un de ses gardes du corps gisait immobile sur le tapis clair du couloir, où s'étalait le sang qui coulait de sa gorge tranchée. Le Laquais pencha la tête, écoutant le silence peu naturel qui régnait autour de lui. Il n'y avait pas d'autres gardes en vue. Et aucune alerte ne résonnait dans la grande maison.

Il avait posté d'autres hommes armés en sentinelles ce soir-là. Quiconque avait pénétré dans la maison avait dû tous les tuer.

Un vampire.

Le Laquais sentit ce qui lui restait de sang se glacer. Il rentra rapidement dans le bureau et se retourna pour fermer la porte avant que le danger l'atteigne.

Mais c'était déjà trop tard.

La mort était déjà dans la pièce avec lui et sortait de l'ombre derrière lui. Le Laquais cligna des yeux et vit que l'illusion d'obscurité venait de se dissiper. À sa place se dressait l'ennemi de son Maître. Le guerrier qui aurait dû mourir aux mains des policiers le soir même.

Il était pieds nus et de l'eau gouttait de ses cheveux mouillés de neige et de la blouse d'hôpital bleue trempée qui lui collait au corps. Cette dernière était couverte de sang, mais le Laquais n'aurait su dire si celui-ci provenait des blessures par balles qu'il avait subies au poste de police ou du sacrifice des hommes qu'il avait tués en pénétrant chez lui.

Le guerrier de la Lignée fit un pas vers lui. Ses yeux projetaient une lumière ambrée terrible et ses crocs étaient deux immenses dagues meurtrières capables de tailler un corps en pièces.

Mais le Laquais n'avait pas peur.

Il était résolu.

Ce vampire était venu lui arracher des informations, des informations qu'il n'obtiendrait jamais, même pas sous la pire des tortures.

Il savait que c'était ce qui l'attendait cette nuit-là. La torture… et la mort.

— Vous ne le vaincrez jamais, affirma le Laquais, qu'animait encore sa confiance absolue dans la puissance de son Maître. Vous ne pouvez pas gagner.

Mais il ne lut pas la moindre incertitude dans le regard incandescent posé sur lui. Il n'y avait là qu'une fureur sauvage qui lui promettait une fin terrible.

Il sentit ses jambes amorcer un mouvement sous lui, l'instinct poussant son corps à fuir la menace. Il pivota et vit soudain un flot de sang s'écraser en arc de cercle sur la porte et le mur devant lui.

Son sang.

Sa fin terrible, qui ne faisait que commencer.

Elle était brûlante.

Tavia s'agitait dans son lit, prisonnière de ce voile épais qui séparait le sommeil de l'état d'éveil. Le drap et la couette étaient trop lourds, son corps trop chaud dessous dans son caraco et sa culotte de coton. Dans le brouillard de son demi-sommeil, elle repoussa drap et couette, mais la chaleur ne la quitta pas pour autant.

C'était une chaleur interne, pas un de ces accès de fièvre foudroyants qui lui mettaient parfois les nerfs littéralement à fleur de peau lorsqu'elle restait trop longtemps sans prendre ses médicaments, mais bien un autre type de chaleur. Quelque chose de lent à monter et de fluide, quelque chose de brûlant qui s'épanouissait du plus profond de son être.

Elle sentit ses seins picoter, un mal délicieux qui passa d'un téton à l'autre avant de descendre vers son ventre. Les yeux fermés, toujours prise aux filets du sommeil, elle se cambra de plaisir, désireuse de sentir cette impression plus longtemps au même endroit mais aussi impatiente de l'éprouver sur tout son corps. Et tout au fond d'elle, ses sens se réveillaient, avides, comme l'était son corps, de réagir à l'appel érotique.

La chaleur se fraya un chemin qui plongeait plus loin à présent, jouant à enflammer sa hanche, puis la chair alanguie de sa cuisse nue. Son sang se précipitait dans ses veines et ses artères. Elle le sentait à chaque battement de son cœur.

Quand la chaleur intense atteignit le petit nid bouclé entre ses jambes, elle frissonna d'anticipation.

Oui ! Sa prière silencieuse se répercuta dans l'accélération de son pouls. Ouuuii…

Elle savait bien que ce n'était qu'un rêve. Son esprit à moitié conscient comprenait bien que cet amant fantôme qui la séduisait ne pouvait être réel. Elle n'avait jamais connu d'homme. N'avait jamais ressenti de bouche affamée et inquisitrice sur son corps. Ni même sur ses lèvres. Elle ne pouvait pas. Sa réalité était trop fragile, trop entravée par la peur et la honte.

Mais pas à ce moment-là.

Pas comme ça, alors qu'elle était tout étourdie de désir à cause d'un rêve qu'elle ne supporterait pas de quitter.

Le sommeil et le plaisir l'incitant à y demeurer, elle plongea la main pour venir toucher cet endroit d'elle qui fondait et ne cessait de vibrer de sensations. Le bout de ses doigts était la langue de son amant fantôme, douce et sans pitié, qui l'embrassait et la caressait partout où c'était bon.

Elle s'imagina de larges épaules entre ses jambes. Une peau de satin et des muscles puissants frottant contre sa peau nue.

Rends-toi, laisse-toi faire. La voix profonde parlait dans sa tête, des encouragements si charmeurs qu'elle sentait son souffle chaud glisser sur sa chair animée. *Je veux te voir, te goûter tout entière. Je veux te faire crier mon nom.*

Mais elle ne connaissait pas son nom, lui susurrait la logique empêtrée dans les toiles du rêve. Elle repoussa l'intrusion de son conscient et se replongea dans son fantasme. Elle n'avait d'autre choix que de rendre les armes, parce que les ressorts du plaisir continuaient à se tendre, sa peau à picoter, chaque millimètre de son être en feu, au bord de la désintégration. Elle se tortillait sur le lit, incapable d'en supporter beaucoup plus.

Et c'est alors qu'elle entendit sa voix juste à côté de son oreille. Sa bouche était humide et chaude contre son cou, sa voix un vibrato profond qu'elle ressentait jusqu'au plus profond d'elle-même. *Laisse-moi te goûter, Tavia…*

— Oui, murmura-t-elle dans l'obscurité de sa chambre. Oh, mon Dieu, oui !

Elle sentit sa bouche s'ouvrir sur son cou, sa langue et ses dents appuyer sur sa chair tendre, la percer. Elle cria sous la douleur de la vive morsure, choc et plaisir explosant immédiatement et libérant en elle la montée des eaux.

Elle se noyait dans le rêve à présent, complètement à la dérive tandis que son amant fantôme se relevait au-dessus d'elle pour la regarder.

C'était lui !

L'homme de la parade au poste de police. Le tireur lors de la soirée du sénateur. La menace aux yeux d'acier dont le visage l'avait hantée depuis l'instant où elle avait posé le regard dessus pour la première fois.

Dressé au-dessus d'elle dans son rêve à présent, il n'en avait pas un regard moins cruel, moins impitoyable. Il avait les lèvres entrouvertes, et sa grande bouche sensuelle, la bouche qui venait de lui donner tant de plaisir, était glissante et noire de sang.

Son sang.

La prise de conscience fut aussi violente qu'un coup de poignard.

Il sourit alors, beau et terrifiant à la fois, lèvres retroussées sur des crocs éclatants à la pointe de diamant…

— Non !

À cette vue, Tavia se réveilla en sursaut, son cri d'horreur toujours dans les oreilles. Elle s'assit dans son lit, pantelante et secouée, même si son corps vibrait encore de la jouissance qu'il venait de connaître.

Entendant un coup frappé à sa porte, elle se dépêcha de se couvrir.

— Qu'est-ce qui se passe, Tavia ? appela une voix à travers la porte fermée. Y a-t-il quelque chose qui ne va pas ?

— Tout va bien, tante Sarah. Ne t'inquiète pas.

Après une brève hésitation, la vieille dame reprit :

— Je t'ai entendue crier dans ton sommeil. Ce n'était pas une nouvelle terreur nocturne, n'est-ce pas ?

Non, mais quelque chose d'encore pire, pensa Tavia. Ses terreurs nocturnes n'avaient jamais commencé si plaisamment pour se finir si mal.

— Ce n'était rien, vraiment. (Elle parvenait tant bien que mal à ne pas laisser transparaître son angoisse dans sa voix.) Je vais bien. Je t'en prie, ne t'inquiète pas. Va te recoucher.

— Tu es sûre ? Est-ce que je peux t'apporter quoi que ce soit ?

— Non, merci.

Tavia ferma les yeux dans l'obscurité de sa chambre, essayant d'oublier le rêve perturbant toujours vivace dans son esprit, toujours vivant sur sa peau et dans son pouls agité.

— Bonne nuit, tante Sarah. À demain matin.

Un nouveau silence. Sa tante et gouvernante ne bougeait pas.

— Entendu, lâcha-t-elle enfin. Si tu le dis. Bonne nuit, ma chérie.

Tavia resta assise dans son lit, écoutant le bruit des pas de sa tante dans le couloir, jusqu'à entendre le léger grincement de la porte de sa chambre.

Puis elle sauta du lit et rejoignit à pas légers sur le tapis sa salle de bains et son carrelage rafraîchissant. Dans le miroir de son armoire à pharmacie, son visage était pâle et marqué. Elle fit glisser l'un des panneaux réfléchissants qui fermaient l'armoire et prit l'un des énormes flacons qui s'y trouvaient, celui qui contenait les pilules que le docteur Lewis lui prescrivait pour combattre les crises d'angoisse qui l'avaient handicapée presque toute sa vie.

Elle en fit sortir l'une des grosses gélules blanches et la mit en bouche avant de la faire descendre d'une gorgée d'eau du robinet. Mieux valait doubler la dose. Elle n'avait jamais eu de meilleures raisons de prendre cette dose maximale. Elle avala une autre gélule avec une nouvelle gorgée d'eau, puis retourna se coucher.

Vingt minutes plus tard, elle serait plongée dans un lourd sommeil artificiel. Elle grimpa dans son lit, se couvrit du drap et de la couette, et attendit que le puissant médicament vienne effacer toute pensée de l'homme qui avait envahi ses rêves comme le dangereux criminel qu'il était.

Chapitre 7

La boîte de l'Agence du maintien de l'ordre dans Chinatown avait tout d'une zone de guerre après les combats.

Mathias Rowan, directeur régional de l'Agence, luttait pour ignorer la pulsation lancinante de ses crocs émergents tandis qu'il avançait dans la salle du club privé pour constater le carnage. Il y avait du sang partout, du sol aux murs, sur les sièges comme sur les tables, et aussi sur la scène centrale. Jusqu'au plafond qui en était couvert !

— Vraiment pas une bonne heure pour vous faire venir ici comme ça, monsieur le directeur, mais j'ai pensé qu'il fallait que vous voyiez ça de vos propres yeux, dit l'Agent à son côté.

Le soleil n'allait pas tarder à se lever, et ce n'était en effet pas le moment pour un vampire de se trouver loin de son Havrobscur. Mais un truc pareil ne pouvait pas attendre. Un truc pareil, un acte aussi irréfléchi et d'une telle sauvagerie, mettait en danger toute la Lignée.

— Je vous ai appelé dès que mon équipe et moi-même sommes arrivés sur les lieux, monsieur.

Ses chaussures soigneusement cirées écrasant les morceaux de verre et les débris qui jonchaient le sol, l'Agent rejoignit Rowan au cœur de l'établissement silencieux parsemé de cadavres.

— Les humains étaient tous morts et l'endroit déjà vide quand nous sommes arrivés. À en croire l'aspect et l'odeur des lieux, j'imagine que ça fait plusieurs heures que cette folie a pris fin.

Rowan parcourut du regard les preuves de la violence meurtrière qui s'était déchaînée dans le club plus tôt cette nuit-là. Que des membres de la Lignée en aient été responsables ne faisait aucun doute, mais jamais au cours de ses plus de cent ans d'existence il n'avait vu un mépris si brutal de la vie humaine. Et le fait que le massacre ait été perpétré presque à coup sûr par ses collègues Agents du maintien de l'ordre provoquait chez lui une profonde nausée.

— Et personne ne s'est présenté pour témoigner de ce qui s'est passé ici ? Quid de Taggart ? Est-ce que ce n'est pas lui qui garde la porte la plupart du temps ? Il a forcément dû voir quelque chose. Lui ou n'importe lequel de la dizaine d'Agents qui fréquentent cet endroit plus que régulièrement.

— Je ne sais pas, monsieur.

Écœuré et furieux, Rowan s'en prit à son subordonné.

— Vous ne savez pas s'ils étaient là cette nuit, ou bien vous ne savez pas s'ils sont responsables du massacre de ces humains au cœur de cette putain de ville ?

— Euh… Ni l'un ni l'autre, monsieur. (Le teint de l'Agent pâlit sous le regard peu amène de son supérieur.) Je ne savais pas trop par où prendre une situation comme celle-ci. C'est vous que j'ai appelé en premier.

Rowan laissa échapper un soupir de frustration. L'Agent était jeune et nouveau à son poste. Récemment promu, il avait peur de sortir des clous ou de faire une erreur. Et il était dévoué à la justice, une rareté au sein de l'Agence à cette période-là, Rowan devait bien l'admettre. Il se demanda combien de temps le gosse garderait sa candeur.

— Ça va, Ethan. (Rowan posa la main sur l'épaule du jeune.) Vous avez fait ce qu'il fallait faire. Appelez votre équipe et commencez à nettoyer tout ça.

L'Agent hocha brièvement la tête.

— Bien, monsieur.

Tandis qu'il allait chercher les autres, Mathias Rowan regarda de nouveau longuement le désastre et les cadavres qui l'entouraient. Ce qui s'était déroulé là était atroce. Rien n'aurait pu le justifier. Et Rowan ne pouvait pas s'empêcher de penser que ce massacre portait la marque d'un méchant qu'il commençait à trop bien connaître.

Dragos.

Au cours des mois qui venaient de s'écouler, Rowan, devenu l'allié secret de l'Ordre, s'était trouvé aux premières loges pour voir ce dont Dragos était capable, depuis l'enlèvement et le viol de dizaines d'innocentes Compagnes de sang jusqu'à l'attaque récemment menée contre un Havrobscur local qui avait coûté la vie à presque tous les membres d'une famille respectée de la Lignée.

Et puis il y avait eu la découverte du quartier général de l'Ordre par les autorités humaines moins de vingt-quatre heures auparavant.

De nouveaux ravages dus à Dragos.

Et à présent ça !

Rowan était certain que Dragos était à l'origine de ce qui s'était produit là quelques heures plus tôt. Quel meilleur moment cet être malfaisant aurait-il pu choisir pour sortir s'amuser que celui où l'Ordre était entièrement préoccupé par un déménagement forcé de son complexe et la reddition de l'un de ses membres à la police ? Il aurait dû s'attendre à quelque chose de ce genre. Il aurait dû être prêt à prendre le relais de Lucan et de ses guerriers cette nuit-là, avec la moitié des forces de l'Agence à ses côtés.

Évidemment, ça aurait supposé que la moitié des Agents soient encore fidèles à leur serment. Et Rowan ne pouvait décidément plus en être sûr. L'Agence avait eu à faire face à son lot de problèmes au cours de ses très nombreuses décennies d'existence. Bureaucratique, lente à se bouger, bien trop politisée par moments, elle constituait le pendant bouffi et impotent d'un Ordre affûté, aux frappes chirurgicales, dans la mission de protection de la Lignée et de l'humanité qui leur incombait à tous deux.

Même si elle ne s'étalait pas au grand jour, la corruption était florissante au sein de l'Agence. Il était de plus en plus difficile de savoir à qui se fier. Certes, il y avait encore des Agents intègres, mais il y en avait beaucoup d'autres, plus même que Rowan n'osait l'imaginer, qui masquaient leurs turpitudes derrière un masque d'autorité et de respect du devoir. Dragos lui-même avait fait partie de ces derniers et s'était hissé jusqu'à l'une des plus hautes fonctions de l'organisation, sans aucun doute en s'attachant nombre de loyaux disciples dans cette ascension, avant que l'Ordre ne le débusque et ne le force à se terrer à peu près un an auparavant.

Non, se dit gravement Rowan. Il n'y avait aucun doute sur le fait que le carnage de cette nuit-là sur le terrain même de l'Agence du maintien de l'ordre était la manière qu'avait choisie Dragos de cracher à la fois sur l'Ordre et sur l'Agence.

— Le fils de pute ! lâcha-t-il dans le silence de mort qui régnait dans le club.

On ne pouvait rien faire dans l'immédiat : le soleil allait se lever et l'Ordre était en train de se relocaliser provisoirement à plus de cinq heures au nord de Boston ; mais il lui fallait malgré tout informer Lucan de la situation.

Rowan se détourna du spectacle désolant qui s'offrait à ses yeux et sortit, croisant une équipe d'Agents équipés de sacs mortuaires et de matériel de nettoyage sur le chemin de sa voiture. Une fois installé dans la berline, il composa le numéro d'une ligne cryptée que lui avait donné l'Ordre.

— Gideon, ici Mathias Rowan, dit-il quand on décrocha. On a un problème ici. Lucan ne va pas aimer. Mauvaises nouvelles, mon ami, et c'est signé Dragos tout du long.

— Merde, merde, merde !

Tavia vérifia l'heure une nouvelle fois à sa montre alors qu'elle attendait impatiemment que la file de banlieusards devant elle descende du train à la station de Government Central au cœur de Boston.

Il était près de 8 heures et elle était en retard au boulot.

C'était une vraie première pour elle, même si l'on ne pouvait pas dire qu'elle n'avait pas une bonne excuse. Le stress des quelques jours écoulés semblait l'avoir bien atteinte. Elle était encore sous le coup de l'incident de la veille au poste de police et du comportement curieux du sénateur Clarence dans la foulée.

Quant au rêve qui l'avait troublée la nuit précédente, il n'était pas pour rien non plus dans son état de nervosité. Et si doubler sa dose d'anxiolytiques lui avait permis de dormir, c'était aussi à cause de ça qu'elle avait repoussé le réveil une fois de trop ce matin-là.

Elle vit soudain un espace s'ouvrir dans la foule trop lente et fonça. D'un pas alerte, elle traversa l'esplanade de brique couverte de neige devant la station, filant devant un kiosque à fleurs garni de poinsettias rouges et blancs et de couronnes de Noël. Dans la rue, un vent froid soufflait en rafales, transportant le petit air répétitif d'une cloche de l'Armée du Salut qui sonnait non loin de là et l'arôme fumé du café fraîchement moulu et des viennoiseries du *Starbucks* du coin. L'estomac de Tavia réagit en gargouillant, mais elle continua dans la direction opposée.

Elle essaya de joindre le sénateur sur son portable, mais elle tomba immédiatement sur la messagerie vocale, comme lors de ses deux essais précédents depuis le train. Il devait déjà être à son petit déjeuner de charité. En temps normal, la première chose qu'elle aurait faite aurait été de vérifier qu'il avait bien tout ce qu'il lui fallait pour l'occasion. En temps normal, elle aurait été au bureau depuis au moins une heure à s'attaquer aux tâches de la journée pendant qu'il allait conquérir son public.

En temps normal.

Mais rien de ce qui s'était produit les jours précédents ne semblait normal.

Et ce n'était rien de le dire !

Tavia traversa l'esplanade de l'hôtel de ville pour rejoindre les bureaux du sénateur, tête baissée, visage enfoui dans les plis de son écharpe tricotée pour se protéger du vent. Elle prit au plus court entre la paire de tours et le bâtiment fédéral bas qui les jouxtait, consciente de la cacophonie qui s'élevait d'une foule rassemblée avant même de tourner le coin et de constater de visu qu'il se passait quelque chose.

Les camions-régies et les caméras de tous les réseaux locaux et de quelques chaînes câblées nationales s'alignaient le long de New Sudbury Street comme des vautours. Des voitures de police, dont la présence n'avait rien d'extraordinaire à cet endroit dans la mesure où il y avait là en face de l'immeuble fédéral un poste de police, bloquaient la rue. En outre, il y avait des 4 × 4 noirs du FBI devant les portes de l'immeuble et tout le long de la voie d'accès réservée aux pompiers.

Tavia sentit son estomac se nouer.

— Excusez-moi.

Elle s'approcha d'une reporter de Channel 5 qui ajustait sa permanente blonde tout en faisant un essai son.

— Que se passe-t-il ici ?

— Installe-toi, ma chérie, répondit la femme. C'est ce que nous attendons tous de savoir. Le commissaire de police a annoncé qu'il ferait une conférence de presse à 8 heures.

Tavia se fraya un passage au milieu des groupes de journalistes et de badauds qui avaient été attirés depuis les rues adjacentes par le bruit et l'activité inhabituels qui régnaient là. Elle se faufila dans la forêt humaine, essayant de s'approcher de l'entrée de l'immeuble, où la plupart des policiers et des agents fédéraux s'étaient regroupés.

Soudain, elle sentit qu'on lui prenait vivement le coude.

— Madame Fairchild.

— Inspecteur Avery ! répondit-elle, sentant son angoisse décroître un peu en croisant le regard mesuré du policier d'âge mûr. Qu'est-ce qui se passe ici ?

— Suivez-moi, s'il vous plaît.

Il la fit entrer dans le bâtiment. Le hall était plein de policiers et d'hommes armés en tenue de commando. L'inspecteur s'arrêta. La fatigue se lisait sur son visage, le faisant paraître encore plus vieux qu'il ne l'était.

— Quand avez-vous vu le sénateur Clarence ou parlé avec lui pour la dernière fois, Tavia ?

L'angoisse qui étreignait la jeune femme reprit le dessus.

— Hier soir, quand il m'a déposée chez moi.

— Vous souvenez-vous de l'heure qu'il était ?

Elle secoua la tête.

— Je ne sais pas exactement. C'était peu de temps après notre départ du poste de police. Lui est-il arrivé quelque chose ? Est-ce de ça qu'il s'agit ?

L'inspecteur Avery posa les mains sur les hanches et laissa échapper un profond soupir.

— J'ai bien peur qu'il n'y ait pas trente-six façons de le dire… Quelqu'un a pénétré par effraction chez lui pendant la nuit et l'a assassiné, Tavia Fairchild. Et plusieurs de ses gardes également.

— Quoi ?

Elle dut lutter pour accepter la nouvelle, même si son instinct l'avait déjà avertie que quelque chose de terrible s'était produit. L'incrédulité le disputait en elle au choc.

— Ce n'est pas possible. Le sénateur Clarence ne peut pas être mort. Il devait faire une intervention ce matin lors d'un petit déjeuner de charité dans un hôpital…

Avery posa une main consolatrice sur son épaule.

— Nous allons attraper ce type. Ne vous en faites pas, OK ?

Elle hocha la tête sans rien dire, tentant de digérer l'affreuse nouvelle, de trouver des explications, des réponses.

— L'homme hier soir au poste… il avait prévenu que le sénateur était en danger. Vous l'avez entendu, n'est-ce pas ? Il a dit que quelqu'un voulait tuer le sénateur Clarence, quelqu'un qui s'appelle Dragos.

Elle entendit un rire moqueur s'élever à côté d'elle. Se retournant, elle croisa le regard dur d'un policier en uniforme qui s'était approché tandis qu'elle parlait avec l'inspecteur Avery. Il avait le sourcil gauche séparé en deux par une cicatrice qui rendait son expression encore plus sévère.

— Il ne peut sortir que des conneries de la bouche de ce salopard. J'aurais dû lui truffer le crâne de plomb. Ça l'aurait peut-être calmé pour de bon.

Devant l'air désorienté de Tavia, Avery expliqua :

— L'homme que nous détenions en garde à vue… s'est échappé la nuit dernière de l'infirmerie.

— Échappé, murmura Tavia. Je ne comprends pas. Comment est-ce possible ?

— C'est ce que nous essayons nous-mêmes de comprendre. J'ai vu le type quand on l'a sorti de la salle de parade. Il était en très mauvais état. Mais il est cependant parvenu, on ne sait pas comment, à assommer un infirmier de cent kilos avant de se glisser hors du bâtiment sans que personne le remarque. Ce qui est fou, c'est que ce type n'aurait pas dû pouvoir se déplacer tout seul, sans parler de trouver son chemin jusqu'à Marblehead pour s'en prendre au sénateur comme il l'a fait. Je n'ai jamais rien vu d'aussi brutal. Il y avait du sang partout.

Tavia déglutit malgré le nœud de tristesse et d'horreur qui s'était formé dans sa gorge.

— Je suis désolé, dit l'inspecteur Avery en la regardant d'un air inquiet. Je me rends compte que vous n'avez pas besoin de ces détails sordides. Vous avez vous-même eu à faire face à pas mal de trucs ces derniers jours.

— Ce n'est rien. (Elle prit une profonde inspiration et retrouva son calme.) Ça va aller.

— Si vous vous en sentez capable, nous voudrions que vous nous accompagniez au poste. Nous avons encore quelques questions à vous poser et les fédéraux aimeraient bien vous parler eux aussi...

— Bien sûr.

Il désigna la porte de l'immeuble, devant laquelle il semblait que les journalistes se soient multipliés depuis qu'elle était à l'intérieur.

— Allons-y alors, avant que cet endroit ne devienne vraiment un zoo.

Tavia acquiesça et lui emboîta le pas, se retrouvant escortée par un petit groupe de policiers en uniforme jusqu'à une berline de la police qui attendait dehors.

L'espace d'un instant, lorsqu'elle sortit dans le matin froid, elle eut l'impression qu'elle marchait dans un monde différent, un monde auquel elle n'appartenait pas.

Tout lui paraissait irréel, comme si elle regardait autour d'elle à travers un voile, incapable de voir quoi que ce soit clairement.

Ou peut-être était-ce simplement qu'elle ne voulait pas voir ?

Elle ne parvenait pas à imaginer quel genre d'homme, quel genre d'entité inhumaine même, serait capable de faire subir au sénateur Clarence ce qu'avait laissé supposer l'inspecteur Avery. Elle ne voulait pas penser aux derniers moments du sénateur. Elle avait travaillé pour lui des années et elle savait que c'était un homme bien qui croyait pouvoir faire une différence. Certes, il avait paru agir un peu bizarrement la veille. Il avait quelque chose de détaché, de distrait. Mais qui ne l'aurait été après la fusillade intervenue chez lui à peine quelques jours auparavant, au cours de laquelle une balle qui aurait pu très bien le toucher avait blessé l'un de ses hôtes les plus importants ?

Drake Mestre.

Le nom se mit à tourner dans sa tête et elle revint une nouvelle fois à ce que l'homme de la parade au poste avait dit, à savoir que lors de la soirée il avait tiré sur la personne qu'il connaissait sous le nom de Dragos, une personne qui, il en semblait convaincu, voulait faire du tort, voire tuer le sénateur Clarence. Quelqu'un qui n'existait probablement que dans son imagination.

Tout ça lui paraissait à présent complètement fou.

Et ce d'autant plus quand elle se remémorait la violence avec laquelle le même homme avait sauté sur le sénateur au moment où il l'avait vu dans la salle d'identification.

Et à présent Bobby Clarence était mort.

Un tueur visiblement dérangé, et qui était passé aux aveux pour d'autres crimes, était en liberté.

Le rêve troublant qui l'avait réveillée la nuit précédente lui parut soudain encore plus perturbant à la lumière crue du jour.

Tandis que la berline de la police quittait le bord du trottoir, Tavia se prit à espérer que les yeux bleus perçants et le visage impitoyable qu'elle voyait encore avec tellement de clarté resteraient cantonnés à ses cauchemars.

Chapitre 8

La matinée ne semblait pas devoir laisser s'estomper la nuit de merde que venait de vivre Lucan. Bien au contraire.

Tout avait commencé avec l'appel qu'avait passé Mathias Rowan quelques heures plus tôt, juste avant le lever du jour, pour rapporter le massacre de près d'une dizaine d'humains dans un night-club tenu par l'Agence du maintien de l'ordre. Heureusement, Rowan était parvenu à faire nettoyer les lieux avant que le carnage puisse attirer l'attention du public, mais c'était une bien maigre consolation au milieu de la vague de mauvaises nouvelles et d'emmerdements à laquelle l'Ordre devait faire face.

Et Lucan était sûr que les choses iraient en empirant avant d'aller mieux.

Si même elles avaient une chance d'aller mieux, putain !

À présent, tandis que les humains s'engouffraient dans leurs trains et leurs bus du matin pour aller travailler et que la plupart des membres de la Lignée restaient bien au chaud dans leurs Havrobscurs pour dormir et attendre la nuit, Lucan et le reste des résidents de l'ancien complexe de Boston en étaient encore à s'installer dans leur nouvel environnement.

Lucan n'avait pas dormi depuis plus de trente-six heures, mais les autres guerriers non plus. Réunis dans le centre opérationnel de fortune du vaste Havrobscur de secours qui constituait à présent leur base au cœur des forêts septentrionales du Maine, Lucan et Gideon venaient de passer plusieurs heures à faire l'inventaire du matériel dont ils disposaient et la vérification des systèmes mis en place par ce dernier. Ils avaient été rejoints par une partie des autres et les discussions entamées autour de la vaste table de bois brut de l'ancienne salle à manger du domaine en étaient venues à la stratégie des missions à mettre en œuvre et au besoin de punir Dragos de ses forfaits continus et de plus en plus marquants.

— Vous savez quoi ? dit Dante. Il y a un côté positif à tout ça. (Il s'assit sur le bord de la grande table, avec une lueur amusée dans ses yeux couleur whisky.) Si nous avions besoin d'un permis pour nous en prendre aux Agents du maintien de l'ordre, il est clair que maintenant on l'a !

— Et comment ! confirma Rio, qui se tenait debout près de lui. (Il inclina de côté son visage en partie couturé et leva le poing pour faire un *check* avec Dante.) Ce soir, nous allons frapper chacune des boîtes de l'Agence avec des représailles musclées, ajouta-t-il, sa colère faisant ressortir son accent espagnol. Il n'y aurait rien de plus doux que d'en finir avec Dragos et l'Agence en même temps.

Dante sourit.

— Gâteau, voici cerise. Cerise, voici gâteau.

— Combien l'Agence gère-t-elle de ces clubs privés ?

Cette fois, c'était Lazaro Archer qui venait de parler. Cet aîné de la Lignée était le seul civil dans la pièce et, en temps normal, il n'aurait pas eu le droit d'être présent à une réunion tactique de l'Ordre. Mais c'était aussi le propriétaire du domaine où ils se trouvaient, qu'il avait mis à la disposition des guerriers pour qu'ils en fassent leur quartier général temporaire, et les circonstances étaient loin d'être normales.

— D'après Mathias Rowan, répondit Gideon, il y a cinq clubs connus dans Boston et autour, celui de Chinatown étant le principal.

— Alors, quelles sont les chances que Dragos fasse une nouvelle apparition dans l'un de ces endroits ? demanda Archer.

Lucan grogna.

— Presque nulles.

De l'autre côté de la table, Tegan, qui se tenait enfoncé dans son siège et n'avait presque rien dit de toute la réunion improvisée, acquiesça d'un hochement de tête.

— Il avait un message à faire passer la nuit dernière et il l'a fait à peu près aussi publiquement qu'il pouvait le faire. Nous ne trouverons plus Dragos en train de foutre le bordel en compagnie des hommes du rang de l'Agence. Ne croyez surtout pas qu'il va nous rendre les choses aussi faciles.

Dante fronça les sourcils en réfléchissant à ce qui venait d'être dit.

— Il n'empêche que ça ne peut pas faire de mal d'aller secouer le cocotier de l'Agence et de voir ce qui en tombe. On ne parviendra peut-être pas à débusquer Dragos, mais ramasser quelques Agents pourris vaudrait le coup. En particulier si nous arrivons à en faire parler un.

Sans presque y penser, sa main rejoignit le fourreau qu'il avait à la hanche et, une fraction de seconde plus tard, l'une de ses lames jumelles incurvées jaillit dans sa main, son titane étincelant tandis qu'il la faisait jouer entre ses doigts.

— Si Harvard était là maintenant, je suis sûr qu'il dirait la même chose.

Lucan devait bien admettre que Dante n'avait pas tout à fait tort. Quant à Sterling Chase, ou Harvard, comme l'avait baptisé ironiquement Dante quelques instants à peine après son arrivée au complexe de l'Ordre un an et demi plus tôt, il avait passé des décennies au sein de l'organisation de la Lignée chargée d'assurer le maintien de l'ordre. Assez longtemps pour constater qu'elle n'était pas toujours efficace et bien souvent corrompue. C'était grâce à lui que l'Ordre avait trouvé un allié en la personne de Mathias Rowan quelques mois auparavant. Rowan avait été l'un des collègues en qui Chase avait confiance quand il faisait partie de l'Agence et s'était avéré un véritable atout et même un ami pour Lucan et les autres guerriers.

Il y avait eu un temps où Lucan aurait dit la même chose de Chase. D'ailleurs, il le pensait toujours, malgré les fautes et les échecs de Harvard ces derniers temps. Lucan était triste d'avoir dû le rejeter comme il l'avait fait. Il connaissait trop bien le monstre auquel Chase avait à faire face. Il avait lui-même dû le combattre, l'avait vu emporter sa famille et ses amis et y avait presque succombé à son tour.

Mais c'était justement parce qu'il avait goûté au pouvoir destructeur de la Soif sanguinaire et qu'il avait vu ce qu'elle pouvait faire même des plus forts parmi les membres de la Lignée que Lucan se devait d'être d'une rigueur sans faille quand venait le moment de protéger les siens contre ses effets chez ceux qu'elle emportait. L'incapacité dont avait fait preuve Chase à s'arracher à la spirale infernale avait fait courir un risque à tous les résidents du complexe.

Et pourtant Lucan aurait été le premier à admettre que l'Ordre se portait bien mieux d'avoir bénéficié de la présence de Chase dans ses rangs. Et fonctionner sans lui à présent, en particulier après ce qu'il avait fait pour leur permettre de quitter le complexe de Boston, c'était comme si l'Ordre avait perdu un bras.

Une fois de plus, Lucan réfléchit à la faisabilité d'un raid en ville pour arracher Chase à la police. Laisser un camarade seul et exposé sur le champ de bataille allait à l'encontre de tous les principes de l'Ordre. Celui-ci avait toujours pris soin de ceux qui étaient tombés et, même si, à leur connaissance, Chase était toujours vivant, quitter Boston avec le reste des occupants du complexe en le laissant derrière avait été pour Lucan l'une des décisions les plus difficiles qu'il ait jamais eu à prendre.

Et ce qui n'aidait pas, c'était l'absence de toute nouvelle depuis son arrestation de la veille au matin. Gideon gardait l'œil sur les chaînes d'information continue et sur les chaînes câblées, mais il n'y avait rien eu de neuf jusqu'à présent.

Ce silence radio était ce qui préoccupait le plus Lucan. Il ne s'attendait pas un seul instant à ce que Chase reste tranquille dans une cellule plus longtemps qu'il ne le jugerait utile. Et il ne se serait pas écoulé beaucoup de temps avant que sa soif de sang ne le pousse à se nourrir. Pourvu qu'il n'ait pas pété les plombs et qu'il ne se soit pas attaqué à quelqu'un dans l'enceinte du poste de police.

Rien que d'y penser, Lucan lâcha un juron à voix basse.

— Tout ce dont nous avons besoin c'est d'un Agent un peu plus causant que les autres, disait Rio, ramenant Lucan au sujet de la discussion. Un Agent qui nous dise quelque chose que nous ne savons pas encore sur Dragos et nous serions plus près de descendre enfin ce salopard.

— Je ne dis pas, déclara Lucan. Certes, l'Ordre, et même bien sûr la Lignée dans son ensemble, ne se porterait que mieux si l'Agence subissait un sérieux nettoyage. Mais nous ne pouvons pas nous permettre de cesser de considérer Dragos comme notre objectif principal. J'aimerais vraiment faire un raid sur ces lieux saints de l'Agence et commencer à faire tomber des têtes, mais nous avons assez de pain sur la planche sans déclarer une guerre totale à l'ensemble de l'Agence du maintien de l'ordre.

Tegan croisa son regard en plissant ses yeux verts d'un air pensif.

— D'ailleurs, il se pourrait bien que ce soit exactement ce sur quoi compte Dragos et qu'il nous ait jeté un os à ronger pendant qu'il s'occupe ailleurs.

Gideon grogna.

— Diviser pour régner. Il serait loin d'être le premier mégalo à se servir de cette arme.

Et ailleurs, à un autre moment, Lucan aurait pu être assez arrogant pour tomber dans un tel piège tactique en se croyant trop fort pour échouer. Car il avait été infaillible à une époque et pendant longtemps rien ni personne n'avait pu lui faire subir de défaite.

C'était à la pointe de son épée et grâce au courage de ses convictions qu'avait été fondé l'Ordre. À l'époque il n'avait peur de rien, ne s'inclinait devant personne. Il avait été de tous les combats aux côtés de ses compagnons guerriers, déterminé à défier la mort mais prêt à l'accepter si elle devait venir à sa rencontre.

Près de sept cents ans avaient passé. Mais ce n'était que récemment – quelques mois à peine, autant dire un bref instant comparé aux siècles qu'il avait vécu – qu'il avait commencé à prendre des décisions qui n'étaient plus basées uniquement sur son assurance de chef et les capacités guerrières de ses hommes.

Jusqu'à présent il ne s'était jamais soucié que de son propre bien-être. Il n'avait pas eu besoin de se préoccuper de celui des autres. Mais désormais ?

Désormais, il se sentait responsable de la vie de tous ceux qui habitaient sous son toit, et c'était une charge qui n'avait fait que s'alourdir depuis leur évacuation précipitée du complexe de Boston.

Il entendit soudain la source de certaines de ses angoisses, le rire cristallin et les cris de joie d'une petite fille, qui lui parvenaient d'une autre pièce.

— Oh, mon Dieu ! Oh, mon Dieu, Rena ! Il avait dit qu'il le ferait et il l'a vraiment fait !

Devant le froncement de sourcils interrogateur de Lucan, Gideon expliqua :

— Apparemment Mira vient juste de découvrir le sapin de Noël que Niko a rapporté pour elle de la forêt avant le lever du jour.

— Un sapin de Noël ? répéta Lucan, l'air maussade.

Il se souvenait vaguement de Nikolaï disant quelque chose à propos du désir qu'avait eu la fillette de huit ans de voir le nouveau quartier général décoré pour Noël, mais il n'avait pas été question de rentrer un foutu sapin.

Lucan se leva et sortit pour aller mettre le holà aux pitreries en cours dans la grande salle voûtée qui formait le cœur de la grande maison de pierre et de bois. Le temps qu'il y parvienne, la moitié des résidents du complexe étaient déjà réunis pour admirer le sapin de vingt mètres qui s'élançait vers les poutres de la salle. Nikolaï et sa compagne, Renata, se trouvaient là avec la compagne de Rio, Dylan, à aider à fixer l'arbre tandis que deux autres guerriers, Kade et Brock, les regardaient faire avec leurs compagnes respectives, Alexandra et Jenna, toutes deux récemment arrivées d'Alaska.

Le petit-fils de Lazaro Archer, un adolescent du nom de Kellan, ruminait un peu plus loin. Âgé d'à peine quatorze ans, ce gamin dégingandé avait déjà fait un aller-retour en enfer à cause de Dragos. Il ne lui restait plus que son grand-père comme famille, et même s'il voulait faire croire que tout ce qui s'était passé ne l'affectait pas trop, Lucan était persuadé qu'il ne tarderait plus soit à exploser, soit à s'effondrer. Ce n'était qu'une question de temps.

Le jeune vampire se tenait au fond de la salle comme un spectateur blasé, les bras croisés sur la poitrine, une épaisse mèche de ses longs cheveux roux pendant sur le front, et essayait de ne pas paraître trop impressionné par le show qui se déroulait devant lui. Lucan comprenait.

Mira, elle, n'avait pas de réserves de ce genre. Elle sautait sur place dans son pyjama et ses pantoufles fourrées, exubérante.

— Rena, est-ce que ce n'est pas le plus beau sapin que tu aies jamais vu ?

— C'est vrai qu'il est impressionnant, ma puce.

Niko et Renata avaient adopté Mira comme leur propre fille après que le guerrier les avait ramenées toutes deux à Boston avec lui suite à une mission à Montréal l'été précédent. La Compagne de sang aux cheveux de jais était aussi dangereuse que n'importe lequel des guerriers de l'Ordre, mais son froid regard de jade s'adoucit en contemplant le sourire en coin de Nikolaï de l'autre côté du sapin qu'ils tentaient d'équilibrer sur son support.

— C'est parfait, mon grand.

— Attendez… pas ici, intervint Mira sans ménagement. Vous allez le mettre trop près de la cheminée !

Niko lança un regard amusé à la petite fille par-dessus son épaule.

— Oups ! Bien sûr. Il ne s'agirait pas d'empêcher le Père Noël d'arriver par là avec tous nos cadeaux.

De sa retraite au fond de la salle, Kellan Archer pouffa.

— Le Père Noël n'existe pas. Y a que les bébés pour y croire.

— Kellan ! s'écria Renata, choquée.

— Ne t'inquiète pas, Rena. (Mira tourna la tête vivement vers l'adolescent avec un air outragé.) Je ne crois plus au Père Noël depuis l'âge de cinq ans. Je voulais juste éviter que le sapin ne prenne feu si on le mettait trop près du foyer. (Elle roula des yeux.) Kellan croit que je suis toujours un bébé.

— Comment on va décorer le sapin, Mira ? (Cette fois, c'était Alex, la Compagne de sang de Kade, qui parlait.) As-tu apporté les décorations que tu as faites ?

Les lèvres de Mira se pincèrent.

— Je n'ai eu assez de temps que pour en emballer quelques-unes. J'ai dû laisser le reste dans le complexe de Boston.

Ah, bon Dieu ! grogna Lucan pour lui-même. Plus question de jouer les rabat-joie ici. Il avait fait ça bien avant d'entrer dans la pièce.

Se sentant mal à l'aise et de trop, il s'apprêtait à tourner les talons pour quitter les lieux quand Niko choisit de le jeter aux lions.

— Hé, Mira, n'oublie pas de remercier Lucan aussi. C'est lui qui a eu l'idée d'aller chercher ce sapin en forêt.

— Non, nia vigoureusement Lucan. Je n'ai rien à voir avec…

Mais la fillette s'était déjà lancée vers lui. Elle le prit fermement dans ses bras au niveau de la taille en levant son petit visage innocent vers lui.

— Merci, Lucan. Ça va être le meilleur Noël de tous les temps.

Bordel !

Il restait planté là, immobile dans les bras de la gamine.

— Peut-être qu'on peut faire des guirlandes de pop-corn ? lança tout d'un coup Mira à la cantonade en le lâchant pour retourner à la supervision de l'installation du sapin. Tu ne crois pas, Rena ?

— Bien sûr, confirma celle-ci.

Jenna, la Compagne de sang de Brock, vint passer la main dans les cheveux en bataille de Mira.

— On pourrait ramasser des pommes de pin dans la forêt aujourd'hui. Ça ferait de belles décorations, qu'est-ce que tu en penses ?

L'enfant acquiesça avec enthousiasme.

— Ça va être génial !

— Et toi, tu en dis quoi ? demanda Lucan à l'ado boudeur en s'approchant de lui.

Kellan haussa les épaules.

— Je trouve le sapin un peu court et un peu décharné.

— Court et décharné, s'exclama Niko. Attends un peu !

Le sapin enfin en place comme le voulait Mira, le guerrier mit les mains dans les branches de l'arbre et les y laissa sans bouger un long moment. Lucan comprit que le vampire d'origine russe était en train de faire appel au talent extrasensoriel qui lui était propre. Chaque mâle de la Lignée héritait de sa mère Compagne de sang un don unique. Ce dernier était parfois une bénédiction, parfois aussi une vraie malédiction. Lucan, lui, pouvait manipuler l'esprit humain par suggestion hypnotique pour lui faire voir et croire ce qu'il voulait.

Quant au don de Nikolaï, Lucan appréciait l'ironie qui voulait que l'expert en armes amateur d'explosifs soit doué d'un talent avec lequel seule Mère Nature était capable de rivaliser. Niko toujours plongé dans le silence et la concentration, il commençait à se produire quelque chose au centre du sapin. Il y eut bientôt un bruissement, puis, comme si on leur avait insufflé une nouvelle vie, les branches et les épines du sapin se mirent à s'épaissir et à s'étendre. L'arbre s'étoffait et grandissait et prit rapidement près d'un mètre de hauteur supplémentaire.

Rompant le silence impressionné qui régnait dans la pièce, Mira se mit à glousser.

— Waouh ! Super ! finit-elle par s'exclamer en applaudissant de toutes ses forces tandis que le sapin continuait à s'élever.

Kellan Archer, lui, restait bouche bée.

— Oh, put…

Niko enleva ses mains de dedans le sapin et souffla sur le bout de ses doigts comme un shérif de western sur le canon de son colt. Sous sa couronne de cheveux blonds, il plissa ses yeux clairs de Sibérien et lança un regard caustique à l'adolescent.

— Maintenant la seule chose qui soit courte et un peu décharnée ici, c'est toi, mon gars.

Tout le monde rit au bon tour joué par Niko au gamin, même Lucan. Il vit les joues de Kellan rosir brièvement avant de revenir à la pâleur malsaine qu'elles arboraient depuis déjà plusieurs jours. Il observa alors le jeune vampire de plus près. Il n'était pas bien épais et son visage semblait marqué par la fatigue.

— Est-ce que tu t'es nourri récemment ?

Kellan haussa les épaules.

— Non, répondit à sa place Mira. Pas même une seule fois depuis qu'on l'a ramené au complexe de Boston.

Kellan gratifia la fillette d'un regard meurtrier.

— C'est vrai ? demanda Lucan.

L'adolescent haussa de nouveau les épaules, tête baissée et refusant de croiser le regard de Lucan.

— Je suppose.

Rien d'étonnant à ce qu'il ait semblé si anémique. Cela faisait près de deux semaines que le gamin avait été enlevé sur instructions de Dragos, et quelques jours de moins à peine qu'il avait été sauvé par l'Ordre et amené avec son grand-père sous sa protection au sein du quartier général de Boston, car ils étaient tous deux les seuls survivants de leur famille après l'attaque que Dragos avait menée contre leur Havrobscur.

C'était une chose pour un vampire adulte de passer une semaine, voire plus, sans se nourrir de sang frais, même si c'était déjà beaucoup. Mais un adolescent avait besoin d'alimenter régulièrement son corps pour l'aider à se développer et à affûter ses forces surnaturelles. Pour les membres de la Lignée qui étaient liés à des Compagnes de sang, se nourrir était un acte intime, aussi sacré qu'impératif. Pour les mâles célibataires et les enfants en âge de chasser, cela exigeait de trouver un Amphitryon humain.

Kellan avait passé ses premiers jours à l'infirmerie du complexe à se reposer de l'épreuve qu'il avait subie, mais cela faisait à présent un moment qu'il était de nouveau sur pied et son corps avait sérieusement besoin d'être nourri.

Lucan regarda fixement le jeune vampire.

— Ça fait trop longtemps que tu ne t'es pas nourri. Il faut que tu t'occupes de ça, Kellan. Et le plus tôt sera le mieux.

— Je vais le faire, répondit l'adolescent, les yeux toujours baissés.

Lucan lui prit le menton et lui releva la tête jusqu'à ce qu'il soit bien obligé de croiser son regard.

— Tu le feras ce soir. C'est un ordre, fiston.

Kellan fronça les sourcils. Lucan le sentit se replier sur lui-même comme un animal soudain pris au piège.

— Mon grand-père m'a dit qu'il irait avec moi. J'attendais qu'il trouve le temps, mais il est tellement occupé à aider Jenna…

Lucan secoua la tête, faisant fi de ce qui ne pouvait être qu'un prétexte.

— Je t'emmènerai moi-même si c'est nécessaire. Ce soir, Kellan. C'est bien clair ?

Le gamin hocha la tête à contrecœur et lança un nouveau regard de colère à Mira.

— Ouais, c'est clair.

Ce problème réglé, Lucan reporta son attention sur Jenna. L'ancienne policière des Alaska State Troopers était l'ajout le plus récent à la population féminine de l'Ordre. Contrairement aux autres femmes de guerriers et à la petite Mira, Jenna n'était pas une Compagne de sang mais appartenait à l'espèce classique des *Homo sapiens*. Les autres femelles possédaient un ADN et des propriétés sanguines exceptionnels qui leur permettaient de partager un lien de sang de toute une vie avec les mâles de la Lignée et de porter leur progéniture. Les Compagnes de sang, qui constituaient une rareté parmi leurs sœurs mortelles, se distinguaient par des talents extrasensoriels propres à chacune d'entre elles, un sang à l'odeur particulière et une petite marque écarlate représentant une larme tombant dans un croissant de lune renversé quelque part sur le corps.

Mais, même si Jenna était née humaine, il n'était désormais plus tout à fait exact de dire qu'elle était mortelle.

— Gideon me dit que tes dernières analyses sanguines sont rassurantes. Quelques écarts dans la numération, mais plus vraiment de grosses surprises.

La grande brune se laissa aller à un rire sardonique.

— Et oui, rien de trop inhabituel. Toujours un monstre cyborg en formation.

— Et toujours aussi monstrueusement *hot*, si vous voulez mon avis, ajouta son compagnon, Brock. (L'immense guerrier noir lui fit un large sourire qui dévoila la pointe de ses crocs.) Moi, je suis plutôt content d'avoir mon propre RoboCop.

— Ah, ouais ? répliqua-t-elle en lui rendant son sourire. Je te le rappellerai le jour où je serai assez forte pour botter ton petit cul de vampire.

Brock laissa échapper un soupir volontairement exagéré.

— Mon Dieu, femme. Je suis déjà à tes genoux. Maintenant tu me veux sur le cul ?

De l'autre côté de la salle, Nikolaï partit d'un grand rire.

— Bienvenue dans mon monde, mec !

Cette raillerie lui valut une bourrade amusée de Renata, qui alla jusqu'à Mira et lui couvrit les oreilles avant d'ajouter :

— Sur le cul ou sur le dos, c'est bon de toute manière, hein, Jen ?

Lorsque Jenna acquiesça d'un gloussement, Brock la serra contre lui et lui planta un baiser sur les lèvres. Puis, lui prenant la nuque en un geste tendrement possessif, il la regarda dans les yeux.

— Elle sait bien qu'elle me tient et qu'elle peut m'avoir de toutes les façons qu'elle voudra. Et pour toujours, en ce qui me concerne.

À l'endroit où il avait posé les doigts sur la nuque de Jenna se trouvait, sous la peau, un petit morceau de matériau biotechnologique de la taille d'un grain de riz. Un souvenir dont elle se serait bien passée, que lui avait laissé un Ancien, le dernier des huit extraterrestres vampires à l'origine de la première génération de la Lignée sur Terre, qui l'avait récemment séquestrée pendant plusieurs heures d'affilée. Par miracle, Jenna était sortie vivante de cette épreuve, mais elle était changée de nombreuses façons. D'ailleurs, elle continuait à se transformer, physiquement comme génétiquement.

Son corps était capable de se soigner seul, un phénomène que Gideon décrivait comme la régénération adaptative, proche de celui grâce auquel les membres de la Lignée guérissaient, à ceci près que Jenna n'avait pas besoin d'ingérer de sang pour accélérer le processus. Elle n'avait ni crocs ni soif de sang, mais elle était plus forte et plus rapide que n'importe quel humain et aussi vive que n'importe quel vampire. Gideon n'en était pas encore tout à fait sûr mais les premiers tests semblaient indiquer qu'une partie de l'ADN contenu dans la puce biotechnologique était en train de s'intégrer à la structure génétique de Jenna et même de la phagocyter à plusieurs niveaux.

Et même l'observateur peu averti pouvait s'en rendre compte.

En effet, partant de sa nuque, à l'endroit où résidait l'implant, progressaient des dermoglyphes dont les arabesques et les fioritures avaient déjà envahi ses épaules. Ces marques étaient propres à la Lignée et aux extraterrestres qui l'avaient engendrée et pourtant cette femelle humaine arborait désormais les siens propres. Les dermoglyphes de Jenna n'avaient jamais changé de couleur et ne s'étaient pas mis à pulser comme c'était le cas pour ceux de Lucan ou de ses frères d'armes dans les moments d'émotion ou de faim extrêmes. Leur couleur était toujours la même, d'un ton légèrement plus foncé que celui de sa peau claire.

Et puis il y avait le fait que Jenna avait tendance à parler dans la langue des Anciens pendant son sommeil. Mais ce n'était que depuis très peu de temps, quelques jours à peine, qu'elle avait des cauchemars, dans lesquels les combats le disputaient aux catastrophes.

L'Ordre continuait à essayer de comprendre tout ce que Jenna devenait et il semblait que l'une des clés permettant de résoudre cette énigme se trouvait dans le déchiffrage des mots extraterrestres et des images qui envahissaient son inconscient. Lazaro Archer s'était porté volontaire pour aider sur ce front. À près de mille ans, ce vampire de première génération, comme l'étaient aussi Lucan et Tegan, disposait d'une expérience utile : de tous les trois, c'était lui qui avait passé le plus de temps en compagnie de son Ancien de géniteur. En se basant sur sa mémoire du langage extraterrestre, Archer aidait Jenna à consigner tout ce qu'elle pouvait dans l'espoir que ce journal apporterait des réponses.

Lucan allait lui demander de lui dire brièvement où elle en était de ce côté-là quand la voix de sa propre Compagne de sang derrière lui requit toute son attention.

— J'espère que vous n'aviez pas l'intention de décorer ce sapin de Noël sans nous.

Gabrielle glissa son bras autour de la taille de Lucan et lui sourit tandis qu'il l'enveloppait à son tour dans le cocon du sien. Rien que de la sentir proche de lui, ses doux yeux marron comme du chocolat fondu, augmentait son rythme cardiaque.

— Oh, comme c'est beau ! s'exclama la Compagne de sang de Dante, Tess, qui venait elle aussi de pénétrer dans la salle.

Elle tenait dans ses bras leur bébé de trois jours, un petit paquet à la peau rose qui gazouillait et babillait dans la couverture bleu pâle qui enveloppait son petit corps. Tess baissa la voix jusqu'à en faire un tendre murmure tout en plongeant son visage vers son enfant.

— Regarde, Xander. Ton tout premier sapin de Noël.

Tandis qu'elle parlait, la Compagne de sang de Gideon de longue date, Savannah, et Élise, qui était liée à Tegan depuis à peine plus d'un an, entrèrent dans la grande salle à leur tour. Il ne fallut que quelques instants pour que toutes les femmes, Mira incluse, se rassemblent autour de Tess et du bébé. Gabrielle aussi. Elle laissa tomber Lucan sans un mot, apparemment hypnotisée comme les autres par quelque balise invisible attirant les femmes vers cette petite vie innocente.

Lucan n'accorda au bébé et à ses admiratrices qu'un regard de côté, et un regard peu amène encore. Il avait longtemps considéré que le centre opérationnel de l'Ordre n'était pas un endroit pour les enfants, et encore moins pour les nourrissons sans défense. Mais bon, jusqu'à sa rencontre et son coup de foudre pour Gabrielle, il n'avait pas non plus été trop enthousiaste à l'idée d'une présence féminine dans le complexe.

De toute façon, il était difficile d'appeler ça un complexe, voire de quelque nom que ce soit évoquant une base de commandement viable, surtout maintenant que l'Ordre avait besoin d'un maximum d'avantages tactiques dans la guerre qu'il menait contre Dragos.

Il regarda autour de lui le Havrobscur qu'on leur avait prêté au cœur d'une forêt isolée, la grande salle chaleureuse avec son foyer, sa charpente élevée et l'énorme sapin qui s'élançait vers elle, parfumé de l'odeur de résineux qui régnait au-dehors. Il observa les gens qui se tenaient là autour de lui, pour la plupart ses frères d'armes et leurs compagnes chéries. C'était là la famille dont il n'avait jamais voulu et que pourtant il avait malgré tout fini par avoir.

Et puis il observa Gabrielle.

Elle l'attirait inexorablement. Elle était à la fois sa plus grande force et sa plus grande faiblesse. Elle était son cœur. Et c'est ce cœur qu'il sentit se serrer en la regardant caresser la joue veloutée du bébé que Tess avait dans les bras. Elle se pencha et embrassa le petit front doucement bombé du nourrisson et la beauté si pure de cet instant fit se serrer encore plus le cœur de Lucan.

Il ne voulait pas reconnaître ce sentiment qui s'infiltrait en lui, ce besoin si étrange au fond de lui dont ne pouvait sortir rien de bon, surtout dans les circonstances qui prévalaient.

Ce fut pour lui un soulagement d'entendre un bruit de bottes dans le couloir. Leur rythme précipité le replongea dans l'instant en mode guerrier, avant même que Tegan apparaisse, les ennuis comme inscrits sur son visage tendu.

— Encore de mauvaises nouvelles de Boston !

— Chase ? demanda Lucan, craignant une réponse positive.

Un silence grave s'était soudain emparé du reste du groupe.

Tegan hocha la tête.

— Gideon vient juste d'en avoir connaissance via un site d'infos sur le Web. Le sénateur Clarence est mort, Lucan. Il a été sauvagement attaqué et tué chez lui, avec plusieurs de ses gardes du corps. Et devine qui a disparu sans laisser de trace de l'infirmerie de la police hier ?

Lucan sentit son sang bouillir de fureur.

— Le fils de pute. Mais qu'est-ce qui ne tourne pas rond chez Harvard ?

Mais il n'avait pas vraiment besoin de poser la question, et Tegan ne se donna pas la peine de répondre. Ils avaient tous deux flirté avec l'addiction dont souffrait Chase à présent. Et s'il s'avérait que la Soif sanguinaire l'avait poussé à tuer, en particulier de façon aussi éhontée et un individu d'une telle notoriété que sa mort risquait d'avoir des conséquences irrévocables pour l'ensemble de la nation vampire, alors Chase venait effectivement de signer son arrêt de mort.

Chapitre 9

Chase releva le col de son manteau en tournant le coin d'une ruelle sombre et se fondit dans la foule des piétons sur l'artère principale qui grouillait de monde à cette heure de pointe. Ses blessures saignaient de nouveau. Il sentait la chaleur liquide de son sang se diffuser à travers le tissu du baggy et de la chemise de flanelle à carreaux qu'il avait fauchés à la devanture d'une friperie. Ses chaussures de chantier marron étaient trop petites d'une bonne taille et le manteau de laine sombre sentait un peu la naphtaline, mais au moins il avait chaud. Trop, en fait. Il avait l'impression d'avoir la peau en feu, comme trop tendue.

Il savait que c'était dû à l'appel de la soif.

Ça avait commencé par des picotements une heure plus tôt, la façon qu'avait son corps de lui signaler que la nuit tombait et qu'il était temps de se nourrir.

Tête battante, veines vibrant avec plus d'insistance qu'une sonnerie, il s'était réveillé dans une usine abandonnée de Malden où il avait échoué après avoir rendu visite à l'improviste au Laquais sénateur chez lui. Il avait eu de la chance de voir son addiction étouffée par son épuisement. Et encore plus de trouver cet abri la nuit précédente. Il n'aurait pas été le premier de son espèce à se laisser abrutir par la Soif sanguinaire au point de finir en cendres au soleil le matin venu.

Il n'en était pas encore à ce point.

Mais à la façon dont son estomac se tordait, il lui fallut se demander si le plongeon dans la folie de la Soif sanguinaire ne serait pas au bout du compte un soulagement. Dieu sait que la combattre à chaque seconde d'éveil était pour lui un enfer.

Le sang qu'il avait bu à la jugulaire de l'infirmier lui avait donné le coup de fouet dont il avait besoin pour s'échapper de l'infirmerie de la police et se charger de l'esclave mental de Dragos, mais il en payait à présent le prix. Comme une maîtresse négligée à qui l'on montre soudain quelques instants d'intérêt, sa soif de sang exigeait de lui toute son attention. C'était elle qui l'avait envoyé rôder dans les rues du cœur agité de la ville.

De sous ses paupières tombantes, son regard glissait d'un humain à l'autre, la tentation omniprésente tandis qu'il circulait au milieu d'eux comme un spectre. Sans l'avoir vraiment voulu, il se retrouva à la traîne d'un groupe de jeunes femmes portant des sacs de courses et de longs rouleaux de papier cadeau. Il les suivit, l'air nonchalant, tandis qu'elles remontaient la rue en bavardant et en riant ensemble. Alors que sa soif aurait voulu les voir se diriger vers un parking peu éclairé que l'on distinguait à peine au bout du pâté de maisons, les femmes tournèrent brusquement à droite pour pénétrer dans l'atmosphère bruyante d'un pub irlandais.

Tandis qu'elles disparaissaient dans l'établissement surpeuplé, Chase ralentit le pas. Il sentait la pointe de ses crocs sur sa langue et il apercevait par-dessous son front penché en avant la faible lueur de deux petits points d'ambre, réflexion de son regard sur la devanture du pub garnie de guirlandes et de lumières de Noël.

Et merde!

Il fallait qu'il se reprenne, qu'il maîtrise sa soif. Il savait où ça le menait, bien sûr. Il avait vu succomber des hommes meilleurs que lui. Encore bien trop récemment dans sa propre famille, chez un adolescent prometteur qui avait le monde à ses pieds. Emporté par la Soif sanguinaire et disparu pour de bon à la suite d'un acte accablant qui n'avait cessé de hanter Chase depuis.

Camden.

Mon Dieu, cela faisait-il vraiment plus d'un an que son neveu était mort ?

Il lui semblait parfois que ça ne faisait que quelques jours. À d'autres moments, comme à présent, avec son propre reflet sauvage qui le regardait, cela paraissait des siècles.

De l'histoire ancienne, putain !

Et il pouvait difficilement se permettre de rester là à ressasser le passé. Avancer : c'était ce qu'il avait de mieux à faire. Et s'il voulait avoir la moindre chance de repousser sa soif ce soir, il ferait mieux de prendre de la distance par rapport à la population humaine et de se trouver un coin tranquille pour traverser seul la crise. Vu la façon dont il souffrait, et celle dont ses blessures traînaient car son corps réclamait sa ration de globules rouges frais pour guérir, il n'était pas raisonnable de sa part de rester dans un endroit public.

Alors qu'il allait se détourner, son regard fut accroché par un mouvement sur l'un des écrans de télévision installés sur les murs du pub. Derrière une journaliste blonde ânonnant dans son micro une nouvelle qui datait du matin, il aperçut un éclair de cheveux soyeux couleur caramel et un joli visage qu'il reconnut sur-le-champ.

C'était Tavia Fairchild, escortée hors d'un immeuble de bureaux de Boston par plusieurs policiers et plusieurs agents du FBI à un moment quelconque de la matinée.

Chase ne quittait pas des yeux l'image à l'écran. Elle avait les joues creuses et le regard miné par le choc et le chagrin. Les hommes qui l'accompagnaient la poussaient rapidement vers un véhicule qui attendait devant l'immeuble fédéral. Un bandeau défilant au bas de l'écran confirmait le meurtre du sénateur et l'existence d'un suspect non encore appréhendé. L'écran se dédoubla pour afficher son portrait-robot, mais Chase y jeta à peine un coup d'œil. Son attention était fixée sur quelque chose d'autre, quelque chose qui lui fit tourner les sangs.

Il regarda de plus près l'un des flics qui escortaient Tavia. Pas l'inspecteur qu'il avait vu au poste, mais un autre homme, un policier en uniforme aux cheveux noirs et au regard inexpressif d'un esclave mental. *Nom de Dieu!* Jusqu'où l'influence de Dragos s'étendait-elle donc?

Et qu'est-ce que ça voulait dire pour Tavia Fairchild si ses Laquais ne la lâchaient pas d'une semelle?

Ça ne pouvait pas être bon.

Chase sentit sa fureur se réveiller en voyant le flic Laquais poser les mains sur elle pour l'aider à entrer dans le véhicule, de la même façon qu'elle s'était déclenchée quand il l'avait vue debout à côté du sénateur Clarence dans la salle d'identification du poste de police. Et même s'il était loin d'être un héros, Chase eut soudain l'impression que son vieux sens de l'honneur, malgré toutes les taches qu'il lui avait fait subir, reprenait du service lorsqu'il imaginait Tavia Fairchild à proximité de Dragos ou de l'un de ses nombreux serviteurs sans âme.

Le reportage était vieux d'au moins huit heures. Huit heures que le Laquais était parti dans la voiture de police avec elle et l'inspecteur. Si Dragos avait voulu faire du mal à cette femme, il avait eu tout le temps qu'il lui fallait pour le faire. Bien sûr, ce n'était pas à Chase de la sauver. Bordel, s'il y réfléchissait un peu, il doutait fort de parvenir à se sauver lui-même.

Mais ça n'empêchait pas son sang de bouillir avec un nouveau but.

Et ça n'empêcha pas ses pieds de bouger, l'éloignant du pub pour lui faire rejoindre l'ombre de l'autre côté de la rue. Il s'évanouit dans l'obscurité, tous ses sens de prédateur dirigés vers un seul but : trouver Tavia Fairchild.

Un quart d'heure plus tard, Chase était accroupi comme une gargouille au bord du toit du poste de police où il avait été détenu la veille, le regard rivé sur le parking réservé aux policiers en contrebas. Après le défilé de fin de service, le nombre de policiers rejoignant leur véhicule s'était réduit à presque rien. Sa patience était à bout et il s'apprêtait à foncer dans le poste pour y trouver celui qu'il voulait voir. Mais juste à ce moment-là il fut récompensé de sa longue attente en reconnaissant l'inspecteur d'âge mûr qui sortait du bâtiment.

C'était l'homme qui s'était trouvé dans la salle d'identification auprès de Tavia Fairchild. Le même qui l'avait accompagnée devant les caméras de télévision le matin même. Chase regarda l'humain traverser le parking vers sa voiture. Il visa avec la petite télécommande qu'il avait en main et une Toyota gris métallisé tachée de rouille bipa à mi-rangée.

Chase sauta à bas du toit, les chaussures de chantier qu'il avait chipées atterrissant sur l'asphalte froid sans le moindre bruit.

— Vous auriez une minute, inspecteur ?

Chase s'était assis sur le siège passager avant même que l'humain ait ouvert la portière conducteur et se soit posé derrière le volant.

— Seigneur !

L'homme sursauta, son visage avenant soudain envahi par la panique. Son instinct de flic joua en même temps et il porta vivement la main à l'arme qu'il portait dans un holster de hanche.

— Je ne ferais pas ça si j'étais vous, l'avertit Chase.

Apparemment convaincu, le policier se précipita alors sur la poignée de sa porte. Comme s'il avait eu la moindre chance de s'échapper ! Il tira sur le levier, mais rien ne se produisit, même après plusieurs tentatives pour faire fonctionner le verrou électronique de l'autre main.

— Nom de Dieu !

Chase le regardait, imperturbable.

— Ça ne vous servira à rien non plus.

Cela n'empêcha pas Avery de faire une nouvelle tentative, inconscient qu'il était du fait que Chase maintenait la porte verrouillée par la force de sa seule volonté. Désespéré, le flic vieillissant laissa alors tomber son coude sur le klaxon. Ce dernier lâcha un son proche d'un cri, qui s'interrompit lorsque Chase attrapa le bras de l'homme et le tordit.

— Ça, ce n'était pas raisonnable de votre part.

— Et qu'est-ce que vous allez faire ? Me tuer en plein parking ?

— Si j'avais voulu votre mort, vous ne seriez pas assis ici en train de vous pisser dessus, inspecteur.

— Oh, Seigneur, marmonna Avery. Mais qu'est-ce qui se passe, bordel ? Qu'arrive-t-il à votre visage ?

Dans le reflet que lui renvoyait la vitre de la portière conducteur, Chase vit les deux braises de ses yeux briller dans l'obscurité du véhicule. Il avait l'air monstrueux, sauvage. Complètement dérangé. Il n'avait plus rien d'humain. Il grinça des mâchoires et sentit ses crocs érafler sérieusement sa langue.

La vue de ce spectacle le renvoya à un moment similaire de son passé récent. À l'époque, un peu plus d'un an auparavant, il s'était trouvé assis dans un véhicule obscur, yeux brillants et crocs sortis pour tuer, à regarder le visage terrifié d'un dealer humain qui était responsable de la soif de sang de son neveu Camden, provoquée par l'abus de narcotiques.

Chase était alors si sûr de son droit, si certain qu'il était celui, et peut-être même le seul, capable de sauver Camden. Et au lieu de ça, il avait été celui qui l'avait détruit. Il entendit de nouveau dans son esprit le bruit de la décharge qui avait fait éclater la poitrine du gamin ce soir-là. Il sentait encore le froid impitoyable du métal dans sa main, le recul de son biceps dans le silence soudain qui avait suivi. L'odeur de la poudre et du sang dans l'air alors que le cri de souffrance pure d'une femme qu'il avait autrefois voulue pour sienne fendait la nuit.

Et à présent c'était lui, Chase, qui se retrouvait malade et condamné. Pas à cause d'une imprudente prise d'Écarlate, le produit qui avait ruiné la vie du jeune Cam et de certains de ses amis deux automnes auparavant, mais du fait de sa propre négligence et de sa propre faiblesse. Le point culminant d'une vie d'échecs. Son besoin égoïste, insatiable, monstrueux de remplir le vide qui s'ouvrait en lui finissait par l'engloutir tout entier.

Ça lui donnait la nausée. Le policier, quant à lui, regardait son visage transformé avec une terreur abjecte. Ses yeux étaient écarquillés et sa mâchoire inférieure pendait sous l'effet de la stupeur. Enfin, après un raclement de gorge, il parvint à articuler quelques mots.

— Mon Dieu, mais vous êtes quoi ? Et qu'est-ce que vous voulez de moi, putain ?

Chase lâcha un juron. Il n'avait pas voulu que les choses se passent comme ça. Il n'avait jamais été dans ses intentions de laisser l'humain le voir tel qu'il était vraiment, mais c'était trop tard, le mal était fait. Il gérerait le problème après avoir obtenu l'information qu'il était venu chercher.

— Où est-elle ? demanda-t-il en se penchant tout près du policier, la bête en lui libérée par l'odeur de terreur pure qui en émanait. Il faut que je trouve Tavia Fairchild.

Malgré la peur et la confusion qui envahissaient le regard de l'inspecteur, Chase y vit son instinct de protection reprendre le dessus.

— Si vous pensez que je vais vous le dire pour que vous puissiez la tuer elle aussi, vous pouvez aller vous faire foutre !

Chase éprouva du respect pour l'homme qu'il avait devant lui. Flics ou pas, les membres de son espèce capables de faire preuve de ce genre de dévouement à l'égard de quelqu'un qu'ils connaissaient à peine ne couraient pas les rues. En particulier lorsqu'ils se retrouvaient face à un cauchemar vivant. D'après l'expérience de Chase, on ne pouvait trouver un tel niveau de loyauté que chez les Laquais, et encore ces derniers l'avaient-ils payé de leur âme. L'inspecteur Avery était bien vivant et il avait très peur, et pourtant il renvoyait à Chase un regard furieux où celui-ci ne pouvait faire autrement que de lire un inviolable sens de l'honneur.

Chase avait lui-même connu ce sentiment à une époque. Mais c'était si loin qu'il avait eu du mal à le reconnaître.

Toutefois ça n'avait plus vraiment d'importance à présent. C'était l'homme qu'il était réellement qui terrorisait l'être humain si méritant qu'il avait devant lui.

— Je vous ai vu ce matin avec elle, affirma-t-il. Vous étiez avec un autre flic, en uniforme. Cheveux noirs, vilaine cicatrice sur l'un des sourcils. Quel est son nom ? Il faut que je le trouve lui aussi. Parlez, maintenant, inspecteur !

— Je ne vous dirai rien. Et certainement pas où Murphy l'a emmenée.

Nom de Dieu ! Alors elle était encore avec le Laquais.

— Où est-elle, bordel ?

— À l'abri, cracha presque Avery.

Chase s'approcha de l'homme à le toucher.

— À l'abri de quoi ?

— De toi, fils de pute ! (Le policier se mit à trembler, les mains serrées sur le col de sa chemise blanche froissée et sa cravate à moitié défaite.) Seigneur Dieu… Tu ne peux pas être vrai. Tu ne peux pas être humain. C'est pour ça que tu as survécu à tous ces tirs, pour ça que tu as réussi à fuir l'infirmerie la nuit dernière…

Chase sentit la terreur s'échapper par tous les pores du visage horrifié de l'homme, qui comprenait enfin complètement ce qu'il était. Bouche bée, il s'attendait visiblement à ce que la bête qu'était pour lui Chase le mette en pièces d'une seconde à l'autre.

C'était pour ça que la Lignée avait protégé le secret de son existence tout ce temps. Cette peur profondément ancrée chez l'homme, sans cesse entretenue par la légende et un folklore sanglant qui n'était pas entièrement imaginaire, constituait la raison pour laquelle les vampires ne pourraient jamais espérer la moindre forme de cohabitation pacifique avec les humains. L'humanité était bien trop imprégnée de ses terreurs nocturnes pour que l'on puisse s'y fier.

Chase n'avait plus de scrupules à utiliser cette terreur à son avantage à présent. Pas plus qu'il n'hésiterait à faire du mal à cet homme pour obtenir les réponses qu'il était venu chercher. Si Avery avait su quel démon tenait compagnie à Tavia Fairchild au moment même, il n'aurait pas eu besoin de faire appel à la contrainte.

Mais si cet humain, ou n'importe quel autre, comprenait ne serait-ce qu'à demi la menace que Dragos et ses disciples faisaient peser sur l'humanité, il serait impossible de raisonner avec eux.

Malgré ça, Chase opta pour la vérité sans fard.

En termes crus, sans essayer de l'épargner, il dit tout à l'inspecteur Avery.

Quand il eut terminé et que le policier, rendant les armes, lui eut révélé le lieu où se trouvait Tavia Fairchild, Chase lui épargna d'avoir à porter la charge de ses épouvantables révélations plus longtemps.

Il les effaça de la mémoire de l'homme et le laissa là, assis seul dans l'habitacle obscur de sa Toyota, étourdi mais sain et sauf.

Tavia prenait son temps sous la douche, peu encline à abandonner la solitude décadente dont elle jouissait dans la salle de bains. Elle ne se laissait pas troubler par le fait qu'elle n'était pas tout à fait seule. Les deux agents fédéraux et le policier en uniforme qui l'avaient amenée dans cet hôtel étaient dans le salon de la suite.

Séparés d'elle par deux portes fermées, celle de sa salle de bains et celle de sa chambre, les hommes étaient à ce moment plongés dans un match de base-ball télévisé qu'ils avaient mis quelques minutes avant qu'elle s'éclipse pour prendre une douche et dormir un peu en attendant que le service d'étage apporte le dîner. Malgré le bruit de la douche, elle entendait celui de la télévision, couvert parfois par le cri de désespoir ou de triomphe de l'un ou l'autre des trois hommes.

Elle avait été surprise quand le policier du nom de Murphy l'avait informée qu'elle passerait à l'hôtel au moins une nuit, et peut-être plus, sous surveillance armée. Le flic au regard dur et à la cicatrice sinistre ne l'avait pas lâchée d'une semelle depuis l'instant où, ce matin-là, lui et l'inspecteur Avery l'avaient emmenée loin de l'immeuble où le sénateur Clarence avait ses bureaux. Dieu, tout ça était proprement irréel ! Elle n'avait jamais su ce que c'était d'être témoin d'un crime et encore moins d'avoir besoin d'une protection policière dans un endroit tenu secret.

Et pourtant, dans les faits, cela ne lui sembla pas si différent de sa vie domestique habituelle, où elle n'était jamais complètement seule, car il y avait toujours quelqu'un pour s'assurer de son bien-être, et où elle voyait son intimité violée à tout bout de champ sous prétexte que c'était pour son bien. Pourtant, malgré ce qu'avaient l'air de penser le docteur Lewis et sa tante Sarah, elle ne s'était jamais sentie particulièrement sans défense ni invalide. Certes, son corps se rebellait contre elle de temps en temps, que ce soit par réaction aux nouveaux traitements justifiés par son état inexplicable ou dans des circonstances de stress accru. Tavia n'était jamais parvenue à trouver comment prédire l'arrivée de ses « crises », comme les avait baptisées sa tante Sarah. Le docteur Lewis disait qu'elle avait une forme atypique d'épilepsie, compliquée par toute une série d'autres pathologies étranges qui avaient nécessité ses soins spécialisés depuis son plus jeune âge.

Le médecin aux cheveux gris avait été pour elle une figure paternelle exactement comme la tante Sarah était la seule mère qu'elle ait jamais connue. Tavia n'avait jamais vu la moindre photographie de ses parents naturels, qui étaient tous deux morts dans l'incendie de leur maison, auquel elle-même avait miraculeusement survécu.

Tout ce qu'il lui restait de ce passé perdu étaient les cicatrices qui lui couvraient presque entièrement le corps.

Tavia fit longuement mousser le savon dans ses mains, qu'elle se passa ensuite sur les bras et le buste, puis sur les jambes. Les cicatrices couraient quasiment partout sous son toucher, jusqu'à son cou. Mais, en tout cas autant qu'elle ait pu s'en souvenir, elles ne l'avaient jamais fait souffrir. Et, vu la surface qu'elles couvraient, elles auraient dû être beaucoup plus sévères qu'elles ne l'étaient. Il semblait que les traitements du docteur Lewis avaient fait des miracles en ce qui les concernait.

Bien sûr, ce réseau de peau mauve que seuls des cols roulés, des manches longues et des pantalons pouvaient masquer lui paraissait toujours horrible.

Le code vestimentaire strict qu'imposait son travail auprès du sénateur s'était avéré une bénédiction. Lui-même n'avait rien su de ses défauts physiques ni de ses problèmes médicaux compliqués. Pour lui, comme pour tous les gens avec qui elle avait des contacts, Tavia était réservée, professionnelle et exigeante. Son travail était la seule chose qu'elle avait le sentiment de vraiment maîtriser et elle s'était fait un devoir de s'y montrer parfaite de toutes les manières possibles.

Dieu sait qu'elle n'avait pas à se soucier d'une quelconque vie personnelle.

Il n'y avait que sa tante Sarah, qui avait renoncé à sa propre vie personnelle pour se consacrer à la fille de son frère mort. La vieille dame ne parlait jamais de son passé ni des rêves qu'elle avait eus jeune. Elle ne s'était jamais mariée et n'avait jamais regretté de ne pas avoir eu de famille ni d'enfants à elle.

Tavia s'était souvent demandé pourquoi sa tante avait fait ce choix d'être à vie la tutrice et la gouvernante de sa nièce. Et elle lui avait posé la question à plusieurs reprises. Mais la tante Sarah se contentait d'un sourire placide chaque fois qu'elle l'interrogeait et écartait toute question avec une tape affectueuse sur la main de Tavia.

— Ne t'en fais donc pas pour moi, ma chérie. Ce qui compte, c'est toi ; moi, je suis exactement à la place qui est la mienne.

Malheureusement, elle semblait considérer aussi qu'il était de son devoir de disséquer toutes les actions et toutes les pensées de Tavia. Elle voulait toujours tout savoir. En revanche, elle ne se mettait jamais en colère et ne faisait jamais preuve de la moindre impatience. Ça n'était jamais arrivé. Elle ne se plaignait jamais non plus, et c'était pour ça que Tavia se sentait un peu coupable d'apprécier ces quelques heures loin de son attention permanente.

En vingt-sept ans, elle avait passé en tout moins d'un mois loin de chez elle, en comptant les voyages professionnels avec le sénateur et les occasionnels séjours en urgence pour observation et traitement à la clinique privée du docteur Lewis. La tante Sarah avait toujours été un peu anxieuse quand ça se produisait, mais lorsque Tavia lui avait parlé au téléphone un peu plus tôt ce soir-là, après les reportages incessants de la journée sur quasiment toutes les chaînes de télévision à propos du meurtre du sénateur Clarence, elle lui avait paru plus bouleversée que jamais auparavant.

Il avait fallu à Tavia un bon quart d'heure pour la convaincre qu'elle était en sûreté, surtout parce que les agents fédéraux et les policiers lui avaient interdit de révéler à quiconque où elle se trouvait. Tavia était sûre que si elle lui avait donné le nom ou l'adresse de l'hôtel elle s'y serait précipitée. Elle avait eu peur que Tavia ne lui dise pas toute la vérité, ce en quoi elle n'avait pas eu tort d'ailleurs.

— Je ne comprends pas, ma chérie. Est-ce qu'on te reproche quelque chose ? Pourquoi la police aurait-elle besoin que tu passes la nuit ailleurs que chez toi ?

— Ils ont encore beaucoup de questions à me poser, tante Sarah. L'inspecteur chargé de l'enquête a considéré que ce serait plus pratique si je restais en ville de façon que nous puissions parler encore ce soir et recommencer tôt demain matin.

— Mais ils ne savent pas que tu es malade, Tavia. Tu devrais être à la maison, pas coincée quelque part parce que ça les arrange.

— Je vais très bien, avait insisté Tavia, mais il était clair que la tante Sarah ne l'avait pas entièrement crue.

Il avait fallu dix minutes de plus pour la rassurer sur le fait que Tavia avait bien tous ses médicaments, oui tous, y compris la petite quantité qu'elle gardait en réserve dans son sac à main en cas d'urgence susceptible de l'empêcher de rentrer chez elle comme prévu.

Tavia n'avait pas eu l'énergie d'expliquer qu'elle serait peut-être absente plus d'une nuit. Pas plus qu'elle n'avait divulgué le fait qu'elle avait convaincu l'inspecteur Avery d'envoyer une voiture de police banalisée dans la rue où elles habitaient pour s'assurer que le danger qu'elle courait peut-être ne se répercuterait pas sur sa seule famille vivante.

— Ne t'inquiète pas pour moi, tante Sarah, avait-elle déclaré à la vieille dame avec toute la douceur dont elle était capable. Tout va bien se passer pour moi, je t'assure.

La conversation lui avait laissé une impression d'étouffement plus que de protection. Il y avait des moments où elle avait du mal à imaginer le futur sans sa tante sous le même toit et où cette vision lui donnait le sentiment d'être piégée, mais en même temps elle s'en voulait de ce ressentiment, aussi faible fût-il, vis-à-vis d'une femme qui, à l'évidence, souhaitait simplement le meilleur pour elle.

Tavia mit la tête sous le jet d'eau chaude et se versa un peu de shampooing sur les cheveux. Elle se massa le cuir chevelu, consciente des contours presque imperceptibles du réseau de vieilles cicatrices qui remontaient de sa nuque sur son crâne. Elle se rinça la tête puis fit couler un peu d'après-shampooing sur ses mains pour se le passer sur les cheveux.

Dans l'autre pièce de la suite, on entendit à la télévision un signal marquant une interruption de jeu. Les voix des hommes montèrent d'un ton tandis qu'ils discutaient des dernières attaques et lançaient des piques au sujet de l'équipe des visiteurs.

Tavia prit tout son temps pour se rincer, peu encline à renoncer à la douceur apaisante du jet d'eau chaude sur sa peau. Mais comme son estomac commençait à gargouiller et qu'elle savait que les hommes attendaient qu'elle soit prête avant de commander à dîner pour eux-mêmes, elle se décida à fermer le robinet, qui couina.

Et puis… ce fut le silence.

Un silence pas naturel, menaçant.

Nue et dégoulinante d'eau, elle sortit la tête de derrière le rideau de douche et resta là un long moment à écouter.

On n'entendait plus rien, pas même le son de la télévision.

Elle sortit de la douche sur le tapis de bain. Ne prenant pas le temps de s'essuyer, elle attrapa le peignoir en éponge fourni par l'hôtel accroché derrière la porte de la salle de bains et l'enfila. Des mèches de cheveux mouillés lui tombèrent sur le visage tandis qu'elle nouait en hâte la ceinture à sa taille et avançait pour poser la main sur la poignée de la porte.

Quelque chose clochait. Gravement. Elle le sentait dans toutes les fibres de son corps, les nerfs soudain à vif.

Elle se glissa dans la chambre vide et rejoignit silencieusement la porte fermée qui donnait dans le salon de la suite.

Elle s'apprêtait à appeler quand elle entendit un grognement étouffé s'interrompre brusquement de l'autre côté de la porte, suivi par une lourde chute qui fit vibrer le sol sous ses pieds nus.

Tavia se figea.

Elle n'avait pas besoin d'ouvrir la porte pour savoir que la mort attendait de l'autre côté, mais elle ne put s'empêcher de tourner doucement la poignée. Puis l'ayant entrouverte *a minima* elle jeta un coup d'œil dans le salon. Son regard rencontra les yeux désormais aveugles du policier nommé Murphy, étendu sans bouger au sol. C'était un homme d'un gabarit certain, et pourtant il avait la nuque tordue et brisée comme s'il n'avait été qu'une poupée.

Tavia sentit son cœur s'affoler.

L'intrus les avait-il tous tués ?

C'était lui, elle le savait avec une certitude viscérale.

Son instinct lui cria de sortir de là tout de suite. Faisant volte-face, elle se précipita vers la baie coulissante qui se trouvait de l'autre côté du lit derrière des rideaux. Tâtonnant la poignée verrouillée, elle finit par parvenir à tirer la porte de verre. Une rafale de bise s'engouffra, lui envoyant de petits flocons de neige dans les yeux. Elle sortit sur le balcon, dont le ciment gelé lui glaça les pieds, et lâcha un juron.

La chambre était au dixième étage.

Impossible de s'échapper. Elle était piégée.

— Merde !

Tavia se retourna pour rentrer par la baie ouverte… et s'interrompit, bouche bée.

L'homme de ses cauchemars, le psychopathe qui avait tué le sénateur Clarence de sang-froid et voulait sans aucun doute en finir à présent avec elle aussi, se tenait devant elle.

Elle ouvrit la bouche pour hurler mais ne put sortir le moindre son avant qu'il lui mette une main derrière la nuque et l'autre sur la bouche. Il la serrait comme dans un étau. Impossible de se dégager. Terrifiée, le regard perdu, elle leva la main pour écarter ses doigts, mais ils étaient d'acier.

— Restez tranquille !

L'ordre bref avait été émis d'une voix rauque et profonde, beaucoup plus puissante de près que la veille au poste de police. Il y avait aussi quelque chose de plus massif dans sa mâchoire carrée et quelque chose qui clochait vraiment au niveau de ses yeux.

Dans un premier temps, elle écarta leur lueur de braise comme une hallucination de son esprit paniqué. Les pupilles semblaient curieusement distordues, comme deux fentes étroites au centre de ses iris brûlants. Ce ne pouvait qu'être le fruit de son imagination.

Mais en fin de compte, non… ce n'était pas son angoisse qui lui faisait voir des choses qui n'étaient pas. Tout ça était bien réel. Aussi réel que la chaleur soutenue de ses mains sur elle, de ses doigts qui lui brûlaient la nuque et la bouche.

Aussi réel que les pointes blanches acérées de dents allongées qui brillèrent quand il écarta les lèvres pour parler de nouveau.

— Je ne vais pas vous faire de mal, Tavia.

Oh, mon Dieu!

C'était son cauchemar grandeur nature qui se dressait devant elle!

Il n'était pas humain; il ne pouvait pas l'être. L'esprit de Tavia rejeta le mot qui s'y formait, sorti tout droit du souvenir des histoires d'épouvante que sa tante lui reprochait de lire quand elle était enfant.

Elle n'était pas sûre de ce qu'il était, mais elle ne crut pas même l'espace d'une seconde qu'il n'allait pas la tuer dans l'instant qui suivrait comme il avait tué le sénateur et les hommes qui s'étaient trouvés dans la pièce adjacente. Elle luttait contre lui de toutes ses forces à présent, tentant de se dégager et de conquérir sa liberté. Mais elle ne put absolument pas lui faire lâcher prise.

Il était fort, aussi fort que se devait de l'être un monstre.

Et avec l'afflux soudain d'adrénaline dans son sang, Tavia sentit son corps se rebeller derrière le calme forcé qu'induisaient en elle ses médicaments. Son rythme cardiaque s'accéléra et elle sentit son pouls battre à ses tempes. Elle se mit à grogner contre les doigts qui lui gardaient la bouche close tout en s'efforçant de s'arracher à la spirale d'angoisse qui tentait de l'entraîner.

Il la rentra dans la pièce et la poussa sur le lit.

Non, cria-t-elle intérieurement, le cri réel étouffé dans sa gorge.

Elle était sur le dos et luttait vainement, la main de l'intrus toujours à plat sur ses lèvres. Il avait vivement retiré l'autre main de derrière sa nuque pour venir la poser au-dessus de son front, que sa paume chaude effleurait à peine.

— Calmez-vous, Tavia ! intima-t-il d'une voix non plus tant menaçante qu'enjôleuse. Fermez les yeux !

Elle rua, secouant la tête de droite à gauche malgré le curieux réconfort que lui inspiraient ses mots. Il parut étonné qu'elle n'obéisse pas. Ses yeux inhumains s'étrécirent encore, l'épinglant sous un regard d'ambre mordant.

— Dormez.

Cette fois, c'était un ordre, et sa main n'avait pas quitté son front.

Elle lui lança un regard de défi où se lisait toute sa fureur. Agitant les jambes, projetant les poings en vain contre les muscles de pierre de son dos et de ses épaules, elle fit une nouvelle tentative désespérée pour se libérer.

Mais, tandis qu'elle se tortillait en luttant, elle perçut d'un coup de l'air frais sur la peau nue de sa poitrine. Le peignoir de l'hôtel béait en « V », la dénudant de la gorge au nombril sous les yeux de son agresseur et révélant le pire de ses cicatrices.

Il resta un moment les yeux rivés sur l'échancrure.

Puis il jura.

— Nom de Dieu !

Tavia grogna, l'humiliation transformant sa peur en quelque chose d'encore plus terrible. C'était déjà assez affreux d'être agressée et de devoir craindre pour sa vie.

Mais à présent cet être étonnamment inhumain restait bouche bée devant elle comme si ç'avait été elle le monstre.

Avec un autre juron, plus cru, il relâcha la pression de sa paume contre la bouche de Tavia. Il pencha la tête de côté avec un angle qui avait quelque chose d'animal et ramena vers son visage son sauvage regard d'ambre, dans lequel se lisait l'incrédulité.

— Mais qu'est-ce que c'est que ça, putain ?

Chapitre 10

Il était en train d'halluciner.

Ça ne pouvait être que ça.

Chase était conscient de ce que la Soif sanguinaire pouvait faire aux membres de son espèce. Il savait que la maladie pouvait dissoudre toute logique, arracher à un vampire ses sens et sa raison jusqu'à ce qu'il ne reste plus rien du plus cartésien des esprits. Et il n'y avait aucun doute qu'il avait senti vaciller sa propre raison les jours précédents.

La Soif sanguinaire l'avait tourmenté violemment après qu'il avait quitté l'inspecteur dans le parking du poste de police. Et le corps à corps avec les deux agents du FBI à présent inconscients et le Laquais qu'il avait tué n'avait fait qu'aggraver les choses. Il était mal en point, il le savait, mais jamais sa maladie ne s'était jusqu'alors manifestée sous la forme hallucinatoire qu'elle prenait à présent.

Parce que ce qu'il croyait voir sur la peau nue de Tavia Fairchild était impossible.

Son corps était parcouru du cou jusqu'au bas du buste d'un motif de marques denses mais raffinées. Elles étaient d'un mauve très léger à peine plus sombre que sa peau claire. Pour son regard transformé, noyé dans la lumière ambrée de sa soif, le réseau d'arabesques intriquées ressemblait à quelque chose de très familier.

Les marques ressemblaient beaucoup aux dermoglyphes que portaient les membres de la Lignée.

— Impossible, énonça-t-il, conscient que sa propre confusion transparaissait dans le timbre sauvage de sa voix.

Ce genre de marques n'existait que sur la peau des membres de la Lignée. De plus, en raison d'une anomalie génétique apparue lorsque les Anciens avaient engendré leur progéniture avec des Compagnes de sang, ce qui avait été à l'origine de l'espèce, tous les fruits de ces unions et de celles qui avaient suivi au cours de ses nombreux millénaires d'existence étaient nés mâles.

Dans le brouillard de sa raison apparemment vacillante, il se rappela Jenna Darrow, la femme venue d'Alaska qui avait récemment rejoint l'Ordre après avoir subi l'assaut du dernier des Anciens. La compagne humaine de Brock avait désormais des marques de ce type, mais elles étaient bien moins importantes et étaient dues à l'ADN extraterrestre que contenait le petit morceau de biotechnologie qu'il lui avait implanté pendant sa captivité.

Ce qui n'avait rien à voir.

Au niveau de la taille de Tavia, à laquelle l'épais peignoir restait lâchement noué, les motifs intriqués disparaissaient sous les plis du tissu-éponge. Mais il en aperçut d'autres sur sa hanche lorsqu'elle tenta de s'éloigner de lui en se tortillant sur le lit.

Seigneur, mais jusqu'où allaient-ils ?

Il tendit la main vers la ceinture du peignoir dans le but de l'ouvrir complètement.

— Non ! cria-t-elle, les yeux rivés sur lui avec horreur tandis qu'elle refermait les plis du tissu dans ses poings tremblants. Allez-vous-en ! Ne me touchez pas !

La peur de Tavia arracha soudain Chase aux méandres tortueux dans lesquels s'engageait son esprit. Il n'était pas venu là pour la terroriser. Son but avait été de s'assurer que le flic Laquais qui l'accompagnait ne lui ferait pas de mal. Et en même temps, de répondre à une question qui le taraudait : pourquoi donc Dragos avait-il envoyé l'un de ses esclaves mentaux pour lui tenir lieu de cerbère ?

Cette interrogation reprenait le dessus tandis qu'il contemplait les mains de Tavia, aux jointures blanchies par l'effort avec lequel elle maintenait le peignoir fermé contre son corps comme si sa vie en dépendait.

Chase posa de nouveau sa paume sur le front de la jeune femme pour essayer de la mettre en transe, mais elle avait un esprit fort qui n'était pas prêt à se laisser shunter facilement. Elle combattait la torpeur qui aurait dû s'emparer d'elle en quelques instants à peine et aurait laissé à Chase le loisir de décider tranquillement quoi faire d'elle ensuite. Elle poussait et luttait, refusant de se rendre malgré la peur qu'il sentait circuler par vagues dans son grand corps étonnamment musclé.

Et il avait d'autres problèmes qui revenaient à la surface.

En effet, dans la pièce à côté, l'un des agents du FBI que Chase avait assommés commençait à remuer. Si l'un ou l'autre se réveillait complètement et le voyait là, les yeux lançant des éclairs d'ambre et les crocs allongés, le nettoyage qu'il venait de faire subir à leurs mémoires quelques minutes plus tôt serait à refaire. Et il n'avait pas de temps à perdre avec ça.

— Levez-vous, grogna-t-il à l'intention de Tavia Fairchild.

Il ôta son manteau et l'en couvrit par-dessus son peignoir. Puis il empoigna d'une main les revers de laine et l'arracha au lit.

— Venez avec moi.

Il ne lui donnait pas vraiment le choix. La tirant avec lui jusqu'au salon de la suite, il ignora son petit cri de stupeur à la vue des signes de la lutte qui avait eu lieu là et des trois représentants de l'autorité allongés en tas sur le sol. Elle avait le souffle court à présent et flirtait avec l'hyperventilation.

— Vous les avez tués, cria-t-elle. Oh, mon Dieu… Laissez-moi partir !

— Je n'ai tué que celui qui devait l'être, répliqua-t-il en la traînant à travers la pièce au-delà du Laquais mort.

L'un des fédéraux au sol grogna et commença à bouger. Encore quelques secondes et il reprendrait ses esprits, et Chase devait absolument avoir disparu avant.

— Je vous en prie, gémit Tavia. Je vous en prie, ne faites pas ça. Dites-moi ce que vous attendez de moi !

Il s'aperçut qu'il n'aurait pas su répondre à cette question. Tout ce qu'il savait, c'était qu'il devait sortir de là et qu'il ne pouvait pas la laisser derrière lui, et que donc elle venait avec lui, qu'elle le veuille ou non.

Elle inspira soudain profondément et il sentit qu'elle allait hurler. Il attrapa alors le pistolet du flic Laquais, qu'il avait coincé dans son dos après l'avoir tué et avoir assommé les deux autres. Un coup d'œil à l'arme suffit à Tavia pour se calmer. Il n'en aurait jamais fait usage contre elle. En tant que membre de la Lignée, il disposait de toute une gamme d'autres moyens de la faire taire par la menace. Mais le pistolet était le plus convaincant pour son esprit de mortelle.

— Par ici, ordonna-t-il. Vite.

Sous le choc, confuse, elle ne résista pas. Chase la poussa dans le couloir vide hors de la suite, puis l'entraîna vers l'escalier de derrière.

Tout juste sorti de la douche, Lucan passa par la porte-fenêtre de la chambre qu'il partageait avec Gabrielle sur la terrasse de bois qui s'ouvrait devant. Il était nu et de sa peau mouillée s'élevaient des arabesques de vapeur. Aussi au nord et au cœur de l'hiver, le froid était mordant. Il inspira un grand coup, laissant l'air vif de la nuit lui nettoyer la tête et cristalliser ses pensées autour des objectifs et des devoirs à remplir. C'était ça qu'il connaissait le mieux, les charges qu'il avait choisi de porter seul sur les épaules quand il avait fondé l'Ordre tous ces siècles auparavant.

Il n'avait jamais regretté ce choix et il n'était pas question de commencer à présent.

Il laissa échapper un juron à voix basse puis inhala une nouvelle goulée d'air glacial qu'il poussa loin en lui, décidé à étouffer le mal étrange qui l'avait travaillé toute la journée. Mais il lui fallait bien admettre que cela faisait plus longtemps que ça qu'il l'avait en tête, même s'il avait fallu qu'il voie Gabrielle avec le bébé de Dante et de Tess pour que ce vide indésirable se laisse nommer.

C'était le désir d'enfant.

Un désir profond et indéniable.

Seigneur, il en était malade !

En voyant sa compagne adorée près du bébé vampire il avait ressenti instantanément le besoin irrépressible de la voir enceinte de ses propres fils. Tout ce qu'il y avait de mâle en lui avait rugi de l'envie de céder à cet appel primitif. À ce moment-là, il avait désiré ça avec plus de force que n'importe quoi auparavant.

Mais c'était quelque chose qu'il ne pouvait pas se permettre de ressentir pour l'instant.

Pas alors que leur monde était au cœur d'une guerre contre Dragos et que tous comptaient sur lui pour les guider. C'était déjà assez terrible pour lui de s'inquiéter pour Gabrielle chaque fois qu'il la quittait pour aller au combat, il ne pourrait pas supporter l'idée qu'elle puisse se retrouver seule à élever leur enfant.

C'était pour cette raison qu'il avait toujours considéré d'un sale œil le fait que les guerriers se lient à une compagne et qu'il leur avait pratiquement interdit de fonder une famille tant qu'ils servaient au sein de l'Ordre. Et il n'y avait pas plus de deux étés que ses craintes s'étaient révélées fondées quand Conlan, membre de l'Ordre depuis plus d'un siècle, avait succombé à une bombe constituée de shrapnel et de C4 alors qu'il poursuivait un Laquais pendant une patrouille. La veuve de Conlan, Danika, avait vu son compagnon mort livré au soleil alors qu'elle était enceinte de leur premier-né. Complètement désespérée, elle avait décidé de quitter Boston peu après.

Mais cette terrible leçon n'avait pas suffi aux autres guerriers pour éviter toute implication émotionnelle. En l'espace de moins de deux ans, ils avaient presque tous pris une Compagne de sang, Lucan compris. Les choses n'avaient fait que se compliquer quand Niko et Renata avaient ramené avec eux Mira, huit ans, adoptée quand ils s'étaient liés l'un à l'autre quelque six mois plus tôt. Et à présent Dante et Tess avaient un enfant nouveau-né, Xander Raphaël.

Lucan leva le visage et lança un regard furieux au croissant d'une lune gris pâle décroissante qui pointait derrière le sommet de grands pins devant lui. Il aurait fallu qu'il soit stupide pour envisager d'ajouter une autre vie innocente à la liste des victimes potentielles de la catastrophe qu'il sentait à présent poindre dans leur combat contre Dragos.

Il passa une main dans ses cheveux humides et se laissa aller à un nouveau juron dans la nuit glaciale.

— Je n'avais pas remarqué que tu étais déjà rentré.

La voix chaude de Gabrielle le fit sursauter. Se retournant pour lui faire face, il fut frappé, comme toujours, par sa beauté. Ce soir-là, ses longs cheveux auburn quittaient sa nuque délicate en une tresse lâche et des mèches folles encadraient son joli visage et ses grands yeux apaisants. Alors que d'ordinaire elle portait des couleurs pastel et des coupes amples, elle était entièrement vêtue de noir avec un corsage décolleté au tissu aérien flottant au-dessus de sa peau d'albâtre et de son soutien-gorge de dentelle, noir lui aussi. Quant à sa jupe, elle était ajustée et moulait chacune de ses courbes, soulignant l'évasement de ses hanches et ses longues jambes minces. Enfin, des bottes de cuir brillant effilées la haussaient de près de quinze centimètres sur d'étroits talons aiguilles.

Bon Dieu qu'elle était désirable !

Rien d'étonnant à ce qu'il ait été condamné à l'aimer dès l'instant où il avait posé les yeux sur elle pour la première fois.

Lucan s'éclaircit la voix.

— Je suis rentré il y a à peu près une heure. Tu es superbe.

Elle sourit et sortit à sa rencontre, croisant les bras contre la poitrine en frissonnant.

— Ça fait une heure que tu es rentré ? répéta-t-elle sur un souffle qui se transforma en vapeur dans l'air glacé. Mais qu'est-ce que tu fais là ?

Lucan haussa les épaules et la prit dans ses bras pour la réchauffer.

— Je prenais juste l'air.

— Mais il gèle, répliqua-t-elle. Et tu es nu.

Il posa les lèvres sur sa tempe.

— Et j'ai soudain l'envie que tu le sois aussi.

Le petit rire de Gabrielle ne lui sembla pas aussi léger que l'on aurait pu s'y attendre.

— Comment ça s'est passé avec Kellan ce soir ?

— Il a chassé, répondit Lucan. Il s'est nourri.

— Voilà une bonne nouvelle.

Lucan grogna.

— Ce sera une bonne nouvelle quand il ne sera plus nécessaire de lui dire de le faire et quand il ne faudra plus l'accompagner pour être sûr qu'il le fasse.

— Il a dû faire face à des événements difficiles, lui rappela Gabrielle. Et c'est juste un gosse. Laisse-lui le temps.

Lucan acquiesça. Elle avait raison. Kellan n'avait pas été plus content que ça de s'apercevoir que Lucan ne plaisantait pas quand il avait parlé de l'emmener en personne à la recherche d'un Amphitryon ce soir-là si Lazaro n'avait pas fermement décidé de s'en charger. À la tombée de la nuit, Lucan avait trouvé le gamin dans la salle d'armes improvisée de l'Ordre en train de s'entraîner tout seul avec une paire de longs poignards. Dégingandé, il n'était pas très doué et tricotait un peu des jambes, mais il était clair qu'il n'avait pu avoir beaucoup de pratique en tant que résident de Havrobscur. Il s'était presque coupé un pied en lâchant une lame quand Lucan lui avait annoncé qu'ils partaient chasser à l'instant même, tous les deux, seuls.

Lazaro Archer aurait été parfaitement capable et prêt à emmener l'adolescent lui-même, mais, par curiosité, Lucan avait eu envie de le faire. Il avait emmené Kellan jusqu'à Bangor, plus proche ville dotée d'une population et de lieux publics suffisamment fréquentés pour que l'on puisse y passer pour rien de plus que des touristes.

Kellan avait choisi un vieux poivrot cuvant une cuite dans un parc en centre-ville. C'était une proie facile mais la sortie ne se voulait ni un défi ni un entraînement technique. Lucan était resté en retrait pendant que le garçon se nourrissait rapidement avant de laisser son Amphitryon dormir sous l'effet d'une transe artificielle. Kellan n'avait pas lâché deux mots d'affilée sur le chemin du retour, mais ses yeux avaient perdu leurs cernes et sa peau avait retrouvé une saine tonalité rose vif.

Gabrielle lui lança un regard interrogateur.

— Tu es rentré depuis tout ce temps, et pourtant tu n'es pas venu me le dire ? Ça ne te ressemble pas.

Il embrassa son front plissé.

— Tu étais avec Tess. Je n'ai pas voulu déranger au cas où ils auraient été en train de se reposer. À part ça, j'avais demandé une vérification des systèmes à Gideon plus tôt dans la journée et il attendait mon retour pour en parler.

Le regard de Gabrielle se fit soupçonneux.

— Si je ne te connaissais pas aussi bien, je pourrais croire que tu essayais de m'éviter.

Il gloussa à cette idée, mais quelque chose en lui se demanda malgré tout si elle n'avait pas raison. Il jeta un regard noir au ciel nocturne et au foutu croissant de lune qui y était suspendu. C'était la période du mois où Gabrielle, comme toutes les Compagnes de sang liées à un membre de la Lignée, était fertile.

L'étincelle à l'origine d'un nouveau vampire exigeait que soient donnés semence et sang en même temps, un échange de sang au moment de l'éjaculation, le tout lors du dernier croissant avant la nouvelle lune.

Cet acte était sacré et exigeait qu'on l'accomplisse sans nourrir le moindre doute.

Gabrielle l'observait en silence. Elle fit un petit pas en avant, s'écartant de lui pour contempler à son tour le velours noir du ciel. Elle laissa échapper un petit soupir lourd de sens. Puis elle tourna le dos à la lune et lui fit face en s'adossant à la rambarde de la terrasse.

— J'ai entendu dire que le Chasseur s'était signalé ce soir. Corinne et lui sont en route pour ici ?

Lucan confirma d'un hochement de tête, ravi de voir que la conversation prenait un nouveau tour.

— Ils ont dû attendre le coucher du soleil en Pennsylvanie, mais ils ont repris la route ce soir. Ils espèrent atteindre la Nouvelle-Angleterre avant le lever du jour et arriver ici au cours de la nuit prochaine.

Ça lui faisait encore parfois bizarre de penser au Chasseur comme faisant partie de l'Ordre, mais le dangereux Gen-1 qui avait longtemps servi d'assassin à Dragos s'était révélé un atout vital au cours de la brève période qu'il avait déjà passée parmi les guerriers. À présent il rentrait d'une mission à La Nouvelle-Orléans, une mission qui lui avait permis de récupérer des informations importantes sur un secteur clé des opérations de Dragos, des informations qu'il rapportait avec lui.

Il rapportait autre chose, aussi : Corinne, sa compagne depuis peu, et Nathan, le garçon auquel elle avait donné naissance quelque treize ans auparavant, alors qu'elle était prisonnière dans l'un des laboratoires génétiques de Dragos.

— Je ne suis pas vraiment surprise de voir le Chasseur et Corinne ensemble, remarqua Gabrielle, comme si elle était tout autant branchée sur les pensées de Lucan que leur lien de sang les connectait émotionnellement. Ils ont tous deux survécu au mal incarné qu'est Dragos. Maintenant, ils ont droit à un nouveau départ, ensemble. Et Nathan aussi, pauvre gosse.

Lucan considéra le sort du fils de Corinne, l'un des nombreux vampires engendrés grâce aux Compagnes de sang captives dont Dragos s'était servi pour créer sa propre armée d'assassins Gen-1. Ces derniers partageaient tous le même ADN paternel, celui de l'Ancien que Dragos avait gardé caché pendant des siècles, réduit en esclavage et forcé à faire ce qu'il voulait jusqu'à ce que l'extraterrestre parvienne à s'échapper dans les étendues sauvages de l'Alaska. Cet Ancien était mort à présent, tué par l'Ordre après avoir laissé derrière lui une traînée de sang dans les établissements humains de la région et perpétré sur Jenna le forfait qui l'avait laissée à jamais transformée.

Mais sa progéniture élevée en laboratoire lui survivait. Ses nombreux rejetons étaient élevés séparément les uns des autres par des Laquais et formés par Dragos dans l'art de tuer. On les appelait des Chasseurs, car ils avaient été dépouillés de toute identité propre et de toute humanité à la naissance. C'étaient des gamins comme le fils de Corinne,

Nathan, ou des adultes aguerris, comme le Chasseur dont la mère Compagne de sang captive n'avait pas vécu assez longtemps pour se voir libérée ou donner l'occasion de partir à la recherche de son enfant perdu comme ç'avait été récemment le cas pour Corinne. Grâce à leur ténacité, Gabrielle et les autres femmes de l'Ordre avaient localisé la prison où étaient retenues Corinne et les rares autres Compagnes de sang qui avaient survécu à l'infamie de Dragos, et les avaient libérées.

— Combien crois-tu qu'il y ait d'assassins comme Nathan et le Chasseur ? demanda Gabrielle.

Lucan secoua la tête.

— Beaucoup trop. Dragos a élevé des tueurs pendant des décennies, à commencer par le Chasseur, il y a une cinquantaine d'années.

— Et j'imagine qu'on ne peut pas s'attendre à ce que Dragos ait limité ses expériences à ses labos couveuses, ajouta Gabrielle d'un ton grave. Dieu seul sait jusqu'à quel degré d'horreur il est allé.

— Avec un peu de chance, déclara Lucan, les infos que le Chasseur rapporte avec lui de La Nouvelle-Orléans nous en donneront un aperçu.

Gabrielle sourit.

— Je suis sûre que Gideon trépigne d'impatience de mettre la main sur les fichiers informatiques. Sans parler des échantillons génétiques que Dragos gardait au frais.

Lucan acquiesça.

— Il n'a pas arrêté de m'en parler depuis que le Chasseur nous a contactés pour nous dire qu'il avait récupéré des cuves cryogéniques et des archives des laboratoires de Dragos et qu'il nous rejoindrait bientôt avec.

La récupération de données de laboratoire n'était que le dernier coup porté par l'Ordre aux opérations de Dragos. Mais c'était probablement celui qui l'avait poussé dans ses retranchements et incité à déclencher l'attentat contre l'immeuble des Nations unies à Boston pour ensuite entraîner les autorités humaines jusqu'au seuil du complexe de l'Ordre.

— On n'en a pas fini avec Dragos, affirma Lucan, partageant ainsi ses idées noires avec Gabrielle. Il n'est pas encore à terre, loin de là. Il va commettre l'irréparable. Je le sens dans ma chair. Les choses ne seront plus jamais comme avant.

Gabrielle alla jusqu'à lui, lui entoura la taille de ses bras et posa sa joue chaude sur sa poitrine nue.

— Tu fais tout ce qui est en ton pouvoir, Lucan. Et c'est vrai pour chacun d'entre nous. Arrête de penser à Dragos un instant.

Il grinça des dents, prêt à lui dire qu'il lui était impossible de chasser ce salopard de son esprit. Dragos vivait désormais en lui comme un fantôme obscène et moqueur suant la menace.

En un geste plein de tendresse, Gabrielle prit sa mâchoire crispée entre ses mains, approcha sa bouche de la sienne et lui posa un baiser d'apaisement sur les lèvres.

— Essaie de l'oublier un petit moment, susurra-t-elle avec un éclair de malice dans les yeux. C'est ton anniversaire, après tout, l'aurais-tu oublié ?

Il grogna, surpris de ce rappel.

— Je n'y accorde jamais beaucoup d'attention, répondit-il en caressant du bout des doigts le cou gracieux de Gabrielle.

— Eh bien, moi si, répliqua-t-elle. Et j'ai quelque chose pour toi.

Elle quitta ses bras pour rentrer dans leur chambre. Il suivit, incapable de quitter du regard son fessier parfait que le balancement provoqué par le port des talons aiguilles rendait encore plus aguichant. Elle sortit quelque chose d'un des tiroirs d'une commode à l'autre bout de la pièce et le cacha derrière son dos tandis qu'elle se retournait vers lui.

— Ce n'est pas grand-chose, juste un truc que, je pense, tu seras heureux d'avoir.

— Ce n'était vraiment pas nécessaire, répondit-il, la voix un peu pâteuse alors que ses crocs jaillissaient de ses gencives sous la poussée de désir que sa femme lui inspirait.

Il mourait d'envie de lui enlever sa jupe moulante et de la lécher du bout de ses bottes luisantes à celui des tétons qui poussaient contre le soutien-gorge noir de dentelle et la soie vaporeuse de son corsage.

— J'ai déjà tout ce que je peux désirer.

Elle fit passer son cadeau devant elle. C'était un grand carré de tissu fermé par un ruban de satin rouge. Elle le lui mit dans les mains.

— Ouvre-le.

Il défit le nœud et enleva le ruban. Comme il commençait à déplier le tissu brodé, il se rendit compte de ce dont il s'agissait. La tapisserie était ancienne, vieille de plusieurs siècles même. C'était une représentation médiévale d'un chevalier noir à cheval, un château fumant en haut d'une colline dans le lointain derrière lui. Lucan se souvenait fort bien de ce moment : il l'avait vécu. Il avait passé commande de la tapisserie peu de temps après avoir fondé l'Ordre, sans suspecter les secrets qu'elle contiendrait dans son dessin ni combien de temps elle les garderait.

Cette tapisserie avait pour lui de la valeur pour bien des raisons, dont la principale était désormais que sa Compagne de sang avait fait en sorte qu'elle le suive jusque-là.

— Tu étais tellement occupé à rassembler du matériel de combat que j'ai décidé d'emporter moi-même quelques trucs de ton passé.

Lucan leva les yeux vers ceux de sa bien-aimée.

— Merci, c'est le plus beau cadeau qu'on m'ait jamais fait.

Il posa la tapisserie sur le lit tout proche et attira Gabrielle dans ses bras. Leurs bouches se fondirent en un profond baiser sensuel. Lucan s'imprégna de la chaleur de sa compagne contre sa peau nue, la soie glissant entre eux tandis qu'il la serrait dans ses bras et passait la langue sur ses lèvres si douces, et le désir s'empara de lui comme la flamme de l'allumette.

Il laissa échapper un souffle rauque en passant les mains le long des courbes de son dos élancé et de ses fesses affriolantes. Elle le caressait et l'embrassait en gémissant, poussant le bout de sa langue au-delà de ses dents et de ses crocs pour explorer sa bouche. Ses doigts trouvèrent son sexe et l'agrippèrent fermement. Il était déjà dur comme de la pierre, mais ce contact y provoqua un nouvel afflux de sang qui le raidit encore si c'était possible. Sans lâcher sa bouche un seul instant, elle joua avec son membre, le caressant sur toute sa longueur en éraflant ses testicules du bout des ongles. Lucan leva une main entre eux et s'empara d'un des seins de Gabrielle, faisant aller et venir son pouce sur le bout durci d'un téton qui se dressait contre la dentelle et la soie qui le retenaient prisonnier. Il fit sauter prestement les petits boutons de son corsage, qu'il fit glisser sur ses épaules et laissa tomber au sol à leurs pieds. Quand il s'attaqua à la fermeture frontale de son soutien-gorge évanescent, Gabrielle lui prit la main pour la guider jusqu'à ses hanches.

— Touche-moi, lui susurra-t-elle au milieu de baisers passionnés. Sens combien je te désire.

Il obéit sur-le-champ, soulevant le long drapé de sa jupe jusqu'à pouvoir glisser la main en dessous. Ses cuisses fermes étaient gainées de bas de soie que les doigts calleux de Lucan faisaient crisser tandis qu'il remontait le long de ses jambes. Mais la soie s'arrêtait soudain, couronnée par un anneau de dentelle serrée. Ses hanches et ses fesses étaient nues.

Pas de culotte.

Ah, Seigneur!

Elle haleta tandis qu'il laissait ses mains parcourir sa peau douce. Et quand il glissa ses doigts entre les lèvres satinées de son sexe, il sentit le grognement de plaisir de Gabrielle trembler dans sa propre gorge. Son érection vibrait sous l'effet de son désir brûlant d'être en elle. Il trouva la fermeture Éclair de sa jupe et l'ouvrit. Avec maladresse, il tira celle-ci sur ses hanches puis s'émerveilla de voir sa femme vêtue seulement d'un soutien-gorge de dentelle noir, de bas et de bottes de cuir étincelantes.

— Bonté divine! murmura-t-il en se repaissant du spectacle.

Elle afficha un sourire félin de ses lèvres gonflées par le désir.

— En fin de compte, la tapisserie n'est peut-être pas le plus beau cadeau que tu aies jamais reçu.

Lucan ne put que rester debout là devant elle dans toute la gloire de son érection tandis qu'elle s'accroupissait lentement devant lui sur ses talons aiguilles pour venir prendre son sexe dans ses mains. Les yeux dans les siens, elle se mit à caresser son membre et ses testicules. Et quand sa bouche vint se refermer sur son gland, il faillit tout lâcher sans attendre.

Elle le suça jusqu'à ce qu'il n'en puisse plus, jusqu'à ce qu'il n'ait plus d'autre choix que de la remettre sur ses jambes et de s'enfoncer en elle. Il ne sut pas comment ils étaient parvenus un instant plus tard jusqu'au mur à côté de la porte-fenêtre ouverte, mais il était incapable de se maîtriser suffisamment pour s'arrêter et l'amener jusqu'au lit pour lui faire l'amour de manière appropriée.

Encore que rien ne lui avait jamais paru plus approprié que la chaleur de Gabrielle autour de son sexe, son corps dans ses bras, sa bouche affamée et exigeante contre la sienne.

— Nourris-moi, murmura-t-elle soudain contre ses lèvres en les mordillant de ses petites dents peu tranchantes. Laisse-moi boire à ta source, Lucan.

Il n'était pas question de refuser. Il n'y avait rien de plus intime que le lien qu'ils partageaient. Il n'y avait rien de plus précieux qu'il pût offrir à sa compagne que le sang qui lui conférait l'immortalité à ses côtés et la liait à lui pour aussi longtemps qu'ils respireraient tous deux. Et boire son sang à ce moment précis augmenterait son plaisir comme rien d'autre n'aurait pu le faire.

Se contentant d'un bras pour la porter tout en continuant à aller et venir en elle, Lucan porta son autre poignet à la bouche et plongea les crocs dans les veines qui y pulsaient. Gabrielle s'accrocha encore plus fermement à lui et elle gémit du plaisir extatique que lui procura son sang dès les premières gouttes qui tombèrent sur sa langue.

Il sentit qu'elle approchait de l'orgasme. Le sien n'était pas loin non plus et gagnait du terrain tandis qu'elle tétait son poignet, se serrant toujours plus contre lui. Il voyait son pouls qui battait à tout rompre dans les veines de son joli cou. Ce rythme battait aussi en lui, le menant vers la jouissance et l'incitant à prendre le plaisir qui attendait juste sous la chair délicate de la gorge de sa superbe Compagne de sang.

Les yeux grands ouverts, Gabrielle l'implorait du regard. Elle pencha la tête de côté, s'offrant à lui comme sur un autel sacrificiel.

Lucan grogna sous la force de la tentation. Mais son orgasme était trop proche. Et il y avait ce croissant de lune dans le ciel. Il y porta le regard à travers la porte-fenêtre ouverte et il ne put retenir un grondement.

Gabrielle arracha sa bouche à la morsure de son poignet. Elle lui caressa le visage, les yeux pleins de tendre compréhension.

— Est-ce que ça serait si mal, Lucan ? Moi aussi, j'en ai envie.

Il était incapable de parler. Il plongea le regard dans les yeux pleins d'amour de Gabrielle, déchiré par le désir et la peur, la crainte du futur qui risquait d'être celui de leur fils s'il échouait dans sa mission. Pouvait-il vraiment prendre un tel risque ?

Pouvait-il risquer que leur fils naisse au milieu de la guerre qu'il avait déclenchée, ou pire en soit victime ?

Gabrielle fut sans pitié. Elle pressa de nouveau les lèvres à la veine ouverte du poignet de Lucan et serra encore les jambes autour de ses hanches, enfonçant dans sa chair ses talons aiguilles comme des éperons tandis qu'elle criait sous les premiers tremblements de l'orgasme. Lucan rugit tandis que le plaisir la dévastait, le fourreau de son sexe l'enserrant avec force, le guidant jusqu'au point de non-retour.

— Fais-le, murmura-t-elle d'une voix rauque, les lèvres encore rouges du sang de son compagnon.

Elle prit la nuque de Lucan pour guider son visage jusqu'à sa gorge fragile et pressa sa bouche contre sa carotide alors qu'elle approchait du sommet de sa jouissance.

— Oh, mon Dieu, Lucan ! S'il te plaît, fais-le, maintenant ! Je sens combien toi aussi tu le veux.

L'orgasme de Lucan était là, prêt à exploser. Il ne pouvait plus s'arrêter de remuer les hanches, ne pouvait plus stopper sa semence prête à jaillir.

Une éraflure de ses crocs contre sa peau. C'était tout ce que cela demandait. Une goutte de son sang sur le bout de sa langue et il serait incapable de s'empêcher de boire tout son soûl. Et elle serait enceinte de son fils avant la fin de la nuit.

Ah, putain…

— Non, gronda-t-il, plus pour lui-même qu'en réaction à ce qu'elle venait de lui demander. (Son sexe tressauta alors qu'il s'enfonçait encore plus profondément en elle, perdant toute maîtrise.) Je ne peux pas… Je ne veux pas te faire ça.

Il avait à peine prononcé ces mots qu'il explosait en elle. Sa jouissance le traversa en un flux sans fin. Lucan détourna le visage de la tentation offerte par la veine frémissante de Gabrielle tandis que sa semence l'envahissait et qu'elle se figeait contre lui.

— Je suis désolé, murmura-t-il quand il parvint enfin à retrouver sa voix. (Avec douceur, il retira son poignet des doigts à présent relâchés de Gabrielle et scella la morsure d'un coup de langue.) Gabrielle… je suis désolé !

Persuadé d'être un lâche et un salaud, il pencha la tête vers celle de sa compagne et resta comme ça, contre son front, le temps d'un horrible silence prolongé.

Chapitre 11

Elle ne savait pas où il l'avait amenée. La pièce était obscure, ses fenêtres occultées par des volets d'acier pris en sandwich entre deux panneaux de verre. Aucune lumière ne lui parvenait de la rue, mais au cours des heures qui s'étaient écoulées depuis son arrivée là, Tavia avait entendu le bruit étouffé de la circulation augmenter avec le lever du jour. Le silence de fin de nuit avait disparu, remplacé désormais par le vacarme des allées et venues matinales, au sein duquel les klaxons intermittents et les sifflements du freinage des bus interrompaient par instants le bourdonnement rythmé des pneus sur l'asphalte gelé.

Elle était dans une maison. Probablement toujours à Boston, peut-être même au cœur de la cité.

Elle s'étonnait d'être encore vivante. Après avoir été forcée de quitter l'hôtel sous la menace d'un pistolet et avoir vu les trois représentants de l'autorité armés terrassés par un homme dangereux et clairement dérangé, Tavia n'avait pas de raison de penser qu'elle serait épargnée, si l'on exceptait bien sûr la promesse douteuse de son ravisseur de ne rien lui faire. Elle était restée éveillée en attente de la mort à écouter le calme qui régnait dans l'endroit étrange où il l'avait amenée, se demandant s'il dormait derrière la porte verrouillée de la chambre ou s'il était plutôt en train de s'interroger sur le meilleur moyen de se débarrasser d'elle.

Même à présent, alors que le jour s'était levé et qu'elle respirait encore, elle n'était pas du tout convaincue qu'elle allait sortir vivante de cette situation. Elle était assise sur le bord du matelas *king size* d'un grand lit à colonnes dépourvu de toute literie dans une pièce qui ne contenait que quelques meubles recouverts de housses, presque sûre que la prochaine fois qu'elle le verrait serait la dernière.

Il ne lui avait pas dit où ils allaient, se contentant de lui faire descendre à toute vitesse l'escalier de derrière l'hôtel jusqu'au parking souterrain avant de la fourrer dans le coffre de la berline des agents fédéraux et de filer. Même si elle avait eu le sentiment qu'ils avaient roulé plus d'une heure, Tavia aurait juré qu'ils n'avaient jamais quitté la ville. Les bruits et les odeurs, les secousses et les détours du réseau intriqué des rues, la rumeur constante de l'activité humaine lui avaient presque permis de se représenter la ville depuis l'intérieur obscur et étroit du coffre dans lequel elle était enfermée.

Tout cela lui était familier. La liberté était juste là, dehors, il lui suffisait de trouver le moyen de sortir de cette pièce fermée à clé et de cette maison fantôme.

Serrant le peignoir contre elle, Tavia quitta le lit et alla une fois de plus jusqu'à la fenêtre. Il n'y avait rien à voir, aucun moyen d'ouvrir les volets. Ils semblaient être à commande électronique et aussi sécurisés qu'un coffre de banque. Les panneaux de verre étaient épais et inamovibles. La seule façon de passer au travers aurait été de les briser, à condition que ce ne soit pas du verre blindé… et qu'elle trouve un outil quelconque pour essayer.

Sa vision habituée depuis longtemps à la pénombre de la pièce, Tavia reporta son regard sur le mobilier couvert de draps clairs. Des formes imposantes aperçues à l'autre bout de la pièce elle déduisit qu'il devait s'agir d'une commode surmontée d'un miroir. Elle la rejoignit et souleva la housse pour fouiller rapidement les tiroirs du meuble. À sa grande surprise, elle les trouva pleins de chaussettes et de sous-vêtements masculins soigneusement rangés et organisés avec une précision toute militaire par couleurs et types de textile.

L'armoire murale fut pour elle une découverte inattendue du même genre : il y avait là une garde-robe complète de vêtements d'homme, depuis des dizaines de costumes et de smokings visiblement faits sur mesure jusqu'à des vêtements de tous les jours d'apparence très classique. Il y en avait clairement pour des dizaines de milliers de dollars. Une collection de chaussures de taille 49, toutes noires et toutes méticuleusement cirées et entretenues, ornait le fond de l'énorme placard. Quiconque avait habité là avait vécu une vie privilégiée au milieu de belles choses.

Et apparemment les avait quittées.

La chambre dans son ensemble respirait les fortunes bien établies. Tavia leva les yeux vers les moulures qui ornaient le haut plafond et redescendit le long des lambris qui n'étaient ni peints, ni couverts de papier, mais tapissés de soie ivoire. Elle passa de l'autre côté de la vaste pièce, ses pieds nus courant sur un épais tapis oriental au motif sombre couvrant presque tout le sol.

Un grand bureau longeait la quasi-totalité du mur opposé de l'autre côté du lit. Elle enleva le tissu qui le protégeait et s'assit dans le somptueux fauteuil de cuir. Il n'y avait rien sur le dessus du bureau, mais ses tiroirs, comme ceux de la commode, contenaient les éléments proprement rangés d'une vie interrompue et abandonnée.

Tavia fouilla dans les stylos et autres fournitures de bureau à la recherche de quelque chose qui pourrait lui servir d'arme contre son ravisseur ou d'outil pour sortir de sa prison. Alors qu'elle atteignait le fond du tiroir, elle toucha du bout des doigts une série de photos empilées avec tout un tas d'autres souvenirs sur un plateau d'argent.

Elle sortit le plateau pour le poser sur la surface polie du bureau. Il était gravé d'un nom à la sonorité distinguée : « Sterling Chase ». Elle se demanda s'il s'agissait du nom de son geôlier.

Un petit flacon métallique de la taille de son pouce roulait d'avant en arrière sur les photos. Tavia le prit en main pour l'examiner, mais elle ne put savoir s'il y avait quelque chose dedans et, si oui, ce que c'était. Il était léger et ne faisait aucun son quand elle le secouait, mais son bouchon de liège avait été soigneusement scellé avec de la cire rouge. Elle le posa de côté et reporta son regard sur les photos.

Il y en avait une dizaine en tout, qui représentaient des sujets et des événements divers semblant s'étaler sur une décennie : une réception dans un *club house* ; une remise de prix à laquelle assistaient une foule d'hommes très grands habillés dans le même genre de costumes sombres que ceux qu'elle avait trouvés dans le placard ; la fête d'anniversaire d'un petit garçon, avec des ballons colorés, des serpentins et une montagne de cadeaux enveloppés de papiers magnifiques, qui semblait avoir eu lieu dans la maison même où elle se trouvait.

Et puis une dernière, tout en dessous de la pile.

En la contemplant, Tavia crut soudain qu'elle allait se sentir mal…

C'était son ravisseur.

Cet homme dangereux et dérangé, cet homme qui, d'après son instinct, était plus qu'humain. Sur la photo, il se tenait derrière un canapé luxueux, sur le dossier duquel il avait posé ses bras musclés en une arche protectrice autour des épaules d'une femme blonde menue et du garçon de la photo d'anniversaire. Le gamin avait vieilli ; ce n'était plus l'enfant rieur aux cheveux diaphanes tenant en mains une énorme boîte enrubannée mais un bel adolescent qui arborait un sweat au blason de Harvard et un sourire ravageur qui semblait dire qu'il avait le monde à ses pieds.

La femme était d'une beauté à la fois délicate et éblouissante. L'ovale parfait de son visage rappelait la soie ivoire dont était tapissée la pièce, ses longs cheveux blonds avaient la couleur des blés mûrs, et ses grands yeux lavande étaient ornés de longs cils noirs. Elle regardait le jeune homme avec toute la fierté d'une mère, et pourtant on ne lui aurait donné que quelques années de plus que lui.

Le ravisseur de Tavia souriait lui aussi, d'un sourire de commande léger qui lui donnait un air à la fois charmant et dévastateur. Dire qu'il était attirant aurait été loin de rendre justice à la finesse de ses traits et à la force qui s'en dégageait pourtant.

Mais si son sourire semblait de façade, son regard était étrangement nu et il brillait d'un désir amer dont l'objet était clairement la jeune femme qu'il semblait protéger.

Tavia repassa en revue les autres photos. Il figurait sur la plupart d'entre elles, participant à des réunions importantes, habillé de ses costumes impeccables, auréolé de toutes les apparences de l'opulence et du statut social qui va avec.

Mon Dieu !

Qui qu'il fût, et quoi qu'il soit devenu, c'était là la vie qu'il avait connue.

C'était là sa famille.

Mais alors cet endroit où il l'avait amenée ?

Cette maison avait autrefois été la sienne.

Chase se réveilla avec un martèlement dans la tête.

Il revint à lui en grognant, la soif de sang le déchirant de serres qui avaient à peine relâché leur étreinte depuis la nuit précédente. Ses tempes battaient et sa bouche était sèche comme du coton. Chaque fibre de son être lui semblait à nu. Il lui fallait sa dose.

Sans ouvrir les yeux, il se redressa sur le sol où il s'était laissé tomber quelques heures plus tôt, épuisé et affamé de sang. Du sang qu'il ne pouvait pas se permettre d'absorber, car son addiction ne ferait que lui en réclamer plus la fois suivante.

Il sentit qu'il faisait jour. Des heures avaient passé depuis son arrivée dans cet endroit avec la femme de l'hôtel.

Tavia Fairchild.

Son nom était désormais pour lui moins celui d'une étrangère que celui d'une énigme qu'il lui fallait résoudre. Elle constituait un mystère qu'il ne pouvait se permettre d'ignorer.

C'était pour ça qu'il l'avait amenée jusque-là, dans cet endroit où il n'aurait jamais pensé revenir un jour.

Il avait eu besoin de temps pour penser, pour l'observer. Dans l'urgence qui avait suivi son intrusion dans la suite d'hôtel où elle se trouvait sous protection policière et après les précieuses minutes qu'il avait gâchées à tourner dans Boston à la recherche d'un abri, il avait fini par reconnaître qu'il n'y avait qu'un endroit d'accessible pour lui désormais, son ancien Havrobscur, dont il avait pris la tête suite à la mort de son aîné au service de l'Agence du maintien de l'ordre de la Lignée.

Chase avait abandonné son Havrobscur lorsqu'il avait rejoint l'Ordre un an et demi plus tôt sans regarder jamais derrière lui. La petite dizaine de gens dont il avait la responsabilité à l'époque, jeunes cousins, amis de la famille et parentèle éloignée, avaient depuis déménagé dans d'autres Havrobscurs du coin. Et à présent son ancienne maison n'était plus qu'une tombe vide abritant les souvenirs de ses péchés et de ses échecs passés.

Cette maison bourgeoise de Back Bay était le dernier endroit où il aurait voulu aller, mais il ne pouvait penser à aucun autre lieu où Tavia serait en sécurité et lui suffisamment hors de portée. Pour les autorités humaines, son seul lieu de résidence avait été le domaine de l'Ordre. Ils ne savaient sur lui rien d'autre, excepté ce qu'il avait bien voulu leur lâcher.

C'est-à-dire en gros un ramassis de mensonges et de demi-vérités.

Chase grogna, pas prêt encore à ouvrir les yeux tandis qu'une nouvelle série de percussions lui atteignait les tempes. Tout son corps se recroquevillait sous l'incessant martèlement qui semblait résonner partout autour de lui et en lui.

Puis il y eut soudain un fracas de verre brisé.

Une fraction de seconde plus tard il était sur pied et à la porte verrouillée de sa chambre.

Il l'ouvrit à la volée et trouva Tavia debout dans son peignoir d'hôtel devant les fenêtres occultées, la respiration sifflante tandis qu'elle faisait une pause avant de précipiter son lourd fauteuil de bureau contre la vitre une nouvelle fois. Un halo de soleil fusait dans la pièce à travers le volet percé et vint frapper Chase de plein fouet alors qu'il y pénétrait.

Il feula sous l'assaut de la lumière solaire, et dans sa fureur ses crocs jaillirent de ses gencives. Il leva alors le bras à son front pour se protéger les yeux et chargea pour lui prendre le bras avant qu'elle frappe de nouveau la fenêtre.

— Mais qu'est-ce que vous faites, bordel ?

— Lâchez-moi ! hurla-t-elle alors qu'il lui arrachait le fauteuil des mains. Je sors d'ici !

Chase la prit par le bras et l'entraîna hors de la chambre avec lui, claquant la porte derrière eux. Il la poussa dans le petit salon voisin, où il avait passé la nuit.

— Vous avez perdu la tête ou quoi ?

Il la poussa loin de lui sans ménagement car il avait bien du mal à maîtriser son côté sauvage, qui tirait furieusement sur sa laisse, à l'affût de la moindre occasion de se lâcher. Elle était à moitié tombée près de la cheminée, s'étant rattrapée de justesse sur les mains, et son peignoir avait glissé suffisamment pour dénuder l'essentiel d'un sein parfaitement galbé. Chase jura. Il sentit sa vision s'emplir d'ambre et sa peau picoter sous l'emballement de ses dermoglyphes.

En temps normal, il se serait empressé de détourner le regard pour tenter d'échapper aux yeux curieux des humains, mais elle observait sans ciller de son regard intelligent sa transformation d'homme en monstre.

— Mais qu'êtes-vous donc ? Qu'est-ce qui ne va pas avec vos yeux ? J'ai vu vos dents hier soir à l'hôtel. Vous avez des… (Elle s'étrangla un peu sur le mot.) J'ai vu vos crocs. Et je les vois encore maintenant. Alors, dites-moi la vérité. Vous êtes quoi, nom de Dieu ?

— Je pense que vous le savez, Tavia, répondit-il d'une voix égale.

— Non, répliqua-t-elle, avant de laisser échapper un petit rire nerveux. Non, je vous assure, je ne sais pas. Je ne suis même plus certaine de vouloir le savoir.

Elle tremblait à présent et ses jambes semblaient ne pas vouloir l'aider à se remettre debout. Il inclina la tête de côté comme pour mieux l'observer, en attente d'une réaction qui lui en dirait plus sur qui ou ce qu'elle était.

— Vous avez peur.

Son visage perdit de ses couleurs.

— Je suis terrifiée, oui, espèce de fils de pute dérangé ! Vous avez tué mon patron, vous avez tué plusieurs policiers et agents du FBI…

— Je vous l'ai dit, les agents n'avaient presque rien, l'interrompit-il.

— Je me fous pas mal de ce que vous dites. Je ne vous crois pas, rétorqua-t-elle. Vous êtes au mieux un psychopathe, un meurtrier de sang-froid. Et je préfère ne pas penser à ce que vous pourriez être au pire. Vous êtes un monstre !

Chase fit un pas vers Tavia sans quitter des yeux sa poitrine palpitante ; le peignoir de tissu-éponge glissait de plus en plus dans sa lutte pour rester debout.

— Maintenant, vous êtes fâchée.

— Ne m'approchez pas, intima-t-elle.

Il observait les pans exposés de sa peau. Le « V » de l'ouverture du peignoir laissait voir une bonne partie des marques qui couvraient sa poitrine et son abdomen. Ces marques étaient du même mauve que lorsqu'il les avait repérées le soir précédent dans la suite de l'hôtel.

Il comprenait à présent qu'il ne pouvait s'agir de dermoglyphes. Les siens pulsaient de couleurs animées – une réaction viscérale à son état émotionnel intense –, alors que les marques de Tavia, malgré la peur et la fureur qu'elle ressentait à ce moment, restaient statiques, parfaitement inchangées.

— Ces marques que vous avez sur la peau… comment diable pouvez-vous les avoir ?

— Vous n'avez jamais vu de cicatrices de brûlures ou quoi ? (En rougissant, elle serra le peignoir contre elle pour les cacher.) Ça ne vous regarde pas, mais sachez que, bébé, j'ai été brûlée sur tout le corps dans un incendie.

Même si son histoire était plausible et qu'elle semblait elle-même y croire dur comme fer, Chase ne fut pas convaincu.

— J'ai déjà vu des cicatrices de brûlures et ça ne ressemble pas à ça.

— Ah oui ? Eh bien les miennes si, rétorqua-t-elle. Et je pense que vous devriez savoir que j'ai aussi une maladie grave. Je ne vais pas bien. J'ai besoin de mes médicaments.

Il ricana, peu enclin à se laisser troubler par ce qui était à l'évidence du pipeau.

— Vous ne me semblez pas bien malade.

— Je ne vous raconte pas d'histoires, insista-t-elle. Mes médicaments sont dans mon sac à main à l'hôtel. Je ne peux pas rester plus de huit heures sans les prendre. Ça pourrait m'être fatal.

Il fit un nouveau pas vers elle, s'approchant assez pour voir le désespoir qu'exprimaient ses yeux vert lime. D'un coup, elle reporta le regard sur la servante de cheminée, puis attrapa un tisonnier, avant de le brandir comme une épée devant elle avec l'intention visible de l'utiliser contre Chase.

Ce dernier lui arracha la barre métallique des mains et la lança à travers la pièce, le tout à la seule force de son esprit. Elle en resta bouche bée, les yeux écarquillés en voyant le tisonnier prendre l'air et venir frapper le parquet de chêne avec un bruit assourdissant avant de glisser et de finir sa course à plusieurs mètres de là.

— Vous n'êtes pas très forte, Tavia.

Il fut sur elle avant même qu'elle ait pu s'apercevoir qu'il bougeait. Il posa les mains sur ses épaules avec douceur mais non sans fermeté et elle le regarda en clignant des yeux sous l'effroi.

— Et pas très rapide non plus.

Elle tenta de lui échapper, mais il la maintint sans difficulté en place. Même si son cerveau de mortelle travaillait à analyser ce qu'elle voyait, son instinct l'avait immédiatement poussée à se battre, regard enflammé et menton pointé en signe de défi.

— Alors, c'est de ça qu'il s'agit ? Vous voulez quelqu'un qui se rebelle avant que vous vous décidiez à le tuer ?

De si près, il était impossible de ne pas remarquer à quel point elle était belle. Ses cheveux caramel tombaient en ondulations mordorées jusqu'à ses épaules en encadrant des pommettes hautes, une mâchoire à la courbe gracieuse et un cou gracile. Son regard vert vif, même envahi par la colère et la peur, brillait d'une intelligence acérée. Des cils d'un noir d'encre mettaient ce dernier en valeur, l'adoucissant d'une innocence de biche. Ses lèvres rose mat étaient pleines, des lèvres faites pour embrasser.

Chase la buvait des yeux, ses soupçons à présent transformés en un intérêt d'un autre ordre, mais pas moins puissant pour autant. Il sentait un désir spontané et pas vraiment le bienvenu le travailler, d'autant plus intense qu'il la tenait à quelques millimètres à peine de sa bouche.

Cette femme, loin de ressembler à une enfant abandonnée, était mince, athlétique et grande, avec quelques centimètres de moins à peine que ses deux mètres à lui. Elle avait un corps de nageuse, à la musculature parfaitement proportionnée, ferme, forte et souple. Sa forme semblait naturelle et non la conséquence des efforts liés au recours à un coach privé et à un régime strict. Chaque courbe et chaque angle participait d'une anatomie féminine parfaite, à peine couverte par un grand morceau de tissu-éponge drapé, et son corps de mâle réagissait en se dressant d'approbation.

En l'étudiant, il la sentait de plus en plus anxieuse. Les odeurs de sa peur et de son indignation lui chatouillaient les narines. Quelque chose de plus que l'adrénaline classique d'*Homo sapiens* semblait circuler dans ses veines. Fronçant les sourcils, il tenta d'analyser ce que ses sens lui renvoyaient.

Il pencha la tête vers elle, le visage presque collé à sa gorge. Elle se figea lorsqu'il inspira profondément tout contre sa peau, la reniflant à plein nez.

— Votre odeur n'est pas humaine.

— Oh, mon Dieu, gémit-elle, et sa voix se répercuta dans le corps de Chase. Je vous en prie, ne faites pas ça.

La soif s'abattit sur lui avec violence, le punissant de s'être approché si près de sa carotide battante. Il lui était bien trop facile de s'imaginer pénétrant sa chair tendre de ses crocs et buvant à sa veine ouverte.

Il se demanda quel goût elle aurait. Son sang aurait-il le fort parfum cuivré habituel ou bien un bouquet plus exotique ?

Boire à sa veine serait probablement la manière la plus rapide de déterminer si elle était, oui ou non, vraiment humaine. Mais il savait qu'une goulée serait déjà de trop. Il lui fallait se désintoxiquer de sa soif et non pas nourrir son addiction. Et Tavia Fairchild était zone interdite en ce qui le concernait tant qu'il n'avait pas résolu le mystère de qui ou ce qu'elle était vraiment.

Chase chercha son regard.

— Dites-moi la vérité, Tavia. Je sais que vous n'êtes pas ce que vous prétendez être.

— Je ne comprends pas de quoi vous parlez, répliqua-t-elle. Vous êtes fou.

— Non, reprit-il avec un petit rire dur et sans humour. Je ne suis pas fou, pas encore en tout cas. Je suis assez sain d'esprit pour voir que vous avez un secret. Alors, dites-moi ce que c'est. Dites-moi ce que vous êtes. Est-ce que c'est Dragos qui vous a fait ça ?

Elle tenta une nouvelle fois sans succès de s'arracher à son étreinte.

— Vous êtes vraiment dérangé ! Je n'avais jamais entendu ce nom avant que vous le prononciez au poste de police.

Elle détourna le visage, mais Chase lui prit le menton dans les doigts et le ramena vers lui. Il l'observa longuement, s'attendant à voir ses pupilles se rétrécir pour former des fentes verticales identiques à celles qu'il arborait à présent. Mais rien ne changea dans les flaques noires qui lui rendaient son regard. Elle ne pouvait pas appartenir à la

Lignée, même si l'instinct de Chase insistait pour dire que rien d'autre ne pouvait l'expliquer.

Sans réfléchir, il posa un doigt sur les lèvres de Tavia et l'enfonça de force dans sa bouche pour vérifier s'il y avait des crocs parmi ses dents. Il n'y en avait pas, bien sûr, juste une rangée de dents humaines bien droites et bien blanches.

Mais elle les utilisa pour mordre son doigt jusqu'au sang.

Chase retira sa main d'un geste brusque avec un juron bien senti.

Elle regardait fixement la petite blessure qu'elle venait de lui infliger, les yeux pleins de rage. Elle tremblait comme une feuille à présent, comme si elle allait craquer. Elle avait une gouttelette du sang de Chase sur la lèvre inférieure.

— Seigneur ! murmura-t-il, se rendant alors seulement compte d'à quel point il l'avait malmenée.

Quelque chose en lui ressentait de la honte pour la terreur qu'il lui infligeait, mais il y avait une autre partie de son être, celle qui vibrait encore sauvagement de soif, qui plantait ses griffes dans son dos, exigeant qu'on lui laisse la bride sur le cou.

Tout ce qu'il avait de mâle en lui le poussait à prendre cette femelle et à étancher sa soif sur elle. Désir, soupçon et le besoin brut de sang formaient une combinaison dangereuse, à laquelle il ne savait pas combien de temps il parviendrait à résister. Il fallait qu'il mette de la distance entre lui et cette femelle avant que la Soif sanguinaire s'empare de lui complètement.

Avec un grognement, il fit pivoter Tavia et lui coinça les mains derrière le dos.

— Qu'est-ce que vous faites ? demanda-t-elle vivement.

Il ne répondit pas. Maintenant que sa soif se réveillait rageusement en lui, il n'avait plus de voix. D'une commande mentale, il arracha l'une des tresses de soie qui retenaient l'un des rideaux de la fenêtre la plus proche et la fit voler jusqu'à sa main. Il la noua autour des poignets de Tavia, puis l'installa dans un fauteuil recouvert d'une housse à côté de la cheminée.

— Je vous en prie, dit-elle d'un ton où la peur et l'indignation le cédaient à présent à la supplication désespérée. Je vous en prie. Je ne dirai à personne ce que j'ai vu. Je vous le promets. Laissez-moi partir.

Il s'accroupit devant elle pour être à son niveau. Elle tremblait et frissonnait et un film de transpiration était apparu sur son front tendu. En l'observant à présent, il se demanda si elle ne lui avait pas dit la vérité à propos de son état médical. Depuis qu'elle l'avait mordu, elle avait l'air malade et pâle, sur le point de défaillir.

Chase ne se sentait pas trop bien lui-même. On était à huit bonnes heures du coucher du soleil. Huit heures avant qu'il puisse ne serait-ce que songer à sortir de la maison pour lâcher du lest. Huit heures piégé à proximité d'une femme qui le tentait sur plus de plans qu'il n'osait y songer.

Quand il leva la main pour essuyer la tache écarlate de son sang sur ses lèvres, ses doigts tremblaient sous la puissance de sa soif croissante. Les yeux de Tavia imploraient sa pitié, mais la bête qui reprenait vie en lui à présent n'en avait aucune.

Il se leva alors et s'éloigna d'elle sans un mot.

Chapitre 12

« Les services de police n'ont fait aucun commentaire aujourd'hui lorsqu'on leur a demandé si l'incident qui a eu lieu la nuit dernière au *Hyatt Regency* en centre-ville avait un rapport quelconque avec le meurtre récent du sénateur Robert Clarence. Channel 5 dispose toutefois d'informations non confirmées selon lesquelles il y aurait eu au moins un mort. Cependant, les autorités ne comptent pas divulguer de détails tant que l'enquête n'aura pas… »

Dragos fit taire la grande télévision à écran plat et jeta la télécommande derrière lui sur le lit. Nu, sa peau couverte de dermoglyphes toujours luisante de sueur et de sang humain, il ramassa son pantalon là où il l'avait laissé tomber quelques heures auparavant et l'enfila.

— Habillez-vous, intima-t-il aux deux femelles qui venaient de satisfaire ses besoins tant basiques que charnels. Les deux humaines étaient jeunes et stupides. Il les avait cueillies sur le continent la veille et leur avait fait parcourir par bateau les quelques kilomètres qui le séparaient de son île repaire. Il leur avait suffi d'un regard à sa limousine, qui attendait à un feu rouge de leur bled sans intérêt, pour répondre à son invitation à le rejoindre dedans.

Ce serait leur dernière erreur. Comme c'était le cas avec tous ses jouets, il n'avait pas la moindre intention de laisser l'une ou l'autre quitter sa tanière en un seul morceau.

Les chassant déjà de son esprit, il sortit de la pièce. Depuis qu'il avait relocalisé ses activités dans cette forteresse à l'écart au large de la côte du Maine plus d'un mois auparavant, il était parvenu à remettre l'essentiel de son opération en fonctionnement. Il avait mis en place certains systèmes des années auparavant pour faire face à tout imprévu et son personnel Laquais scientifique travaillait vingt-quatre heures sur vingt-quatre pour s'assurer que tout se passait bien.

Il disposait aussi de Laquais infiltrés à Boston et ailleurs, véritable légion d'esclaves mentaux humains dont l'ouïe et la vision, et parfois les mains assassines, lui étaient entièrement dévouées. C'étaient ces Laquais qui lui avaient rapporté l'effraction de la nuit précédente à l'hôtel *Hyatt Regency* plusieurs heures avant que les reporters de la chaîne de télévision locale ne commencent à comprendre qu'il s'était passé quelque chose de louche.

Dragos savait que le flic qui avait été tué dans la suite lui appartenait. Il savait aussi que c'était l'œuvre de l'Ordre, et en particulier de Sterling Chase, qui avait commis le meurtre. La fuite du guerrier des locaux de la police avait déjà coûté à Dragos plusieurs Laquais, dont le moindre n'avait pas été le sénateur Robert Clarence lui-même.

Heureusement, il avait fait un usage rapide et prévoyant des relations du politicien plein d'avenir dès le premier chèque qu'il avait signé pour contribuer à sa campagne. En fait, le sénateur lui serait peut-être même plus utile mort qu'il ne l'avait été vivant.

Ce qui était dommage, quand même, c'était d'avoir dû renoncer à Tavia Fairchild si tôt.

La nouvelle de sa disparition n'avait pas constitué de réelle surprise. Elle avait été sous protection de son Laquais et des deux agents fédéraux à l'hôtel. Vu l'attaque de Sterling Chase contre la suite, il semblait presque certain que la femelle se trouvait à présent entre les mains de l'Ordre.

Il se demanda s'ils la tueraient quand ils sauraient ce qu'elle était.

Ça n'avait aucune importance. Elle n'était ni la première ni la dernière de son espèce. Et quand l'Ordre l'aurait enfin compris, il serait trop tard pour que ça leur serve à quoi que ce soit.

Souriant pour lui-même, Dragos pénétra dans son centre de commandement. Ignorant les têtes respectueusement baissées de ses Laquais à son approche, il rejoignit le cœur de la salle et s'assit dans le siège que venait de libérer en toute hâte pour lui l'un des techniciens. Il ouvrit un répertoire de fichiers cryptés sur l'un des ordinateurs et regarda avec fierté l'écran se remplir de schémas et de codes de sécurité concernant de nombreuses installations gouvernementales, suivis de plans de centrales électriques, de bases militaires et de salles de dispatching tant aux États-Unis qu'à l'étranger.

Un ensemble de documents top secret que seules une habileté consommée et des années de travail acharné lui avaient permis de réunir.

Ce que Dragos avait devant les yeux, c'était le moyen de démolir l'humanité. Il ne lui restait plus qu'à lancer le processus.

Alors qu'il s'attardait à admirer les fruits de son propre génie, son portable se mit à sonner dans la poche de son pantalon. C'était la ligne qu'il n'utilisait que pour des affaires bien spécifiques, dont il n'avait en fait donné le numéro qu'à deux personnes. Comme le sénateur Clarence avait été assassiné deux nuits auparavant, il savait précisément qui l'appelait.

— Drake Mestre, s'annonça-t-il en décrochant, donnant à son correspondant le nom qu'il s'attendait à entendre.

Le deuxième personnage des États-Unis s'éclaircit la voix.

— Bonjour, monsieur Mestre. J'espère que je ne vous dérange pas.

— Pas le moins du monde, répondit Dragos très tranquillement. (Même si sa voix était calme et professionnelle, son pouls s'emballait à la perspective de voir le piège qu'il avait tendu se refermer sur sa proie innocente.) Et je vous en prie, monsieur, appelez-moi Drake.

— Eh bien, merci, Drake, répondit l'ancien professeur d'université qui se trouvait à ce moment-là à portée immédiate du poste considéré par la plupart des humains comme le plus important au monde.

Il avait aussi été le mentor et un ami de longue date de Robert Clarence et le poids de son chagrin se faisait jour dans sa voix un peu fêlée d'homme déjà âgé.

— Ce qui est arrivé à Bobby est vraiment horrible. Notre pays vient de perdre un vrai patriote, l'un de ses meilleurs enfants. Et je voudrais que vous sachiez qu'il disait beaucoup de bien de vous.

Dragos partit d'un petit ricanement avant de retrouver un ton de voix plus grave pour parler de son Laquais.

— Le sénateur et moi jouissions – comment dirais-je ? – d'une forme de communion d'esprit. Nous partagions le même rêve pour l'avenir de ce pays, et même… du monde.

— Je n'en doute pas une seconde, affirma le vice-président. Je sais bien que vous ne connaissiez pas Bobby depuis très longtemps, mais vous avez fait très forte impression sur lui, Drake. Il ne parlait presque plus que de vous ces derniers temps, et en particulier ces derniers jours. Il considérait qu'il était très important que nous trouvions tous les deux une occasion de nous rencontrer pour discuter de la façon dont nos visions pour le pays pourraient s'accorder. Bon Dieu, le gamin a même insisté pour que je trouve un moment dans mon planning à cette fin. Alors comment le lui aurais-je refusé ?

— Bobby pouvait se montrer très pressant quand il s'agissait de faire campagne pour les idées auxquelles il croyait, relança Dragos. Mais bon, cela faisait aussi partie de son charme, n'est-ce pas ?

L'humain lâcha un petit rire.

— C'est bien vrai, Drake, bien vrai. Écoutez, je voulais vous demander de m'excuser de ne pas avoir pu vous rencontrer hier soir comme Bobby l'avait planifié avant d'être… (Le vice-président n'acheva pas sa phrase.) Bien sûr, il y a eu beaucoup de changements ces deux derniers jours.

— Bien sûr. Inutile de vous excuser. (Mais Dragos n'avait pas l'intention de laisser ce rendez-vous face à face avec ce politicien si important lui échapper.) Il ne me viendrait même pas à l'idée de m'imposer, monsieur, en particulier après la perte que vous venez de subir. (Il fit une pause pour laisser penser à son correspondant qu'il se reprenait.) Nous avons tous deux perdu un ami proche. La politique et les affaires attendront.

— En fait, reprit l'humain, j'ai l'intention de venir à Boston demain après-midi pour les funérailles de Bobby. Peut-être pourrions-nous trouver un peu de temps pour discuter après la cérémonie ?

— Certainement, répondit Dragos en s'efforçant de masquer son enthousiasme.

Il ne lui faudrait pas plus de quelques minutes d'intimité avec l'humain pour qu'il lui appartienne corps et âme. Le sourire de Dragos s'élargit, laissant apparaître ses crocs, qui envahissaient sa bouche sous l'effet de l'anticipation de son proche triomphe.

— Alors, à demain, monsieur.

Chase se tenait devant le lavabo de la salle de bains dans la suite parentale. Il était en train de recoudre la dernière des blessures reçues au poste de police. Des boules de coton et des tampons de gaze gorgés de sang et d'antiseptique encombraient le lavabo noir. Cela faisait en gros soixante-douze heures qu'on lui avait tiré dessus et les dommages auraient déjà dû être réparés. Le fait qu'ils ne le soient pas était mauvais signe.

Comme l'était le manque qui le travaillait en profondeur et l'incitait à chasser, à se nourrir, à remplir ce vide qui serait bientôt infini, inextinguible.

Ses doigts tremblaient autour de l'aiguille du kit de couture. Le flou qui s'était installé aux marges de son champ de vision l'empêchait d'y voir correctement sous la lumière jaune des lampes de la salle de bains. Il cligna des yeux pour dissiper la gêne que subissaient ses sens et serra les dents en poussant l'aiguille et le quadruple fil à travers les lèvres de la plaie qui s'ouvrait au-dessus de son pectoral gauche. Il tira une dernière fois, puis fit un nœud rudimentaire pour terminer la suture.

Alors qu'il mordait dans le fil pour le couper, il surprit son reflet dans le miroir. Des yeux hagards cernés de noir le regardaient. Son teint cireux et ses joues creuses le vieillissaient, pas au point de faire paraître les quelque cent ans qu'il avait vraiment, mais certainement d'une bonne dizaine d'années par rapport à la glorieuse trentaine qu'affichaient d'ordinaire les membres adultes de la Lignée. Il avait l'air fatigué et usé, presque défait.

Et c'était aussi comme ça qu'il se sentait !

Étouffant un juron, il lança l'aiguille à son tour dans le lavabo. Il inspira profondément et expira avec un grognement sourd. Mais qu'est-ce qu'il foutait à se terrer là en gardant prisonnière une femme dans la pièce à côté ? Même si elle s'avérait être quelque chose de plus que ce qu'elle semblait être, même s'il se trouvait qu'elle était liée d'une façon ou d'une autre à Dragos, qui était-il pour s'ériger en juge ? Il ne faisait plus partie de l'Ordre. Et cela faisait longtemps qu'il n'appartenait plus non plus à l'Agence du maintien de l'ordre.

D'où il se trouvait à présent, il ne lui était pas difficile de se voir à travers les yeux apeurés de Tavia. Il était dérangé, dangereux… monstrueux.

Pour ce qui n'était pas la première fois, ses yeux filèrent vers le petit flacon argenté posé sur le bord de l'étagère de granit noir. Il l'avait trouvé dans la chambre, posé sur son vieux bureau avec une poignée de tirages photo datant de l'époque à laquelle ce Havrobscur était pour lui sa maison. Il n'avait pu résister à l'envie de le prendre.

À présent il lançait de nouveau la main vers la petite fiole au contenu létal, comme tiré vers elle par une longe invisible. La cire rouge qui scellait son bouchon de liège était lisse sous son pouce. À l'intérieur se trouvait tout ce qui restait d'une substance chimique synthétisée qui avait détruit bien des vies l'avant-dernier automne, dont celle de son neveu, Camden.

Le laboratoire et l'humain qui avait inventé la drogue en question avaient disparu depuis longtemps, mais Chase avait conservé cette dernière dose en souvenir de l'horreur qu'il avait aidé à détruire. En regardant le flacon à présent, il devait bien s'avouer qu'il l'avait également gardé pour une autre raison. Il représentait pour lui une porte de sortie définitive, la garantie que s'il en arrivait à ne plus supporter sa lutte contre la Soif sanguinaire, il pourrait y mettre un terme d'un seul coup.

Quelques pincées d'Écarlate suffiraient à faire de lui instantanément un Renégat sans cervelle assoiffé de sang, comme ça avait été le cas pour Camden et trop de jeunes vampires innocents de ses amis un peu plus d'un an auparavant. Mais le simple réceptacle de métal poli contenait une dose mortelle de la drogue.

Chase roula le fin cylindre dans sa paume, le regardant pour ce qu'il était : sa capsule de cyanure.

Il était déjà à moitié défait, et complètement seul. Jusqu'où irait-il avant que l'Écarlate lui paraisse le meilleur choix à faire ?

Un mouvement dans la pièce à côté le ramena à des pensées plus urgentes. Tavia se réveillait. Elle avait fini par s'endormir juste avant le coucher du soleil, épuisée, affalée dans le fauteuil où il l'avait laissée. Il faisait à présent nuit noire, et Chase était déjà sorti pour faire des provisions pendant qu'elle dormait. Il reposa l'Écarlate sur l'étagère de la salle de bains et rejoignit le petit salon.

Elle s'était redressée, le peignoir l'enveloppant comme une couverture, les mains toujours attachées derrière le dos. Elle leva mollement la tête lorsqu'il pénétra dans la pièce, grognant sous l'effort que ça lui demandait. Elle sortit la langue pour s'humecter les lèvres.

— Quelle heure est-il ?

Chase haussa les épaules en s'approchant d'elle.

— Je dirais aux alentours de 22 heures.

Elle grogna de nouveau et secoua la tête d'un air misérable.

— Je ne suis jamais restée si longtemps sans prendre mes médicaments.

— Vous vous sentirez mieux après avoir mangé. (Chase montra le guéridon à côté du fauteuil, où se trouvaient un sac en papier et une bouteille d'eau.) Je vous ai apporté un sandwich.

Elle grimaça comme si rien que d'y penser lui donnait la nausée.

— Je n'ai pas faim. Je ne me sens pas bien. Il faut que je sorte d'ici. J'ai mal partout et ma peau… c'est comme si elle était trop serrée.

Chase poussa un grognement. Elle décrivait quasiment la façon dont lui-même se sentait à ce moment-là, son corps à peine sorti de la vague atroce de soif de sang sur laquelle il avait surfé la plus grande partie de la journée. La souffrance avait été terrible et la tentation de chasser pour se nourrir avait failli l'emporter quand il était sorti un peu plus tôt.

— Penchez-vous en avant, dit-il à Tavia en s'accroupissant devant le fauteuil.

Malgré la méfiance qui se lisait dans son regard, elle se laissa aller contre lui tandis qu'il passait les mains derrière elle pour dénouer le cordon qui lui liait les poignets dans le dos.

Il ne voulut pas reconnaître combien elle sentait bon si près de son visage, à quel point sa peau et ses cheveux gardaient encore l'odeur ténue du liquide de douche de l'hôtel associée à cette fragrance inconnue qui n'appartenait qu'à elle. Il essaya d'ignorer le poids de son front sur son épaule nue et le fait que ses sens s'enflammaient à chaque emplacement où son corps le touchait. Et quand, une fois ses mains libérées, elle s'affaissa encore un peu plus dans ses bras, il sentit son souffle léger le brûler.

Chase posa une main sur la nuque de Tavia et s'écarta pour observer son visage, à la recherche de signes de maladie sur ses joues rosies et dans ses yeux verts brillants. Certes, elle avait l'air fatiguée, épuisée physiquement et émotionnellement, mais il restait en elle une force, une méfiance tranquille qui semblait due plus à l'instinct qu'à une puissance consciente. Elle était adorable : ses traits délicats et fiers irradiaient de beauté et d'intelligence.

Et à présent elle aussi étudiait son visage.

Son regard s'attarda sur sa bouche avant de remonter croiser le sien.

— Vous avez l'air normal, maintenant, murmura-t-elle. Différent d'avant. À cet instant, vous avez l'air humain… mais vous ne l'êtes pas, n'est-ce pas ?

— Non, répondit-il simplement, décidant que ça n'aurait pas de sens de le nier dans la mesure où elle l'avait vu au pire de sa transformation.

Elle déglutit, mais elle ne s'écarta pas de lui et ne se laissa pas aller non plus à l'hystérie. Elle était calme et assimilait cet aveu en gardant un silence prudent.

— Est-ce que votre famille le savait ? Est-ce que c'est pour ça qu'ils vous ont quitté ?

Il ricana, troublé.

— Ma famille ? Mais de quoi parlez-vous ?

— Cette maison, répondit-elle. Et les photos… Je les ai trouvées dans le bureau qui est dans l'autre pièce. Il y avait un plateau d'argent dans le tiroir, avec un nom gravé dessus. C'est votre nom, n'est-ce pas ? Votre nom est Sterling Chase.

— Moins vous en savez sur moi, mieux c'est pour vous, Tavia.

— Mais Sterling est bien votre nom ? insista-t-elle, refusant d'en rester là.

— Chase, marmonna-t-il. Plus personne ne m'appelle Sterling.

À présent elle l'observait avec beaucoup plus d'attention qu'il ne l'aurait voulu.

— Qu'est-il arrivé à votre famille, Chase ? J'ai vu la photo où vous êtes avec une jeune femme et un adolescent. Je me demandais juste si votre femme…

Chase l'interrompit en lâchant un juron à voix basse.

— C'était la compagne de mon frère, pas la mienne.

— Oh ! À la façon dont vous la regardiez sur la photo, j'ai pensé que…

— Vous vous êtes trompée, rétorqua-t-il d'une voix volontairement cassante.

Il n'allait pas se mettre à déterrer ses péchés passés, et encore moins les exposer à son jugement. Le poids qu'il trimballait sur la conscience pour ce qui était de son Havrobscur et des souvenirs qu'il contenait était amplement suffisant.

— Cette maison était autrefois la mienne, expliqua-t-il. Mais c'est moi qui en suis parti. Je ne comptais pas y revenir jamais.

— Depuis quand l'avez-vous quittée ?

La question le prit par surprise. Elle n'avait pourtant rien d'extraordinaire. Et même s'il n'avait aucune envie de revivre ce moment, la réponse lui vint tout naturellement.

— Ça a fait un an l'automne dernier. Juste après Halloween.

Il entendait encore le coup de tonnerre du tir et le cri d'horreur de la compagne de son frère, Élise, se répercuter dans la nuit tandis que son fils, son seul enfant, s'effondrait sans vie au sol. Un bel adolescent, devenu Renégat à cause de l'Écarlate et tué par des balles de titane tirées par l'arme de Chase.

— Étiez-vous amoureux d'elle ?

La question arracha Chase à ses mauvais souvenirs. Il fronça les sourcils.

— Je vous l'ai dit, c'était la compagne de mon frère.

— J'avais entendu, répliqua Tavia d'un ton égal. Mais ce n'est pas ce que je vous ai demandé.

— Je ne suis pas sûr d'avoir jamais aimé quelqu'un, murmura-t-il. Seigneur ! Je ne suis même pas sûr d'en être capable.

Ce n'était pas de sa part une remarque désabusée, mais la simple vérité. Il n'y avait jamais réfléchi jusque-là, n'avait jamais prononcé ces paroles à haute voix auparavant.

Il regardait toujours Tavia dans les yeux et s'aperçut soudain qu'il n'avait pas lâché sa nuque. Il sentait son pouls battre sous ses doigts et voyait les tendons de sa gorge se tendre sous son étreinte, qui, bien que légère, restait ferme. Baissant les yeux, il tomba sur ses lèvres entrouvertes sur son inspiration et ressentit le besoin urgent de l'embrasser. C'était une folie, mais on ne pouvait pas dire qu'il avait toute sa tête à ce moment-là. Il déglutit. Il avait la gorge sèche.

— Vous devriez manger, maintenant, dit-il, la lâchant et se relevant vivement. Je vous ai aussi apporté quelques vêtements. Vous pourrez vous changer après vous être restaurée.

— Je vous l'ai dit, je n'ai pas faim, affirma-t-elle en repoussant le sandwich.

Chase haussa les épaules.

— Comme vous voudrez.

Il mit autant de distance entre eux que possible en rejoignant l'autre bout de la pièce où il se mit à faire les cent pas devant les hautes fenêtres. Les volets électroniques étaient fermés. Ils l'avaient été depuis que les résidents du Havrobscur avaient déménagé l'année précédente. Mais Chase savait bien qu'il faisait nuit de l'autre côté du panneau de verre et d'acier. De toute façon, son corps était là pour le lui rappeler, chaque battement de son pouls le ramenant à la soif qu'il s'efforçait si fort de nier.

— Vous n'allez pas bien non plus, dit Tavia en le regardant aller et venir depuis son fauteuil. Même si vous n'êtes… Peu importe ce que vous êtes vraiment, je vois bien que vous avez besoin d'un médecin. Moi aussi.

Il partit d'un ricanement venu du plus profond de sa gorge.

— Ne vous inquiétez pas pour moi. Quant à vous, vous ne m'avez pas l'air aussi malade que vous voudriez me le faire croire.

— Mais je le suis, insista-t-elle. Que vous me croyiez ou non, vous jouez avec ma vie en me retenant ici comme ça. Vous avez déjà tué plusieurs innocents. Vous voulez vraiment avoir une autre mort sur la conscience ?

— Aucun n'était innocent, rétorqua-t-il vivement. C'étaient tous des Laquais de Dragos. Sans âme. Sans esprit. Ils étaient déjà morts bien avant que je m'en prenne à eux.

— Des Laquais, répéta-t-elle en le regardant intensément. Qu'est-ce que vous entendez par « des Laquais de Dragos » ? Au poste de police, vous avez essayé de me prévenir que le sénateur était en danger. Mais quand vous l'avez vu, vous avez dit que c'était trop tard, qu'il appartenait déjà à Dragos. Que vouliez-vous dire par là ?

Elle était sincèrement troublée, ce qui ne fit que renforcer les soupçons de Chase à son égard. Soit elle ne connaissait vraiment rien à Dragos et à ses machinations, soit c'était une actrice hors pair. Il écarta ses questions d'un petit geste de la main.

— Laissez tomber. J'en ai déjà trop dit.

Mais elle ne voulait pas lâcher le sujet.

— Dites-moi ce qu'il en est vraiment. Je cherche juste à comprendre…

— Il vaudrait probablement mieux pour vous que vous ne compreniez pas.

— Vous auriez peut-être dû penser à ça avant de me fourrer au milieu de toute cette histoire.

Il n'y avait aucune acrimonie dans le ton de sa voix, juste une franchise qu'il se devait de respecter. Chase la regarda. Elle avait raison. Elle était plongée jusqu'au cou dans les événements, et c'était par sa faute à lui. Et même s'il ne pouvait être certain qu'elle serait encore en vie s'il n'était pas intervenu contre le sénateur et le flic Laquais qui l'avait accompagnée à l'hôtel, il devait bien admettre qu'il avait tout fait pour que sa vie ne puisse jamais revenir à ce qu'elle était auparavant.

Même si cet avant avait été un mensonge sur toute la ligne.

Il était quelque part toujours convaincu qu'elle n'était pas ce qu'elle prétendait être, qu'elle le sache ou non. Il ne pouvait se débarrasser de l'idée qu'elle était plus qu'humaine. Quelque chose d'autre. Mais quoi ?

Était-ce Dragos qui disposait de la réponse ?

Cette pensée l'avait déjà traversé, mais à présent elle ne cessait de le titiller. Ça lui faisait froid dans le dos de se dire qu'elle pourrait être liée à Dragos d'une façon ou d'une autre, volontairement ou sans le savoir. Et tout au fond de lui, à l'endroit où il se sentait encore attaché à la cause de l'Ordre, encore déterminé à voir Dragos anéanti, Chase se demandait si Tavia Fairchild ne pourrait pas lui être utile pour s'approcher de l'ennemi qu'il avait l'intention de détruire.

Il avait déjà renoncé à sa propre vie. Il était tout à fait prêt à partir en fumée avec Dragos si c'était nécessaire pour en finir avec lui une fois pour toutes. Après tout, il n'avait plus rien à perdre.

Était-il tombé si bas qu'il serait prêt à risquer la vie de cette femme également ? Il n'était pas sûr de vouloir connaître la réponse à cette question.

De l'autre côté de la pièce, Tavia gémit doucement et se prit la tête dans les mains.

— Oh, mon Dieu ! Ça va de plus en plus mal. J'ai vraiment besoin de mes médicaments. Il faut que je sorte d'ici… (Elle lança un regard à Chase et il lui fut impossible d'ignorer la souffrance sincère qu'il lut dans ses yeux.) Je vous en prie. Ne voudriez-vous pas… simplement me laisser partir ?

Chase l'observa intensément, cherchant à voir clair dans son jeu. Mais il n'y avait là aucune ruse, juste de la souffrance, de la peur et de la confusion. Il savait que la seule chose juste à accomplir aurait été de faire comme elle le demandait et de la relâcher.

Et s'il avait été un homme meilleur qu'il ne l'était, c'est peut-être ce qu'il aurait fait.

Chapitre 13

Tavia se réveilla en criant dans le noir.

Elle avait l'impression d'être écorchée vive, en feu une minute, gelée jusqu'à la moelle la suivante. Elle s'agita et rua avant de s'apercevoir qu'elle était allongée sur le dos dans un grand lit, poignets et chevilles attachés avec les lourds cordons tressés qui servaient à retenir les rideaux de la pièce à côté. Elle se souvenait vaguement d'avoir été ramenée dans la chambre après avoir refusé nourriture et boisson, trop malade pour supporter l'une ou l'autre. Elle avait essayé de dire à son ravisseur qu'elle ne tenterait pas de s'échapper, qu'elle ne pouvait pas le faire vu l'état dans lequel elle était.

Elle l'avait supplié de la laisser partir, avait imploré sa pitié. Mais il n'en avait montré aucune.

Tavia essaya d'arracher les liens qui la maintenaient contre le matelas, mais elle n'avait pas de force. Ses membres étaient lourds et elle avait la tête qui tournait et l'estomac complètement retourné.

Oh, mon Dieu… Mais que lui arrivait-il ?

Elle était malade à présent, plus malade qu'elle ne l'avait jamais été. Elle avait mal partout et elle était parcourue de tremblements qui semblaient provenir du plus profond de son être. Ses sens passaient sans arrêt d'un état de faiblesse extrême à une intense vivacité. Elle sentait son pouls battre dans ses tempes et de part et d'autre de son cou. Son cœur sautait dans sa poitrine, à un tel rythme qu'elle se demandait comment il n'avait pas encore explosé.

Serrant les paupières, elle fit une nouvelle tentative avortée pour libérer ses mains du cordon avec lequel elles étaient attachées à la tête du lit. Elle tira de toutes ses forces, gémissant sous l'effet du frottement de la corde contre la peau tendre de ses poignets.

— Calmez-vous, maintenant.

Elle sentit des doigts chauds et forts se refermer sur ses poignets. C'était son ravisseur, Chase. Elle ne l'avait pas entendu entrer dans la pièce, mais il était bien là, enveloppé par la pénombre. Son toucher était ferme mais doux, sa voix un murmure rauque dont le souffle lui effleurait le front.

— Restez tranquille, Tavia. Tout va bien.

Le regard de Chase, parcouru d'étincelles d'ambre, cherchait le sien. Elle ne voulait pas que sa voix profonde la calme, pas plus qu'elle ne désirait que sa large paume la soulage des brûlures provoquées par les entraves qu'il lui avait imposées.

Et pourtant elle trouva un certain réconfort dans ses mots chuchotés. Les pouces qui caressaient ses poignets firent ralentir son pouls affolé. Elle s'apaisa malgré elle, ses sens réagissant à ses gestes comme les marées à la Lune.

— Laissez-moi partir, dit-elle, tentant encore de nier ce qu'elle ressentait.

Son corps ne lui appartenait plus vraiment à cet instant, mais elle n'avait pas complètement perdu le contrôle de son esprit. Pas encore en tout cas.

Au moins était-elle vêtue à présent. Avant de la ramener dans la chambre, qu'il lui fallait décidément considérer comme sa prison, Chase lui avait tendu un sac venant d'un magasin de vêtements de Back Bay et l'avait autorisée à utiliser la salle de bains pour se rafraîchir et quitter le peignoir de l'hôtel pour mettre un jogging noir. Il lui avait aussi acheté un soutien-gorge et une culotte, et elle refusa de se demander comment il avait fait pour estimer sa taille avec une telle précision pendant qu'elle dormait.

Mais malgré ce qu'il en disait elle n'allait pas bien. Elle sentait en elle quelque chose qui se défaisait, une partie d'elle qui s'en allait hors de sa portée. Elle lutta contre le sentiment d'abandon qui s'emparait d'elle et sentit monter la panique et sa respiration devenir saccadée.

— Laissez-moi partir, souffla-t-elle.

Elle fut incapable de ravaler les gémissements désespérés qui voulaient franchir ses lèvres. Le flux de son malaise la tirait de nouveau sous la surface. Elle ne savait pas combien de temps elle parviendrait à lutter contre.

— Je vous en prie… Je crois que je suis en train de mourir. Il faut que je… sorte d'ici…

Tandis que sa voix s'effaçait dans le brouillard qui envahissait ses sens, elle sentit la main de Chase se poser avec douceur sur son front. Et ce fut avec la même douceur, qui semblait pourtant impossible venant du monstre qu'elle avait vu un peu plus tôt, qu'il écarta une mèche de cheveux humides qui collait à sa peau. Puis sa main s'attarda, descendant le long de la courbe de sa joue puis de celle de sa mâchoire tendue.

— Je vous en prie, murmura-t-elle encore, mais elle n'avait presque plus de voix.

Sa conscience faiblissait derrière ses paupières lourdes et elle se sentit plonger vers un sommeil irrésistible.

Alors que son esprit glissait vers le néant, elle crut voir un éclair d'humanité dans ses yeux et comme un regret dans la courbure de ses lèvres.

Mais il ne prononça pas un mot.

Et tandis qu'elle dérivait encore plus loin de la réalité, bientôt avalée par l'obscurité, elle détourna la tête, les joues soudain humides de larmes, alors qu'il quittait lentement son chevet pour disparaître dans l'ombre.

C'est cette même nuit que le Chasseur arriva au nouveau quartier général de l'Ordre, quelques instants seulement avant le début d'une tempête de neige. Lucan et les autres guerriers s'étaient dépêchés de l'aider à décharger le camion qu'il avait réquisitionné à La Nouvelle-Orléans, qui transportait un trésor de données arrachées à l'un des lieutenants défaits de Dragos.

Il y avait là un coffre ignifugé qui contenait des archives de laboratoires et de nombreux disques durs garnis de fichiers encryptés, ainsi qu'une paire de grands fûts d'acier inoxydable, sacrément lourds, couronnés de couvercles de métal poli grâce à l'hydraulique, scellés et garnis de volants de serrage. Seul l'un de ces derniers contenait des spécimens génétiques viables. L'autre avait une grosse bosse et son couvercle n'était plus étanche ; du sang avait coulé le long de son flanc.

Lucan n'eut pas à se creuser la tête pour savoir comment le dommage s'était produit. Le Chasseur avait également rapporté les morceaux d'un collier d'obéissance de polymère, à l'origine chargé en ultraviolets, qui s'était cassé pendant le combat qu'il avait mené contre son porteur. L'assassin de Dragos avait été envoyé par ce dernier pour protéger au péril de sa vie l'entrepôt où se trouvaient les éléments provenant de ses laboratoires. Mais grâce aux talents meurtriers du Chasseur, il avait échoué. Et désormais, le butin récupéré appartenait à l'Ordre.

Le Chasseur avait également rapporté ce qui restait d'un autre collier UV brisé, qu'il était parvenu à enlever à un adolescent de treize ans, Nathan, le fils de Corinne. Comme tous les membres de la Lignée, ce dernier tenait la couleur de ses yeux et celle de ses cheveux de sa mère.

Mais sa chevelure d'ébène n'était qu'une ombre sur son crâne, qui était rasé à la manière typique des assassins. Ce n'était là qu'une des nombreuses méthodes utilisées par Dragos, et de loin la moins cruelle de toutes, pour priver ses assassins de toute personnalité et en faire des outils de destruction dénués de toute émotion dès leur plus tendre enfance.

Lucan regardait l'adolescent létal avec réserve, notant comme il se tenait en retrait du reste du groupe qui s'était rassemblé pour accueillir le Chasseur et Corinne. Le visage de marbre, le garçon regardait les autres Compagnes de sang de l'Ordre prendre sa mère dans leurs bras à tour de rôle. Son regard bleu-vert était indéchiffrable, passant sans expression de Tess, avec son bébé et les autres femelles qui discutaient ensemble, à Gideon, à Rio et à Kade, qui s'étaient retrouvés avec Nikolaï, Brock, Dante et Tegan autour des conteneurs cryogéniques pour en inspecter le contenu.

— Le gamin pourrait poser un problème, remarqua Lucan à l'intention du Chasseur, debout à côté de lui dans la grande salle. (Lui aussi observait Nathan en silence.) Je n'aime pas l'idée d'amener l'un des fantassins de Dragos chez moi, aussi jeune que puisse être ce petit tueur.

Le Chasseur inclina presque imperceptiblement la tête.

— Si je me souviens bien, tu avais le même genre de réserves à mon égard. Et pourtant jusqu'ici je n'ai assassiné personne dans son sommeil. Pas même Chase !

Lucan regarda d'un air surpris l'ex-assassin, d'habitude si sérieux.

— Tu fais de l'humour maintenant ? Ça alors, ça m'en bouche un coin.

Il partit d'un petit rire qui lui permit de se débarrasser en partie du poids qu'il avait sur les épaules, mais en partie seulement.

— Ce qui me pose un problème, c'est que ce gosse a été arraché à une situation difficile pour être replongé dans une autre. Nous ne sommes pas précisément équipés pour aider un gamin perturbé comme celui-là à retrouver le chemin de ses émotions.

Le Chasseur hocha la tête.

— Je prends l'entière responsabilité de Nathan sur moi. Ce sera mon problème, pas celui de l'Ordre.

— Il compte tant que ça pour toi ?

Nouveau hochement de tête, plus appuyé cette fois.

— Oui. Parce qu'il compte énormément pour elle.

Lucan suivit le regard doré du guerrier jusqu'à Corinne, si menue et si jolie, qui ne manqua pas de se tourner vers son compagnon. Le couple resta un instant les yeux dans les yeux et Lucan put pratiquement sentir l'électricité bourdonner dans l'air entre eux.

— Quid du reste des assassins de Dragos ? (Ce n'était certes pas un rappel très gai, mais un fait qu'aucun d'entre eux ne pouvait se permettre d'ignorer.) Ta mission au sein de l'Ordre est en partie de nous aider à traquer et à neutraliser tous les atouts dont peut disposer Dragos. Même les plus jeunes des tueurs qu'il utilise représentent une menace très réelle.

Le Chasseur reporta son attention sur Lucan.

— Ma mission consistant à faire en sorte que ses opérations soient démantelées n'a pas changé, affirma-t-il d'une voix chargée d'une froide conviction. Pas plus que mon vœu de fidélité à l'Ordre. À présent, ce que je fais, je le fais pour Corinne. Et pour son fils.

Lucan grogna.

— Et tu penses qu'il est différent des autres comme lui ?

Le Chasseur réfléchit un moment avant de répondre.

— Nathan a une chance qu'aucun d'entre nous n'a jamais eue. Ou, en tout cas, pas pendant très longtemps.

Il est aimé. C'est peut-être la seule chose assez forte pour annuler l'essentiel de l'éducation imposée par Dragos.

Cette remarque, qui dénotait une compréhension si humaine du pouvoir miraculeux de l'amour, fut un choc pour Lucan, en particulier venant de la bouche de ce mâle. Mais il aurait eu bien du mal à la contester. Il ne pouvait qu'imaginer où il en serait sans l'amour de Gabrielle, mais il n'avait guère de doute sur le fait qu'il serait en train d'emprunter le même chemin obscur vers la Soif sanguinaire que celui que parcourait à ce moment Chase.

Lucan posa la main sur l'épaule du Chasseur.

— J'espère vraiment que tu ne fais pas là une erreur, mec. Pour elle, et pour lui.

— Je ne fais jamais d'erreur, répondit-il, d'un ton presque mécanique qui rappelait le soldat parfait qu'il avait été conçu et programmé pour être. (Mais lorsque son regard croisa celui de Lucan, il s'y lisait une détermination qui n'appartenait qu'à lui seul.) Je parierais ma propre vie sur cette décision, Lucan. Je ne faillirai pas. Et Nathan non plus.

Mâchoire serrée, Lucan considérait les risques multiples qu'impliquait le choix d'accueillir Nathan dans les rangs de l'Ordre. Enfin, il hocha la tête d'un air résolu.

— Amène-le-moi !

Quelques instants plus tard, le Chasseur était de retour avec Nathan, une main sur son épaule, à l'endroit où attendait Lucan, à l'écart des conversations qui se tenaient autour d'eux dans la pièce.

— Nathan, voici Lucan. C'est le chef et le fondateur de l'Ordre.

L'adolescent resta silencieux, regardant Lucan sans ciller ni rien exprimer. Lucan tendit la main.

— Nathan, dit-il en inclinant la tête en signe de bienvenue, en attente de la réaction du gamin.

Il commençait à se dire que ce dernier ne prendrait pas la main tendue, quand, enfin, il tendit la sienne. Le geste était incertain, comme si, incapable de comprendre ce que l'on attendait de lui, il s'était contenté d'imiter celui de Lucan. Mais c'était déjà ça. Lucan referma brièvement les doigts sur ceux, étonnamment forts, du garçon.

— Tu es en sécurité ici, fils. Sois le bienvenu.

Avec un regard qui sembla à Lucan le traverser, Nathan retira sa main et la laissa pendre poing refermé à son côté.

— Chasseur ! couina une voix de petite fille au milieu du raffut qu'elle faisait en fusant dans la salle, ses fins cheveux blonds rebondissant sur ses épaules. Chasseur, tu es enfin rentré !

Mira traversa l'assemblée comme un minicyclone, pleine d'énergie et de bruit, complètement désinhibée par sa joie. Elle se jeta dans les bras du grand Gen-1, se tortillant tandis qu'il la soulevait dans les airs pour amener son visage au niveau du sien. Il arborait un sourire plein d'affection, auquel on ne se serait pas forcément attendu de la part d'un mâle aussi dangereux.

Mais c'était grâce à Mira que le Chasseur avait rejoint l'Ordre, et depuis ce moment-là une amitié aussi sincère que surprenante s'était développée entre eux.

— Tu te rends compte que tu as failli rater Noël ? l'informa-t-elle avec une expression qui relevait à la fois du reproche et de l'incrédulité.

Mais soudain elle détourna son attention de son grand ami pour tourner son petit visage de fillette vers le nouveau venu.

— Qui c'est ?

— Le fils de Corinne, répondit le Chasseur. Son nom est Nathan.

Elle s'arracha aux bras du Chasseur et alla tout droit au tueur adolescent.

— Salut Nathan, je suis Mira.

Il ne répondit rien, se contentant de la regarder comme si elle appartenait à une nouvelle espèce étrange dont il n'aurait rien su jusque-là. Lucan se demanda si le gamin avait jamais été si près d'une femelle autre que sa mère, même une femelle aussi menue que l'était Mira. Si elle décidait de faire de lui une affaire personnelle comme elle l'avait fait avec Kellan Archer, le pauvre gosse n'allait pas savoir ce qui lui tombait dessus.

Laissant les enfants à leur rencontre malaisée, Lucan fit signe au Chasseur de le suivre pour rejoindre le groupe de guerriers qui discutaient autour des éléments qu'il avait rapportés.

— Et si on branchait ces conteneurs au secteur avant que leurs batteries de secours ne lâchent ? Chasseur, il reste deux chambres vides, alors si Corinne et toi voulez en choisir une et vous installer, allez-y.

Il jeta un coup d'œil à Nathan, à qui Mira était en train de montrer l'immense épineux près de la cheminée en lui expliquant, tout excitée, qu'elle fabriquait des décorations de Noël et qu'elle serait ravie de son aide quand viendrait le moment de les accrocher. Lucan secoua la tête avec un petit rire de compassion. Puis, il se retourna vers le Chasseur et ajouta :

— Dis à Mira de montrer la chambre de Kellan à Nathan. Les deux garçons n'auront qu'à faire chambre commune.

Chapitre 14

Le matin le frappa comme un coup de marteau sur le dessus du crâne.

Chase ouvrit les yeux d'un coup, chaque fibre de son corps en état d'alerte instantanément.

Il y avait quelque chose qui clochait dans la maison.

Elle était beaucoup trop calme. Tranquille comme une tombe.

Putain ! Combien de temps avait-il dormi ? La Soif sanguinaire l'avait torturé une bonne partie de la nuit, mais il avait résisté à l'envie de quitter le Havrobscur pour chasser. La dernière chose dont il se souvenait, c'était de ce combat, qu'il avait bien failli perdre. Il se releva en s'ébrouant mentalement pour chasser le harcèlement persistant de sa soif de sang et la douleur qu'il ressentait dans les os suite à sa longue station allongée sur le sol du petit salon. Ses muscles privés de sang régénérateur protestèrent tandis qu'il rejoignait rapidement bien que lourdement la porte fermée de la chambre.

Aucun son ne lui parvenait depuis l'autre côté du panneau de chêne verrouillé.

Elle n'allait pas bien le soir précédent. Lorsqu'il était venu vérifier son état, il y avait plusieurs heures de ça à présent, elle lui avait dit qu'elle se croyait mourante. Il en avait douté, mais elle lui avait paru si mal qu'il l'avait presque libérée comme elle le suppliait de le faire. Sa douleur avait en lui un écho qu'il n'était pas prêt à reconnaître et encore moins à laisser le fléchir.

Mais à présent il se demandait s'il ne s'était pas trompé sur son état réel.

Seigneur, et s'il s'était complètement fourvoyé…

— Tavia ?

Sa gorge était sèche et sa voix horriblement rauque. Il ne prit pas la peine de frapper, se contentant d'un ordre mental pour déverrouiller la porte, qu'il ouvrit grand avant de pénétrer dans la pièce.

Elle était vide. Les cordelières qu'il avait utilisées pour attacher Tavia gisaient en tas sur le lit et elle était invisible.

— Nom de Dieu !

Chase jeta un regard à la fenêtre, qui était toujours bloquée par les morceaux du bureau qu'il avait démoli pour barrer les vitres enfoncées et empêcher qu'elle ne s'échappe par là. Il avança plus loin dans la pièce.

C'est alors qu'il l'entendit.

Une respiration douce et rapide, comme celle d'un petit animal effrayé, lui parvenait depuis l'autre côté du grand lit.

— Tavia ?

Elle était accroupie en boule sur les talons, tête baissée. Elle ne réagit pas à sa voix, restant là, essoufflée, et à trembler de la tête aux pieds. La sueur lui collait les cheveux au front et le tissu de son jogging noir au dos.

— Mon Dieu… Tavia ? Ça va ?

Il tendit la main et la posa légèrement sur son dos. Elle eut un brusque mouvement en arrière à ce contact, si vif qu'elle mit presque un mètre entre eux. Elle tourna alors la tête. Ses cheveux formaient un rideau épais devant ses yeux, pas assez cependant pour cacher la brillante lueur d'ambre qui en émanait.

Ah, putain ! La réalité de ce que Chase avait devant les yeux lui glaça le sang. *C'est impossible !*

Il la vit alors retrousser les lèvres en un rictus sauvage. Elle prit une inspiration puis laissa échapper une expiration sifflante à travers ses dents et ses crocs étincelants.

Même s'il s'était douté qu'il y avait en elle quelque chose de plus qu'il n'y paraissait, la preuve qu'il avait à présent devant les yeux le prit complètement au dépourvu.

Aussi impossible que ça ait pu paraître, Tavia Fairchild faisait partie de la Lignée.

Rien d'étonnant à ce que ses entraves ne l'aient pas gardée prisonnière. Pour quelqu'un de leur espèce, elles n'avaient pas plus d'efficacité qu'un simple fil de coton.

Accroupie, en ébullition, elle le regardait avec une fureur hallucinante. Ses pupilles rétrécies n'étaient plus que de très minces fentes noyées dans les braises rougeoyantes de ses iris. Elle grondait, la tête légèrement penchée, comme une bête mortelle mesurant son adversaire.

Ce fut le seul avertissement dont il disposa avant qu'elle bondisse sur lui en une attaque rapide et vicieuse.

Ils atterrirent durement et la colonne de Chase vint s'écraser au sol sous l'effet de leurs deux poids combinés. Il perdit le souffle, le hurlement de Tavia retentissant dans son crâne. Elle se mit à combattre dès qu'ils eurent touché le parquet de chêne. Avec force et rapidité, elle s'en prit à lui en criant et en grognant alors qu'il tentait de se garder de son assaut furieux.

La fermeture Éclair de son haut de jogging à capuche était juste assez ouverte pour donner à Chase un aperçu du réseau de dermoglyphes qui courait en arabesques sur sa poitrine et sa gorge. Il n'avait plus aucun doute à présent sur leur nature : ses marques étaient gorgées de couleurs, avec des nuances variées de violet, de bordeaux et de noir. Il lui suffit de les voir pour comprendre que la soif la faisait souffrir et la mettait en rage.

Mais comment ces marques héréditaires étaient-elles restées inactivées jusque-là ?

Qu'avait-on bien pu lui faire pour maintenir ainsi sa vraie nature étouffée ?

Chase n'eut pas le loisir d'y réfléchir longtemps. Tavia tira le bras en arrière et lui envoya son poing dans la figure. Il esquiva le coup, plus rapide qu'elle uniquement grâce à son expérience et à son entraînement. Elle était brut de décoffrage et impossible à maîtriser, une force de la nature libérée pour ce qui était très clairement la première fois, toute la puissance vampire sous une apparence féminine épurée.

Et Chase n'avait jamais rien connu de plus bandant de sa vie.

Elle continua à se battre contre lui, grognant chaque fois qu'il déviait ses attaques, rugissant quand il finit par l'attraper par les poignets et lui écarter les bras au-dessus de lui. Son pouls battait vivement et régulièrement de part et d'autre de son cou mince. Il le sentait aussi contre ses doigts à l'endroit où il maintenait ses poignets puissants. Ainsi qu'à l'intérieur de ses cuisses, refermées comme des bandeaux d'acier autour de sa taille, l'immobilisant sous elle avec une force impressionnante.

Elle avait beau avoir le souffle court, ses yeux brillants couleur d'ambre et ses crocs découverts lui disaient qu'elle n'était pas au bout de son combat.

Loin de là même !

— Tavia, écoutez-moi.

Le tressaillement de ses muscles avertit Chase qu'elle voulait frapper de nouveau. Il cracha un juron, mâchoires serrées sous l'effort qu'il lui fallait fournir pour maintenir les bras de la jeune femme tendus.

— Tavia, nom de Dieu, il faut que vous vous calm…

En l'entendant tenter de la raisonner, elle rugit, mais n'essaya pas de s'arracher à son étreinte.

Non, au lieu de ça elle le mordit.

Chase lâcha un cri muet en sentant ses crocs s'enfoncer profondément dans la chair et les tendons de son poignet gauche. Ce ne fut pas la douleur de la morsure qui le secoua tellement, mais le fait de prendre soudain conscience que son sang coulait dans la bouche de Tavia.

Il essaya de prononcer son nom pour lui dire d'arrêter, mais la seule chose qui sortit de sa bouche fut un gémissement étranglé. Le plaisir et la douleur de la morsure montèrent en flèche en lui, comme une décharge électrique se répercutant dans chaque fibre de son être.

Mon Dieu, que c'était bon !

Trop bon, surtout si l'on considérait qu'il n'était même pas sûr de l'effet que son sang aurait sur elle. Elle appartenait à la Lignée, il le savait à présent. Mais comment son corps allait-il réagir aux globules rouges qui se répandaient en elle ?

Il eut sa réponse moins d'une seconde plus tard.

Tavia le lâcha avec un cri guttural. Ses yeux brillaient plus intensément encore à présent, lançant des éclairs d'ambre aussi chauds que des braises. Du sang – son sang à lui, Chase – tombait goutte à goutte de ses crocs sur son menton et sur sa poitrine, qui se soulevait par vagues. Ses dermoglyphes pulsaient, vivants et changeants, sexy comme tout sur le fond crème de sa peau.

Tavia l'observa intensément tandis qu'il portait son poignet à la bouche pour sceller la morsure. Elle se lécha les lèvres, allant chercher de sa langue rose foncé toutes les gouttes de sang qui y demeuraient sans en oublier une seule. Elle pencha la tête en arrière un instant et porta ses mains à son cou avant de les laisser descendre sur le dessus de son sweat à fermeture Éclair pour caresser la courbe de ses seins. C'était un geste sensuel mais inconscient, une réaction instinctive au sang qui nourrissait désormais ses cellules. Lorsqu'elle reporta les yeux sur lui, elle riva son regard brûlant à sa gorge. Elle avait toujours une respiration difficile et agitée et son corps vibrait encore d'agressivité.

Et elle était chaude. Chase sentait son corps irradier aux endroits où il touchait le sien, où ses hanches gainées de nylon chevauchaient son abdomen dénudé. Son propre pantalon lui semblait soudain trop étroit, son érection patente à l'endroit où les fesses de Tavia frottaient bien trop plaisamment contre son sexe.

Mon Dieu qu'elle était belle ! Et bien plus encore.

Tout ce qu'il y avait de mâle en lui réagissait à cette créature avec un intérêt immédiat, involontaire... et évident.

Il n'eut pas l'occasion de trouver la volonté suffisante pour la repousser avant qu'elle se précipite de nouveau sur lui, plus vive encore que précédemment, si rapide qu'il eut du mal à la suivre, le mordant cette fois directement à la carotide.

Le corps de Chase s'arqua violemment, chacun de ses muscles et de ses tendons soudain tendu à se rompre quand les crocs de Tavia s'enfoncèrent profondément dans son cou. Elle aspira fortement son sang et l'érection de Chase s'exacerba au point qu'il crut qu'il allait exploser sur-le-champ.

Il ne voulait pas reconnaître le plaisir qu'il ressentait, mais comment aurait-il pu le nier ? Si sa furieuse érection n'avait pas suffi à le prouver, il sentait à présent ses glyphes s'animer tandis qu'elle aspirait une nouvelle goulée de son sang.

— Seigneur ! lâcha-t-il, incapable de faire autre chose que d'accepter l'exigence de la bouche de Tavia sur sa gorge.

Il n'avait jamais connu pareille sensation.

Célibataire, il s'était nourri à la veine d'humains sa vie durant. Et il n'avait jamais permis à un Amphitryon de boire à la sienne. De toute façon, comment l'effet de petites dents sans tranchant aurait-il pu être comparé au plaisir provoqué par la pointe acérée des crocs de Tavia, qui le maintenait fermement contre sa bouche tandis qu'elle se nourrissait avec voracité de son sang ?

À chaque battement de cœur, il sentait son énergie s'échapper de son corps et de son être intérieur pour couler en elle, la nourrir. Il sentait la puissance de Tavia grandir. Sa soif augmentait à chaque aspiration. Elle gémissait contre sa peau en buvant et cet écho de son plaisir augmentait encore le sien.

Tavia commença à remuer les hanches et à se frotter contre lui. Il savait qu'elle ressentait la même excitation que lui. Il le voyait dans sa façon de bouger le corps, humait le parfum de son désir dans chaque bouffée d'air qu'il aspirait dans ses poumons.

Son sexe était dur comme de la pierre sous les hanches ondulantes de Tavia. Son désir était à la fois brutal, pur et délicieux.

Et s'il était si difficile à supporter, celui de Tavia devait l'être encore plus.

Pour une femelle née Compagne de sang, le sang d'un vampire provoquait le désir sous sa forme la plus primitive.

Mais alors qu'en était-il pour Tavia ?

Il ne pouvait le savoir. La seule réponse dont il disposait, c'était l'exigence de plus en plus insistante transmise par le mouvement de ses hanches. Il leva les mains pour les poser sur son dos, prêt à craquer quand elle se glissa plus bas sur son corps, alignant la chaleur de son sexe à la colonne durcie du sien.

Il savait qu'il devait arrêter les frais avant que tout cela n'aille plus loin. Mais toute idée de se refuser à elle s'estompait rapidement sous l'assaut sensuel mené contre son honneur déjà atteint.

— Tavia, murmura-t-il d'une voix rauque en sentant la pression de ses propres crocs sur la chair tendre de sa langue tandis que son corps se laissait aller à la sombre nature de ce qu'il était vraiment.

— Ah, bordel…

Encore plus.

C'était tout ce qui lui venait à l'esprit à cet instant-là, la seule chose qui comptait.

Encore plus !

Plus du fluide désaltérant qui rafraîchissait le désert de sa gorge. Plus de la puissance qui s'éveillait dans chaque particule de son corps, apaisant la souffrance de ses os et de ses muscles, calmant la rage, l'ouragan de fureur animale, qui l'avait fait sortir de son sommeil et l'avait laissée tremblante et troublée, en boule sur le plancher de la chambre.

Elle voulait encore plus du plaisir qui s'était déclenché sous l'effet de la première gorgée de cet élixir rouge sombre et épicé qui coulait sur sa langue comme du velours liquide venu de quelque autre monde exotique. C'était du sang. Voilà ce que lui disait la partie de son esprit restée ancrée à la réalité.

C'était son sang, le sang de Sterling Chase, l'homme qu'elle aurait dû craindre et peut-être aussi mépriser, l'homme qui n'était en fait pas un homme du tout, mais quelque chose de dangereux et de sauvage.

Elle voulait plus de lui.

Rien qu'à cette pensée, son pouls s'accéléra encore, battant plus fort dans ses veines. Elle sentait son sang circuler, chaud et vivant, dans chacun de ses organes et de ses muscles. Elle entendait presque le bruit de succion de ses cellules, buvant à sa force sombre, se l'appropriant.

Et mon Dieu que c'était bon de le sentir contre elle.

À chaque point de contact, sa peau fourmillait de désir. Elle ne pouvait nier le plaisir qu'elle y trouvait, pas plus qu'elle n'aurait pu nier le besoin d'étancher cette soif qui lui semblait avoir grandi en elle toute sa vie.

Elle s'était sentie si mal avant, au point de penser mourir. Mais, à présent, plus de malaise, plus de faiblesse et de tremblements, plus de cette anxiété qui l'avait si souvent précipitée à la recherche d'un soulagement médicamenteux. Elle se sentait vivante désormais, infiniment, puissamment vivante.

Elle buvait frénétiquement à sa veine ouverte, incapable de douceur. Et elle ne pouvait pas non plus résister à l'autre appétit qui s'élevait en elle, une nécessité impérieuse qui se répandait sur sa peau et au cœur de ses sens en alerte.

Tout lui semblait plus lumineux désormais. Sa tête s'emplissait du parfum capiteux de la peau de Chase et de son sang, qui coulait si généreusement sur sa langue. Elle le respirait, savourait son goût sauvage, se repaissait de la puissance solide de son corps sous elle, de la chaleur des muscles saillants de sa poitrine et de la douceur satinée de sa peau.

Le cœur de Chase battait aussi fort que le sien, un battement qu'elle sentait aussi, d'une certaine façon, dans ses propres veines. Elle ressentait le pouvoir de son désir d'homme, un désir qui attisait encore le sien.

Tavia se mit à gémir, perdant le peu de maîtrise qui lui restait.

— Plus, chuchota-t-elle contre sa peau.

Ses hanches bougeaient à présent d'elles-mêmes, audacieuses malgré son inexpérience. Elle ne connaissait plus que le désir ardent qui grandissait et la consumait tandis qu'elle faisait aller et venir son corps vierge contre l'imposant renflement qui ne cédait pas sous ses cuisses écartées. Le frottement délicieux lui procurait un plaisir intense, mais c'était bien loin d'être suffisant pour la satisfaire.

Essoufflée, elle finit par arracher sa bouche à la double perforation qu'elle lui avait faite à la gorge. Elle se redressa et observa son visage tourmenté. Derrière ses lèvres entrouvertes, ses crocs affûtés comme des dagues étincelaient de blancheur.

— Je t'en supplie, murmura-t-elle, attentive seulement aux exigences de sa nouvelle conscience, d'une voix rendue sifflante par le désir. (Pour bien se faire comprendre, elle balança le pelvis d'avant en arrière.) Je t'en prie, soulage-moi !

Sur le point de refuser, il poussa un grognement rauque.

Mais il leva la main et vint lui prendre la nuque pour l'amener jusqu'à sa bouche et l'entraîner dans un baiser sauvage.

Chapitre 15

Tavia répondit avec ardeur lorsqu'il poussa sa langue dans sa bouche brûlante. Elle l'embrassa en retour avec une passion qui ne le cédait en rien à la sienne, malgré quelques maladresses au départ, qui lui firent par exemple cogner sa langue contre les crocs de Chase. Mais ça ne dura pas, elle apprenait vite.

Toujours à califourchon sur lui, elle remuait les hanches sur le même rythme exigeant que celui des plongées agressives de sa langue. Chase n'avait jamais connu sensation plus érotique que ses crocs féminins effleurant les siens. Leur pointe éraflait ses lèvres tandis qu'il augmentait la pression de sa bouche sur celle de Tavia, dont le mordillement le rendait fou.

La respiration haletante, le cœur battant à un rythme endiablé, il lança un grognement et s'écarta soudain d'elle. Lui lâchant la nuque, il attrapa la fermeture Éclair qui fermait le devant de son sweat et la descendit pour contempler sa peau nue. Les dermoglyphes de Tavia pulsaient de couleurs sombres. De magnifiques arabesques jouaient sur ses clavicules et sur sa poitrine, pour disparaître sous le soutien-gorge noir qu'il lui avait acheté. Il l'avait choisi en hâte, attrapant un modèle simple en coton qui lui avait semblé correspondre à sa taille. Et pourtant il n'aurait pu être plus sexy sur elle s'il avait été fait de dentelle et de satin. Ses petits seins mutins et pleins d'allant le remplissaient à merveille.

Chase ouvrit le fermoir frontal de l'index et du pouce, puis lui enleva le sous-vêtement. De jolies fioritures pulsant de nuances bordeaux et indigo couraient autour de ses tétons rose sombre. C'étaient les couleurs du désir, peintes partout sur sa peau laiteuse comme par le pinceau d'un artiste. Il se reput de cette vision et laissa échapper un soupir.

— Quelle merveille ! murmura-t-il d'une voix rauque.

Puis il souleva le buste pour prendre l'un de ces bourgeons exquis en bouche. Il suçait avec toute la prudence dont il était capable, ne voulant surtout pas érafler sa peau délicate avec ses crocs. Il ne voulait pas non plus la blesser et encore moins lui percer la peau et la faire saigner. Son appétit sexuel l'avait déjà emporté si loin qu'il aurait été incapable de résister à la moindre goutte de son sang.

Même si, à cette seule idée, il sentait son sexe se raidir d'anticipation frustrée.

Tavia gémissait tandis qu'il tournait le bout de sa langue autour du bout durci de son sein. Il sentait son désir vibrer en elle. Sa chaleur l'envahissait malgré leurs vêtements et chaque balancement de son bassin entamait un peu plus le peu de self-control qui lui restait.

Les yeux fermés, elle rejeta la tête en arrière avec un long gémissement tandis qu'il continuait à la téter, passant d'un sein délicieux à l'autre. Il contemplait la passion jouant sur sa peau, les sombres ornements de ses glyphes passant d'une nuance à l'autre en variant d'intensité, vraie danse de couleurs qui s'étendaient sur sa poitrine pour rejoindre son ventre plat. Sa taille était si fine qu'il pouvait probablement en faire le tour de ses deux mains.

C'est d'ailleurs ce qu'il fit un instant plus tard pour la faire rouler sur le dos, suivant le mouvement pour se retrouver à son tour sur le dessus, le pelvis juste entre ses cuisses. Il bascula alors le bassin sans ménagement, histoire de lui donner un échantillon de ce qui allait suivre.

Elle grogna alors qu'il s'écartait doucement. Quand elle ouvrit les yeux, son regard foudroya Chase de son feu ambré. Elle prit sa tête entre les mains et le tira vers elle pour un baiser plein d'exigence.

— Plus, lui souffla-t-elle dans la bouche.

Puis elle le mordit de nouveau, avec une intensité qui se répercuta délicieusement jusqu'à son membre.

Grognant à son tour, il se recula sur les genoux au-dessus d'elle. Mains tremblantes, il attrapa la ceinture de son pantalon de jogging et le tira d'un coup avec sa culotte le long de ses cuisses.

Ah, Seigneur! Il y avait là d'autres glyphes superbes, caressant les courbes de ses hanches et mettant en valeur la délicate toison de boucles sombres qui couvrait son sexe. Il glissa les doigts entre ses jambes et la trouva chaude et étroite. Si merveilleusement étroite.

Il grogna encore, s'enivrant de son odeur, un parfum à la fois si généreux et si exotique, si innocent et si sauvage. Il ne put résister à son envie de la goûter. Les yeux rivés à ceux de Tavia, il porta les doigts à la bouche et lécha sa douceur.

Elle se tortillait sous lui, haletante, le regard brûlant, le visage déformé par l'anticipation. Son odeur s'intensifia, augmentant le désir de Chase d'autant.

Il défit son pantalon et le baissa aux genoux, sifflant sous l'effet de l'air frais sur son sexe échauffé. Il ne pouvait plus attendre pour la pénétrer. Pas le temps de se déshabiller complètement, son désir était trop fort.

Quand il présenta son gland devant son sexe, Tavia lui agrippa les épaules. Et lorsqu'il plongea en elle d'une seule poussée, elle cria en enfonçant ses ongles dans sa chair.

Il se rendit vaguement compte d'à quel point son sexe était étroit et une pensée alarmante se fit jour dans son cerveau submergé par le désir. Était-elle vierge ? Non, ce n'était pas possible.

Mais son cri s'était transformé en un gémissement sourd où se mêlaient plaisir et douleur. Et maintenant qu'il était en elle, il ne pouvait plus s'empêcher d'aller et venir dans sa chaleur intime.

Alors qu'il s'enfonçait plus profondément à chaque poussée, elle ouvrit lentement les yeux. Son regard d'ambre se riva au sien, perçant et fiévreux, tandis qu'il augmentait son rythme pour répondre aux battements furieux de son cœur. Tavia écarta les lèvres sur ses crocs étincelants pour laisser échapper un soupir tremblant.

Il sentit sa jouissance proche. Les douces ondulations de son sexe agrippèrent son membre tandis que les premiers spasmes s'emparaient d'elle. Elle respira plus bruyamment, se raidissant sous lui tandis qu'il s'enfonçait encore en elle, de plus en plus vivement.

— Voilà, murmura-t-il d'une voix rauque. Tu le voulais. Prends-le maintenant.

Elle laissa échapper un cri étranglé tandis que son corps se mettait à trembler. Ses mains étaient toujours refermées comme des étaux sur les épaules de Chase. Puis sa gorge se tendit sous l'effet d'un hurlement sauvage de jouissance. Chase continua à aller et venir en elle, tout à la tension érotique de son sexe serré autour du sien, les spasmes de l'orgasme de Tavia lui arrachant un juron.

Son propre désir était lui aussi sans pitié. Il s'enfonçait toujours plus loin et plus fort dans la chaleur de son sexe, poussé par un instinct basique. Ses sensations étaient d'une intensité incroyable et soudain, resurgissant de derrière son plaisir, il sentit se réveiller ce désir plus sombre qu'il avait fini par laisser reprendre le dessus. La soif s'attaquait de nouveau à lui en prédateur profitant de son plus grand moment de faiblesse.

Malgré lui, le regard de Chase se riva à la gorge vulnérable de Tavia. Il parvint à le détourner au prix d'un effort si considérable que tout son corps en trembla.

À moins que ce ne fût l'effet du plaisir fantastique qu'il ressentait.

Ça ne faisait pas si longtemps qu'il n'avait pas baisé, mais les femelles humaines avec lesquelles il copulait à sa convenance ne lui avaient jamais donné de plaisir. Une délivrance, certainement. Mais une bonne bagarre lui permettait tout aussi bien de décompresser. Il pouvait gérer la douleur. Il la recherchait en fait, et plus le combat était brutal, mieux c'était pour lui. C'était grâce à ça qu'il s'en était sorti les derniers mois, période au cours de laquelle son addiction avait atteint un pic. C'était grâce à la libération régulière de son agressivité qu'il était parvenu à tenir, espérant échanger une ivresse infernale pour une autre. Une approche dangereuse, mais la seule qu'il ait eue à sa disposition.

Cela faisait un bon moment qu'il ne s'était pas laissé aller au plaisir. La douleur et la brutalité étaient des options bien plus sûres pour lui. Ça lui permettait de garder la tête claire et les pieds sur terre. Ce qui n'était pas le cas en ce moment.

À présent, il avait bien du mal à penser correctement alors que le plaisir que lui procurait le corps de Tavia et sa soif de sang se disputaient son âme.

Il risqua un nouveau regard vers elle et vit qu'elle l'observait intensément. Son orgasme avait reflué mais il la sentait sur le point d'en avoir un autre. Il savait qu'il devait mettre un terme à tout ça avant que les assauts de sa soif de sang ne viennent à bout de sa résistance. Mais sa libido ne voyait pas les choses comme ça. Il balança les hanches en avant d'un coup puissant.

Il s'enfonça en elle sans la quitter des yeux.

— Plus ? demanda-t-il d'une voix qui avait du mal à quitter sa gorge sèche.

La réponse de Tavia lui parvint sous la forme d'un sifflement de ravissement entre ses dents et ses crocs étincelants.

— Oui.

Cet acquiescement contenait sa propre part de tourment. Parce que Chase ne pensait plus avoir une maîtrise suffisante pour s'arrêter désormais. Même si elle le suppliait de le faire.

Tavia s'accrocha à ses larges épaules alors qu'une nouvelle vague d'extase l'emportait, submergeant tous ses sens, la faisant sortir d'elle-même sous l'intensité de tout ce qu'elle ressentait. Elle ferma les yeux, incapable de parler. Incapable aussi de respirer, sauf pour laisser échapper le soupir de plaisir qui semblait venir du plus profond de son être.

Elle se sentait électrique, chaque nerf à vif, fourmillant de sensations.

Il y avait bien une sourde douleur entre ses jambes, mais elle n'en était que vaguement consciente, toute à la transformation extrême qu'elle subissait. Toute son existence se retrouvait emportée dans un ouragan de douleur et de plaisir, de confusion et de clarté.

Elle ouvrit les yeux et contempla la source de tout ce qui lui arrivait.

Chase. Irréel, diaboliquement beau, il flottait au-dessus d'elle tandis que son corps absorbait les violents impacts de ses poussées successives. Elle ne pouvait le lâcher du regard, le mince fil de sa conscience hypnotisé par la beauté impie de ses yeux de feu et les marques qui s'épanouissaient sur ses pectoraux et ses bras puissants.

Des marques qui pulsaient de couleurs sombres, exactement comme les siennes.

Tout cela ressemblait à une espèce de rêve gothique, et pourtant elle était en train de le vivre, de le ressentir dans chacune des cellules et des fibres de son corps si vivant. Elle se balançait sous lui, entraînée par son rythme exigeant. Elle voyait la tension de ses traits sauvages se répandre dans ses épaules massives et le long des courbes rigides de son grand corps.

Avec un sourd grondement, il intensifia le tempo et ses crocs tranchants s'allongèrent encore derrière ses lèvres écartées. Ses pupilles de chat se rétrécirent davantage et son regard descendit pour se river sur sa gorge. Sa bouche se tendit, ses lèvres pleines retroussées tandis qu'il allait et venait en elle avec une agressivité croissante.

Elle savait qu'elle aurait dû avoir peur. Elle savait que rien de tout ça n'aurait dû se produire, pas dans le cadre de la réalité qu'elle était capable d'appréhender en tout cas.

Mais elle n'éprouvait pas de crainte. Seulement une anticipation instinctive tandis que son corps amortissait celui de Chase et que sa tête s'inclinait sur le côté, comme si elle était tirée par des ficelles invisibles, pour lui donner accès à son cou.

— Oui, s'entendit-elle murmurer alors que ses va-et-vient devenaient encore plus impétueux.

Il avait les yeux rivés sur sa gorge avec voracité et il ne cillait plus. Tavia déglutit, envahie par le besoin irrépressible de sentir ses crocs pénétrer sa chair. Elle lécha ses lèvres desséchées, assoiffée de lui de nouveau.

Lorsqu'elle attrapa sa nuque de la main, il se tendit et siffla comme si elle l'avait brûlé. Il poussa un grognement furieux, son visage se déforma en une grimace de douleur et il accéléra encore le rythme. Son regard devint plus chaud, embrasant sa gorge exposée d'un feu qu'elle sentait à présent lui parcourir tout le corps.

La pression augmentait, s'accumulant vers quelque chose d'énorme et de fantastique. Tavia en suivait la progression avec lui, ébahie devant la naissance soudaine d'une nouvelle jouissance fracassante. Il laissa tomber sa tête à côté de la sienne et elle perçut son souffle sur la peau de son cou. Pendant un très court instant sa bouche effleura la courbe sensible de son épaule. Tandis que son plaisir approchait de son paroxysme, elle retint sa respiration dans l'attente de sentir ses crocs plonger dans sa chair, un acte qu'elle désirait à présent de toutes ses forces.

— Non, lâcha-t-il alors d'une voix rauque. Bon Dieu, non !

Et avec un juron maugréé contre son oreille, tout s'arrêta. Il se retira en roulant loin d'elle si vivement qu'elle ressentit son absence comme une gifle. Son large dos se plia et ondula tandis qu'il se mettait debout, sa colère manifeste trahie par sa hâte. Il remit son pantalon brusquement et s'écarta de l'endroit où elle était encore allongée, hors d'haleine et désorientée, curieusement accablée, mais aussi humiliée.

Le rouge lui monta aux joues tandis qu'elle l'observait entrer dans la salle de bains sans même un regard pour elle. Comme s'il n'avait pas pu s'éloigner assez rapidement. La porte claqua derrière lui mais pas assez fort pour étouffer le rugissement sourd qui s'éleva de l'autre côté.

Abasourdie, Tavia se leva en silence.

Son corps bourdonnait encore de sensations, plus lent à réagir au rejet subi que son esprit. Son pouls continuait à marteler un fort battement continu qui commençait à lui faire mal à la tête. Et tout au fond d'elle la puissance qui venait de se réveiller n'avait pas encore reflué.

Les cicatrices de brûlures qui lui couvraient la peau depuis aussi longtemps qu'elle pouvait s'en souvenir pulsaient et vibraient. Elles n'avaient plus la couleur terne à laquelle elle s'était habituée mais des tons brillants et changeants qui défiaient toute logique et allaient à l'encontre de tout ce qu'on lui avait appris à croire sur son propre compte. Rien chez elle, rien dans son corps et dans cette puissance qui la parcourait en tous sens, n'était normal. Elle le savait à présent.

Elle n'était pas normale !

Un grognement de désespoir lui échappa quand elle sentit la pointe de ses dents reposant sur sa langue. *Non*, se corrigea-t-elle tout de suite, pas ses dents… ses crocs.

— Oh, mon Dieu !

Elle baissa les yeux sur le sang répandu sur ses seins et son ventre. Le sang, sombre et collant, qu'il avait perdu quand elle l'avait mordu.

Elle avait aussi du sang entre les jambes, mais ces quelques taches rose pâle sur ses cuisses n'étaient pas à lui. Tavia gémit, sentant un début de panique monter dans sa gorge tandis que la portée de ce qu'elle venait de faire là, la réalité affolante de tout ce qui s'était produit au cours des deux derniers jours, lui apparaissait en pleine lumière.

Le sexe n'était pas le pire. Oh, non, loin de là ! Elle passerait probablement le reste de sa vie à essayer de se convaincre que c'était la chose la plus stupide qu'elle avait jamais faite, mieux même, que ça ne s'était jamais produit. Mais à ce moment précis, avec les nerfs crépitant plaisamment et le reste comme en apesanteur, elle ne pouvait guère prétendre que le sexe n'avait été rien moins qu'incroyable.

Et sans protection.

Oh, mon Dieu !

— Imbécile, triple imbécile, se morigéna-t-elle à voix basse en retournant à ses vêtements.

Sans lâcher des yeux la porte close de la salle de bains, elle enfila sa culotte, son pantalon, son soutien-gorge et son sweat.

Non, ce qui était beaucoup plus gênant que de s'être débarrassée de sa virginité avec un abandon total et irréfléchi, c'était d'avoir mordu le cou d'un étranger dans un état de flou fiévreux dans lequel elle s'était laissé convaincre qu'ils étaient tous les deux des… Seigneur ! Elle n'arrivait même pas à former le mot dans son esprit, tellement ça lui paraissait ridicule.

Et pourtant, ce n'était pas ridicule.

Elle releva sa manche pour regarder les cicatrices qui n'en étaient pas, leurs couleurs toujours si vivantes et changeantes, passant des nuances d'encre du violet et du bordeaux à un bronze profond sous ses yeux. Et dans sa bouche, ses canines aux pointes acérées étaient toujours allongées même si leur présence était un peu moins notable qu'auparavant. Quant à sa vision, elle était encore en partie teintée d'ambre, mais ça aussi commençait à se calmer.

Non, pensa-t-elle, consternée. Pas ridicule du tout.

Son corps le savait bien, même si c'était contraire à toute logique et à toute raison.

Elle tenta de rejeter tout ça, mais elle eut beau essayer, elle ne put pas se débarrasser du sentiment qu'elle n'avait jamais été plus consciente ni plus présente de toute sa vie. Il lui semblait enfin que son corps lui appartenait.

Comme si un linceul avait été levé de sur sa conscience, elle se sentait vivante pour la toute première fois.

— Non, gémit-elle doucement, luttant pour repousser cette vérité étonnante.

Rien de tout ça ne pouvait être en train d'arriver. Quelques heures plus tôt, elle était encore très malade. Peut-être tout cela n'était-il qu'une énorme hallucination. Après tout, le docteur Lewis l'avait avertie de nombreuses fois qu'une interruption de son traitement, ne serait-ce qu'une dose manquée, pourrait provoquer des complications imprévisibles, mais très sérieuses.

Peut-être était-ce de ça qu'il s'agissait. Peut-être rien de tout cela n'était-il réel. Peut-être son esprit et son corps s'étaient-ils mis à conspirer contre elle dès qu'elle avait omis de prendre ces premières pilules. Peut-être était-elle en train de mourir comme elle l'avait craint, l'avait été depuis le moment où il l'avait enfermée dans cette pièce après l'avoir enlevée à l'hôtel. Mieux valait ça que l'autre possibilité, si dérangeante. Son corps et son esprit étaient en train de mourir en traversant un fantasme terrible qui avait commencé avec le cauchemar qui l'avait réveillée dans sa chambre chez elle avec ses visions de sang, de sexe et d'un homme qui n'en était pas un.

S'accrochant à cette logique de toute son âme, elle alla récupérer la paire de baskets qui attendait dans une boîte près du lit.

Pas vrai, se dit-elle en déchirant le papier de soie pour récupérer les Nike toutes neuves dans la boîte. Ce n'était pas vrai, c'était juste un jeu incroyablement tactile et détaillé de son imagination, d'un cerveau probablement en train de mourir par manque de médication.

— Qu'est-ce que vous faites ?

Il était sorti de la salle de bains sans qu'elle s'en rende compte.

Pas vrai, se remémora-t-elle. Il n'était pas nécessaire de lui répondre, ni même de reconnaître sa présence. Se concentrant sur l'opération consistant à démêler les lacets de la paire de baskets, elle fit une tentative désespérée pour l'ignorer.

Mais ça ne marchait pas.

Il n'avait rien d'une hallucination. Il était de chair et de sang, deux mètres de mâle musclé presque nu. Il semblait plus calme à présent, mais pas moyen de ne pas voir la lueur de braise de ses yeux. Sans parler des pointes acérées de ses crocs. La panique émergente forma un nœud au fond de sa gorge.

— Tavia, il faut qu'on parle.

— Non, je ne crois pas. On en a fait assez, j'imagine.

Elle mit la première chaussure et la laça rapidement.

Il vint à elle en fronçant des sourcils sombres sur ces yeux inhumains.

— Il y a des choses que vous devez comprendre. Seigneur ! Il y a des choses que moi je dois comprendre à votre…

— Taisez-vous ! l'interrompit-elle sèchement, l'inquiétude commençant à la travailler encore plus vivement que l'embarras ou la confusion générés par son départ soudain quelques minutes auparavant. (Elle fourra le pied dans l'autre chaussure et serra les lacets d'un coup sec.) Et si j'étais vous, je ferais en sorte de rester très loin de moi, ou bien je vous promets que je porterai plainte. Je peux m'arranger pour que vous ayez tous les flics de l'État à votre porte en cinq minutes. Sans compter un bataillon d'agents du FBI.

Il eut le culot d'émettre un petit rire, même si ne s'y entendait pas beaucoup d'humour.

— Porter plainte ? Mettre les flics à mes trousses ? Mais ma chérie, je constitue un problème qu'aucun membre des autorités humaines ne va résoudre pour vous. Après ce qui vient de se passer entre nous, il devrait être évident pour vous que nous avons tous deux de gros problèmes.

Elle se leva et ses yeux croisèrent son regard sérieux.

— N'essayez pas de me retrouver ! Ne vous approchez plus jamais de moi ! Je veux juste oublier que tout ça est arrivé. Je veux simplement rentrer chez moi.

Elle s'avança pour le contourner, mais il lui prit le bras fermement, ne la lâchant pas quand elle tenta de se libérer.

— Lâchez-moi, nom de Dieu !

Il secoua la tête, le regard sévère.

— Vous n'avez nulle part où aller.

— Je rentre chez moi !

Elle s'arracha à son étreinte, l'indignation lui faisant bouillir le sang. Elle sentait sa peau picoter sous la chaleur qui montait en elle. Et elle n'eut pas besoin de voir ses cicatrices, ou plutôt les marques inexplicables qui couvraient son corps, pour savoir qu'elles pulsaient de nouvelles couleurs à présent, réagissant à son humeur comme une sorte de baromètre émotionnel. Elle contourna Chase et se dirigea vers la porte ouverte de la chambre.

Mais il fut sur le seuil avant qu'elle ne l'atteigne.

Tavia resta bouche bée, ne s'arrêtant qu'à quelques centimètres de sa poitrine nue.

— Sortez de mon chemin !

— Vous n'irez nulle part.

Le visage de Chase était plus que sérieux à présent. Il y avait une menace dans ses yeux qui n'étaient pas de ce monde, l'avertissement qu'il n'aurait aucun scrupule à utiliser la force pour l'obliger à rester tant qu'il le jugerait nécessaire.

Tavia se hérissa devant la menace.

— J'ai dit : « Cassez-vous ! » Il faut que je voie ma tante. Je dois appeler mon médecin. Pourquoi êtes-vous incapable de comprendre que je ne suis pas bien ?

— Quoi que vous soyez, murmura-t-il, sa voix profonde dénuée d'émotion, ce n'est pas « pas bien ». Vous êtes effrayée et troublée. D'ailleurs, je ne suis moi-même pas en très bon état de ce côté-là non plus en ce moment. Quoi que vous ayez traversé, quoi que vous soyez, nous avons besoin de réponses, Tavia. Et je vais vous aider à les obtenir.

Elle secoua la tête, ne voulant rien entendre et toujours incapable de faire le tri dans ce qu'elle ressentait.

— Tout ce dont j'ai besoin, c'est de rentrer chez moi. Et tout de suite.

Quand elle tenta de passer à côté de lui de nouveau, il leva les deux bras sur le chambranle de la porte, l'enfermant dans la pièce avec son corps.

— Dès la nuit tombée, je vous emmènerai dans un endroit sûr. Je connais des gens qui pourront vous aider à comprendre tout ça. Des gens beaucoup plus aptes à s'occuper de vous que je ne le suis.

— Je n'ai pas besoin que quelqu'un s'occupe de moi. Et sûrement pas vous ni quiconque de votre connaissance.

Il soupira, laissa tomber les bras et se mit à avancer, la forçant à reculer.

— Vous ne me faites pas confiance.

— Non.

— Ce n'est probablement pas idiot, vu ce qui a failli se passer ici.

« Failli se passer » ? Elle était déjà assez préoccupée comme ça par ce qui s'était réellement passé. Elle recula d'un pas, moins par peur que sous l'effet de l'indignation. La fureur s'accumulait dans son ventre, se mêlant aux restes de la puissance bourdonnante qu'elle sentait encore fuser dans ses veines.

— Je ne vous fais pas confiance à cause de tout ce que vous avez fait. À cause de tout ce que j'ai vu ici. Je ne suis même pas sûre de pouvoir me faire confiance à moi-même. Rien de tout ça n'a de sens pour moi.

— Ça en a, répondit-il d'une voix égale. Simplement, vous préféreriez que ça n'en ait pas.

— Taisez-vous ! (Elle secoua la tête vigoureusement, la colère et la peur alternant dans sa gorge.) Je ne veux plus rien entendre. Je veux juste me tirer d'ici.

— C'est hors de question, Tavia.

Lorsqu'il tenta de l'attraper de nouveau, quelque chose explosa en elle. C'était sa rage et sa panique qui lui sortaient du corps sous l'effet d'un pur réflexe physique. Avant qu'elle ait pu penser son acte, avant même qu'elle prenne conscience que son bras bougeait, elle le poussa de toute sa puissance. Il vola en arrière comme s'il avait été brusquement tiré par un câble, mais une seconde plus tard il avait retrouvé ses marques.

En moins d'un clin d'œil il était de nouveau devant elle à la surplomber, narines frémissantes, regard en feu.

— Mais bordel, je ne vais pas vous faire de mal.

Elle n'osa pas le croire. Et elle n'attendit pas de savoir si elle le pouvait. À l'instant même où elle sentit ses doigts se poser sur son bras, elle tira l'autre et lui envoya son poing dans la figure.

Il y eut un craquement sinistre dans la mâchoire de Chase et, à l'intense étonnement de Tavia, il finit au sol sous la force de l'impact. La puissance sonore du juron qu'il lança en se relevant à genoux fit trembler le verre brisé de la fenêtre hâtivement barricadée derrière eux.

Tavia n'attendit pas le round suivant. Alors qu'il tentait encore de se remettre du coup reçu, elle fila hors de la chambre et à travers la grande maison jusqu'à son hall au sol de marbre marqueté et à la porte d'entrée, qu'elle franchit pour rejoindre l'animation matinale du quartier résidentiel de Back Bay.

Elle l'entendit beugler derrière elle, mais ne s'autorisa qu'un bref regard dans sa direction en courant de toutes ses jambes sur le trottoir enneigé. Il se tenait sur le seuil, un bras levé pour protéger ses yeux du soleil.

Il resta là, se retirant un peu en arrière à l'abri de l'ombre du hall, la regardant filer dans la rue et héler frénétiquement un taxi en maraude. Celui-ci s'arrêta et elle grimpa dedans en donnant au chauffeur son adresse sans prendre le temps de respirer.

Le taxi se réinséra rapidement dans la circulation en émettant un nuage de vapeur et de gaz d'échappement qui monta comme un voile, faisant disparaître à la vue de Tavia la maison et l'homme qu'elle espérait bien ne jamais revoir.

Chapitre 16

Le sénateur Bobby Clarence semblait avoir été un bon catholique, mais surtout un remarquable politicien. La paroisse qu'il avait rejointe avec beaucoup de clairvoyance à son arrivée de Bangor pour sa première année de droit à Harvard disposait de la plus grande et plus prestigieuse église de Boston. Quelque cinquante ans plus tôt, on avait pleuré dans cette même église un paroissien plus connu comme étant un président très aimé et lâchement assassiné, et Dragos était sûr que ce fait n'avait pas été pour rien dans le choix du jeune Clarence de rejoindre cette communauté.

Même si le sénateur célibataire n'avait aucune famille proche, en ce froid début d'après-midi la police détournait la circulation aux abords de la cathédrale de la Sainte-Croix pour laisser l'espace nécessaire à la foule des participants attendant de rejoindre l'une des deux mille places assises pour ses obsèques. La file des gens venus lui rendre un dernier hommage s'étendait de la double porte rouge à l'entrée jusqu'au trottoir et le long du vaste terrain d'angle sur lequel se dressait la massive cathédrale néogothique.

Dragos était assis dans sa limousine à un pâté de maisons de là, impatient de voir le service commencer. Il prenait un gros risque à s'aventurer ainsi à l'extérieur en pleine journée. Malgré toutes les précautions qu'il avait prises – lunettes de soleil enveloppantes anti-UV, feutre à large bord, longue écharpe tricotée pour protéger tête et cou –, ses gènes vampires presque purs le mettaient en danger. Appartenant à la deuxième génération de la Lignée, il ne pouvait pas supporter plus d'une demi-heure de lumière solaire directe avant que sa peau se mette à cuire.

Mais bon, il fallait bien prendre quelques risques.

Et il y avait certaines choses pour lesquelles il valait la peine de souffrir un peu.

Et pourtant il avait déjà eu son lot de problèmes à cause de l'Ordre. Le meurtre de son Laquais sénateur juste après qu'il l'avait recruté avait été pour le moins fâcheux. Ça le contrariait toujours d'avoir perdu l'humain avant d'avoir pu exploiter à fond son potentiel. Mais de toute façon les plans de Dragos n'auraient pas attendu les quelques années dont aurait eu besoin la trajectoire politique de Bobby Clarence pour atteindre son apogée naturel – certains auraient dit inévitable : la Maison Blanche.

Dragos avait toutefois eu l'intention de l'aider en lui dégageant la route par tous les moyens.

Mais bon, tout ça c'était du passé. Bobby Clarence ne serait bientôt plus que poussière et Dragos avait d'autres options à explorer. En espérant que tout se passerait comme prévu.

— Quelle heure est-il ? demanda Dragos à son Laquais chauffeur pour la énième fois.

— Deux heures moins dix, Maître.

Dragos cracha un juron contre le verre teinté de la fenêtre arrière à côté de laquelle il était installé.

— Il est en retard. Le service ne va pas tarder à commencer. Vois-tu le moindre signe de l'arrivée d'un cortège du Secret Service ? Ou de voitures du FBI ?

— Non, Maître. Voulez-vous que je fasse le tour de la cathédrale pour voir ?

Dragos refusa d'un signe de sa main gantée.

— Laisse tomber. Il est peut-être déjà à l'intérieur. Il faut que j'entre avant le début du service. Roule jusqu'à l'arrière du bâtiment, loin de tout ce monde et des curieux. Je trouverai bien un moyen d'entrer par là.

— Bien sûr, Maître.

Le Laquais tourna le coin pour inspecter le périmètre de la cathédrale. Comme Dragos l'avait espéré, il y avait une petite cour prévue pour l'accès des fournisseurs et du personnel à l'énorme édifice. La grille de fer forgé qui permettait d'y pénétrer était ouverte. Il n'y avait là sur l'asphalte en mauvais état que quelques poubelles et une voiture. Deux portes rouges s'ouvraient dans le mur de la cathédrale.

— Par là.

Dragos montrait la porte la plus lointaine où les ombres de l'après-midi et un auvent offraient une protection à l'éclat du soleil. Le Laquais l'amena jusqu'à la porte. De la musique d'orgue vibrait à travers les murs de l'enceinte sacrée qui s'apprêtait sans le savoir à abriter le déclenchement de la guerre ô combien profane de Dragos. Il sortit de la voiture.

— Attends dans la rue jusqu'à ce que je t'appelle. Ça ne devrait pas prendre longtemps.

Le Laquais hocha la tête en signe de soumission.

— Bien, Maître.

Tavia courut dans la maison, laissant la tante Sarah payer le taxi qui attendait le long du trottoir, car son propre argent, comme ses médicaments, était resté dans son sac à main la nuit précédente à l'hôtel. Elle faillit se trouver mal de soulagement devant l'aspect familier de la maison. Tout le mobilier rococo et les bibelots kitsch posés sur chaque surface disponible, toutes ces choses qui alimentaient depuis si longtemps le désir de Tavia d'avoir un endroit bien à elle, avec ses propres objets arrangés à son goût, lui semblaient d'un coup aussi confortables et accueillants qu'une couette bien chaude.

La maison était normale !

Elle était solide et réelle, alors que quelques instants auparavant encore, elle avait eu l'impression d'être piégée dans une sorte de cauchemar insupportable dont elle ne pouvait s'échapper.

Alors qu'elle s'asseyait à la table de la cuisine, une bouffée d'air glaciale lui parvint de derrière tandis que la tante Sarah rentrait dans la maison.

— Mais où étais-tu tout ce temps, Tavia ? Ne sais-tu pas que je me suis fait un sang d'encre ?

Tavia pivota sur sa chaise pour faire face à la vieille dame, heureuse de la sollicitude qui émanait de ses mains agitées et de ses grands yeux marron désespérés.

— La police est venue hier, informa-t-elle Tavia d'un ton interrogateur en posant les poings sur les hanches. Ils m'ont dit que si j'entendais parler de toi, il fallait que je les appelle sur-le-champ. Bien sûr, moi je pensais que tu étais avec eux. C'est bien ça que tu m'avais dit ? La dernière fois que nous avons parlé, au téléphone, tu m'as dit que tu étais restée dans un hôtel du centre pour aider les policiers dans leur enquête.

Dieu du ciel ! La suite d'hôtel où elle s'était retrouvée avec les policiers… Tout ça lui semblait vieux d'un siècle à présent. Tout ce qui avait eu lieu depuis lui paraissait s'être déroulé le temps d'une vie complète. Tout ce qu'elle voulait désormais, c'était mettre ça derrière elle et reprendre la vie qu'elle connaissait. Cette vie, la seule qu'elle voulait.

— Tu ne m'as jamais menti jusqu'ici, Tavia. Ça va me briser le cœur si tu me caches quelque chose maintenant, après toutes ces années…

— Non. (Tavia prit les mains agitées de sa tante et la fit s'asseoir à la petite table à côté d'elle.) Je ne te mentirais pas, mais il s'est passé beaucoup de choses étranges ces derniers jours. Des choses terribles, tante Sarah. Le tireur de la soirée chez le sénateur… il s'est échappé du poste de police et il a tué le sénateur Clarence.

— Je sais, murmura la vieille dame. On ne parle plus que de ça aux nouvelles. Il y a une chasse à l'homme d'organisée dans toute la Nouvelle-Angleterre pour le retrouver.

Tavia secoua la tête en réfléchissant à la futilité de cette tentative.

— Même si la police le retrouve et parvient à s'emparer de lui, ils ne pourront pas le garder derrière des barreaux. Il s'échappera de nouveau. Il est plus dangereux que n'importe qui pourrait le penser.

La tante Sarah fronçait à présent les sourcils au-dessus d'un regard inquisiteur.

— D'où viennent ces vêtements ? Et où est ton sac à main ? J'étais tellement soulagée de te voir que je n'ai même pas pensé à te demander pourquoi tu n'avais pas d'argent pour payer le taxi…

Tavia avait à peine écouté sa tante et poursuivait.

— On ne peut pas le traiter comme un criminel normal. On ne peut même pas le traiter comme un être humain, parce qu'il n'en est pas un. Il n'est pas humain.

— Tu as l'air vraiment mal fichue, ma chérie.

La tante Sarah posa les doigts sur le front de Tavia, puis, avec un claquement de langue, prit une de ses mains et la serra entre ses paumes douces et fraîches. Sa peau avait quelque chose de semblable à de la cire contre la chaleur de celle de Tavia.

— Est-ce que tu te sens bien ? Quand as-tu pris tes médicaments pour la dernière fois ?

— Bon Dieu, est-ce que tu pourrais arrêter de t'agiter et m'écouter ?

La vieille dame se tut immédiatement et, sur la défensive, posa un regard mal assuré sur Tavia.

— Cet homme, il est entré par effraction dans la suite juste un peu après que je t'ai appelée, tante Sarah. Il a tué un policier et assommé deux agents fédéraux. Puis il est entré dans la chambre où je me trouvais et il m'a emmenée.

La tante Sarah lui parut soudain presque de marbre. En tout cas, elle ne se mit pas à gesticuler quasi hystériquement comme elle le faisait chaque fois que Tavia avait le moindre pépin. Sans ciller, elle observait Tavia d'un air sérieux et contemplatif.

— T'a-t-il touchée, Tavia ? Est-ce qu'il t'a… fait quoi que ce soit ? T'a-t-il fait du mal ?

Tavia eut bien du mal à répondre à cette question. Il ne l'avait pas physiquement blessée, même si la menace lui en avait semblé très réelle à un moment.

— Il m'a emmenée à un endroit où, je crois, il avait vécu. Il m'a attachée. Il n'a pas arrêté de me demander qui j'étais vraiment. Il semblait ne rien croire de ce que je lui disais.

Il y eut un long silence pendant lequel la vieille dame parut absorber ces paroles.

— Que lui as-tu dit, Tavia ? finit-elle par demander.

Tavia haussa les épaules et secoua lentement la tête.

— Je lui ai dit que je n'étais personne en particulier, que je voulais simplement rentrer chez moi. Je lui ai dit que j'étais très malade et que j'avais laissé mes médicaments à l'hôtel…

En entendant ça, la tante Sarah poussa un petit cri.

— Tu ne les as pas pris depuis deux nuits ? (Elle se leva.) Il faut que j'appelle le docteur Lewis immédiatement. Il va devoir venir ici pour te donner un traitement d'urgence.

Tavia lui prit la main, l'obligeant à rester assise.

— Tante Sarah, quelque chose de très étrange m'est arrivé aujourd'hui. Je n'ai pas encore la moindre idée de comment l'interpréter, mais…

Elle tira la manche de son sweat pour dégager son avant-bras. Les marques étaient revenues à leur couleur habituelle, légèrement plus foncée que celle de sa peau.

— Oui ? interrogea la tante en regardant son avant-bras découvert. Dis-moi… Est-ce que tes cicatrices te font souffrir ? Parce que le docteur Lewis peut sûrement te prescrire quelque chose pour ça…

— Ce ne sont pas des cicatrices, murmura Tavia.

Elle fit courir ses doigts sur le réseau d'arabesques, ne sentant rien d'inhabituel.

— Je ne sais pas ce que c'est exactement mais, il n'y a pas longtemps, ces marques étaient d'une couleur différente. Elles étaient… Je ne sais pas vraiment comment t'expliquer. D'une certaine façon, elles étaient… comme vivantes.

La tante Sarah avait le regard plongé dans les yeux de Tavia, pas sur ses marques.

— Elles m'ont l'air tout à fait ordinaires, ma chérie. Je ne vois rien qui cloche.

— Non, répondit Tavia. Et moi non plus. Enfin, plus maintenant. (Ce qui la fit s'interroger une fois de plus, et espérer avec force que la transformation qu'elle pensait avoir vécue n'avait été qu'une hallucination.) Et mes yeux, tante Sarah ? Ils sont comment ?

— Toujours aussi verts et toujours aussi beaux, répondit la vieille dame gentiment. Mais ces cernes noirs me soucient beaucoup. Il faut que tu te reposes et que tu prennes tes médicaments.

— Et mes dents ? insista Tavia. Rien d'étrange à ce niveau-là ?

Le regard de la tante vira à la commisération, mais Tavia fit quand même passer sa langue le long de ses dents, n'y trouvant que le léger chevauchement de celles du dessus qu'elle avait toujours eu.

— Maintenant je vais appeler le docteur Lewis, d'accord ? dit la vieille dame, s'adressant à elle comme si elle avait été stupide. (Et de fait, cela n'avait rien de très étonnant, étant donné les choses bizarres qu'elle venait juste de raconter.) Il me reste des médicaments pour toi dans le placard de l'entrée. Je vais t'en chercher pour que tu puisses en prendre en attendant le docteur. Entendu, ma chérie ?

Tavia acquiesça et la tante Sarah la laissa seule dans la cuisine, fatiguée après tout ce qui s'était passé, se demandant s'il s'agissait d'une nouvelle réalité ou d'une construction de son esprit.

Elle n'avait pas l'intention de parler du sexe. Ça au moins elle était sûre que ça s'était produit. Pas question non plus de mentionner le sang sur son corps, même si cela aurait pu l'aider à prouver ses dires. En parler à la tante Sarah n'aurait pu que pousser celle-ci à l'examiner sur tout le corps ou, pire, à la faire examiner par le docteur Lewis, dont elle voulait à tout prix éviter les mains et les instruments glacés.

— Voilà, lança la tante Sarah, qui arrivait les mains pleines de flacons de verre brun. (Elle les déposa devant Tavia, puis alla jusqu'à l'évier pour remplir un verre d'eau.) Vas-y, prends-les ! Tu te sentiras mieux après, tu le sais bien.

Tavia sortit des flacons les pilules et gélules variées qui constituaient la dose de médicaments qu'elle prenait trois fois par jour. Elle les avala avec de grandes gorgées d'eau, frissonnant au passage du liquide froid dans son corps.

— J'ai besoin d'une douche, murmura-t-elle, décompressant rapidement maintenant qu'elle se retrouvait en terrain connu. J'ai très soif et je suis crevée.

— Rien d'étonnant. (La tante Sarah l'aida à se relever.) Va te rafraîchir et te reposer. Je vais appeler le docteur tout de suite. Je suis sûre qu'il sera là dans l'heure.

Chase fit de son mieux pour enlever les taches de sang du sol de la chambre, tout en se demandant pourquoi il s'en préoccupait. Cela faisait plus d'un an que personne n'habitait le Havrobscur, et il n'avait évidemment aucune raison d'y revenir lui-même un jour. Seuls de mauvais souvenirs et la honte l'attendaient dans ces murs.

Et la cerise sur le gâteau, c'était ce qui venait de se passer entre lui et Tavia.

— Seigneur, je suis décidément doué pour tout foutre en l'air.

Il réunit les morceaux de papier essuie-tout qu'il avait arrachés à un vieux rouleau jauni découvert dans la cuisine, et les jeta dans la poubelle de la salle de bains avec les pansements, et l'aiguille qu'il avait utilisée un peu plus tôt pour se recoudre lui-même.

Comme il s'approchait du lavabo, son regard accrocha le flacon argenté qui contenait l'Écarlate. Il le prit et le garda un moment en main en le faisant rouler dans sa paume. Un moment, il envisagea d'ouvrir le bouchon scellé à la cire et de jeter le poison que contenait le flacon dans les toilettes.

Mais ses mains refusèrent d'accomplir ce geste décisif.

Moins bouée de sauvetage que moyen rapide d'en finir définitivement, cette dernière dose d'Écarlate était pour lui une porte de sortie dont il craignait d'avoir besoin rapidement.

On n'était encore qu'au milieu de l'après-midi et sa soif de sang le tenaillait déjà, si elle l'avait jamais lâché. De ça, il n'était plus sûr. Ce besoin terrible faisait pratiquement partie de lui. Combien de temps cela prendrait-il avant qu'il le possède complètement ?

Vu comme il avait été proche de mordre la gorge de Tavia ce jour-là, il était clair que sa plongée dans la Soif sanguinaire s'accélérait.

Rien qu'à cette pensée et au souvenir du plaisir incroyable qu'il avait eu en la pénétrant, son sang se mit à circuler comme de la lave dans ses veines pour venir gonfler son sexe. Et ce qui n'arrangeait rien, c'était la tension qu'il avait gardée suite au coït interrompu qu'il s'était imposé pour s'empêcher de planter les crocs dans la gorge de Tavia alors qu'il approchait de l'orgasme.

Il ne résista pas au besoin de se soulager tout seul pour se sortir du système. Le flacon d'Écarlate serré dans la main qu'il posa contre l'étagère de granit, il prit son membre de l'autre et se masturba furieusement au-dessus du lavabo. Mais le cri qu'il poussa en éjaculant était plus de libération que de jouissance.

Il sentit que cela l'avait aidé à se calmer un peu, mais son besoin de sang demeurait. Et maintenant qu'il avait goûté à Tavia Fairchild, il savait bien qu'il n'était plus question pour lui de l'approcher.

Il y avait eu une époque, qui lui semblait à présent très lointaine, où tout ce qui comptait pour lui s'appelait « retenue » et « honneur ». Il s'était conformé à des normes exigeantes et à des idéaux élevés, refusant tout ce qui n'était pas la perfection. Comme son père et son frère avant lui, il s'était montré un auxiliaire impeccable de la loi de la Lignée, sans pitié quand il lui fallait traiter avec ceux qui étaient incapables de maîtriser leurs besoins égoïstes.

En fait, il avait été un connard suffisant, qui s'était cru bien au-dessus du reste des pauvres masses, qu'elles appartiennent à la Lignée ou à l'humanité.

C'était risible !

Il avait fini par devenir ce qu'il méprisait le plus. Et pire encore, il avait entraîné dans la galère dont il était responsable une jeune femme innocente et apeurée.

À l'heure qu'il était, elle était probablement en train de tout raconter aux flics. Voire même aux médias. Encore un beau merdier de sa fabrication qu'il allait falloir nettoyer sans tarder. Il n'aurait jamais dû la laisser partir comme il l'avait fait. Il y avait trop de choses qu'il devait lui expliquer. Trop de choses qu'elle devait savoir afin de comprendre ce qu'elle était vraiment.

Une femelle de la Lignée !

Non seulement ça, mais une femelle de la Lignée avec des dermoglyphes de Gen-1 et l'aptitude inexplicable à se promener sans problème en plein jour.

Bordel de merde !

Il était toujours aussi secoué à cette idée. L'existence de Tavia lui paraissait même de plus en plus invraisemblable. Et ce qu'il y avait de plus perturbant, c'était de se dire que la seule explication possible était qu'il s'agissait d'une créature créée par Dragos.

Ce salopard avait dû la concevoir dans l'un de ses laboratoires par manipulation génétique, ce qui constituait pour la Lignée le pire des blasphèmes. Les bébés étaient sacrés et ne pouvaient faire l'objet d'expériences scientifiques. Tous les membres de la Lignée savaient ça. Et tous souscrivaient à ce principe de base.

Mais pas Dragos !

Ses laboratoires de génétique secrets avaient bien produit une armée d'assassins Gen-1, alors pourquoi pas ça ?

Mais que comptait-il en faire ? Il semblait évident à présent que Tavia n'était pas consciente qu'elle était autre chose qu'humaine. Sa vraie nature et ses manifestations physiques avaient été d'une façon ou d'une autre empêchées de se manifester. Avec des médicaments ? La « maladie » dont elle prétendait souffrir était-elle en fait la conséquence de la lutte que son corps menait pour nier ce qui chez elle appartenait à la Lignée ?

— Seigneur ! cracha-t-il.

Il se lava rapidement et nettoya le lavabo en toute hâte. Il fallait absolument prévenir l'Ordre sans tarder.

Le problème était qu'il ne savait absolument pas où ils étaient ni comment les joindre. Il avait tout fait pour être désormais indésirable auprès de Lucan et du reste des guerriers. *Persona non grata*, voilà ce qu'il était à présent, et peut-être pour toujours.

Mais il connaissait quelqu'un qui serait peut-être prêt à intervenir. Quelqu'un qui serait peut-être prêt à prendre Tavia Fairchild sous sa protection. Dieu sait que Chase n'était pas le candidat idéal pour cette mission !

Ce qui signifiait qu'il allait devoir demander une faveur exceptionnelle, peut-être la dernière, à son ancien collègue de l'Agence du maintien de l'ordre, Mathias Rowan.

Chapitre 17

Elle ne parvenait pas à dormir.

Après une longue douche chaude, Tavia avait enfilé des vêtements bien à elle avant de s'allonger sur le lit et de regarder le plafond dans un état d'anticipation tranquille. Mais elle était bien incapable de dire ce qu'elle attendait. Et elle avait beau s'efforcer de fermer les yeux pour accéder au repos dont elle avait tant besoin, il lui semblait que son corps avait complètement changé de régime.

Il lui semblait entendre son sang battre à ses tempes et courir dans ses veines. Elle avait les muscles gorgés d'une nouvelle puissance et tout en elle vibrait d'une énergie non dépensée. Elle allait se lever pour faire les cent pas dans sa chambre afin de se calmer lorsqu'elle entendit la porte de la maison s'ouvrir.

Un bruit de voix dans l'entrée. La tante Sarah avait ouvert au docteur Lewis et était en train de lui résumer rapidement la raison de son appel. Ils chuchotaient, mais malgré la distance qui la séparait d'eux, Tavia parvint à saisir l'essentiel de leur conversation.

— Ça fait maintenant deux nuits qu'elle n'a pas pris ses médicaments, expliquait la tante Sarah de sa voix calme, où pointait le stress.

La voix de baryton du docteur Lewis n'était guère plus qu'un bourdonnement, qui pourtant traversait les murs jusqu'à la chambre de Tavia.

— Y a-t-il une quelconque manifestation extérieure d'un désordre interne ?

— Non. Mais elle dit avoir constaté des… changements.

Bien que murmuré, ce dernier mot était chargé de signification.

Tavia s'assit sur le lit, se concentrant pour tout entendre.

— Est-ce que ces changements se sont produits quand elle était avec lui ? demanda le docteur Lewis.

— C'est ce que j'ai cru comprendre, oui.

Il y eut une pause dans leur conversation.

— Y a-t-il eu contact avec lui, physique voire… intime ?

Oh, mon Dieu !

Tavia fit la grimace, furieuse de voir combien chaque aspect de sa vie privée pouvait être discuté et disséqué par n'importe qui autour d'elle. Rien que pour ça, elle ne supportait plus d'être malade. Elle n'avait jamais eu d'intimité réelle.

— Je ne sais pas précisément ce qui s'est passé entre eux, répondit la tante Sarah. Elle m'a dit qu'elle avait été entravée. Il lui a posé beaucoup de questions. Elle ne m'a rien dit de plus.

— Hum, hum ! Et comment vous a-t-elle semblé quand elle est arrivée aujourd'hui ? Quoi que ce soit de spécial ?

Tavia entendit les parquets craquer légèrement tandis qu'ils avançaient dans la maison, en faisant toujours attention de parler bas. À en croire son ouïe, ils se tenaient à présent à l'entrée du couloir.

— Elle avait le front chaud, mais pas au point d'être fiévreuse. Et puis aussi le visage un peu rouge. Sinon, je n'ai rien remarqué d'inhabituel.

— Rien d'autre ? grogna le docteur Lewis. Rien que ça, c'est curieux. Quarante-huit heures sans traitement médical de sa condition auraient dû produire une réaction marquée. On l'a bien vu chez les autres.

Les autres ? Transpercée par une angoisse glaciale, Tavia retint un instant sa respiration. *Mais de quoi parle-t-il ? Quelles autres ?*

— Elle s'est plainte d'être fatiguée, ajouta la tante Sarah. Je l'ai envoyée prendre une douche et se reposer un peu.

— Elle dort encore ?

— Oui. Dans sa chambre à l'autre bout du couloir.

— Bien, dit le docteur Lewis. Je vais y jeter un coup d'œil rapide avant de la réveiller et de l'examiner pour l'hospitaliser.

Plus les pas du médecin s'approchaient de la porte fermée de sa chambre, plus Tavia sentait son corps se tendre. L'acuité de ses sens atteignait des sommets à présent, et sa peau picotait comme sous l'effet d'une pluie de milliers de petites aiguilles. Quand elle vit le bouton de la porte tourner et le docteur Lewis apparaître dans l'entrebâillement, elle sursauta.

— Oh, Tavia, tu es réveillée ! (Un léger sourire, partiellement masqué par les poils de sa barbe grisonnante, se dessina sur ses lèvres. Ta tante m'a dit que tu étais allée te reposer.) J'espère que je ne t'ai pas dérangée.

Elle était trop tendue pour se soucier de politesse.

— Qu'est-ce qui ne va pas chez moi, docteur Lewis ?

— Ne t'inquiète pas. Je suis là pour ça, la rassura-t-il en entrant dans la pièce.

Il avait avec lui sa grande sacoche, une sacoche pleine d'instruments froids et de pilules amères que Tavia avait vus bien trop souvent au cours de sa vie.

— Non, non ! Reste assise, dit-il alors qu'elle faisait mine de se lever du lit. Ne te fais pas de souci. Tu es entre de bonnes mains maintenant. Tu vas voir, je vais arranger ça en un rien de temps.

Tavia le regarda d'un air inquiet.

— Il m'arrive quelque chose.

— Je sais, répondit le médecin en hochant la tête. Mais je t'assure qu'il n'y a pas de quoi s'inquiéter. Je vais te donner un traitement aux petits oignons qui va te remonter en un rien de temps. Encore mieux qu'une semaine de thalasso. Qu'est-ce que tu en dis ?

Tavia eut bien du mal à ne pas rétorquer qu'elle n'avait jamais mis les pieds en thalasso. Ce genre de choses n'était pas pour elle à cause de sa santé délicate et de ses problèmes de peau. D'ailleurs il le savait bien, puisqu'il avait été son seul médecin depuis que, encore bébé, elle s'était retrouvée orpheline. Il essayait de plaisanter, de se montrer enjoué, mais il y avait quelque chose d'atone dans sa voix et de terne dans son regard. Elle sentit un frisson la parcourir profondément.

Il s'approcha d'elle au bord du lit.

— Remonte ta manche, s'il te plaît.

Elle hésita, puis se décida.

— Tout semble normal avec ta peau, dit-il. C'est épatant, Tavia. Très encourageant.

Il déchira une pochette en papier qui contenait un tampon d'alcool avec lequel il lui frotta le biceps.

— Combien d'autres patientes comme moi avez-vous traitées, docteur Lewis ?

Il leva les yeux vers elle, clairement surpris.

— Je te demande pardon ?

— Sommes-nous nombreuses à être atteintes de la même maladie ? demanda-t-elle. Qui sont-elles ? Où vivent-elles ?

Il ne répondit pas. Écrasant le tampon alcoolisé et sa pochette dans son poing, il se retourna et les jeta dans la corbeille.

— Je pensais être la seule, reprit-elle, tout en se demandant pourquoi cette révélation lui faisait soudain battre le cœur si vite. (Angoissée, elle n'était plus si sûre de vouloir connaître la réponse.) Pourquoi ne pas m'avoir dit qu'il y en avait d'autres ?

Il gloussa.

— Voilà quelqu'un qui a écouté aux portes ! Tu as toujours été curieuse, Tavia. Dès ton plus jeune âge.

C'est en fouillant dans sa sacoche, et d'une voix évasive et un peu paternaliste qu'il avait dit ça. Et ça la foutait en rogne !

— Combien, docteur Lewis ? Y en a-t-il qui sont mortes de cette… maladie que j'ai ?

— Faisons d'abord en sorte que tu ailles mieux, d'accord ? Nous pourrons parler du reste une fois que tu auras vraiment récupéré.

— Mais je ne me sens pas malade.

— Et pourtant tu l'es, Tavia. (Il laissa échapper un long soupir en retirant plusieurs objets de sa sacoche.) Tu es une jeune femme très malade, et tu as eu beaucoup de chance cette fois-ci. Ce pourrait être très différent une prochaine fois.

En le regardant remplir une grande seringue du liquide clair contenu dans un flacon qu'il avait sorti de sa sacoche, elle sentit son instinct l'avertir d'un danger imminent. Il se retournait vers elle et s'approchait avec la seringue, un sourire glacial aux lèvres.

— Tu te sentiras beaucoup mieux dans quelques instants.

Oh, mon Dieu, non !

Sans savoir ni comment ni pourquoi, Tavia, se laissant guider par son instinct de survie, eut un mouvement de recul, dont la rapidité la laissa pantoise.

Elle s'était retrouvée de l'autre côté de son lit en moins de temps qu'il ne lui en avait fallu pour y penser.

Le docteur Lewis était bouche bée. Mais, loin de se laisser impressionner, il se contenta de s'éclaircir la voix.

— Allons, Tavia, ne complique pas les choses, veux-tu ? Je ne suis pas là pour te faire du mal. Je veux simplement t'aider.

Il alla tranquillement fermer la porte et revint vers elle en tenant solidement la seringue dans sa main. De froid, son sourire était devenu menaçant. Tavia sentit sa peau commencer à la démanger, à devenir chaude et étroite. Ses dents lui faisaient mal et elle sentait sa vision s'affiner, concentrée sur lui comme si c'était une proie sur laquelle elle allait fondre.

Le docteur Lewis inclina la tête de côté et produisit un petit claquement de langue.

— Hou, la mauvaise fille ! Voilà quelqu'un qui n'a pas dit toute la vérité sur où elle est allée et ce qu'elle a fait.

Comme il contournait le pied du lit, Tavia se retourna vers lui.

— Celui qui n'a pas dit la vérité, c'est vous. (En parlant, elle sentit ses crocs érafler sa langue.) Qu'est-ce que vous m'avez donné toutes ces années, hein ? Qu'est-ce que vous m'avez fait ?

— Tavia ? Docteur Lewis ? appela la tante Sarah depuis l'autre côté de la porte fermée. Est-ce que tout va bien ?

— Tante Sarah, reste dehors ! cria Tavia. Je t'en prie, ne rentre pas !

Si son inquiétude pour sa tante était sincère, il y avait aussi le fait qu'elle ne supportait pas l'idée de laisser la vieille dame la voir dans cet état. Elle ne voulait pas que celle-ci, en découvrant que la fille qu'elle avait élevée était en fait un monstre, cesse de l'aimer.

— Tavia, que se passe-t-il ?

— C'est dangereux, cria Tavia. Appelle les secours, mais ne rentre pas ! Le docteur Lewis…

— La femelle a été compromise, l'interrompit le médecin, avec un calme insupportable. Le processus a été activé.

Le processus ? Mais, putain, qu'est-ce que ça voulait dire ? Qu'est-ce qu'il avait bien pu lui faire pendant toutes ces années ?

Mais Tavia n'eut pas vraiment le temps de tenter de répondre à ces questions. Le docteur Lewis plongeait sur elle. Elle vit la longue aiguille de la seringue se diriger vers son visage le long d'une trajectoire rapide et mortelle. Elle fit un bond pour s'en écarter, en un mouvement parfait qui ne lui coûta pas plus d'efforts que sa respiration. Une seconde elle se trouvait devant son assaillant, la suivante elle était derrière lui, accroupie et prête à bondir.

Elle n'eut pas le temps de se demander s'il comprenait qu'il ne pouvait pas gagner contre elle. Il était déjà en train de revenir à la charge, et elle le regardait comme si c'était la première fois qu'elle le voyait. Comment avait-elle pu manquer l'éclat terne de ses yeux auparavant ? Des yeux de requin, morts et froids. Sans âme.

C'était sa nouvelle vision, plus claire, qui lui permettait de voir ça, et elle sut que ses iris émettaient une lumière d'ambre à la faible lueur qui baignait le faciès de meurtrier du docteur Lewis tandis qu'il chargeait une nouvelle fois, brandissant sa seringue comme une arme.

Tavia se précipita sur lui et le fit tomber au sol. Dans sa chute, il se cogna la tête sur le montant du lit. Une entaille sanglante s'ouvrit sur son cuir chevelu. Des globules rouges au parfum âcre de cuivre s'en échappèrent. L'odorat exacerbé de Tavia lui permit de sentir l'odeur fétide qui y était associée. Il était humain, et pourtant… il ne l'était pas vraiment.

Et il n'allait pas renoncer si facilement. Il tenta de la piquer avec l'aiguille, mais Tavia lui attrapa le poignet puis le vrilla jusqu'à ce qu'il casse. Alors que la douleur devait être insupportable, il se contenta d'un grognement. Un grondement se formait dans la gorge de Tavia. Elle tordit le membre cassé et vint plonger la seringue et son contenu dans la poitrine du vieil homme.

Il se mit immédiatement à siffler et à tousser. Une écume épaisse lui vint aux lèvres, les yeux semblèrent vouloir lui sortir de la tête, sa mâchoire s'affaissa soudain et la bave se mit à couler le long de son menton. Puis, après une dernière convulsion, il mourut.

Tavia bondit et se précipita dans le couloir. Elle devait trouver la tante Sarah et quitter avec elle au plus vite cette maison.

La vieille dame était au téléphone dans la cuisine. Elle parlait vite, la voix réduite à un murmure prudent, inconsciente du fait que Tavia approchait et que grâce à sa transformation elle entendait parfaitement ce qu'elle disait.

— … processus a été activé, Maître. Oui, Maître. Lewis est avec elle maintenant. Bien sûr, je comprends, Maître.

Tavia se sentit soudain un peu faible sur ses jambes en écoutant sa tante parler. Un vocabulaire étrange et une intonation bizarre, plate, servile et sans émotion. Tavia eut du mal à retrouver sa voix.

— Tante Sarah ?

Raccrochant brusquement, cette dernière pivota sur ses talons.

— Tavia ! Est-ce que tu vas bien ? Mais qu'est-ce qui s'est passé là-dedans, bon Dieu ? Où est le docteur Lewis ?

Tavia ne cilla même pas. À présent, la sollicitude de la tante Sarah sonnait complètement faux. Aussi faux que s'était révélé le docteur Lewis. Commençant à comprendre, malade de tristesse, elle répondit :

— Je l'ai tué.

— Tu as quoi ?

— Tante Sarah, avec qui parlais-tu au téléphone ?

La vieille dame passa sa main sur son joli tablier de Noël, lissant des plis qui n'existaient pas.

— C'était, euh, la clinique du docteur Lewis. Vu ce que les choses semblaient être dans ta chambre il y a un moment, j'ai pensé qu'il valait mieux que j'appelle… pour voir… leur demander de… envoyer…

Le mensonge mourut sur ses lèvres. Son visage se détendit et retrouva un calme étrange, sans émotion.

Tavia secoua la tête, remarquant que les yeux de Sarah avaient à présent le même éclat terne qu'avaient eu ceux du docteur Lewis. Sa vision étant plus nette qu'elle ne l'avait jamais été, elle s'en rendait bien compte à présent, car aucun médicament n'étouffait plus le côté surnaturel de son être, un côté qui devait être depuis toujours en elle.

Sarah s'éloigna de Tavia dans la cuisine et se retourna pour remettre le téléphone en place.

— Tu m'as trahie, déclara Tavia au dos que lui présentait la vieille dame. Tout ce temps, toi et le docteur Lewis, vous m'avez menti.

— Ce n'était pas toi que nous servions.

Cette déclaration fit à Tavia l'effet d'un uppercut à l'estomac.

— Mais de quoi parles-tu ? Qui servez-vous ?

— Notre Maître.

Sarah lui fit face de nouveau. Elle avait en main un couteau de boucher.

Tavia se sentit envahir par la terreur et le désespoir.

— Tu serais vraiment prête à me tuer ?

Sarah secoua légèrement la tête.

— C'est à lui de décider si tu dois vivre. Tu lui appartiens aussi. Tu lui as appartenu dès le début, mon enfant.

— Lui, mais qui lui ? demanda Tavia. (Mais déjà une pensée nauséeuse se frayait un passage dans son esprit, aussi tranchante que le couteau de Sarah.) Dragos.

Elle repensa au sénateur Clarence et à ce que Sterling Chase avait dit à son propos. Que Dragos le possédait déjà. Et à présent la tante Sarah et le docteur Lewis aussi ?

— Dis-moi ce qu'il se passe, exigea-t-elle de la vieille dame.

Elle s'avança, prête à lui arracher la vérité par la violence si c'était nécessaire.

— J'ai mes instructions, répondit Sarah d'un ton égal.

Et sur ce, sans la moindre hésitation, elle se trancha la gorge avec la lame qu'elle avait en main.

Son corps sans vie s'effondra sur le lino couleur crème, où son sang rouge foncé se mit à former une mare.

Tavia resta debout là, engourdie et tremblante, à regarder le cadavre de cette femme qu'elle n'avait jamais vraiment connue. Elle eut pourtant l'impression de se retrouver seule. Elle venait juste de perdre la seule famille qu'elle ait jamais eue.

Elle savait aussi que sa maison n'était plus sûre pour elle. Le docteur Lewis et la tante Sarah étaient morts, mais il devait y en avoir d'autres ; d'autres qui servaient cet être malfaisant qui portait le nom de Dragos.

« Tu lui appartiens.

Tu lui as appartenu dès le début, mon enfant. »

Se secouant pour se débarrasser du sentiment de désespoir que lui inspirait cette pensée, Tavia se précipita hors de la maison sans regarder derrière elle.

Tout était changé, désormais, elle ne pourrait jamais revenir en arrière. Pas plus dans cette maison, qui avait été le seul foyer qu'elle ait jamais connu, que vers la vie qui avait été la sienne tout au long de ses vingt-sept ans d'existence.

Une vie qui n'avait jamais rien été d'autre qu'un monstrueux mensonge.

Chapitre 18

Mathias Rowan était en retard.

Le directeur régional de l'Agence du maintien de l'ordre avait été surpris d'avoir des nouvelles de Chase plus tôt dans l'après-midi, lorsque ce dernier l'avait appelé depuis la ligne fixe de son Havrobscur vide. Ça n'avait pas empêché Rowan, et c'était à mettre à son crédit, d'accepter de faire le déplacement jusqu'au quartier de Back Bay dès le coucher du soleil. Mais le crépuscule était là et il n'avait pas encore donné signe de vie.

Chase était en tenue de combat. Il avait trouvé dans son ancienne garde-robe un jean noir, un jersey à manches longues, noir lui aussi, et des rangers. Il portait aussi dans un holster son pistolet de l'Agence, mais celui-ci lui paraissait bien léger par rapport à la paire de semi-automatiques 9 mm qu'il avait pris l'habitude de porter en tant que membre de l'Ordre.

Il avait du mal à admettre à quel point cela lui faisait mal de comprendre qu'il n'aurait probablement plus jamais l'occasion de partir en patrouille avec Dante et tous les autres guerriers. Il avait laissé cet honneur lui filer entre les doigts, trop préoccupé de satisfaire ses besoins personnels pour se rendre compte de ce qu'il risquait de perdre. À présent, c'était trop tard pour revenir en arrière, quelle que fût son envie de se prouver à lui-même qu'il était digne de leur confiance. À condition de toute façon qu'il ne soit pas déjà trop atteint pour essayer.

Avec l'obscurité grandissante, il sentait dans ses veines le besoin de chasser, et il lui fallait faire un effort considérable pour résister à l'appel sauvage de sa soif, qui, insidieusement, le poussait d'abord à sortir pour laisser l'air frais de la nuit d'hiver calmer ses sens. C'était l'appel d'une sirène et il le savait. Un pas vers le désastre. Pour penser à autre chose, il se mit à parcourir de long en large le petit salon.

De toute manière, si sa soif de sang ne s'emparait pas de lui au moment où il sortait dans l'obscurité de la rue, il y aurait une forte chance que les autorités humaines le fassent. Chase ne voulait risquer ni l'un ni l'autre, et voulait à tout prix éviter que sa célébrité passagère ne mène les flics ou les fédéraux jusqu'au Havrobscur de Mathias Rowan de l'autre côté de la ville.

Dieu sait que ces derniers temps ses erreurs avaient mis en danger suffisamment de gens qu'il aimait. Il n'allait pas risquer d'ajouter Rowan et sa famille à cette liste.

Pas plus d'ailleurs que Tavia Fairchild.

C'était uniquement à cause d'elle qu'il avait fait appel à Rowan. Lui saurait quoi faire avec elle. Mieux que Chase, il saurait la retrouver et l'amener au nouveau quartier général de l'Ordre, où elle serait à l'abri de Dragos, de ses Laquais et de ses alliés.

Et à l'abri de Chase lui-même.

— Seigneur ! murmura-t-il en se passant une main dans les cheveux tout en continuant à aller et venir dans le petit salon.

Elle n'avait pas cessé d'occuper son esprit depuis l'instant où elle était partie en courant et, même à présent, il ne pouvait s'empêcher de se demander où elle était, avec qui elle était, et si elle était sauve.

Il s'aperçut qu'il avait encore plus envie de partir à sa recherche que de se nourrir.

Il la désirait, et ce n'était pas une bonne nouvelle, vu l'état dans lequel il se trouvait, et étant donné que Dragos était toujours là dans les parages, à fabriquer ses Laquais et à planifier sa prochaine frappe contre l'Ordre.

Et peut-être même contre le monde en général.

Cette pensée suffit à lui remettre les idées en place. Il n'était pas question pour lui de se soucier de la sécurité d'une femelle isolée, même s'il s'agissait d'une femelle aussi extraordinaire que Tavia Fairchild. Sa vie était déjà pratiquement foutue. Il avait même tenté de la foutre en l'air à de nombreuses reprises au cours des mois écoulés. S'il parvenait à s'approcher suffisamment de Dragos pour en finir avec ce salopard, il était tout à fait prêt à y laisser sa peau.

Mais, d'abord, il lui fallait s'assurer que Tavia ne se retrouverait pas prise entre deux feux. Et cela voulait dire la mettre en sécurité sous la protection de l'Ordre.

Mais où est Rowan, putain?

Lorsqu'il entendit le bruit du heurtoir sur la porte d'entrée de la maison un moment plus tard, Chase ouvrit le lourd panneau de chêne en grognant.

— Eh bien, il est grand…

Mais ce n'était pas Mathias Rowan qui se tenait devant lui. C'était Tavia. Elle était là, sur le seuil, dans l'obscurité, tremblante, vêtue seulement d'un pull à col roulé, d'un jean et de mocassins de cuir.

— Ça fait des heures que je marche. Je… je ne savais pas où aller.

Elle avait la respiration haletante et elle sanglotait presque.

— J'ai tué quelqu'un aujourd'hui.

— Seigneur!

Les yeux rivés sur le visage mortifié de Tavia, Chase oublia tout le reste. Il sortit et lui entoura les épaules de ses bras.

— Venez à l'intérieur.

Elle se déplaçait avec une raideur de robot. À voir son regard trouble et ses traits défaits, il la devina choquée.

— Est-ce que ça va ? Êtes-vous blessée ?

Elle secoua faiblement la tête.

— Il a essayé de me tuer. Je crois qu'il allait m'empoisonner. Il a dit que je me sentirais mieux, mais je savais qu'il mentait. Il y avait quelque chose qui clochait vraiment chez lui. Je l'ai senti, c'est tout, avant même qu'il m'attaque. Je l'ai tué. J'ai tué le docteur Lewis. (Elle inspira difficilement alors que son corps était pris de tremblements de la tête aux pieds.) Je ne savais pas quoi faire. Je ne savais ni où aller ni à qui faire confiance. Sans savoir comment, je me suis retrouvée ici.

— Ça va aller, dit Chase. Venez vous réchauffer.

Il la ramena dans le petit salon et la fit asseoir dans le fauteuil couvert d'une housse. Il s'accroupit devant elle et lui prit les mains entre les siennes pour les réchauffer. Lorsqu'il posa son regard sur son visage, il vit des larmes dans ses yeux.

— Ma tante Sarah, murmura-t-elle. Elle aussi est morte. Elle s'est tranchée la gorge juste devant moi.

— Je suis désolé, dit Chase, conscient de la douleur et du trouble qui s'exprimaient dans la voix cassée de Tavia.

— Je ne comprends pas comment ils ont pu me mentir tous les deux. Toute ma vie, ils m'ont menti. (Elle fronça les sourcils et secoua lentement la tête.) Et leurs yeux… Je n'avais jamais remarqué combien leurs yeux étaient froids. Le docteur Lewis et ma tante Sarah, ils ont changé, je ne sais pas comment.

— Non, Tavia. C'est vous qui avez changé. (Il ne la lâchait pas du regard.) C'est normal que vous n'ayez rien remarqué d'inhabituel parce que jusqu'à aujourd'hui vous avez vécu comme une humaine. Votre vraie nature était étouffée, sans aucun doute par les médicaments dont vous croyiez avoir besoin. Je ne pense pas que vous ayez jamais été vraiment malade.

Elle resta silencieuse un long moment, digérant ce qu'elle venait d'entendre.

— Ils m'ont trahie. Je n'ai jamais eu aucune importance pour eux, n'est-ce pas ? Je l'ai bien vu aujourd'hui, quand ils me regardaient. Le vide de leurs yeux était terrible. Des yeux de requins !

Chase grogna. Il connaissait bien ce regard.

— C'étaient des Laquais. Ils ont tous le même éclat mort dans les yeux. Vous vous en rendrez immédiatement compte en les voyant.

— Des Laquais ?

Il hocha la tête.

— Des humains vidés presque entièrement de leur sang par un membre puissant de mon espèce pour en faire des esclaves mentaux. (Il fit courir son pouce sur les motifs intriqués des dermoglyphes qui ornaient le poignet de Tavia.) De notre espèce.

Elle retira ses mains.

— Des vampires ! (Elle déglutit et fronça les sourcils.) C'est ça que je suis ? Un vampire ? Je sais que c'est ce que vous êtes. N'est-ce pas ?

— Pas exactement.

— Alors quoi exactement ? demanda-t-elle vivement, en bondissant de son siège. (Sous l'effet de sa panique grandissante, sa voix montait dans les aigus.) Mais qu'est-ce qui m'arrive, bordel ? Dites-moi ce qui se passe !

Il se leva lui aussi.

— Je ne suis pas sûr de ce que vous êtes, Tavia. Pas plus que de comment vous pouvez être ce que vous semblez être. Je n'ai jamais rien vu de comparable. Personne d'autre non plus. Ce que vous êtes est… impossible.

— Fabuleux! (Elle émit une sorte de gargouillis.) Alors, je suis un monstre. Même pour vous.

Ah, Seigneur!

Il n'était pas la personne qui convenait pour lui expliquer tout ça. Ça faisait bien longtemps qu'il n'avait plus pratiqué ni la diplomatie ni l'art de la conversation. Il valait beaucoup mieux qu'elle apprenne tout ce qu'elle devait savoir de la bouche de Mathias Rowan, c'est-à-dire de quelqu'un qui faisait encore partie d'un Havrobscur et qui pourrait lui faire accepter paisiblement la réalité. Mais l'idée lui en était à peine venue que Chase s'aperçut qu'il aurait du mal à accepter que quelqu'un d'autre le fasse à sa place. Surtout quelqu'un d'aussi bien élevé et gentil que l'était Mathias Rowan.

De toute façon, Tavia Fairchild ne semblait pas être le genre de femme avec laquelle il fallait prendre des gants. Et pour le meilleur ou pour le pire, Chase était le seul disponible à ce moment.

— Vous appartenez, Tavia, à la Lignée. Dans le folklore humain nous sommes des vampires, mais les légendes qui courent sur nous sont exagérées. Comme moi, comme tous les autres membres de la Lignée, vous êtes un être vivant, qui respire comme les humains, mais qui est beaucoup plus puissant qu'eux. Les membres de notre espèce vivent très longtemps, au moins plusieurs siècles. Certains d'entre nous ont atteint plus de mille ans. Et oui, c'est vrai, nous subsistons en buvant du sang humain à une veine ouverte.

— Non, le corrigea-t-elle. Ce n'est pas vrai. Pas pour moi. Depuis vingt-sept ans je mange de la nourriture normale. Et je bois la même chose que n'importe quel autre être humain. Jusqu'à…

Il la vit rougir un peu.

— Jusqu'à ce que vous vous nourrissiez à ma veine ce matin. Et ça s'est produit une fois que votre corps a eu la possibilité de se débarrasser en partie des drogues qui gardaient étouffé ce qui en vous appartient à la Lignée.

— Mais je ne suis pas comme vous. Ce n'est pas possible. (Elle s'écarta de lui, fit plusieurs pas dans la pièce et lui tourna le dos.) Je ne veux pas faire partie de ce… de ce cauchemar.

— C'est la réalité, Tavia.

Il la rejoignit et lui posa légèrement les mains sur les épaules. Lorsqu'il la fit pivoter vers lui elle ne résista pas.

— Vous n'avez pas le choix. Que vous le vouliez ou non, c'est désormais votre vie.

— Oui, eh bien, ça ne me plaît pas !

Il voyait bien qu'elle luttait pour accepter tout ce qu'elle entendait. Ses yeux verts brillants étaient encore humides de larmes non versées, mais elle ne pleurait pas. Il émanait d'elle une force d'acier. Pointant le menton, elle posait sur lui un regard buté qui n'aurait pas déparé chez un autre membre de la Lignée.

— Ça ne me plaît pas du tout, même, mais si c'est bien la vérité, alors je n'ai aucune intention de la fuir.

Il acquiesça gravement, sa façon à lui de reconnaître son courage.

— Je ne vous mentirai pas. Ça, au moins, je peux vous le promettre.

Il n'ajouta pas qu'il n'avait pas grand-chose de plus à donner. Il lui suffirait de passer encore un peu de temps avec lui pour s'en rendre compte.

— Dites-m'en plus sur Dragos. (Les yeux dans ceux de Chase, elle ne cillait pas.) Au poste de police l'autre nuit, vous avez dit que le sénateur Clarence lui appartenait. Que Dragos le possédait.

— Oui, répondit Chase. Le sénateur était l'un des Laquais de Dragos. Le flic dans votre suite à l'hôtel était aussi un Laquais. Comme l'étaient votre tante et votre médecin. Tous appartenaient à Dragos. Et on ne peut pas savoir combien d'autres esclaves mentaux il a encore sous son emprise. Après toutes ces années passées à en créer, ils pourraient être des milliers.

Tavia fronça les sourcils.

— Alors, quelle est ma place là-dedans ? Tante Sarah m'a dit que je lui appartenais aussi. Que je lui avais appartenu dès le début, c'est comme ça qu'elle l'a dit. Et pourtant je ne suis pas un de ses Laquais.

— Non, dit Chase. Mais étant donné ce que vous êtes, il n'y a aucun doute sur l'implication de Dragos. Avant vous, Tavia, il n'y a jamais eu de membres femelles de la Lignée. Pas une seule, jamais. Notre espèce s'est formée il y a des milliers d'années de ça, lorsqu'un vaisseau spatial transportant un groupe d'extraterrestres biologiquement avancés s'est écrasé sur cette planète. Ils ont tué et violé, et certaines femelles, des femelles à la génétique spécifique connues sous le nom de « Compagnes de sang », se sont retrouvées enceintes de leurs œuvres.

L'expression de Tavia était à présent indéchiffrable. On aurait dit un mélange de compréhension tranquille et de scepticisme pur et dur.

— Vous êtes en train de me dire que des extraterrestres et des humains se sont accouplés il y a des milliers d'années de ça et qu'ils ont produit ensemble des bébés vampires ? (Elle ricana.) C'est ridicule. Vous comprenez que vous passez pour un fou, là ?

— Vous devriez déjà avoir compris que je ne suis pas fou.

Alors qu'elle essayait de détourner le regard, il posa les doigts sous son menton et ramena son visage vers le sien. Il lui avait dit qu'il ne lui mentirait pas, alors il décida de lui donner la vérité toute nue.

— Nos ancêtres n'étaient pas de ce monde, c'est vrai. C'étaient des guerriers sauvages buveurs de sang, qui à une certaine époque ont massacré des civilisations entières. Ces Anciens sont tous morts à présent, mais jusqu'à il y a quelques semaines il en restait encore un. Dragos l'avait gardé prisonnier dans ses laboratoires pendant des décennies, jusqu'à ce qu'il s'échappe en Alaska, où l'Ordre a fini par le tuer. Mais, pendant très longtemps, Dragos a utilisé cet Ancien captif pour diverses expériences génétiques et pour créer une armée d'assassins, l'armée la plus puissante que cette planète connaîtra jamais. Et si Dragos décide de les lancer tous sur le sentier de la guerre, les dégâts sont impossibles à prévoir.

— Et moi ? demanda Tavia. Je ne comprends pas ce que tout ça a à voir avec moi.

— Vraiment ?

Chase se tut, laissant l'esprit acéré de Tavia passer en revue les différentes possibilités.

— Dragos m'a créée, dit-elle au bout d'un moment. Je suis le résultat d'une de ses expériences génétiques.

Chase acquiesça d'un air grave.

— Il n'y a pas d'autre façon d'expliquer votre existence, Tavia. Vous faites partie de la Lignée, c'est évident, et vous êtes femelle, et ça, ça ne s'est jamais vu. En plus, vous pouvez vous balader en plein jour sans que votre peau brûle. Ce qui jusqu'ici, jusqu'à vous, a aussi toujours constitué une impossibilité pour les membres de notre espèce.

— Mais, si j'ai été engendrée par une créature dans le laboratoire de Dragos, qu'en est-il de ma mère ?

— Une Compagne de sang, j'en suis sûr, répondit Chase. Dragos en a gardé des dizaines emprisonnées dans ses laboratoires au cours des décennies. Si j'ai raison, vous avez probablement une petite marque rouge quelque part sur le corps. Cette marque devrait avoir la forme d'une larme qui tombe dans un croissant de lune.

Tavia le regardait, ébahie.

— Dans le bas de mon dos. J'ai toujours pensé que c'était l'une de mes cicatrices. Mais rien de ce que j'ai cru jusqu'ici n'était vrai, n'est-ce pas ? Tout n'était que mensonge.

Elle se recula, croisant les bras sur son abdomen comme si elle allait être malade. Elle lui jeta un regard accablé ; ses yeux verts lançaient des étincelles d'ambre.

— Mais pourquoi me faire un truc pareil ? Qu'est-ce que Dragos pouvait gagner en me créant comme un monstre de roman d'épouvante ?

— Vous n'êtes pas un monstre, la rassura Chase.

— Je suis une véritable abomination, oui ! hurla-t-elle.

Sous l'effet de son désespoir grandissant, les dermoglyphes apparents au-dessus du col de son pull s'étaient mis à pulser de couleurs changeantes. Et la pointe acérée de ses crocs apparaissait sous sa lèvre supérieure.

Elle était si belle comme ça qu'il avait bien du mal à se concentrer. Mais elle ne s'en aperçut pas. Avec un grognement de rage, elle remonta les longues manches de son haut, exposant ses avant-bras. Puis elle commença à frotter les dermoglyphes qui remontaient sur ses bras, passant ses paumes sur eux avec une fureur sans pareille, comme si elle avait voulu les effacer de sa peau.

Chase prit ses mains dans les siennes pour la calmer.

— Vous n'êtes pas un monstre, Tavia. Vous êtes un vrai miracle.

Il leva une main et vint repousser une mèche de cheveux de son visage rougi. Il eut une envie presque irrépressible de l'embrasser, mais il se retint, car il ne voulait pas profiter de sa détresse et de sa confusion. Dommage qu'il n'ait pas fait preuve de la même retenue plus tôt ce jour-là.

Même si ça lui faisait honte de penser à son corps à la fois solide et souple à califourchon sur le sien, il ne pouvait nier que si elle l'avait laissé l'embrasser à présent, ils auraient de nouveau fini nus l'un sur l'autre. Et maintenant qu'il pensait à mettre Tavia nue, son propre corps commençait à réagir avec un intérêt évident.

Il caressa sa joue veloutée. Et c'est entre ses crocs émergents qu'il poursuivit :

— Seigneur, Tavia, vous êtes la chose la plus incroyable que j'ai jamais vue. Et vous êtes peut-être même absolument unique.

— Non. (Elle secoua la tête, doucement pour ne pas perdre le contact avec sa main.) Je ne suis pas la seule. Il y en a d'autres comme moi.

Chase arrêta de lui caresser la joue.

— Il y en a d'autres ? Vous en êtes sûre ?

— J'ai entendu le docteur Lewis le dire. Quand tante Sarah lui a dit que je n'avais pas pris mes médicaments depuis deux jours, il a semblé inquiet. Il a dit que les autres n'étaient jamais restées sans traitement aussi longtemps que moi sans réaction marquée.

Nom de Dieu ! Chase resta saisi d'étonnement.

— Qu'a-t-il dit d'autre ? A-t-il dit combien vous étiez ? Et où elles étaient ?

Tavia secoua la tête.

— Lorsque je lui ai posé la question, il a nié qu'elles existent.

— Savez-vous où est son bureau ?

— Bien sûr. J'y vais pour des examens et des essais thérapeutiques depuis que je suis une enfant. Il a transformé une vieille ferme de Sherborn, au sud-ouest de Boston, en clinique privée.

— Et c'est là qu'il garde les dossiers sur ses patients ?

— Autant que je sache, tout se trouve là-bas à la clinique.

Tandis que Chase calculait rapidement la manière de se rendre le plus vite possible à la clinique rurale du docteur Lewis, le heurtoir du Havrobscur se fit entendre de nouveau.

— Tout va bien, affirma Chase à Tavia. J'attends quelqu'un.

Il retourna dans l'entrée et ouvrit la porte à Mathias Rowan.

— Désolé de t'avoir fait attendre, Chase. La situation à l'Agence n'a jamais été pire. J'ai sur les bras un massacre d'humains à grande échelle qui a eu lieu dans le bouge de Chinatown l'autre nuit. Je suis venu dès que j'ai pu. (Comme ils rejoignaient le petit salon en traversant l'entrée, Rowan, regardant autour de lui, laissa échapper un soupir.) Bon Dieu ! Je n'aurais jamais cru que tu reviendrais dans cet endroit. En particulier après ce qui est arrivé avec Camden.

— Moi non plus. (Chase s'arrêta devant son ancien collègue de l'Agence.) Et sache que je ne t'aurais pas appelé à l'aide si j'avais eu le moyen de faire autrement. Ça m'embête vraiment de t'entraîner dans cette merde…

Rowan posa la main sur l'épaule de Chase.

— Au cas où tu n'aurais pas remarqué, je suis déjà dedans jusqu'au cou. Tu as des emmerdes, je sais. D'ailleurs, tout le monde à deux cents kilomètres à la ronde est au courant, humains comme vampires. Pas moyen de mettre la télévision sans voir ta tête sur toutes les chaînes d'info du pays. Le dernier endroit au monde où tu devrais te trouver, c'est ici à Boston, mon ami.

Chase acquiesça.

— Ouais. Mais j'ai besoin de ton aide pour quelque chose, Mathias. C'est urgent, et c'est important.

— Je me suis douté que si tu m'appelais, c'était pour quelque chose de lourd. Qu'est-ce que je peux faire pour toi ?

Chase s'écarta et laissa Rowan continuer son chemin jusqu'au petit salon où se trouvait Tavia. Sans ciller, celle-ci posa sur le nouveau venu le regard de ses pupilles étroites au centre de ses iris à la lumière ambrée. Les dermoglyphes de ses avant-bras nus pulsaient toujours de couleurs changeantes.

Oubliant ses bonnes manières, Mathias Rowan resta bouche bée devant elle.

— Nom de…

— Tavia Fairchild, dit Chase, je vous présente mon vieil ami Mathias Rowan.

— Bonsoir, répondit-elle, la pointe de ses crocs brillant comme des diamants dans sa bouche.

— Est-ce qu'elle…, commença Rowan, avant de s'arrêter net. (Il l'observa, incrédule, avant de jeter un regard interrogateur à Chase.) Elle ne peut pas être…

— Et pourtant si, répliqua Chase. Et j'ai besoin que tu prennes soin d'elle pour moi. Emmène-la au quartier général de l'Ordre le plus tôt possible. Il faut la protéger de Dragos.

— Mon Dieu ! s'exclama encore Rowan.

À présent plein de curiosité, il s'avança vers elle en l'observant comme il l'aurait fait d'une nouvelle merveille du monde. Ce qu'elle n'était pas loin de représenter.

— C'est extraordinaire ! Mais… comment est-ce possible ?

— Je t'expliquerai ça plus tard. (Chase vérifia son ceinturon et prit des balles supplémentaires dans la boîte qui se trouvait sur le manteau de la cheminée dans le petit salon.) Fais-la sortir de Boston et amène-la directement à Lucan. Il saura quoi faire.

Rowan ouvrit la bouche pour répondre, mais avant qu'il ait pu protester ou poser d'autres questions, Tavia intervint.

— Je n'irai nulle part avec qui que ce soit.

— Si, répondit Chase. Ce n'est pas sûr pour vous ici désormais. Dragos saura très vite que ses Laquais sont morts, et il cherchera à vous retrouver. Croyez-moi quand je vous dis que rien ne pourrait être pire pour vous que de retomber dans ses mains.

Son menton buté se releva encore un peu.

— Je prends le risque. Mais je ne vais nulle part avant d'en savoir plus sur qui je suis et ce qui se passe.

— Et je vous y aiderai si je peux. Vous avez bien dit que le bureau de votre médecin est à Sherborn ? Que c'est là qu'il garde les dossiers de ses patients, le vôtre comme celui de toutes celles qu'il a traitées en obéissant aux instructions de Dragos ?

— Oui, mais le domaine de la clinique est surveillé. Il y a là-bas un détachement de sécurité vingt-quatre heures sur vingt-quatre.

Chase haussa les épaules.

— Pas un problème !

— Une minute, intervint Rowan. Pas si vite. Dis-moi de quoi il s'agit, Chase. Si ça a quelque chose à voir avec Dragos, il faudrait mettre l'Ordre au parfum sans tarder.

— Nous n'avons pas le temps. Si ça se trouve, c'est peut-être même déjà trop tard pour récupérer des informations. Il n'est pas impossible que Dragos ait déjà verrouillé l'endroit.

Rowan poussa un juron bien senti.

— Raison de plus pour faire intervenir l'Ordre. Je vais les appeler…

— Fais ce que tu as à faire, rétorqua Chase.

De l'amertume perçait dans sa voix. Il avait du mal à admettre que Rowan ait un accès direct à l'Ordre alors que lui-même ne savait même plus où ils étaient.

— Mais je ne vais pas rester ici à attendre que ça se passe. Je file jusqu'à cette clinique maintenant.

Tavia fut à son côté avant même qu'il ait fait le premier pas. Ça restait pour lui un peu perturbant de voir une femelle qui pouvait agir avec la même vitesse et la même agilité que n'importe quel autre membre de la Lignée.

— Je vais avec vous, dit-elle. C'est de ma vie qu'il est question. Je ne vais pas rester à regarder et laisser quiconque me diriger. Ça, c'est fini ! Et à part ça, je suis la seule à connaître la clinique et ses dossiers. Vous avez besoin de moi.

Même s'il aurait bien voulu refuser, Chase voyait bien qu'il ne servait à rien d'argumenter. Ce ne pourrait être qu'une perte de temps, et ils n'en avaient pas à perdre s'ils voulaient avoir la moindre chance de récupérer des informations de valeur dans la clinique du médecin mort.

Tavia Fairchild avait beau être sans entraînement et n'avoir jamais participé à la moindre action, elle appartenait à la Lignée, et à ce titre elle était forte et puissante par elle-même. Elle était aussi femme, et Chase pouvait voir à son expression résolue qu'un refus ne l'arrêterait pas.

— Eh bien, d'accord, lança-t-il. Qu'est-ce qu'on attend ? Allons-y !

Chapitre 19

La clinique privée du docteur Lewis était nichée dans un coin de verdure qui avait autrefois été une ferme de colons dans la petite ville de Sherborn. À mi-chemin de la petite route à voie unique éclairée par la lune qui y menait se dressait un poste de garde et une barrière automatique.

Cet ajout moderne avait toujours semblé à Tavia incongru à côté des murets de pierre qui cernaient la propriété et de ses prairies vallonnées. Mais le docteur Lewis s'était toujours montré très à cheval sur l'intimité et la sécurité de ses patients si particuliers, ce qui rendait encore plus surprenante l'absence de lumière et de garde dans le poste à l'arrivée de Tavia, de Chase, et de Mathias Rowan.

— Il y a quelque chose qui cloche, dit-elle depuis la banquette arrière de leur 4 × 4. Il y a toujours du personnel de sécurité en service ici, quelle que soit l'heure.

Chase observa le paysage obscur depuis la fenêtre passager, puis il tourna un regard grave vers son ami au volant.

— Dragos sait que cette installation a été compromise.

Rowan hocha la tête, grave lui aussi.

— Ça pourrait être un piège. Ça ne vaut peut-être pas la peine de risquer d'aller plus loin.

— Mais il le faut !

Tavia se pencha en avant en agrippant des mains le dossier du siège de cuir noir de Chase. Elle n'avait pas l'intention d'être venue jusque-là pour faire demi-tour sans rien tenter.

— C'est ma vie qui est dans cette clinique. C'est peut-être la seule chance que j'aurai jamais d'apprendre qui et ce que je suis vraiment. Et s'il y en a d'autres comme moi, elles méritent elles aussi la vérité.

Elle vit la mâchoire de Chase se tendre. Il ne dit rien, mais lorsqu'il se retourna pour la regarder de ses yeux d'un bleu profond, elle constata qu'il doutait. Elle put même sentir cette froide indécision diffuser à travers ses propres veines.

— J'ai besoin de savoir ce qu'il m'a fait et pourquoi. Moi qui n'ai jamais eu droit à la vérité de toute ma vie, j'ai besoin de la connaître tout entière. Je ne peux pas vous laisser me priver de ça. Pas après tout ce que j'ai traversé ces derniers temps.

Après un moment qui lui parut très long, Chase approuva d'un petit coup de menton à l'intention de Rowan. Celui-ci lança alors le 4 × 4 à pleine puissance, lui faisant quitter l'asphalte pour passer sur le terrain enneigé et par-dessus le petit muret, envoyant les vieilles pierres rouler de part et d'autre des larges roues du véhicule. Après quelques cahots, ils filèrent dans l'herbe enneigée vers le bâtiment de la clinique, qui se dressait à quelques dizaines de mètres de là.

Chase sauta à bas du véhicule avant même qu'il se soit complètement arrêté. Se déplaçant presque plus vite que ne pouvait le voir Tavia, il courut jusqu'au bâtiment, fracassa une fenêtre du hall de réception et pénétra dans la clinique. Elle fut frappée de la facilité avec laquelle il avait adopté le rôle de leader. Se mettre en première ligne, déblayer le terrain pour les autres, tout cela semblait lui venir naturellement. Elle vit alors en lui, au-delà de l'aspect brut de l'homme dangereux qu'il était devenu, quelque chose d'héroïque.

— La voie est libre, déclara-t-il en réapparaissant dans l'ouverture tandis que Tavia et Rowan couraient pour le rejoindre. (Il fit tomber quelques échardes de verre avec son ranger et offrit sa main à Tavia.) Attention où vous mettez les pieds.

Elle pénétra à son tour dans l'espace sombre et resta près de Chase tandis que Rowan suivait le mouvement. Vide et sans lumière, la clinique lui semblait très différente à présent. Ce n'était plus l'endroit où elle venait se faire soigner, mais un repaire de traîtres. Sa salle d'attente confortablement meublée, avec ses profonds fauteuils club et ses aquarelles accrochées au mur, lui paraissait désormais aussi faussement accueillante qu'un lagon aux eaux dormantes infesté de piranhas.

— Par ici, dit-elle en passant derrière la partition qui séparait la salle d'attente du bureau de la réceptionniste.

— Où se trouvent les dossiers des patients ? demanda Mathias Rowan tandis que lui et Chase la suivaient dans la zone de réception. (Sourcils froncés, il examina rapidement leur environnement.) Toutes les cliniques que j'ai visitées ont de pleins classeurs de dossiers papier.

Tavia secoua la tête.

— Pas le docteur Lewis. C'est… c'était un maniaque de la sécurité des patients. Tout ce qui est ici est informatisé et protégé par mot de passe.

— Intéressant, fit remarquer Chase.

Rowan tira un pistolet de son holster sous sa parka noire.

— Si vous deux maîtrisez la situation ici, je vais jeter un coup d'œil au reste des lieux.

Chase acquiesça tandis que Rowan filait vers le couloir, mais il n'avait pas quitté Tavia des yeux. Il la regarda démarrer l'un des ordinateurs de la réception et s'asseoir dans la chaise de bureau qui se trouvait devant. Lorsque apparut à l'écran une invite pour un mot de passe, elle saisit une suite compliquée de lettres et de chiffres au clavier. La machine accepta le code, puis reprit son processus de démarrage.

Lorsqu'elle se tourna vers lui, elle vit que Chase la regardait avec un air interrogateur. Elle haussa faiblement les épaules.

— J'étais là il y a quelques mois pendant une panne de courant. Lorsque la réceptionniste a relancé l'ordinateur, je n'ai pas pu m'empêcher de remarquer ce qu'elle tapait comme mot de passe.

Chase se pencha près d'elle, appuyant ses grandes mains au bord du bureau.

— Cette séquence avait au moins douze caractères de long.

— Treize en fait.

Il grogna, sourcils levés.

— Et vous vous en êtes souvenue parfaitement tout ce temps ?

— Il me suffit de voir quelque chose une fois pour m'en souvenir. C'est juste comme ça que fonctionne mon cerveau.

— Impressionnant !

Il lui fit un sourire dévastateur et elle sentit son pouls passer en surrégime.

Elle n'était pas habituée à ressentir de l'attirance, mais il lui fut impossible de ne pas remarquer à quel point il était proche d'elle. Elle pouvait l'entendre respirer, pouvait pratiquement ressentir le rythme régulier de son cœur. Et puis il y avait son biceps puissant qui effleurait son épaule avec douceur, chaque contact semblant affecter sa circulation sanguine comme un courant électrique.

Elle lança le programme de consultation des dossiers de la clinique. Une nouvelle invite de mot de passe apparut, mais cette fois elle se trompa dans sa saisie, trop occupée qu'elle était à essayer d'ignorer la chaleur du corps de Chase à côté d'elle et le poids de son regard attentif. Elle réessaya le code.

— Ça y est. Nous sommes dans la base de données des patients. J'ai vu le docteur Lewis s'en servir au moins un millier de fois.

Chase hocha la tête.

— Voyons votre dossier.

Elle tapa son nom dans le champ de recherche et retint sa respiration tandis que l'écran commençait à se remplir de dates et d'enregistrements correspondant aux traitements qu'elle avait reçus. La période concernée couvrait ses vingt-sept années de vie. Toute son existence, résumée en plusieurs milliers d'entrées stockées sous forme de bits et d'octets sur un disque dur d'ordinateur sans âme.

Toutes les trahisons subies à portée d'un clic de souris.

— Hé !

Sa voix grave était empreinte de calme. Il posa sa large paume sur le dessus du poing de Tavia en un geste qui la fit se sentir à la fois réconfortée et troublée.

— Ça va aller ?

Elle déglutit et hocha faiblement la tête.

— Oui, ça va aller. Je veux savoir.

Avant de changer d'avis, Tavia cliqua pour ouvrir l'enregistrement le plus récent. Il s'agissait de sa visite d'un peu plus tôt cette même semaine.

— J'avais un rendez-vous avec le docteur Lewis à propos de migraines récurrentes. Il m'a traitée pendant quelques heures ici à la clinique et m'a renvoyée chez moi avec de nouveaux médicaments.

Chase regardait l'écran.

— Il y a à peine quelques jours.

Tavia acquiesça.

— Et c'est plus tard ce soir-là qu'on m'a amenée au poste de police pour vous identifier comme le tireur à la soirée du sénateur Clarence.

Cela paraissait impossible, mais cela faisait moins d'une semaine que son monde avait été complètement transformé. Moins d'une semaine que cet homme qui se tenait debout près d'elle était entré dans sa vie si soudainement.

— Rien n'a plus été pareil pour moi depuis cette nuit. Et rien ne le sera jamais plus.

Chase garda son regard bleu braqué sur elle pendant un long moment. Il avait l'air grave, plein de remords. Ce n'est qu'alors qu'elle s'aperçut que sa main était toujours posée sur la sienne. Elle sentait son pouls battre au bout de ses doigts et dans sa paume chaude.

— Vous aimeriez ne jamais m'avoir rencontré. Croyez-moi, je comprends. C'est aussi ce que je vous aurais souhaité, Tavia.

— Non, ce n'est pas vrai, dit-elle, elle-même surprise de sa conviction.

Certes, sa vie s'était retrouvée plongée dans le chaos dès les premiers instants où elle avait posé les yeux sur lui, lorsqu'il s'était dressé sur la mezzanine dans la maison du sénateur, visant de son pistolet la foule innocente des invités. Elle l'avait alors cru dérangé et dangereux, et peut-être l'était-il, même à présent, mais il n'était pas responsable du désordre actuel de sa vie.

Grâce à lui, elle avait dû remettre en question sa propre réalité. Il lui avait ouvert les yeux, et ce n'était pas parce qu'elle ne voulait pas voir ce qu'il y avait devant elle qu'il y était pour quelque chose. Après tout, on pouvait même dire que cet homme terrifiant et brutal lui avait sauvé la vie.

Elle observa les lignes dures de son beau visage et ses magnifiques yeux sans pitié au regard empreint de lassitude.

— Je suis heureuse de vous avoir rencontré, Sterling Chase. À ce moment précis, vous êtes le seul ami que j'ai.

Il l'observa à son tour. Puis il partit d'un rire cynique et sans gaieté. Il enleva sa main, et elle sentit la sienne se refroidir.

— Il y a quelque chose que vous devez savoir sur moi, Tavia. Je n'ai pas d'amis. Ce que j'ai, c'est la mauvaise habitude de décevoir tout le monde autour de moi. Il vaut mieux que vous sachiez ça dès maintenant plutôt que d'être assez stupide pour croire que vous pourriez compter sur moi plus tard.

Il n'y avait pas de colère dans sa voix, il se contentait d'énoncer un fait. Elle se sentit triste pour lui, à voir la façon dont il s'éloignait d'elle à présent. D'abord en interrompant le contact de leurs mains, puis avec cet avertissement glacial tout aussi efficace qu'une rebuffade physique. Même son regard avait changé ; il n'était plus ouvert et plein de sollicitude, mais sombre et masqué, indéchiffrable.

Il se retourna et rejoignit le mur du fond de la pièce pour jeter un coup d'œil entre les lames des stores métalliques qui en occultaient les fenêtres.

— Continuons, dit-il d'une voix impersonnelle. Nous n'avons pas beaucoup de temps pour trouver ce dont nous avons besoin et nous tirer d'ici.

Tavia se remit au travail, envoyant l'ensemble du contenu de son dossier à l'imprimante qui attendait dans un coin du bureau. Tandis que les enregistrements défilaient sur l'écran de l'ordinateur, elle les parcourait du regard, y lisant les détails de chacune de ses visites à la clinique du docteur Lewis. Chacun des traitements expérimentaux qu'elle avait subis était documenté. Chaque médicament, qu'il se soit agi d'un liquide ou d'une pilule amère, était noté dans le dossier, à côté des résultats qu'il produisait sur son état.

Et il y avait d'autres enregistrements associés à son dossier.

Tavia s'arrêta sur l'un d'entre eux, fronçant les sourcils en reconnaissant sa propre écriture sur une page numérisée. Une deuxième page suivait la première. Et d'autres encore, toutes de sa main, emplies de noms, de codes et de schémas. Elle les reconnaissait tous, mais ne se souvenait pas d'en avoir noté aucun.

Chase revint vers elle et regarda l'écran par-dessus son épaule.

— Qu'est-ce que c'est ?

— Une liste des plus gros contributeurs à la campagne électorale du sénateur Clarence. Tous les noms sont là, avec ceux des banques émettrices et les numéros de compte des chèques qu'ils ont rédigés.

— Vous êtes sûre ?

Tavia acquiesça

— C'est moi qui déposais les chèques. Et c'est bien mon écriture.

— Mais pourquoi auriez-vous donné ces informations à votre médecin ?

— Je ne l'ai pas fait, répondit-elle. Je n'aurais jamais fait une chose pareille. En tout cas, pas consciemment.

Elle continua à faire défiler les pages jusqu'à un nouveau document constitué d'un schéma fait à la main qui représentait la résidence d'un juge fédéral. Sur un autre figurait le plan de base d'une centrale nucléaire qu'elle avait visitée avec le sénateur le printemps précédent. D'autres encore répertoriaient des données personnelles et des informations sensibles sur des dizaines d'alliés politiques et de rivaux du sénateur Clarence.

— Mon Dieu ! murmura-t-elle, horrifiée de ce qu'elle voyait. Une telle somme d'informations constituerait une vraie manne pour les ennemis des États-Unis.

— Ou pour quelqu'un comme Dragos, ajouta Chase. (Il montra du doigt l'une des premières entrées du dossier.) Ouvrez ça.

Elle fit un double-clic, et les données concernant son premier traitement à la clinique défilèrent à l'écran. À en croire la date du fichier, il remontait à l'époque de ses six mois. Elle lut la page, envahie par un mélange de fureur et de chagrin en voyant la vérité sur ses origines détaillée en termes cliniques froids.

« Assemblage génétique Ancien + Compagne de sang réussi. Spécimen femelle viable transféré dans mère porteuse. Naissance en laboratoire d'un bébé viable à terme. Sujet 8 confié à un Laquais résidant au 251 Pleasant Street, Saugus, Massachusetts. Enregistrement au protocole de traitement ce jour sous nom de patient "Octavia" ».

Elle passa à un enregistrement plus tardif et en lut les détails dans un silence de mort.

— Il y en a eu d'autres avant moi, mais elles sont mortes encore bébés lors d'expériences médicales. Le docteur Lewis avait apparemment découvert un mélange de médicaments et d'immunosuppresseurs synthétiques capable d'inhiber la soif de sang et d'interrompre la transformation génétique. Il l'avait testé sur nous, conscient que certaines n'y survivraient pas.

Les lèvres serrées, Chase lisait en même temps qu'elle.

— La vie ne signifie rien pour Dragos et ses disciples. Pas même celle des plus innocents.

Tavia passa à une autre section de son dossier et en lut rapidement le contenu.

— Il a organisé tous les aspects de ma vie depuis ma naissance. Les expériences médicales et les mensonges sur qui j'étais sont déjà terribles, mais il y a bien pire que ça.

Elle montrait du doigt une note concernant sa mémoire photographique. Il y était fait mention d'exercices détaillés que la clinique lui avait fait faire dans le but de l'aider à renforcer son aptitude innée et à l'affûter comme une arme. D'autres documents retraçaient les sessions d'hypnose qui avaient duré des heures, voire des jours d'affilée, périodes pendant lesquelles ils avaient fouillé son esprit inconscient pour y récupérer des données, la forçant à relater tout ce qu'elle avait vu et entendu, pages après pages de détails, écrites alors que son esprit et son corps étaient en état de sommeil artificiel. Et tout ça comme entraînement à la mission que lui réservait Dragos.

Tavia consulta un nouvel enregistrement. Rien de ce qu'elle lisait ne la choquait plus. La réalité se posait sur elle comme une couverture humide et froide. Elle se sentait gelée jusqu'à la moelle, pleine d'un vide qu'elle ne pensait pas pouvoir jamais combler.

— Il m'a utilisée, Chase. Il m'a créée pour se servir de moi. Depuis le début, exactement comme tante Sarah… (Elle s'interrompit, fermant les yeux sous l'assaut de la souffrance que provoquait en elle la trahison qu'elle avait subie.) Exactement comme le Laquais qui prétendait être ma tante l'a dit. Dragos m'a possédée dès le tout premier jour. Il a fait en sorte que je reçoive la bonne éducation, que je me fasse les bonnes relations, que j'acquière tous les talents sociaux nécessaires. Puis il a fait ce qu'il fallait pour que je trouve ce travail auprès d'une étoile montante comme le sénateur Clarence. Tout ce temps, je n'ai rien été d'autre pour lui qu'une marionnette.

— Pour Dragos, nous ne sommes tous que des marionnettes. Chaque être vivant sur cette planète est soit un outil à utiliser, soit un obstacle à éliminer.

Consciente de la gravité de la voix de Chase, Tavia sentit son estomac se nouer.

— Peut-on encore l'arrêter ?

Le fait que Chase prenait son temps pour répondre ne fit qu'accroître son angoisse.

— Je ne sais pas, dit-il. Si vous m'aviez demandé ça il y a un an, ma réponse aurait été différente. À l'époque, je croyais encore que le bien triomphe toujours du mal. Pour moi tout était noir ou blanc, bien ou mal, et les méchants finissaient toujours par perdre.

— Et maintenant ?

Il laissa échapper un profond soupir et secoua la tête.

— Maintenant, il y a des moments où je ne sais même plus de quel côté de la barrière je me situe.

Tavia ne lâchait plus son regard hanté.

— Vous êtes un des gentils. Peut-être ne le savez-vous pas ? Peut-être l'avez-vous juste oublié ? J'espère qu'un jour vous me direz pourquoi.

Il se tut un long moment, se contentant de la regarder d'une façon qui lui fit le prendre en pitié. À cet instant, elle eut l'envie soudaine de l'attirer contre elle et de lui dire qu'il n'était pas seul. Mais c'était une pensée absurde, une pensée qui ne pourrait lui valoir qu'un rejet clair et net. Si Sterling Chase était seul ou à la dérive dans ce monde, c'était parce qu'il l'avait choisi. Il n'avait certainement besoin ni de sa compassion ni de son amitié.

Et peut-être était-ce elle qui avait besoin d'être rassurée ?

Mais ce n'étaient ni ce visage sévère, ni ce regard sans pitié qui l'y aideraient à présent.

À son grand soulagement, Mathias Rowan brisa le silence qui s'installait en débouchant du couloir adjacent.

— Bordel, Chase, il faut que tu voies cet endroit. Ça ressemble plus à un centre de données qu'à une clinique. Il y a à l'autre bout de ce couloir une pièce pleine de serveurs qui doit contenir plus de trente piles de disques durs. Ça représente des millions de gigaoctets.

— Récupérons-les, dit Chase. Commence à arracher les disques. Nous les prendrons avec nous. Peut-être Gideon pourra-t-il en tirer quelque chose d'utile ?

— D'accord.

Rowan pivota sur ses talons pour obéir à l'ordre reçu. Un instant plus tard, il se figeait, la tête penchée de côté.

Tavia elle aussi avait senti : quelque chose s'était modifié dans l'air à l'extérieur du bâtiment de la clinique. Quelque chose de presque indiscernable, et de pourtant très clair pour ses sens exacerbés.

— Merde ! (Chase leur lança un regard sombre. Il s'était mis à murmurer.) Nous avons de la compagnie. Nous devons nous casser.

— Et les serveurs ? demanda Rowan.

Chase secoua la tête.

— C'est probablement trop tard pour ça.

— Je pense que je peux quand même récupérer quelques disques.

— Alors fais vite.

Tandis que Rowan fusait hors de la pièce, Chase prit le pistolet qu'il portait dans un holster sous l'aisselle. De son autre main, il prit le bras de Tavia et la fit se lever de sa chaise.

— Il faut que vous filiez d'ici. Maintenant.

Elle reporta son regard sur l'imprimante, qui continuait à sortir des pages de son dossier à la clinique.

— Attendez ! Je n'ai pas mon tirage. Et s'il y en a d'autres comme moi encore là-dehors ? Il faut que je sache. Il faut que je continue à faire des recherches dans ces dossiers.

— Au diable les dossiers ! Au diable les autres ! grogna Chase, qui la força à le suivre dans le hall. La seule chose qui compte pour moi en ce moment c'est que vous sortiez d'ici vivante.

Il la ramena dans la salle d'attente, où la fenêtre brisée béait sur la nuit glaciale. Là, il s'arrêta brusquement. Tavia aussi. Une boule se forma instantanément dans sa gorge.

Une énorme forme mâle se tenait devant eux, vêtue de la tête aux pieds d'élasthanne noir, comme une espèce de ninja carburant aux stéroïdes. Une cagoule lui couvrait la tête et la moitié du visage, ne laissant visible qu'une paire d'yeux noirs au regard froid.

Il appartenait à la Lignée, Tavia le sut d'instinct.

Il était là pour tuer sur instructions de Dragos.

Chapitre 20

Dès que Rowan eut atteint l'autre bout du couloir, il s'aperçut qu'il était trop tard.

Il y avait déjà quelqu'un à l'intérieur de la pièce qui abritait les serveurs.

Tirant son pistolet, il se glissa sans faire de bruit jusqu'à la porte entrouverte et regarda dans le centre de données faiblement éclairé.

Accroupi sur le sol près des racks de disques durs se trouvait un humain vêtu d'un uniforme de garde de sécurité et d'une épaisse parka. Au sol, à ses pieds, se trouvait une boîte garnie de mousse à l'intérieur, avec un creux qui indiquait qu'elle avait été vidée.

Mais qu'est-ce que…

Rowan se glissa dans l'entrebâillement de la porte et s'approcha. L'homme avait fixé un petit clavier numérique à la paroi de l'armoire qui contenait les serveurs et était en train de taper une séquence de chiffres. Un instant plus tard, une succession de bips rapides se fit entendre et un compte à rebours s'alluma sur l'écran numérique de l'appareil.

Glacé, Rowan comprit soudain.

C'était une bombe.

— Fils de pute !

Rowan leva son arme et visa l'arrière de la tête de l'homme.

— Lève-toi immédiatement si tu ne veux pas que je décore les murs de cette pièce avec ta cervelle !

L'homme se releva lentement, levant les mains en signe de reddition. Rowan ne fut pas surpris de se retrouver face au regard terne d'un Laquais.

Derrière l'esclave mental de Dragos, les centièmes de seconde défilaient à toute vitesse sur le compteur de la bombe. Moins de dix minutes avant le déclenchement du détonateur.

— Arrête-la, gronda Rowan. (Il posa le canon de son arme directement sur le front du Laquais, sentant déjà les pointes de ses crocs émerger sous l'effet de la colère.) Maintenant, connard !

Le Laquais se contenta de le regarder sans ciller. Pas troublé le moins du monde, il ne bougea pas.

— Tu peux tirer maintenant ou attendre de voir cet endroit exploser autour de nous dans moins de neuf minutes. Pour moi c'est du pareil au même, vampire. De toute façon, les ordres de mon Maître auront été exécutés.

Avec un grognement, Rowan retroussa les lèvres sur ses crocs. Il ne demandait pas mieux que de descendre ce salopard sans âme et d'effacer le regard suffisant qu'il arborait avec ce qu'il fallait de poudre et de plomb.

Ce désir intense l'empêcha d'entendre l'autre Laquais se glisser derrière lui avant qu'il soit trop tard pour esquiver son coup. Quelque chose de dur et de froid s'abattit sur le côté de sa tête.

Assommé, il sentit ses jambes le lâcher.

À quatre pattes au sol, il tourna la tête et vit le tube d'acier qui revenait vers lui, dirigé cette fois directement vers son visage.

Sainte mère de Dieu ! se dit Chase, en considérant l'immense Gen-1 qui se tenait devant eux.

— Filez par où nous sommes venus, ordonna-t-il à Tavia. Trouvez Rowan. Sortez d'ici.

Mais avant même qu'il ait fini de parler et qu'elle ait pu faire le premier pas, il sut qu'il était trop tard pour que l'un ou l'autre d'entre eux puisse fuir. Trop tard aussi pour ouvrir le feu sur le Chasseur, arme hautement spécialisée, né et élevé dans les laboratoires de Dragos dans un seul but : tuer.

L'assassin avait vu le pistolet dans la main de Chase et l'envoya valser avec le seul pouvoir de son esprit. L'arme alla percuter une aquarelle encadrée accrochée au mur et l'entraîna dans sa chute au sol.

Pas bon du tout, tout ça !

Jetant un regard par-delà la masse de l'assassin qui se tenait devant lui, Chase estima les chances qu'il avait de faire passer Tavia à travers la fenêtre brisée, qui constituait le seul point de sortie possible. Ils n'y arriveraient pas. Et derrière eux, tout était silencieux. Pour ce qu'il en savait, Mathias pouvait très bien être déjà mort, que ce soit à cause d'un Chasseur comme celui-ci ou d'un autre péril.

Il n'y avait qu'une chose dont il était certain : il n'y aurait là aucune pitié, mais seulement l'exécution sans faille des ordres de Dragos.

Le regard noir de l'assassin glissa sur Chase pour se fixer sur Tavia. On aurait dit la lunette d'un *sniper* rivée à sa cible. Chase comprit immédiatement. C'était pour Tavia que ce Chasseur était venu ; lui n'était qu'un obstacle circonstanciel.

L'assassin fit un grand pas en avant, écrasant de ses rangers noirs le verre brisé au sol.

— Lâche la femelle !

Chase ricana.

— Ben voyons !

Il resserra sa prise sur le poignet de Tavia, et sentit ses tendons se raidir contre ses doigts tandis qu'il la faisait passer derrière lui. Cette machine à tuer élevée en laboratoire ne s'approcherait pas d'elle tant qu'il serait vivant. Il sentit la sauvagerie de la Soif sanguinaire se réveiller en lui, mais, au lieu de la combattre, il l'accueillit.

— Si tu la veux, gronda-t-il à l'intention du tueur de Dragos, il te faudra d'abord me passer sur le corps.

L'assassin ne cilla même pas. Il ne dégaina pas non plus sa propre arme. Non, ces tueurs étaient entraînés à désarmer et à tuer un opposant beaucoup plus rapidement en utilisant leurs mains nues et leur force brute de Gen-1. Chase en avait vu plus d'un en action auparavant, et, fort de cette expérience, il fut immédiatement sur le qui-vive quand le Chasseur, baissant le menton, fonça.

L'assassin tenta d'attraper Tavia, mais Chase lui bloqua le bras en projetant son coude vers le bas. Profitant de ce succès inespéré, il se tourna vers Tavia.

— Courez ! cria-t-il, ses iris transformés illuminant le visage empreint de terreur de Tavia d'une lumière ambrée. Tirez-vous d'ici par n'importe quel moyen !

Il venait à peine de finir de parler que l'assassin l'avait saisi. L'instant d'après, il volait. Il alla s'écraser contre la paroi coulissante qui séparait la salle d'attente du bureau d'accueil de l'autre côté du mur.

Comme il finissait au sol parmi les débris, il vit le Chasseur se diriger sur Tavia. Les mains de la brute s'abattirent sur ses épaules.

— Non ! rugit Chase de rage.

Il se releva et, d'un bond furieux, se précipita sur l'assassin, qu'il déséquilibra. Le Chasseur lâcha Tavia et gronda en sautant hors de portée. Revenant à la charge, Chase lui envoya son poing dans la mâchoire, ce qui n'arracha à la brute aucune réaction.

Et Tavia qui ne fuyait pas comme il lui avait ordonné de le faire ! Elle avait déjà très peu de chances de s'en sortir et chaque seconde comptait. S'il devait laisser sa peau dans ce combat, c'en était fini d'elle aussi.

Il s'apprêtait à lui intimer de nouveau l'ordre de filer, quand sa voix affolée l'en empêcha.

— Chase, attention !

Le cri d'alarme de Tavia attira le regard de Chase sur la main libre de l'assassin, dans laquelle se trouvait une arme à l'air méchant. Il évita le coup, mais ce mouvement défensif lui coûta. Toujours accroché au Chasseur, sur lequel il continuait à faire pleuvoir les coups de poing tandis que la brute se cabrait sous lui comme un cheval sauvage, Chase n'eut pas le temps de réagir avant que la lame ne revienne vers lui. Cette fois, le coup l'atteignit, froid et douleur s'emparant de sa cage thoracique.

Il sentit son poumon percé se vider avec un sifflement et son champ de vision se brouilla. L'assassin se débarrassa de lui comme du poids mort qu'il était soudain devenu, puis pivota pour en finir avec lui.

— Chase ! cria Tavia.

Elle se lança vers lui alors même que le Chasseur levait son immense dague au-dessus du corps de Chase, prêt à donner l'estocade.

Ah ! Putain, non !

L'instinct protecteur de Chase luttait contre la douleur et la blessure qui l'avaient mis à terre. Il ne pouvait pas la laisser tomber comme ça. Il ne pouvait pas laisser Tavia faire face seule à la colère de la machine tueuse de Dragos.

Lançant un rugissement au-delà de la souffrance qu'il ressentait et du brouillard qui commençait à envahir son esprit, il roula hors de la trajectoire de la lame de l'assassin et se releva. Le tueur se tourna vers lui, prêt à frapper de nouveau.

Et il y avait là aussi Tavia, qui se dressait déjà derrière l'immense Gen-1.

Ses iris d'un vert brillant étincelaient d'une lumière ambrée à présent. Les courbes délicates de son visage avaient pris un aspect anguleux. Chase décela son intention dans son regard transformé et tenta de la dissuader par un léger mouvement de tête.

Un ordre qu'elle ignora superbement.

Lèvres écartées sur ses crocs à présent complètement sortis, elle vint saisir la main levée du Chasseur à la vitesse de l'éclair. La maintenant dans les deux siennes, elle la tordit sauvagement. Os et tendons cédèrent avec un craquement.

Tandis que sa lame chutait au sol, l'assassin feula, se retournant vers elle comme une vipère.

Sa main désormais inutile pendant le long de son flanc, le Chasseur vint de l'autre prendre Tavia à la gorge. Ce n'est qu'alors que l'assassin à la froideur d'acier perdit son calme. Ses crocs jaillirent de ses gencives tandis qu'il s'apprêtait à en finir avec Tavia, les doigts serrés sans pitié autour de son cou.

La fureur de Chase ne connut alors plus de bornes. La vue de Tavia cherchant l'air en crachotant, essayant désespérément de s'arracher à l'étau qui l'étouffait, le mit en mouvement comme rien jamais auparavant ne l'avait fait.

Il plongea, attrapa son pistolet au sol, et se releva en tirant. Malgré sa rage et la douleur qu'il ressentait à la poitrine, son bras ne trembla pas. Sans pitié, il lâcha balle après balle dans la tête du Chasseur. Le crâne de ce dernier éclata, éclaboussant Tavia de sang et de cervelle tandis que le grand Gen-1 trébuchait sous l'assaut et, enfin, finissait au sol en tas.

Tavia observait le mâle de la Lignée mort à ses pieds. Elle aspirait l'air à petites goulées, incapable de respirer normalement après l'étreinte qui lui aurait sûrement été fatale sans l'intervention de Chase. Elle avait le goût du sang sur les lèvres et le sentait dans ses cheveux, sur sa peau et sur ses vêtements. Elle en avait l'estomac retourné, mais en même temps elle sentait qu'il éveillait en elle un sombre pouvoir.

Si elle avait voulu le nier jusque-là, il n'y avait désormais plus aucun doute.

Elle était bien l'une d'entre eux. Elle appartenait à la Lignée.

Elle sentait cette puissance en elle, une puissance qui lui donna la force de rester là sans ciller tandis que Chase s'avançait, armant une dernière fois son pistolet. Il jeta un regard de mépris à l'assassin, puis, du pied, décala sa tête pour exposer l'épais collier noir qu'il avait au cou. Enfin, il visa ce collier et tira sa dernière balle dessus à bout portant.

Il y eut un éclair lumineux d'un éclat incroyable. Immédiatement, Tavia sentit le corps de Chase la protéger, ses bras solides l'entourant tandis que la lumière blanche incandescente fusait autour d'eux pour disparaître aussi rapidement qu'elle était venue. La chaleur de Chase ne s'attarda qu'un instant de plus, sécurisante et réconfortante. Puis elle aussi disparut.

— Ça va ? demanda-t-il d'une voix rauque inquiète.

Elle regarda la tête fumante de l'assassin à présent séparée de son corps.

— Je vais bien, répondit-elle, même si sa gorge était enflammée et que sa voix n'était qu'un feulement. Et vous ?

Ses crocs vibraient sous l'effet de la perte du sang qui coulait de son flanc. Chase se contenta d'une grimace de dédain pour sa blessure.

— Je survivrai.

Il prit la main de Tavia et l'éloigna du carnage.

— Cette lumière, dit-elle en suivant le mouvement. Qu'est-ce que vous avez fait ? Qu'est-ce qui est sorti de ce collier ?

— Des rayons ultraviolets. Dragos oblige ses Chasseurs à porter des colliers d'obéissance qu'il contrôle à distance. Et la moindre tentative de les enlever déclenche le détonateur.

— Voilà qui est bon à savoir, dit-elle, toujours abasourdie par ce à quoi elle venait d'assister. (Elle jeta un dernier regard derrière eux tandis que Chase la guidait dans le couloir.) De combien de Chasseurs Dragos dispose-t-il ?

Chase grogna.

— De beaucoup trop !

On entendit soudain des coups de feu qui provenaient de l'arrière de la clinique, faisant frissonner Tavia.

— Mathias ! (Chase jura à voix basse.) Il faut aller le chercher.

Tavia acquiesça.

— Je viens avec vous.

Cette fois, il ne discuta pas, et ils se mirent à courir ensemble dans le couloir de la clinique.

Ils virent Mathias Rowan sortir en boitant d'une pièce du fond, laissant derrière lui une trace de sang frais. Sa tête saignait abondamment, sa jambe gauche était raide.

— Sortez ! Sortez immédiatement ! Il y a une bombe dans la salle des serveurs, cria-t-il en leur faisant signe de retourner d'où ils venaient. J'ai tué les deux Laquais qui l'ont amorcée, mais le compte à rebours est presque à son terme. Il faut que nous sortions immédiatement.

Ils coururent jusqu'à la fenêtre de devant de la clinique et ils étaient à peine sortis du bâtiment qu'un sourd grondement se fit entendre. Et tandis que tous trois se dépêchaient de traverser la prairie enneigée il se transforma en un véritable rugissement.

L'explosion qui suivit fut monstrueuse.

Soudain la nuit s'illumina et la clinique du docteur Lewis disparut dans une boule de feu, de fumée et de débris projetés en tous sens avec les nombreuses décennies de secrets et de mensonges qu'elle contenait.

Chapitre 21

L'antique fauteuil dans lequel était assis Dragos dans son repaire insulaire lui appartenait depuis plus d'un siècle. Monstrueux, très inconfortable, c'était un trône sculpté dans un bois dur de Valachie il y avait près de six siècles de cela. Il l'avait trouvé dans une vieille église du sud des Alpes transylvaniennes. D'après la légende, l'assise polie et les bras à tête de dragon avaient jadis accueilli un prince médiéval assoiffé de sang dont le nom inspirait encore la terreur chez la plupart des humains.

En général, Dragos considérait ce genre de folklore tout au plus comme amusant. Mais ce soir-là, il enviait le précédent propriétaire du siège pour avoir su inspirer une telle crainte à ses sujets.

Dragos aspirait à provoquer à son tour ce genre de terreur sacrée, auprès non seulement de ceux qui le servaient mais aussi du monde en général.

Sa fureur s'était déclenchée plus tôt dans la journée, lorsque le vice-président avait finalement renoncé à assister au service funèbre célébré en mémoire du sénateur Clarence à Boston dans un souci de sécurité de dernière minute. Quant à Dragos, le voyage qu'il avait fait de jour pour rien et l'heure perdue à attendre parmi la foule des humains endeuillés n'avaient rien fait pour améliorer son humeur. Pas plus d'ailleurs que le fait que désormais les appels qu'il passait au bureau du politicien étaient traités par des sous-fifres qui l'éconduisaient poliment en lui demandant s'il désirait qu'ils vérifient son agenda pour voir s'il serait à même de recevoir Dragos plus tard dans l'année.

Rien que d'y repenser, Dragos grinçait des dents.

Les ongles plantés dans les bras de bois du trône de l'Empaleur, il regardait à la télévision un reportage sur un incendie qui faisait rage dans une propriété privée de la petite ville de Sherborn. Ce n'était pas la perte de la clinique du docteur Lewis qui faisait croître la fureur de Dragos ; la destruction du bâtiment et des données qui y étaient conservées avait été la conséquence d'un ordre qu'il avait donné juste après avoir été informé de la mort de son Laquais.

Non, ce qui le faisait bouillir de rage, c'était que le Chasseur qu'il avait envoyé là-bas n'était pas revenu avec Tavia Fairchild. Il avait envoyé l'assassin la chercher à la tombée de la nuit, persuadé qu'elle finirait bien par retourner à la clinique, poussée par la curiosité qu'elle avait de connaître la vérité sur son passé. Et Dragos avait anticipé avec délices le plaisir qu'il prendrait à enseigner à la belle Tavia toutes les manières de le satisfaire maintenant que le faux-semblant de son existence de mortelle n'avait plus cours.

Mais le Chasseur avait échoué à rapporter à Dragos son trophée.

Un échec de plus dans une journée qui n'en avait pas manqué.

Mais c'en était fini, sa patience était à bout et il ne laisserait plus personne repousser encore son triomphe.

Lâchant un puissant juron, Dragos bondit de son siège à la valeur inestimable et s'en saisit. Dans un accès de fureur, il lança le meuble contre l'énorme foyer de pierre qui couvrait tout un mur de la pièce. Au contact de la masse inébranlable de granit et de mortier, le fauteuil vola en éclats.

Six siècles d'histoire réduits en morceaux en un instant.

Cette destruction irrévocable le remplit d'une satisfaction aussi réelle et aussi profonde que l'aurait été l'orgasme le plus explosif. Dragos savoura l'afflux de puissance dans ses veines, le laissa le nourrir comme le nourrissait le sang source de vie.

C'est plein de sa propre magnificence qu'il franchit le seuil de son appartement privé pour aboyer un ordre à l'un de ses Laquais présents.

— Convoque mes lieutenants, gronda-t-il. Je les veux tous sans exception en ligne sur mon système de vidéo-conférence sécurisée dans l'heure. Qu'ils soient prêts à recevoir mes ordres.

Rowan aspirait l'air difficilement entre ses dents. Chase était en train d'éponger le reste du sang à l'arrière de son cuir chevelu ouvert.

— Seigneur, ce truc fait un mal de chien ! Et tes grosses paluches n'arrangent rien. Tu ne fais vraiment pas le poids comme infirmière.

Chase grogna.

— Oui, eh bien, les soins à domicile n'ont jamais été mon fort.

— Pas possible ! Bon, ça y est, tu as fini ?

— Ça y est.

Chase avait déjà pansé ses propres blessures. Lui et Rowan avaient fait de la cuisine du Havrobscur de ce dernier une infirmerie de fortune, tandis que l'on emmenait Tavia jusqu'à une chambre d'hôte à l'étage pour qu'elle se lave et se repose. La grande maison était calme. Tout au plus entendait-on de temps en temps un murmure de conversation émanant des parents civils de Rowan, une poignée de frères plus jeunes et de neveux, dont certains étaient déjà liés à des Compagnes de sang et qui vaquaient à leurs affaires ailleurs dans le Havrobscur.

Chase jeta le coton et les tampons de gaze qui lui avaient servi à nettoyer les plaies de Rowan et jeta un regard de côté à l'Agent du maintien de l'ordre, qui grimaçait de douleur.

— Ça faisait combien de temps que tu n'avais pas été touché au combat ?

Rowan haussa les épaules.

— Tu veux dire depuis que j'ai été promu directeur de la région ? Difficile de se faire blesser quand tu restes assis derrière un bureau la plupart du temps.

— J'aurais cru que tu savais en quoi consistait le job avant de faire campagne pour l'obtenir.

— Je n'ai fait campagne que parce que tu refusais de le faire, répliqua Rowan. Tu sais bien que le fauteuil de directeur avait ton nom d'inscrit sur le dossier. Il devait même te revenir par tradition. Depuis la création du poste à l'installation de l'Agence à Boston, c'était toujours un Chase qui l'avait occupé.

Ce qui faisait en fait plus de deux cents ans.

D'abord le père de Chase, puis Quentin, son frère. Cela faisait six ans que Quent avait été tué en mission. Tout le monde dans la famille et à l'Agence avait considéré comme une évidence que Chase allait reprendre le flambeau. Au lieu de ça, une fois le choc et le chagrin de la mort de son frère estompés, Chase s'était plongé dans le travail de terrain, se consacrant aux patrouilles de nuit et autres jobs de merde réservés en général aux nouvelles recrues et aux Agents indisciplinés, le but étant de leur faire se salir les mains et de les aguerrir avant qu'ils commencent à essayer de faire leur trou au sein de l'Agence.

Pour qui voyait ça de l'extérieur, la décision de Chase de renoncer au poste de directeur avait été honorable, courageuse. C'était un frère en deuil, seul héritier survivant de l'un des noms les plus respectés de la Lignée, refusant les titres et les privilèges pour perpétuer la tradition familiale de service désintéressé à la communauté.

La vérité n'avait pas grand-chose à voir avec tout ça. Chase ne supportait pas l'idée d'essayer de remplacer son père ou Quentin. Sa réussite n'aurait jamais été au niveau de la leur, et il n'aurait pu le supporter. D'ailleurs, la honte de se savoir inférieur à eux le poursuivait encore.

Voilà pourquoi il avait refusé cette responsabilité.

Il avait fui, et ce qui n'avait fait qu'aggraver ce déshonneur était la façon dont tout le monde avait conclu qu'il avait agi avec la même intégrité remarquable que celle qui avait guidé son père et son frère avant lui. Et toutes ces années il avait gardé le masque. Même après avoir rejoint l'Ordre, il avait continué à jouer son rôle de sainte-nitouche. Mais ça n'avait pas duré. Non, ils n'avaient pas tardé à voir clair en lui.

Toute sa vie il avait été un imposteur. Tout beau, impeccable à l'extérieur, et pourtant pourrissant et dégoûté de lui-même à l'intérieur. Et c'était devenu pire après la mort de Quentin. Grâce aux progrès de sa maladie, au ballet dangereux qu'il dansait avec la Soif sanguinaire, Chase ne se souciait plus de maintenir la façade derrière laquelle il était resté caché si longtemps. Ça lui coûtait trop.

À présent, il affichait sa maladie. Même son don pour manipuler les ombres l'avait presque déserté. Il était nu désormais, exposé. Rien ne pouvait plus le cacher.

Rowan laissa échapper un soupir qui arracha Chase à ses sombres pensées.

— Il y a des jours où je ne sais même plus ce que représente l'Agence et, si tu veux tout savoir, ce sont les plus nombreux. J'ai accepté ce poste parce que je pensais pouvoir faire la différence. Je n'y suis pas parvenu. La corruption est présente depuis trop longtemps, et elle va trop profond. C'est un cancer dont les métastases ont touché presque tout le monde dans l'organisation.

Chase comprenait. Lui aussi avait ressenti ce poids.

— L'Agence est sur la mauvaise pente depuis longtemps. Y faire le ménage? Seigneur! (Il secoua la tête en pensant à l'étendue des changements que cela représenterait.) Il faudrait tout mettre sens dessus dessous. Tout recommencer avec quelques éléments bien choisis et tout reconstruire de l'intérieur. Cela impliquerait de nouvelles façons de voir et de mesurer les choses.

Rowan regardait Chase attentivement, hochant la tête pour marquer son accord.

— Peut-être un jour nous rejoindras-tu pour m'aider à le faire.

— Putain! ricana Chase. Pas moi! J'ai été heureux de pouvoir me tirer quand je l'ai fait. Ça n'a jamais été ma place.

Rowan fronça les sourcils en grognant.

— Je m'étais dit que tu avais peut-être quitté l'Agence pour une autre raison. Je me suis demandé si tu n'étais pas parti pour suivre Élise.

Comme Chase lui lançait un regard noir, il ajouta:

— Tu sais, histoire d'être sûr qu'elle ne faisait pas une erreur en s'impliquant avec l'un des guerriers de l'Ordre.

— Elle ne pourrait être en de meilleures mains, répondit Chase avec conviction. Tegan l'adore, ce qui n'a rien d'étonnant. C'est un homme bien, digne d'elle. Et elle l'aime, peut-être même plus qu'elle n'aimait Quent.

— J'ai pu m'en rendre compte par moi-même, répondit Rowan. Mais à l'époque…

Chase finit lui-même la phrase de son vieil ami.

— À l'époque où j'ai quitté l'Agence, je ne savais pas ce que je voulais. Tout ce que je savais, c'était que si je voulais garder ma santé mentale, et mon âme même, je devais me tirer.

C'était la vérité qu'il offrait à Rowan à présent, en tout cas cette partie de la vérité qu'il était prêt à partager. Il y avait des choses qu'il ne dirait à personne. Des choses qu'il n'avait jamais partagées, des sentiments de honte venus de son passé qu'il ne pensait pas divulguer jamais.

— Et maintenant ? demanda Rowan après un moment.

Chase partit d'un rire sans humour.

— Je ne me soucie plus de tout ça.

— Peut-être le devrais-tu. (Rowan tendit une main qu'il posa sur l'épaule de Chase.) Ça fait bien longtemps que nous sommes amis, toi et moi. Je t'ai connu à ton meilleur. Mais même à ton pire, tu vaux infiniment mieux que tous les connards qui se prétendent mes amis à l'intérieur de l'Agence. Si tu as besoin de quoi que ce soit, tu peux compter sur moi.

Chase fronça les sourcils, hésitant à accepter une offre dont il ne se sentait pas digne.

— Je ne devrais pas te le demander, Mathias, mais…

— La femelle qui est là-haut, dit Rowan en hochant la tête, l'air grave. Seigneur ! Chase. Je l'ai vue de mes propres yeux, mais j'ai encore du mal à y croire. Dragos a fabriqué une femelle Gen-1 dans ses laboratoires !

— Plus d'une même, à en croire les dossiers que nous avons consultés à la clinique ce soir.

Rowan parla à voix basse afin de ne pas être entendu par l'un ou l'autre des résidents civils de son Havrobscur.

— Est-ce que tu te rends compte de ce que ça signifie ? De ce que ça veut dire pour le futur de notre race tout entière ? Cette jeune femme là-haut change tout.

— Oui, répondit Chase. Et c'est pourquoi il est essentiel de la protéger. L'endroit le plus sûr pour elle est auprès de l'Ordre. Je compte sur toi pour faire en sorte qu'elle y parvienne.

— Tu vas pouvoir faire ça toi-même, Chase. (Rowan haussa les épaules.) Je t'ai dit qu'il fallait que j'informe Lucan de tout ça. Je l'ai appelé dès notre retour. Il a envoyé Tegan et quelques autres pour récupérer la femelle. Ils sont déjà en route et devraient être là dans l'heure.

Chase jura à voix basse. Lorsqu'il avait franchi le seuil de l'Ordre quelques jours auparavant pour se retrouver aux mains de la police, c'était pour lui un acte définitif, le moyen de libérer ses frères d'armes du fardeau de sa présence et de tous les échecs dont il avait été responsable depuis qu'il avait commencé à perdre sa bataille contre la Soif sanguinaire.

Sa sortie en pleine lumière avait constitué une faible tentative de rédemption, un dernier effort pour faire preuve d'un tout petit peu d'honneur en sacrifiant sa propre liberté pour la leur. Il ne pensait pas alors qu'il aurait de nouveau à se retrouver face à face avec Lucan, Dante, Tegan ou l'un des autres membres de l'Ordre. En tout cas, il n'avait pas l'intention de s'exposer à présent à leur mépris, aussi justifié soit-il.

— Il va falloir que tu fasses les présentations à ma place, déclara-t-il à Rowan. Je n'ai pas l'intention de traîner ici jusque-là.

— Mais où pourrais-tu donc aller ?

La question ne se voulait pas un défi, mais la sollicitude de Rowan n'était pas non plus la bienvenue. Chase se leva et commença à faire les cent pas dans la cuisine. La chambre d'hôte où Tavia avait été amenée à leur arrivée se trouvait au-dessus de sa tête. L'eau de la douche coulait encore ; il entendait les gémissements étouffés des vieux tuyaux de cuivre à travers les épaisses parois de plâtre.

— Ça fait longtemps qu'elle est là-haut, maintenant. Tu crois qu'elle va bien ?

— Étant donné tout ce qu'elle a eu à traverser ne serait-ce qu'aujourd'hui, je dirais qu'elle s'en tire remarquablement bien.

— Ouais, rétorqua Chase. Tavia est… remarquable !

Il passa en revue dans sa mémoire les derniers jours et les dernières nuits. Toutes ces révélations étonnantes. La sollicitude inattendue, et même la tendresse involontaire, qu'il ressentait pour une femme qui, une semaine auparavant, n'était encore pour lui qu'une étrangère. Et bien sûr, il y avait la complication supplémentaire du désir qu'il éprouvait pour elle.

Raison de plus pour lui de couper court et de filer à présent, avant de se laisser impliquer plus avant.

— Et merde ! (Chase se passa la main dans les cheveux avec un grand soupir.) Il faut que j'y aille. C'est mieux comme ça. Mieux pour elle. Mieux pour moi aussi, putain !

Rowan ne l'avait pas quitté du regard. L'intelligent directeur de l'Agence n'avait pas besoin d'en savoir plus pour comprendre jusqu'à quel point Chase s'était déjà intimement compromis avec Tavia.

— Et qu'est-ce que je suis censé lui dire ?

Chase jura de nouveau, plus crûment cette fois.

— Dis-lui seulement que je suis désolé. Pour tout.

Chapitre 22

— Est-ce que tu crois que c'est vrai ? demanda Lucan, qui se tenait dans le centre de contrôle informatique de fortune de Gideon, appuyé d'un coude contre le mur. Est-il possible que Dragos ait créé un vampire femelle dans ses laboratoires ?

Gideon leva les yeux de l'un des écrans qu'il avait devant lui. Le regard qu'il jeta à Lucan par-dessus le bord de ses lunettes bleu clair posées bas sur son nez était grave.

— Si je me base sur ce que j'ai trouvé dans le conteneur cryogénique que le Chasseur a rapporté de La Nouvelle-Orléans, je dirais même que c'est probable.

Il fit rouler sa chaise sur le parquet de pin verni et s'arrêta devant un autre ordinateur.

— Tu vois ça, là ? (Il montrait du doigt le schéma affiché sur l'écran. Lucan le rejoignit pour regarder par-dessus son épaule.) Eh bien, ce n'est qu'une analyse parmi la dizaine que j'ai effectuées sur les sucettes génétiques réfrigérées de cette glacière de laboratoire. Il y a là des quantités d'échantillons, Lucan, recueillis auprès de l'Ancien, de ses rejetons de laboratoire, et d'une vingtaine de Compagnes de sang. J'ai même trouvé quelques échantillons humains dans cette cuve. Dragos a récupéré de l'ADN, des cellules sanguines, des cellules d'embryons, des embryons proprement dits, bref, tout ce dont un laboratoire plein de généticiens Laquais pouvait avoir besoin pour s'occuper pendant une génération.

— Seigneur ! murmura Lucan.

— Et encore il ne s'agit là que des spécimens viables, ajouta Gideon. Le deuxième conteneur cryogénique contenait beaucoup d'échantillons du même ordre, mais les coups portés à la cuve ont fait céder les joints et détruit tout son contenu.

— Et ça, qu'est-ce que c'est ? demanda Lucan, montrant un autre ordinateur, sur l'écran duquel défilaient de nombreuses données.

Le programme qui tournait dessus utilisait un affichage en écran divisé, le bas du moniteur laissant défiler à toute vitesse ligne après ligne de codes, tandis que le haut affichait une série de treize champs d'un caractère chacun.

Seuls trois des champs comportaient des caractères statiques : « 5 », « 0 » et de nouveau « 5 ». Dans tous les autres, les caractères défilaient à toute allure.

— C'est une petite routine de décryptage que j'ai écrite l'autre nuit. Je suis parvenu à décrypter une partie des données du laboratoire sans aucun problème, mais l'un des fichiers est verrouillé par un mot de passe supplémentaire. Et comme ma trousse à outils habituelle ne m'a pas permis de le découvrir, j'essaie sous un autre angle.

— Et ça marche ? demanda Lucan, la vue brouillée par les caractères qui défilaient à l'écran.

— Ça marche, répondit Gideon. Mais ça va beaucoup plus lentement que je ne l'espérais. Le programme tourne depuis près de vingt-quatre heures et voilà tout ce qu'il a pu trouver pour l'instant. À ce rythme, il faudra compter sur encore quatre à cinq jours pour venir à bout de l'ensemble de la séquence. Et encore faudra-t-il que les résultats du programme soient exacts.

Lucan grogna.

— Et j'imagine qu'il n'y a pas moyen de savoir ce que contient le fichier avant d'avoir décrypté ce mot de passe.

— Évidemment non, répondit Gideon. Mais dans la mesure où Dragos a pris la peine d'y mettre plusieurs verrous, j'imagine que son contenu nous intéressera.

— C'est sûr, mais quatre ou cinq jours de délai supplémentaire risquent de nous empêcher de faire usage de ce contenu. Dis-moi que tu as autre chose que ça.

Gideon hocha la tête.

— J'ai fouiné dans les transmissions GPS que le Chasseur nous a envoyées quand il était à La Nouvelle-Orléans. Comme c'est grâce à elles que nous avons retrouvé le fils de Corinne, peut-être y a-t-il moyen de pister les téléphones portables des autres assassins de Dragos à travers le pays ? Si nous localisons ces portables, nous pourrons commencer à descendre les Chasseurs un par un.

— Voilà un projet qui me plaît. Maintenant que nous commençons à voir tout ce que Dragos a fait au cours des années, que dis-je, des décennies, pendant lesquelles tout le monde l'a laissé faire, nous avons besoin d'engranger quelques victoires.

— Une femelle Gen-1, médita à haute voix Gideon, qui se mit à taper furieusement sur l'un des claviers devant lui. Comment a-t-elle pu vivre si longtemps parmi les humains ? Et quel était l'objectif de Dragos en la créant ?

— Je me pose les mêmes questions, répondit Lucan. De toute façon, nous allons pouvoir la débriefer dès que Tegan et les autres l'auront récupérée chez Rowan.

N'étant pas certain que Tavia Fairchild serait coopérative, Lucan avait envoyé le Chasseur et Niko avec Tegan. Renata aussi était du voyage, non seulement parce que la présence d'une autre femelle pourrait réconforter Tavia, mais aussi à cause de son don de Compagne de sang. La compagne de Niko avait le pouvoir d'immobiliser temporairement n'importe quel membre de la Lignée en utilisant la puissance extrasensorielle de son esprit. Malheureusement, étant donné les migraines monstrueuses dont elle avait tendance à souffrir après, Renata n'utilisait son talent que très rarement.

—Et Chase ? demanda Gideon. Est-ce que Rowan t'a parlé de lui quand il a appelé ?

—Seulement pour me dire qu'il était dans son Havrobscur et qu'il faisait peine à voir.

Une raison supplémentaire pour laquelle Lucan considérait que ç'avait été une bonne idée d'envoyer Renata à Boston ce soir-là avec le reste de l'équipe.

—Que ce soit pour le meilleur ou pour le pire, dit Gideon, je dois dire que je suis soulagé de savoir que Harvard est toujours vivant.

—Ne te fais pas trop d'illusions à son sujet, répondit Lucan.

Mais, en vérité, lui aussi était content de savoir Chase toujours en vie. Et pas qu'un peu reconnaissant qu'il ait signalé l'existence de Tavia Fairchild à l'attention de l'Ordre. Et ça, après le risque personnel que Chase avait pris en se livrant aux humains le matin du raid sur le complexe. Il avait probablement sauvé plus d'une vie ce matin-là, et ce sacrifice ne cessait d'épater Lucan.

Il était parvenu à diriger l'Ordre tout ce temps parce qu'il savait quand dire « stop », mais il savait aussi quand la mansuétude était de rigueur.

Certes, la balance n'avait pas penché en faveur de Sterling Chase ces derniers temps, mais il n'était pas pour autant une cause perdue.

Lucan savait de quoi il retournait. Lui-même avait bien failli succomber à la Soif sanguinaire il n'y avait pas si longtemps.

—C'était comment ?

Gideon s'était détourné de ses claviers et observait Lucan de derrière les verres de ses lunettes. La jovialité habituelle du petit génie de la technologie avait cédé la place à un calme grave.

— Tu n'as jamais raconté comment ç'avait été de passer si près de la Soif sanguinaire.

Ce n'était pas difficile de se le rappeler. Le combat qu'avait mené Lucan contre sa propre nature sauvage s'était un peu calmé depuis que Gabrielle était arrivée dans sa vie un an et demi plus tôt, mais son souvenir n'était jamais loin.

— C'était l'enfer, admit-il. Un enfer incessant. La soif et l'agressivité ne me quittaient pas. Elles forment une combinaison dangereuse, destructrice. La soif alimente le désir de violence, et la violence intensifie le besoin de chasser et de se nourrir. (Il retint un juron.) Mais aussi dur que ça ait été pour moi, Tegan a enduré quelque chose d'encore pire.

Gideon hocha gravement la tête. Il connaissait les grandes lignes de l'histoire de Tegan.

— Il a perdu sa Compagne de sang et a viré Renégat. Et tu l'as sauvé.

— Ce sont de longs mois de réclusion sans presque rien pour se nourrir qui ont sauvé Tegan, pas moi. Et même alors, il n'y avait aucune garantie qu'il s'en sorte.

Mais il s'en était sorti, en dépit de tout, même du chagrin et de la fureur qui l'avaient possédé si longtemps. Et Lucan était heureux que Tegan le considère toujours comme un ami. Un frère.

— C'était il y a longtemps, des siècles en ce qui le concerne, mais je peux t'assurer que la Soif sanguinaire ne te quitte jamais complètement. Il a fallu du temps pour que la dégringolade de Tegan s'arrête. Beaucoup de temps, et c'est quelque chose que nous ne pouvons offrir à Chase à l'heure actuelle, avec Dragos lâché dans la nature.

Gideon haussa un sourcil.

— Les murs de l'abri situé sous ce Havrobscur sont faits d'acier et de béton, trente centimètres d'épaisseur de béton. Et il possède une porte à triple renforcement construite pour résister à une attaque nucléaire. Il me semble que cela devrait suffire pour retenir un vampire furieux jusqu'à ce que nous ayons le temps de le traiter correctement.

Lucan regarda Gideon les yeux dans les yeux, se sentant l'esprit comploteur.

— Je suis déjà allé vérifier ça moi-même. J'ai jeté un coup d'œil juste après avoir parlé à Rowan ce soir.

Gideon hocha la tête et un sourire s'épanouit sur son visage.

— Et moi qui pensais que tu avais rayé Harvard de tes tablettes.

— Ça pourrait encore m'arriver, tempéra Lucan. Ce sera à lui de me persuader de l'aider. Comme je l'ai déjà dit, mieux vaut ne pas entretenir trop d'illusions avant de l'avoir vu pour de…

Il fut soudain interrompu par un tumulte de pas dans le couloir à l'extérieur de la pièce. Lui et Gideon se précipitèrent tous deux pour aller voir ce qui se passait.

Lazaro Archer faillit leur rentrer dedans.

— C'est Jenna, dit-il. (L'inquiétude se lisait sur le visage sévère de l'aîné.) Venez vite !

Ils le suivirent jusqu'à la grande salle qui s'ouvrait à l'autre bout de la vaste résidence. Brock était déjà là, accroupi auprès de sa compagne, affalée inconsciente sur un canapé de cuir marron.

— Jenna. (La voix de Brock était douce mais insistante, et il caressait son visage inerte de ses grandes mains calleuses.) Ma douce, est-ce que tu m'entends ? Allons, Jenna ! Ouvre les yeux pour moi ! Réveille-toi maintenant !

Lucan jeta un regard à Archer.

— Que s'est-il passé ?

— Je ne suis pas très sûr. Nous étions en train de revoir les transcriptions du langage de l'Ancien, essayant de trouver des traductions pour certaines des expressions extraterrestres les plus difficiles parmi celles qu'elle avait prononcées dans son sommeil ces dernières semaines. Elle m'a demandé si elle pouvait prendre un peu de repos, alors je suis allé voir comment allait Kellan. Lorsque je suis revenu, elle se débattait sur le canapé et semblait avoir du mal à respirer.

— Encore un cauchemar, suggéra Gideon. (Il continua à voix basse tandis que Brock tentait de faire revenir Jenna à elle comme il était seul capable de le faire.) Hier, elle m'a dit qu'elle avait de mauvais rêves. Des rêves où elle se retrouvait piégée dans une boîte noire, où elle était transpercée à répétition avec des aiguilles et des couteaux, ou encore où on la dépeçait tandis qu'elle ne pouvait rien faire d'autre que regarder.

— Seigneur ! s'exclama Lucan. Ça ne peut pas être une coïncidence.

— Non, acquiesça Gideon. Je dirais qu'avec le petit morceau de matériau extraterrestre que l'Ancien lui a implanté sont venus un certain nombre de ses souvenirs.

Et ce n'était pas tout ce que l'Ancien avait donné à Jenna. Son corps continuait à changer, ses cellules et ses organes s'adaptant pour devenir quelque chose de plus qu'humains. Les glyphes qu'elle portait sur la nuque et sur les épaules s'étendaient un peu plus chaque jour ; impossible de dire quelle surface de sa peau ils couvriraient d'ici un an ou une décennie. Vu la façon dont sa physiologie mutait, Gideon était convaincu que, comme sa force et son endurance, l'espérance de vie de Jenna ne pouvait plus se mesurer en termes humains.

— Jenna, susurra Brock, la serrant contre lui alors qu'elle commençait à se réveiller et à murmurer doucement dans ses bras. C'est ça, ma douce. Tout va bien maintenant. Je te tiens. Je te protégerai.

— Brock ?

Elle battit des paupières tandis qu'il continuait à lui parler doucement. Elle gémit, sa respiration s'accélérant tandis qu'elle commençait à se libérer du poids du sommeil et à reprendre conscience. Sanglotant doucement, elle s'accrochait à lui, ses yeux à présent grands ouverts pleins de larmes.

— Il y avait de l'eau partout. Elle n'arrêtait pas de monter, et les gens… il y avait des gens qui criaient partout autour de moi, qui se noyaient. Oh, mon Dieu ! C'était affreux.

Lucan glissa un regard interrogateur à Gideon, qui secoua la tête, tout aussi troublé que lui.

Brock prit le visage de Jenna dans les mains, la calmant de son toucher magique.

— Quels gens, ma douce ? Quelle eau ? Qui se noyait ?

— Je ne sais pas. (Elle appuya sa joue contre la poitrine de Brock et fut secouée d'un nouveau sanglot.) Je ne sais pas qui ils étaient, mais ils étaient en train de mourir. Hommes et femmes, enfants, animaux aussi. La vague rugissante emportait toute la ville.

Le froncement de sourcils de Gideon n'avait rien à envier à celui de Lucan. Même Lazaro Archer avait l'air un peu secoué par la description que faisait Jenna du chaos et de la destruction de masse.

Brock susurrait des mots d'apaisement dans son oreille.

— C'était juste un cauchemar, ma douce. Tu es en sécurité. Personne n'est mort. C'était juste un mauvais rêve. (Le guerrier leva un regard sombre vers Lucan, Gideon et Archer.) On lui en demande trop. Elle est épuisée, physiquement et mentalement. Tous ces tests, toutes ces transcriptions et toutes ces analyses. C'est vraiment trop. Il faut que ça cesse, maintenant!

—Non!

Ce n'était ni Lucan ni aucun des autres qui avait élevé la voix pour s'opposer à lui, mais bien Jenna. Elle se libéra de l'étreinte de Brock, et secoua la tête. Elle avait le visage rouge et encore baigné de larmes, mais le regard de ses yeux noisette était résolu.

—Non, Brock. Il ne faut pas que j'arrête de chercher des réponses. Je ne veux pas m'arrêter.

—Mais regarde ce que ça te fait! insista-t-il. Tu peux à peine fermer les yeux sans te réveiller en criant à cause un nouveau cauchemar, un cauchemar en général pire que les précédents.

Elle continuait à secouer la tête quand il prit son visage tendu dans les mains.

—Je vais bien. Je suis un peu remuée, mais tout va bien. Je veux faire ça. Je sens que nous approchons de quelque chose d'important. Je veux comprendre ces rêves, même s'ils me terrifient. Ils sont une part de ce que je suis maintenant, Brock. J'ai besoin de savoir ce qu'ils veulent dire.

—Il y a peut-être quelqu'un qui peut aider Jenna, avança Gideon. (Toutes les têtes se tournèrent vers lui.) Claire Samuels, ajouta-t-il. La Compagne de sang d'Andreas Reichen a le don de circuler dans le rêve des autres. Elle pourra peut-être aider Jenna à naviguer dans les siens et à répertorier des détails que nous risquerions de manquer sinon.

—Oui, dit Jenna. Pensez-vous qu'elle serait prête à le faire?

— Claire se trouve à Rhode Island, rappela Lucan à l'assemblée. Comme Reichen est en ce moment en Europe, où il effectue des recherches sur l'Agence pour nous, on ne peut pas demander à Claire d'abandonner son Havrobscur et de tout lâcher pour filer nous rejoindre au nord.

— Peut-être n'aurait-elle pas besoin de le faire, reprit Gideon. Il lui est déjà arrivé de faire ça à distance. Ce n'est pas ce qu'il y a de plus facile pour elle, mais ça n'est pas impossible pour autant.

Brock se passa la main sur son crâne rasé.

— Tout ça ne me dit rien qui vaille. Et s'il arrivait quelque chose ?

— Qu'est-ce qui pourrait bien arriver ? lui demanda Jenna. Après tout, ce ne sont que des rêves. Peut-être s'agit-il des souvenirs de l'Ancien, je n'en sais rien. Mais j'ai besoin de savoir, Brock. S'il m'a laissée vivre, c'est qu'il y a une raison. Il m'a obligée à choisir, et puis il m'a mis ce morceau vivant de lui-même sous la peau. Pourquoi ? Que voulait-il de moi ? Je ne pourrai pas m'arrêter tant que je n'aurai pas ces réponses. Tu ne peux pas me demander de fuir ce que je suis en train de devenir.

— Je m'en garderai bien, répondit Brock gentiment. (Il baissa la voix jusqu'à ce qu'elle ne soit plus qu'un murmure rauque.) Tu sais bien que je t'aime plus que tout au monde, Jenna. Je veux seulement m'assurer de ta sécurité.

— Je suis en sécurité. (Elle lui sourit comme s'il n'y avait personne d'autre dans la pièce.) Je suis en sécurité avec toi, et je n'ai pas peur. Promets-moi seulement d'être là pour me récupérer quand je me réveille.

— Toujours !

Il l'embrassa, et ce baiser dégagea une chaleur de fournaise.

— Appelle Claire, s'il te plaît, Gideon, dit-elle sans quitter son compagnon un seul instant des yeux.

Comme Lucan approuvait de la tête, Gideon sortit son portable et tapa sur la touche abrégée qui allait le relier au Havrobscur de Reichen, situé au bord de l'océan à Newport, Rhode Island.

Chapitre 23

Il avait eu la ferme intention de partir.

En sortant de la cuisine de Mathias Rowan, sa décision était prise. Éviter le mépris qu'il était certain de trouver auprès de ses anciens frères d'armes de l'Ordre et se contenter de disparaître dans la nuit : tel était son plan. Et pourtant, sans savoir pourquoi, Chase se retrouva au lieu de ça en train de grimper l'escalier jusqu'au premier étage du Havrobscur.

L'étage était calme, la plupart des résidents de la grande maison étant soit dans leurs propres appartements, soit sortis pour la soirée afin de chasser ou de s'amuser en ville.

La chambre où était Tavia se trouvait à l'autre bout du large couloir. Chase parcourut le tapis ancien qui couvrait le sol depuis le haut du grand escalier circulaire jusqu'à chaque bout des deux ailes de la vieille maison bourgeoise. Puis il s'arrêta sans bouger devant la porte fermée, ne sachant pas s'il devait la déranger.

Depuis l'autre côté de l'épais panneau d'acajou sculpté et poli lui parvenait le chuintement de l'eau qui coulait.

Elle était encore sous la douche ?

Mais cela faisait plus d'une heure qu'elle était montée !

Est-ce qu'elle allait bien ?

— Tavia ?

Chase frappa légèrement à la porte. Pas de réponse. Il recommença, plus fort cette fois. Toujours le même silence inquiétant.

— Tavia, vous êtes là ?

Il posa la main sur le bouton de cristal à facettes et s'aperçut que la porte n'était pas verrouillée. Le souffle court, il la poussa et entra dans la chambre, qui n'était pas éclairée.

— Tavia ? Pourquoi ne répondiez-vous pas…

Il ne finit pas sa phrase car il venait de la voir assise contre le mur dans l'obscurité.

Elle pleurait.

— Ah, Seigneur !

Toujours vêtue des habits qu'elle portait à la clinique, les bras autour des genoux, elle tremblait sous la force de ses sanglots. Elle avait la tête penchée et ses longs cheveux caramel lui tombaient dans le visage, collés et emmêlés suite au combat qui avait eu lieu plus tôt ce soir-là. Et malgré sa taille et sa puissance, elle n'avait jamais semblé à Chase aussi petite, aussi vulnérable.

Il traversa la chambre et alla s'accroupir devant elle. Elle ne leva même pas les yeux pour lui signifier qu'elle savait qu'il était là. Ses épaules tremblaient sous l'effet des longs sanglots qui lui traversaient le corps.

— Hé, murmura-t-il en tendant timidement la main vers elle pour l'apaiser.

Il lui passa doucement la main dans le dos, mais cela ne fit qu'augmenter ses larmes. Elle ne parlait pas, continuant à sangloter.

— Tout doux, tenta-t-il de la calmer, pas très sûr de comment faire pour la réconforter, sachant qu'il n'était pas doué pour ça.

S'il y avait quelque chose qu'il préférait éviter plus que de décevoir ceux qui comptaient sur lui, c'était bien d'avoir affaire à une telle manifestation d'émotions féminines.

Mais il ne pouvait pas fuir devant le chagrin de Tavia, pas même si elle méritait mieux que ses bras pour la consoler.

— Ça va aller, murmura-t-il, en écartant des doigts les mèches humides de ses cheveux.

Il lui souleva le menton, et amena ses yeux rougis au niveau de son regard.

Mon Dieu ! Qu'elle était belle ! Même sous l'emprise du désespoir, le visage couvert de sang séché et de poussière à cause des événements de la clinique, les yeux humides de larmes et gonflés par les pleurs. Chase la regardait et s'apercevait qu'il ne l'avait jamais entendue rire. Qu'il ne l'avait jamais vue sourire. Depuis qu'elle était avec lui, elle était passée de la terreur à l'indignation, puis à l'angoisse et à la confusion, pour enfin se sentir perdue et seule. Et désormais, complètement détruite.

Certes, il y avait eu aussi de la passion entre eux, mais même ça avait été féroce et brut. Et en laissant les choses aller si loin entre eux, il lui avait pris quelque chose de précieux. Ç'avait été pour elle une première fois tant pour le sexe que pour le sang, et lui, salopard égoïste, avait pris son plaisir sans complexe sur les deux plans.

C'est tout empreint de cette culpabilité qu'il prit Tavia dans ses bras et se mit à la bercer tandis qu'elle pleurait contre sa poitrine.

— Rien de ce qui a fait ma vie jusqu'ici n'était vrai, déclara-t-elle d'une voix grave entrecoupée de larmes. J'ai cru que je pourrais supporter ça, et ça fait si mal. Tous les gens que j'ai connus m'ont menti. M'ont utilisée. Toute ma vie n'a été qu'une longue série de trahisons.

Chase lui caressa la tête et le dos, passant sa main calleuse sur les mèches de soie emmêlées de ses cheveux.

— Ça va aller, répéta-t-il. Vous êtes forte, Tavia. Vous viendrez à bout de cette épreuve, je n'ai aucun doute là-dessus. Et il y a des gens au sein de la Lignée qui peuvent vous aider.

Mais pas lui, c'était sûr. Il avait fait assez de mal en ce qui la concernait. Et même si cela lui faisait du bien de la tenir, même si c'était réconfortant de sentir ses bras autour de lui tandis qu'elle pleurait, les braises de sa soif rougeoyaient juste au-dessous de la surface de son calme. Et il devait lutter pour la garder sous le boisseau, pour calmer la lueur enfiévrée de ses iris alors que Tavia levait la tête pour croiser son regard.

— Et vous voulez savoir ce qu'il y a de plus ironique dans tout ça ? (Elle retint un soupir étranglé.) Je l'aimais, la femme Laquais que Dragos avait choisie pour être ma famille. Je l'aimais comme une mère. J'ai même aimé le docteur Lewis. C'étaient les deux personnes en qui j'avais le plus confiance au monde, les seules personnes qui me connaissaient vraiment. Je pensais qu'elles me protégeaient, m'aidaient à devenir meilleure. (Un nouveau sanglot lui échappa.) Et ils m'auraient tuée si Dragos leur avait demandé de le faire. Je ne signifiais rien pour eux. Je n'ai jamais rien signifié pour personne. Et ça fait encore plus mal que d'avoir appris ce que je suis vraiment.

Devant son désespoir, Chase se sentit des envies de meurtre. Les deux Laquais qui l'avaient trahie n'étaient déjà plus là, mais Dragos ne perdait rien pour attendre. Chase désirait plus que tout au monde être celui qui mettrait fin à son existence, une fin prolongée et sanglante, la plus violente possible.

Mais il fit attention à garder ses mains les plus douces possible tandis qu'il passait son pouce sur une coulée de suie qui longeait la joue délicate de Tavia. Il en effaça les traces et ne put résister à poser les lèvres sur le centre plissé de son front. L'odeur de fumée de l'explosion de la clinique restait accrochée à sa peau et à ses cheveux. Du sang séché, conséquence du combat contre le Chasseur de Dragos, tachait ses vêtements et couvrait son visage de mouchetures couleur rouille.

— Venez ici, murmura-t-il en l'écartant de lui pour l'aider à se relever.

Il la prit par la main et la conduisit jusqu'à la chaleur de la salle de bains adjacente. De la vapeur s'élevait par-dessus les longs panneaux de verre qui masquaient le bac de douche, où l'eau coulait. Le brouillard argenté entourait Tavia, qui se tenait devant lui, silencieuse et docile, tandis qu'il lui enlevait avec délicatesse ses vêtements souillés.

Les dermoglyphes qui lui couvraient le corps depuis la base de son cou jusqu'à ses cuisses nues, en passant par ses tétons rose sombre et son ventre lisse, laissaient paraître de légères variations de couleur.

Des variations qui prirent de l'ampleur au fur et à mesure que les yeux de Chase circulaient sur elle avec une admiration indéniable.

La main de Tavia tremblait à peine quand elle vint la poser sur la joue de Chase. Ses yeux de la couleur des feuilles au printemps viraient déjà à l'ambre quand elle fit un pas vers lui pour poser ses lèvres entrouvertes sur sa bouche.

Chase l'embrassa, faisant appel à tout le self-control dont il disposait pour garder sa bouche tendre sur celle de Tavia malgré le feu du désir qui se répandait à toute allure dans ses veines. Il lui fallut encore un effort de plus pour l'écarter doucement de son corps déjà dur.

Mais il ne s'agissait pas là de son besoin à lui. Il n'était venu jusqu'à elle que par sollicitude. S'il restait là plus longtemps, ce ne serait que pour offrir son réconfort, pas pour prendre à Tavia plus qu'il ne l'avait déjà fait.

Il ouvrit la porte de la douche en la faisant glisser et fit signe à Tavia d'y pénétrer. Il suivit un instant plus tard à peine après s'être débarrassé rapidement de ses propres vêtements, puis referma le panneau de verre derrière lui.

Il lui lava les cheveux et le corps avec des gestes d'une tendresse alanguie. Très vite, le sang et la cendre qui constituaient les traces des heures violentes qu'ils avaient vécues ce soir-là furent emportés vers la bonde, et il ne resta plus devant lui que la beauté nue de Tavia, dont les glyphes pulsaient de couleurs, l'indigo, le bordeaux et l'or de sa palette plus délicats que ceux qui jouaient sur son propre corps nu. Les crocs de Chase emplissaient sa bouche et son désir lui asséchait la gorge. Il serra cependant les dents pour empêcher Tavia de voir à quel point il avait envie d'elle.

Mais il y avait une chose qu'elle ne pouvait pas ne pas voir. En effet, son érection comblait le mince espace qui les séparait, augmentant chaque fois que la peau humide et satinée de Tavia frottait contre la sienne.

Elle posa une paume légère sur sa poitrine. Il sentait son pouls dans le bout de ses doigts, l'entendait battre dans ses oreilles, rythme sourd accompagnant le chuintement de la douche.

Elle le désirait aussi.

Malgré l'angoisse qui l'avait presque dévastée, le désir avait allumé l'étincelle d'ambre qu'il devinait dans ses yeux verts. Ses pupilles se réduisaient, ce qui intensifiait la chaleur émanant de ses iris. Elle parcourut de sa paume humide le devant du corps de Chase, passant sur ses nombreuses coupures et contusions, des blessures qu'il sentait à peine sous le contact chaud de sa main. Mais cela ne l'empêcha pas, elle, de les remarquer. Il la vit faire la grimace en découvrant la pire de toutes, entendit sa brusque inspiration comme elle tombait sur la plus récente, celle qu'avait provoquée la lame du Chasseur.

— Est-ce que ça fait mal ?

Sa voix était à la fois veloutée et rauque, et la pointe de ses crocs brillait d'une blancheur éclatante quand elle parlait.

Chase secoua la tête, incapable de parler tandis qu'elle continuait d'explorer son corps. Il ne savait pas s'il devait la repousser ou prier pour qu'elle continue. Mais son sexe répondit à sa place, se redressant plein d'anticipation tandis que les doigts humides de Tavia continuaient à descendre vers son entrejambe.

Quand il laissa échapper son nom alors qu'elle se mettait à le caresser, on aurait dit un juron. Son corps se tendit sous le jet brûlant de la douche, et son sang se mit à bouillir dans ses veines. Il regardait les doigts blancs de Tavia glisser légèrement sur sa chair durcie, torturé par le désir de la voir le prendre fermement en main, et en même temps conscient qu'il lui fallait l'arrêter avant que les choses n'aillent de nouveau trop loin.

Et s'il lui était resté ne serait-ce que la moindre parcelle d'honneur, c'était ce qu'il aurait fait.

Il avait des dizaines de raisons de tourner les talons et de s'en aller comme il avait eu l'intention de le faire tout du long. Et il y en avait quelques dizaines d'autres pour lesquelles une femelle aussi rare et aussi miraculeuse que Tavia méritait un meilleur mâle et même n'importe quel autre mâle que lui. Elle méritait quelqu'un de bon et de sincère, quelqu'un sur qui elle pourrait compter pour l'aider à faire les premiers pas dans la vie qui l'attendait comme membre de la Lignée.

Mais, en la regardant à présent, en sentant la chaleur se répandre dans tout son corps sous ses caresses, Chase se sentit envahi par une vague de possessivité si totale et si puissante qu'elle le laissa pantelant.

Il ne voulait pas devenir accro à cette femme. Il avait bien assez des addictions qui le consumaient déjà. Le sang et la violence l'avaient presque détruit. Et à regarder Tavia telle qu'elle se tenait à présent devant lui, nue et luisante d'eau sous la douche, si merveilleuse dans sa transformation de belle femme en glorieuse vampire, Chase avait bien du mal à imaginer un désir plus brûlant que celui qu'il ressentait quand il était près d'elle.

Mais la force de cet appétit ne l'empêchait pas de la toucher avec une tendresse infinie. Glissant une main sous le rideau humide de ses cheveux, il lui prit la nuque et l'attira doucement à lui. Il l'embrassa, effleurant simplement sa bouche de ses lèvres.

— La dernière fois, dit-il d'une voix rauque avant de retenir un juron, c'était pour vous la première. Vous auriez mérité mieux. Je n'avais aucun droit…

Elle le fit taire d'un nouveau baiser, plus exigeant que ne l'avait été le sien. Lorsqu'elle releva la tête pour le regarder dans les yeux, il ne se lisait aucun regret dans son regard brûlant. Seulement le désir. Un désir clair, honnête et sans honte.

— Tu m'as donné exactement ce que je voulais.

— C'est vrai ? (Il lui toucha le visage et les cheveux, émerveillé de la manière dont elle pouvait sembler à la fois si sûre d'elle et si innocente.) Et maintenant ?

Les yeux de Tavia se mirent à étinceler encore plus. Derrière ses lèvres entrouvertes, ses crocs étaient plus longs, plus pointus. Et ces petites pointes blanches exquises libérèrent en lui le vampire sauvage qu'il lui avait fallu bien des efforts pour retenir jusque-là.

Elle s'approcha encore et la chaleur de son corps lécha la peau de Chase comme une flamme nue. Elle redescendit sa main le long de son abdomen vers son érection, puis, sans le lâcher du regard, elle referma les doigts sur son membre et se mit à opérer un mouvement de va-et-vient.

Chase ne put retenir le grognement de plaisir qui jaillit de sa gorge.

Il ferma le robinet et ouvrit la porte de la douche.

Puis il prit Tavia dans ses bras et la porta dans la chambre en quelques enjambées.

Chapitre 24

Malgré le désir furieux qui l'enflammait, Chase posa Tavia sur le lit avec une telle délicatesse qu'on l'aurait crue de verre.

Ses yeux transformés lançaient des flammes, chauffant la peau de Tavia tandis qu'il laissait son regard parcourir son visage. Lorsqu'il parla, sa voix était à peine plus qu'un grognement.

— Cette fois, nous allons prendre notre temps. (Il la rejoignit sur le matelas et s'installa à quatre pattes au-dessus d'elle comme un puissant félin.) Cette fois, je veux te donner ce que tu veux… mais pas avant que tu le réclames en criant.

Oh, mon Dieu!

Imaginer ce qu'il voulait dire fut presque trop pour elle. Elle s'allongea et le laissa la toucher. Les doigts de Chase filèrent sur son front, sa joue, son menton, jusqu'au tendre creux, à la base de sa gorge, où son pouls battait rapidement. Il prit son temps pour l'étudier, suivant du bout de l'index les arabesques colorées désormais animées sur sa peau.

— Tu es si belle, murmura-t-il d'une voix rauque. Comment as-tu pu te laisser convaincre que tu n'étais rien moins que parfaite? Je pourrais tuer Dragos rien que pour ça.

Tavia entendit sa fureur contenue, la ressentit dans le sourd battement de son pouls, qui emplissait presque complètement ses sens. Mais son toucher était tendre, respectueux, si attentionné.

Lorsque enfin il vint poser ses lèvres sur les siennes, elle faillit perdre le souffle. Après une longue entrée en matière, il glissa la langue dans sa bouche entre ses dents avant de venir tester la pointe acérée de ses crocs. Fidèle à sa promesse, il prit tout son temps, attendant qu'elle fonde sous lui, perdue dans le plaisir de leurs deux bouches mêlées, avant de rompre le contact.

— Tu as un goût de paradis, susurra-t-il contre ses lèvres entrouvertes. Si pure, si lumineuse. Mon Dieu, quel effet tu me fais !

Elle était incapable de parler, ne pouvait que serrer les poings sur le couvre-lit matelassé et retenir sa respiration tandis que les lèvres de Chase voyageaient à présent vers le bas de son corps. Elles rejoignirent d'abord sa poitrine, ses dents et ses crocs égratignant ses tétons durcis, avant de rejoindre son ventre, où sa langue s'activa dans le creux de son nombril.

Puis sa bouche passa le long de sa hanche pour rejoindre la peau tendre de l'intérieur de sa cuisse. Elle gémit sous le souffle chaud qui parcourait sa peau sensible, perdit le sien quand la langue de Chase dessina son entrejambe, et se mit à trembler avec un cri intérieur quand il se mit à téter le bourgeon de son sexe avec la même attention sensuelle que celle qu'il avait accordée à sa bouche.

— Mon Dieu, que c'est bon ! murmura-t-elle, ses crocs emplissant à présent toute sa bouche.

Tavia se cambra sous le baiser brûlant, et ses hanches se mirent à bouger de leur propre volonté, chaque centimètre de son corps vivant et en feu, soumis à la volonté de Chase. Il n'était pas question pour elle de combattre le plaisir qu'il lui donnait, et elle ne pouvait que se laisser aller tandis qu'il l'amenait au point culminant de ces sensations.

Il lui sembla que son orgasme faisait éclater son sexe comme un fruit mûr, diffusant sa lumière dans ses membres comme une pluie chaude aux gouttes constellées de soleil. Elle le laissa l'entraîner au loin, abandonnant toute la souffrance et toute la laideur des dernières vingt-quatre heures loin derrière elle tandis que la bouche de Chase continuait son assaut divin sur ses sens.

Elle était encore pantelante, le plaisir continuant à se réverbérer dans son corps, lorsqu'il remonta sur elle avec des yeux affamés. De ses lèvres brillantes, il lui reprit la bouche en un long baiser passionné. Leurs crocs se rencontrèrent, l'éraflure réciproque de leurs pointes acérées provoquant chez eux une sensation érotique inattendue.

Le corps de Tavia était en fusion et, avant même que la chaleur vibrante de son orgasme se soit apaisée, il en voulait déjà plus. Tandis que le baiser de Chase se prolongeait, elle planta les ongles dans son dos et ses épaules, sentant une nouvelle vague de jouissance se lever en elle. Elle mordilla sa lèvre inférieure, presque au point de le faire saigner. Et quand elle parla, ce fut d'une voix si sèche qu'elle eut du mal à la reconnaître.

— Je te veux en moi.

En réponse, il poussa un grognement qui la fit vibrer tout entière.

— Patience, lâcha-t-il d'une voix rauque, un éclat d'amusement dans les yeux. Je ne t'ai pas encore montré toutes les autres manières que j'ai de te faire jouir.

Il lui reprit les lèvres pour un nouveau baiser langoureux. Cette fois, sa langue fouilla profondément sa bouche, tandis qu'il insérait les doigts dans son sexe serré. Harmonisant le rythme de sa langue et celui de sa main, il se mit à accélérer. Tavia s'agrippa à lui, tentant de le garder en elle alors même que le frottement de ses va-et-vient la faisait se cabrer et crier de plaisir.

— Tu es si chaude, murmura-t-il sensuellement. On dirait de la soie. Je pourrais jouir juste en te sentant autour de mes doigts.

Il remuait les hanches contre le côté de la cuisse de Tavia, son érection dure comme de l'acier mais douce comme du velours. Folle de désir pour lui, elle voulait le sentir en elle. Elle soupira de désespoir quand il retira ses doigts, mais très vite il les reporta sur son clitoris et, tandis que les sensations fusaient en elle, elle laissa échapper un cri étranglé. Il caressa un instant le petit bouton sensible, puis laissa son pouce s'en charger tandis que le reste de ses doigts la pénétraient de nouveau. Son orgasme ne tarda plus, vague après vague, son sexe se contractant par à-coups sur les doigts de Chase, et elle lança un cri de jouissance qu'elle tenta d'étouffer dans le cou de son partenaire.

Avec un grognement de bête sauvage, celui-ci s'accroupit sur elle jusqu'à ce que son membre massif repose entre ses cuisses. Il entama alors un lent mélange de leurs corps, son sexe à l'entrée du sien. Il remuait contre elle, soulevant le poids de son corps puis le laissant retomber lentement, la tourmentant avec la promesse sensuelle de la pénétration à venir. Mais elle était déjà mûre, et il lui suffit de quelques mouvements supplémentaires pour la catapulter vers un nouvel orgasme explosif.

— Dieu, que tu es belle comme ça, Tavia !

Et tandis qu'elle jouissait, le regard enflammé et ravi de Chase baignait son visage et sa peau de sa lueur ambrée et de sa délicieuse chaleur. Son propre désir illuminait de nuances sombres les magnifiques motifs de ses dermoglyphes, en une tempête de couleurs qui peignait ses bras et son torse musclés de bordeaux, d'or et d'indigo. Vibrant d'anticipation, il vint poser lentement son gland contre l'entrée du sexe de Tavia.

— Ah, merde ! Je ne peux pas attendre plus longtemps. J'ai besoin d'être en toi.

Et d'une poussée accompagnée d'un grognement, il s'installa en elle.

Le visage crispé, il se mit à aller et venir sans ménagement. Elle ne put résister à la marée des sensations qui progressaient dans son corps avec chaque poussée de celui de Chase, pas plus qu'elle ne parvint à mettre un frein au désir primitif qui la fit se redresser pour planter les dents dans l'épaule de Chase, égratignant sa peau de ses crocs.

Il grogna, son rythme frénétique devenant plus rapide, plus animal, à chaque coup de reins. Elle le sentait se battre contre sa vraie nature. Elle sentait la soif vorace qui l'animait et la souffrance que le refus qu'il lui opposait provoquait chez lui.

Elle percevait dans le battement accéléré de son pouls le besoin qu'il éprouvait à cet instant de la mordre, de boire à sa veine et de la marquer comme sienne.

Mais il ne le fit pas.

Au lieu de ça, il détourna la tête et lança un rugissement où se mêlaient la colère et le soulagement comme il s'enfonçait en elle pour jouir. Elle sentit se répandre en elle sa chaleur et frissonner son grand corps couvert d'une pellicule de sueur fraîche. Tandis qu'il ralentissait le mouvement, Tavia caressa le dos musclé de Chase. Elle observait son visage, essayant de comprendre ce qui le faisait sembler à la fois si ouvert, si digne de confiance et pourtant si distant. Si hanté et si détaché. Si sombre et si seul.

Quelque part, elle éprouvait pour lui de la tristesse, de la sollicitude. Et, merde ! C'était ridicule. Comme s'il avait besoin de sa compassion ou de son inquiétude pour lui.

Mais ça ne l'empêcha pas d'avoir envie de le cerner, ne serait-ce qu'un peu. Alors que plus rien dans sa vie n'avait de sens, être avec Chase en avait. Ce n'était pas seulement le sexe, aussi incroyable qu'il soit. C'était le fait qu'il était la première personne à se montrer honnête envers elle, même si elle n'avait pas été préparée à entendre ce qu'il avait à dire. Pour le meilleur ou pour le pire, il était son seul ancrage dans un monde bouleversé si vite et si complètement qu'il en était méconnaissable. Ce qu'elle lui avait dit à la clinique quelques heures plus tôt était la vérité : il était désormais son seul ami. Et cela la perturbait de savoir qu'il souffrait d'un mal personnel.

Ils recommencèrent à faire l'amour lentement, profitant l'un de l'autre pendant ce qui leur sembla des heures. Ils restèrent étendus là longtemps, le corps de Chase drapé sur celui de Tavia, leurs jambes réunies en un charmant méli-mélo, puis Tavia finit par poser la question qui se répétait dans sa tête à chaque battement de cœur de Chase.

— Pourquoi t'interdis-tu de te nourrir ? (Elle perçut au tremblement de son pouls et à la soudaine raideur de son corps contre le sien la tension que sa question provoquait en lui.) Je ne parle pas seulement de moi, précisa-t-elle. Tu t'empêches de boire à la veine de qui que ce soit. Depuis combien de temps cela dure-t-il ?

Il haussa les épaules.

— Quelques jours, je suppose.

Au son de sa voix, si écorchée et si rauque, il aurait tout aussi bien pu dire qu'il s'empêchait de se nourrir depuis un an.

— Et combien de temps peux-tu t'en passer ?

— Normalement, un vampire de ma génération peut survivre une semaine sur un repas. Parfois plus longtemps.

— Mais ce n'est pas normal pour toi, n'est-ce pas ?

Elle n'avait pas vraiment besoin de demander : au rythme de son pouls, qu'elle sentait se réverbérer dans ses propres veines, elle le comprenait bien.

— Je peux ressentir ta soif, Chase. Je ne sais pas très bien comment, mais je peux la ressentir comme si c'était la mienne.

Il roula loin d'elle en jurant à voix basse.

— C'est à cause du lien.

Il arborait une expression grave, lèvres serrées. Il se passa vivement la main dans les cheveux et jura de nouveau, plus crûment cette fois.

— Tu as bu de mon sang, Tavia. Ça t'a liée à moi. Si tu étais humaine, ça n'aurait pas d'importance. Mais tu ne l'es pas. Et tu n'es pas que vampire non plus. Ta partie Compagne de sang est liée à moi à travers mon sang, qui vit maintenant en toi.

Surprise, elle se passa une main sur la poitrine, où la souffrance tenace de sa soif brûlait à présent avec le feu amer de son regret.

Il hocha la tête d'un air grave.

— C'est bien ça. Si je ressens quelque chose assez fortement, que ce soit de l'ordre de la souffrance ou du plaisir, du chagrin ou de la joie, tu le ressentiras aussi. Le lien de sang t'attirera vers moi. Tu le sentiras comme un écho dans tes veines.

Elle ne lâchait pas des yeux son regard troublé.

— Pour combien de temps ?

— Jusqu'à la mort de l'un d'entre nous.

Tavia déglutit, et écarquilla les yeux tandis qu'elle essayait d'assimiler ce que cela pourrait vouloir dire de toujours sentir la présence de Chase comme une partie d'elle-même. Le nœud sombre de ses émotions était une force puissante, intense, mais pas franchement agréable.

Chase, qui observait sa réaction, rit doucement.

— J'aurais dû m'assurer que tu comprenais bien ce que tu étais en train de faire, ce que cela allait te coûter, avant que tu me mordes.

— Je ne vois pas comment tu aurais pu m'en empêcher, dit-elle, se souvenant trop bien de la voracité dont elle avait fait preuve ce jour-là chez lui.

Dans les moments qui avaient suivi le déclenchement de sa fièvre et la fin des effets des médicaments du docteur Lewis, une créature sauvage avait été libérée pour la première fois.

— Je n'avais jamais ressenti de désir aussi puissant avant. J'étais incapable d'y résister. Si tu crois que je te le reproche…

— Tu devrais, l'interrompit-il d'une voix dure. C'était à moi de contrôler la situation. Il y avait de nombreuses manières dont j'aurais pu éviter qu'elle ne dérape à ce point. Sans tenir compte bien sûr du plaisir que c'était d'avoir tes jolis crocs plantés dans ma gorge.

Son regard la consumait. Un éclair de désir la traversa ; celui de Chase ou le sien, elle n'en était plus très sûre. Il tendit la main vers elle, posa légèrement les doigts sur son menton, et lui caressa les lèvres du pouce.

— Tu es vraiment la chose la plus délicieuse que j'ai jamais connue.

— Mais tu regrettes ce qui s'est passé.

Il acquiesça faiblement.

— Si c'était possible, je reviendrais en arrière immédiatement. Le lien de sang est sacré. Il est indestructible et tu aurais dû le partager avec quelqu'un que tu aimes, Tavia. Avec ton compagnon.

Et à l'évidence, il n'était pas volontaire pour ce rôle. Le coup au cœur qu'elle ressentit alors aurait dû être du soulagement. Vu le tournant qu'avait pris son existence, se retrouver impliquée avec un vampire à moitié psychotique et assoiffé de sang était probablement la dernière chose dont elle avait besoin.

Sauf qu'elle était bel et bien impliquée. Qu'ils l'aient choisi ou non, ils étaient tous deux désormais très impliqués. Surtout si elle devait rester enchaînée à lui par quelque lien psychique inextricable.

Un lien à sens unique, à en croire le regret qui se lisait sur son beau visage dur.

— As-tu jamais été lié à quelqu'un, Chase ?

— Non.

— Mais tu aurais bien voulu, dit-elle doucement. La femme sur la photo que j'ai trouvée chez toi…

— Élise ?

Il lâcha un juron et secoua la tête.

Tavia se souvint de la façon dont il lui avait dit que cette femme était la compagne de son frère mort. Rien que de la mentionner à ce moment-là avait rendu Chase très peu enclin à expliquer ce qu'il avait pu ressentir pour elle.

— Tu m'as dit que tu n'étais pas amoureux d'elle, mais ce n'était pas tout à fait vrai, n'est-ce pas ?

Il laissa échapper un long soupir et s'adossa à la tête de lit sculptée, les yeux dans le vague. Elle s'attendait à ce qu'il renforce sa barrière émotionnelle. Elle ne savait pas grand-chose de lui, mais il n'était pas difficile d'imaginer que son indiscrétion ne pourrait que lui attirer une nouvelle rebuffade.

Elle s'éclaircit la voix et se redressa à son tour, désireuse elle aussi d'un peu plus d'espace libre.

— Laisse tomber. Tu n'as pas besoin de me dire…

— Oui, je la désirais, lâcha-t-il. (Les mots étaient durs, une véritable autoflagellation.) Elle appartenait à Quentin, lui avait toujours appartenu… Mais il y avait quelque chose en moi qui la désirait malgré tout.

Tavia se raidit à côté de lui, mais pivota pour lui faire face.

— Est-ce que tu l'as séduite ?

— En pensée, de nombreuses fois. Ce qui était déjà trop. (Il secoua la tête.) Élise ne constituait qu'une partie de mon problème, mais il m'a fallu un certain temps pour m'en rendre compte. En fait, je voulais tout ce que mon frère avait. Je voulais être comme lui, être tout ce qu'il était. Toutes ces choses qui semblaient lui convenir si bien. Des choses qui étaient si faciles pour lui et qui pourtant n'ont jamais été à ma portée. J'ai essayé d'être l'homme que je voyais en lui, même après avoir compris que je faisais seulement semblant d'avoir une chance d'y parvenir.

On lisait tellement de souffrance sur son visage qu'elle sentit sa poitrine se serrer. Il avait le regard hanté, empli de culpabilité, de honte et d'un mépris secret envers lui-même dont elle aurait été bien incapable de sonder la profondeur. Seigneur ! Mais depuis combien de temps vivait-il avec cette haine intense de lui-même ?

— Ton frère savait-il ce que tu ressentais ?

— Non. Grands dieux, non ! Et il ne s'en serait jamais douté. (Il pinça les lèvres et baissa les yeux.) Après tout, nous étions tous les deux des Chase. Il n'aurait pas été digne de Quent de penser que je pouvais l'envier, même un peu. Nous avions été façonnés pour devenir des êtres parfaits, sur le plan moral comme sur tous les autres. Notre vénérable père n'aurait rien accepté de moins. (Un accent d'ironie s'était glissé dans sa voix.) Être né fils d'Auguste Chase imposait de répondre à un certain nombre d'attentes. Quent, lui, n'avait aucun problème à aller au-delà des critères rigoureux fixés par notre père.

— Et toi ? demanda Tavia avec douceur.

Un rictus sardonique se dessina sur les lèvres de Chase.

— Tête de classe dans toutes les matières. Influent, respecté. Disposant des meilleures relations dans le cadre de ma profession et parmi mes pairs. Une voie royale s'ouvrait devant moi, pour peu que je consente à l'emprunter.

— Je n'en doute pas, répondit Tavia. Mais ce n'était pas ma question, ce que je voulais dire…

— Mon père ? finit-il à sa place d'une voix blanche. Le problème d'être précédé par un frère comme Quentin, c'est qu'il avait tendance à projeter une ombre très longue. Une ombre dans laquelle il est très facile de disparaître, de devenir invisible. (Il haussa les épaules.) J'ai renoncé à rivaliser avec mon frère alors que je n'étais encore qu'un petit garçon et qu'il était déjà depuis une décennie à l'Agence, où il perpétuait sans faille la tradition de service qui était celle de la famille Chase depuis des siècles.

— Et que s'est-il passé ensuite ?

Chase poussa un petit grognement désinvolte.

— De nombreuses années à suivre le mouvement. Des décennies à observer chaque règle, à faire tout ce qu'on attendait de moi et plus encore. Une période creuse à l'Agence, à accueillir les accolades et l'admiration de gens qui ne s'appelaient mes amis que tant que ça servait leurs intérêts ou leurs caprices.

— Mais pas celle de ton père.

Tavia comprenait à présent.

— Il avait déjà le fils qu'il voulait. Moi, j'étais… superflu. (Il soupira en secouant la tête.) Tu m'expliquais combien tu te sens seule et vide après avoir compris que ton passé n'était construit que sur des mensonges et que personne parmi les gens que tu as connus ne t'avait jamais aimée. Eh bien, parfois tu peux sentir la même chose alors que tu es entouré par ta famille.

Elle prit son poing fermé, l'ouvrit et entrecroisa ses doigts avec les siens. Un temps, il resta silencieux, les yeux rivés sur leurs mains réunies. Lorsqu'il parla, il émanait de sa voix profonde une vulnérabilité inattendue. Comme s'il la laissait jeter un coup d'œil dans l'une des chambres les plus sombres du cœur qu'il semblait si sûr de ne pas posséder.

— Mon frère est mort il y a six ans. Il a été tué en mission pour l'Agence, par un Renégat qu'on venait d'amener au poste pour le mettre en réhabilitation.

— Un Renégat ? répéta-t-elle, l'air interrogateur.

— Si un membre de la Lignée laisse sa soif prendre le dessus, l'addiction n'est plus très loin. On l'appelle la « Soif sanguinaire ». Il n'y a pas de retour en arrière une fois qu'elle a pris le dessus. On devient alors Renégat. Devenir Renégat, c'est être atteint de la pire des folies. On a soif, alors on chasse et on tue. Et on détruit tout autour de soi jusqu'à ce que quelqu'un d'autre vous descende ou que vous fassiez au monde une faveur en laissant le soleil vous réduire en cendres.

Elle n'était pas sûre de ce qui lui semblait le plus terrible : la maladie elle-même, ou l'aboutissement sinistre de sa cure.

— Mais l'Agence est en mesure d'en réhabiliter certains ?

Le petit rire amer de Chase lui laissa peu d'espoir.

— Pendant longtemps, l'Agence du maintien de l'ordre a opéré en considérant qu'il y avait des raisons de le croire. Bien sûr, c'est aussi l'Agence qui est responsable des installations qui abritent ces membres malades de la Lignée un peu partout en Europe et aux États-Unis. Et nombre de bâtisseurs d'empire parmi les cadres supérieurs de l'Agence n'hésiteraient pas à essayer de convaincre leur monde que le système obtient des résultats.

— Mais toi, tu n'y crois pas.

— En tout cas, je n'en ai jamais vu ni entendu parler. Si tu veux mon avis, ces installations ne sont que des nids de sauterelles attendant l'occasion de se répandre et de dévorer tout ce qu'elles trouveront sur leur chemin.

Tavia frissonna devant l'image horrible qu'il lui décrivait.

— Ce qui veut dire que personne ne peut stopper un Renégat ?

— Seules une balle ou une lame de titane en sont capables. Le titane agit comme un poison sur le système sanguin dénaturé des Renégats. Sinon, il reste encore la solution d'un long bain de soleil.

Elle observa son visage, consciente de l'anxiété qui se lisait sur ses traits tendus.

— Ç'a dû être terrible, de perdre ton frère aux mains de l'un de ces monstres.

— Ouais.

Il hocha gravement la tête, l'air distant et pensif, à des milliers de kilomètres de là. Il lui fallut un moment pour reprendre pied dans la réalité.

— J'ai du mal à me souvenir des jours et des nuits qui ont suivi. J'avais tant de rage et de chagrin… Ce sont les seuls sentiments que j'ai ressentis pendant longtemps après.

Tavia avait vu passer une ombre dans ses yeux tandis qu'il parlait et elle sentit qu'il retenait quelque chose, un secret qu'il n'était pas encore prêt à partager avec elle. Qu'il ne voulait peut-être même partager avec personne. Mais il était clair que les choses qu'il avait faites à cette époque continuaient de le hanter, même s'il prétendait avoir laissé ses souvenirs derrière lui.

— Il était impensable que Quent ait pu disparaître si soudainement. Élise était dévastée, bien sûr. Et Camden, leur fils, aussi. Le gosse était à peine adolescent. Il avait déjà le projet de suivre des cours privés organisés spécialement de nuit à Harvard, comme Quentin et moi l'avions fait tous les deux, et notre père avant nous. Cam était si enthousiaste. Le monde lui appartenait.

La photo de Chase avec Élise et le garçon souriant revint en mémoire à Tavia dans tous ses détails. Même sans son don génétique de mémoire totale, elle se serait souvenue du regard protecteur de Chase sur cette innocente photo.

— Qu'est-il advenu d'Élise et de son fils après la mort de ton frère ?

L'expression de Chase s'assombrit de nouveau.

— Ils ont vécu sous ma protection pendant un temps. Mon père avait été tué en patrouille avant la mort de Quent, et c'était donc moi qui avais pris la tête de son Havrobscur. Élise et Cam m'y ont rejoint immédiatement après la mort de Quent. Pour être honnête, j'ai pensé que je pourrais me glisser à la place de Quent. J'ai pensé que peut-être je pourrais enfin savoir ce que c'était que d'être lui, juste une fois. Mais la présence de son ombre a continué à se faire sentir après sa disparition.

— Et Élise ? demanda Tavia, qui aurait bien voulu nier la crainte qui la travaillait déjà à l'idée d'entendre qu'il pourrait encore ressentir quelque chose pour cette femme au-delà des liens familiaux. Comment était-ce pour toi de l'avoir tout d'un coup dans ta maison, sous ta protection ?

— C'était comme vivre avec deux fantômes, celui de mon frère et le sien. Après la mort de Quent, elle s'est comme retirée du monde. Seul Camden comptait encore pour elle. (Il laissa échapper un profond soupir, dans lequel s'entendait un lourd remords.) Aucun d'entre nous n'aurait pu savoir que bientôt il serait mort lui aussi, devenu Renégat et abattu devant elle comme un chien enragé.

Tavia porta la main à sa bouche. Elle sentait le chagrin qui le déchirait comme une blessure toute fraîche.

— Mon Dieu, Chase ! C'est épouvantable !

— Ouais, acquiesça-t-il sombrement. (Le silence s'éternisa, froid et lourd.) Elle ne me pardonnera peut-être jamais d'avoir appuyé sur la détente.

Tavia ne put s'empêcher de rester bouche bée, frappée de mutisme par sa confession. Mais avant qu'elle puisse lui demander ce qui l'avait amené à commettre un geste aussi terrible, le son de voix étouffées leur parvint du rez-de-chaussée.

Des voix mâles profondes emplissaient l'entrée de la grande maison. Mais il y avait aussi une femme là en bas.

Tavia entendit Mathias Rowan les accueillir tous comme de vieux amis.

— Que se passe-t-il ? Qui est-ce ?

À côté d'elle sur le lit, Chase était tendu et silencieux.

— L'Ordre est arrivé.

Chapitre 25

Chase ferma la porte de la chambre de Tavia derrière lui sans faire de bruit. Il s'était habillé dès qu'il avait entendu la voix des guerriers, rassurant Tavia en lui disant qu'il n'y avait aucune raison de s'inquiéter et qu'elle devait simplement attendre à l'étage que lui ou Rowan vienne la chercher.

À son grand étonnement, elle n'avait pas discuté. Il ne faisait aucun doute qu'elle avait déjà suffisamment de choses auxquelles penser comme ça, suite à la confession infamante qu'il venait de lui faire. Certes, il ne lui avait pas révélé tout son passé. Il n'était pas allé jusqu'à divulguer le pire de sa honte. Et si ça ne tenait qu'à lui, elle ne saurait jamais à quel point son honneur était douteux.

D'ailleurs, toutes ses bonnes intentions ne l'avaient pas empêché de la séduire ce soir-là. Il savait très bien que l'enfer était pavé de bonnes intentions, mais il ne lui serait pas venu à l'idée un seul instant de considérer que faire l'amour avec Tavia avait quoi que ce soit à voir avec l'enfer.

Rien que de penser à elle accéléra son pouls, et le fait qu'il pût encore sentir son odeur sur sa peau et son goût sur sa langue n'arrangeait rien. Pareil pour la chaleur de son corps imbriqué dans le sien. Il sentit son sexe se dresser, prêt pour un bis.

Et merde !

Peut-être était-ce l'enfer après tout ?

Chase tira sa chemise sombre sur la bosse grandissante de son jean noir et s'apprêta à faire face à ses anciens frères d'armes. En bas, dans l'entrée du Havrobscur, la voix de Tegan grondait avec son habituelle froideur menaçante.

— Merci de ton appel, Mathias, et de l'interception de la femelle comme de Chase. J'aurais aimé qu'on soit là plus tôt ce soir pour vous donner un coup de main. Ça ne m'aurait pas déplu de jeter moi-même un coup d'œil à ces dossiers à la clinique.

— C'est sûr !

Nikolaï était là en bas lui aussi. Chase reconnaissait le vampire sibérien à la vivacité de son rire.

— Personnellement, poursuivait-il, je n'aurais rien tant aimé que de vous aider à fumer une paire de ces Laquais pourris et l'un des Terminators de Dragos.

Chase, qui débouchait sur le palier à l'étage, fit une pause en haut de l'escalier. En bas, Niko faisait un grand sourire au troisième guerrier qui les accompagnait dans cette mission de récupération à Boston.

— Soit dit sans te vexer, Chasseur.

L'ex-assassin ne cilla même pas.

— Aucun risque.

Auprès de Rowan et des trois membres de l'Ordre se tenait la Compagne de sang de Niko, Renata. La beauté à la chevelure de jais vêtue de cuir noir de la tête aux pieds leva les yeux vers Chase et le transperça de son regard de jade.

— Les mecs…, murmura-t-elle pour leur signaler sa présence, accompagnant l'interjection d'un petit mouvement du menton vers le haut.

Sans réagir, Chase commença à descendre l'escalier.

Tegan fut le premier à rompre le silence tendu.

— Quand on parle du diable… Je dois dire que je suis surpris de te trouver à nous attendre là, Harvard.

Je m'attendais plutôt à un départ précipité de ta part. C'est plus dans ton style actuel.

Chase afficha un sourire narquois accompagné d'un grognement sardonique.

— Maintenant que tu le dis… J'y allais justement.

Il descendit quelques marches de plus. La porte du Havrobscur se trouvait juste derrière Tegan et les autres. La liberté était là, à quelques mètres. Et pourtant il ralentit dès qu'il eut posé le pied au bas de l'escalier.

Certes, il aurait bien voulu éviter cette rencontre avec Tegan, Niko et les autres, mais il avait du mal à supporter l'idée d'abandonner Tavia sans un mot d'explication. Surtout à présent. Ç'aurait été plus facile avant, s'il était parti plus tôt ce soir-là, comme il en avait eu l'intention. Avant qu'il finisse par retourner dans les bras de Tavia. Et dans son sexe délicieux.

Putain!

Mais à qui essayait-il de la faire?

Rien, jamais, ne serait facile pour lui quand il s'agirait de quitter cette femelle.

Et quelle serait la réaction de Tavia quand elle s'apercevrait que ces trois guerriers et la femelle impitoyable capable de transformer provisoirement en légume jusqu'au plus puissant des membres de la Lignée d'un seul coup de son pouvoir extrasensoriel étaient là pour la mettre sous la protection de l'Ordre?

Il y avait des choses qu'il aurait dû lui expliquer, mais il avait été bien trop occupé à la déshabiller et à s'assurer que son corps délectable n'oublierait jamais le sien. Oui, il y avait beaucoup de choses qu'il aurait dû faire différemment en ce qui concernait Tavia Fairchild. Perdre encore un peu de sa liberté et de la maîtrise de son existence n'allait pas lui plaire. Elle allait être furieuse et troublée, ce qui, il fallait bien le dire, ne la changerait pas beaucoup de ce qu'elle avait vécu depuis qu'elle avait eu le malheur de le rencontrer.

Quant à Chase, avoir à faire face au regard désapprobateur de ses frères d'armes était déjà assez dur. Il ne voulait pas en plus lire la déception dans celui de Tavia.

Il fit un pas dans l'entrée et sentit la tension grimper d'un cran chez les guerriers.

— Où crois-tu aller ? demanda Tegan, le calme de sa voix ajoutant à sa dangerosité.

Le côté sauvage de Chase réagit immédiatement à la menace implicite.

— Je m'en voudrais d'interrompre une mission importante de l'Ordre, ironisa-t-il, avec plus de venin dans la voix qu'il ne l'aurait souhaité.

Mais c'était son mal qui parlait pour lui à présent, un mal qui ne demandait qu'à déclencher la bagarre. Alors que lui ne voulait pas se battre avec les gens qui étaient là.

Il avait quitté l'Ordre en assez mauvais termes avec ses membres comme ça, il ne supporterait pas de décevoir encore une fois le seul groupe d'individus qui l'eussent jamais vraiment connu et apprécié. Et l'idée même de lever le poing ou une arme contre l'un d'entre eux lui faisait honte.

Poings serrés le long du corps, il fit un nouveau pas.

— Je suis déjà resté trop longtemps. Je m'en vais.

— Je ne crois pas, non, Harvard. (Tegan se mit en travers de son chemin.) Tu as réussi à devenir l'ennemi public numéro un chez les humains. Lucan veut que tu disparaisses de la circulation.

— Et ? Vous êtes là pour mener à bien une opération précise ? ricana Chase, chez qui l'agressivité avait fini par reprendre le dessus. Eh bien, ne me mêlez pas à ça. Je n'ai rien demandé.

— Certes non !

L'immense guerrier à la chevelure fauve avança le menton comme un taureau s'apprêtant à charger. Il transperçait Chase d'un regard qui voyait clair en lui. Il était impossible de prendre en défaut la clairvoyance de celui qui était, après Lucan, le plus vieux membre de l'Ordre. C'était d'autant plus impossible pour Chase qu'il aurait suffi à Tegan, dont le don était de lire les émotions par le toucher, d'un contact pour savoir à quel point il était proche du désastre.

— Peut-être ne comprends-tu pas ce que j'essaie de te dire, Harvard. Tu rentres avec nous. Et avec la femelle.

Chase se laissa aller à retrousser les lèvres sur ses dents et ses crocs.

— Aux dernières nouvelles, Lucan et vous autres ne vouliez plus entendre parler de moi. Il m'avait semblé très clair que je n'étais plus le bienvenu.

Médiateur dans l'âme, Rowan s'éclaircit la voix.

— Chase, bon Dieu ! Calme-toi, je t'en prie.

Tegan repoussa d'un haussement d'épaules l'offre de conciliation. La confrontation ne lui faisait pas peur.

— Tu peux venir de toi-même, sinon nous sommes prêts à employer la force.

Comme Chase répondait par un petit rire ironique, Renata s'avança entre Tegan et Niko, aussi gracieuse qu'elle était dangereuse.

— Si j'étais toi, j'obéirais. Nous avons nos ordres.

— Pas possible ? la défia-t-il.

Il lui jeta un regard qui avait transformé plus d'un escadron d'Agents du maintien de l'ordre armés jusqu'aux dents en volées de gamins terrorisés. Mais ce genre de choses n'impressionnait pas Renata. La Compagne de sang de Nikolaï écarta ses longues jambes pour se mettre en position de combat et lui rendit son regard, ce qui ne fit qu'énerver encore un peu plus Chase.

— Si tu as l'intention de me frapper avec ton talent incapacitant, je te conseille de faire en sorte d'en finir avec moi rapidement. Sinon tu ne verras même pas ma réplique arriver.

Le grondement de Niko fut plus furieux que Chase ne l'avait jamais entendu. Le guerrier fit un pas en avant, la paume refermée sur la crosse du semi-automatique à l'air méchant qui attendait dans un holster sous son bras. Chase savait que l'arme serait chargée de balles de titane à tête creuse destinées aux Renégats, des munitions que Niko fabriquait lui-même.

Vu la façon dont son sang acide le brûlait à présent, Chase n'avait guère de doutes sur le fait qu'une balle suffirait à le fumer sur place. Il fut même tenté de vérifier sur-le-champ.

Mais, au lieu de ça, il se contenta d'un juron et s'apprêta à lever les bras en signe – moqueur – de reddition.

Il avait à peine bougé qu'il sentit un éclair lui pénétrer le crâne. Renata ! Il n'avait même pas eu le temps de voir d'où venait le coup. Celui-ci avait été extrêmement bref : ce n'était qu'un avertissement, il le savait bien. Sinon il aurait été bien incapable de se poser la question. Mais malgré tout, ça restait d'une violence extrême. Chase laissa échapper un rugissement étranglé tandis que l'énergie psychique rebondissait à l'intérieur de son crâne et qu'il perdait l'équilibre, se retrouvant au sol sur un genou.

Il ne vit pas Tavia arriver. Elle s'était déplacée si rapidement et si discrètement qu'aucun d'entre eux n'aurait pu s'en rendre compte. Se matérialisant comme jaillie de nulle part, elle sauta par-dessus la rambarde à l'étage et retomba souplement, tel un chat, sur le sol dallé de l'entrée.

Chase se retrouva derrière la mince silhouette de Tavia à la regarder faire face seule à trois guerriers de la Lignée lourdement armés et à une Compagne de sang qui pouvait très facilement détourner son pouvoir paralysant de Chase pour l'envoyer à pleine puissance sur Tavia.

Mon Dieu, non !

Si elle se prenait une balle ou une décharge de la fureur de Renata à cause de lui…

— Ne lui faites pas de mal ! rugit-il, arrachant sauvagement les mots à sa gorge. (Faisant appel à tout ce qui lui restait de force pour dépasser la douleur de la décharge mentale que lui avait infligée Renata, il se mit sur ses pieds tant bien que mal et prit sa place au côté de Tavia.) Qu'aucun de vous ne lui fasse de mal, putain !

Mais aucun n'eut le moindre mouvement fâcheux.

Ce n'est qu'alors qu'il comprit que cela n'était absolument pas dans leurs intentions. Ils n'étaient pas venus là pour blesser qui que ce soit, pas même lui, mais il leur avait forcé la main. Tous regardaient fixement devant eux, y compris Mathias Rowan, bouche bée devant Tavia Fairchild dans toute la magnificence de sa transformation.

Arc-boutée pieds nus sur ses longues jambes gainées de denim, elle était prête à bondir. Ses cheveux défaits se balançaient sur ses épaules comme une crinière, dont les ondulations indisciplinées ne cachaient qu'à peine le feu ambre de ses yeux. Elle feulait, lèvres retroussées sur ses crocs acérés dont les pointes brillaient comme des diamants. Dans l'échancrure de son pull noir, ses dermoglyphes pulsaient de couleurs furieuses, se déchaînant comme une tempête sur sa peau lisse et pale.

Il ne pouvait y avoir aucune erreur sur ce qu'était cette femelle : dangereuse, furtive, mortelle, une vraie Gen-1 de la Lignée.

Et plus belle que l'enfer.

Les trois guerriers semblèrent reprendre leurs esprits tous en même temps. Comme s'ils avaient répété, ils lâchèrent l'un après l'autre, Tegan, Niko, et enfin le Chasseur :

— Bordel…

— De putain…

— De merde.

Renata avait toujours les yeux rivés sur Tavia et secouait vaguement la tête d'incrédulité. Elle souleva alors ses jolis sourcils noir de jais et un sourire commença à s'épanouir sur son visage. Cette réaction de détente et l'ironie qui se lisait dans son regard acéré firent baisser de plusieurs crans la tension qui régnait dans la pièce.

Ahurie, elle observa tour à tour Tavia et Chase, puis revint à la jeune femme.

— Eh bien, c'est ce que j'appelle une entrée fracassante !

Dragos pénétra dans la salle de vidéoconférence avec plus de quarante-cinq minutes de retard.

Ce manque de ponctualité avait plusieurs avantages. D'abord, cela ne faisait jamais de mal de rappeler à ses sous-fifres qu'ils étaient là pour servir le moindre de ses caprices. Plus important, ce retard avait donné à chacun des quatre vampires qui faisaient encore partie du premier cercle de ses collaborateurs tout le temps de réfléchir à ses moindres erreurs et de s'inquiéter en se demandant si l'une ou l'autre de leurs têtes risquait de tomber ce soir-là.

Ce souci spécifique avait d'autant plus de poids que chacun de ses lieutenants présents à l'écran était accompagné de l'un des Chasseurs de Dragos, qu'il avait personnellement choisi. Si l'un ou l'autre de ses lieutenants lui donnait la moindre raison de douter de lui, il ne faudrait pas plus d'une seconde à l'assassin Gen-1 qui l'accompagnait pour régler le problème de façon permanente.

Mais aucun d'entre eux ne risquait sa tête à ce moment précis.

La fureur de Dragos était entièrement focalisée sur l'Ordre. C'était à cause des membres de l'Ordre qu'il était allé d'échec en échec. À cause d'eux que son opération était désormais bancale, les expériences prometteuses qu'il avait lancées stoppées et le beau travail qu'il avait accompli partiellement détruit. À cause d'eux qu'il avait été forcé d'accélérer ses plans en ce qui concernait l'humanité.

Au lieu de patienter jusqu'à avoir tous ses pions Laquais en place dans le monde, un objectif qui ne pourrait que devenir de plus en plus difficile à atteindre dans la mesure où Lucan et ses guerriers ne lui laissaient aucun répit et l'obligeaient régulièrement à se terrer, Dragos avait décidé qu'il n'était plus question d'attendre.

Il s'installa dans son fauteuil au bout de sa longue table de conférence face à un mur de moniteurs dont quatre montraient les visages de ses lieutenants : Arno Pike, de l'Agence du maintien de l'ordre de Boston ; Ruarke Louvell, directeur de l'Agence à Seattle depuis longtemps ; Móric Kaszab, de l'Agence à Budapest ; et enfin Nigel Traherne, un riche chef de Havrobscur aux nombreuses relations, de Londres.

L'équipe avait un temps compté trois autres membres, des vampires qui s'étaient finalement montrés incompétents et qui avaient tous eu droit à une mort violente différente, Dragos y avait veillé personnellement. Leurs noms – Fabian, Roth et Vachon – ne lui évoquaient déjà presque plus rien. Leurs vies et leurs trépas n'avaient été pour lui que péripéties sans importance.

Ce qu'ils avaient eu tous les huit en commun, c'était d'une part leur appartenance à la deuxième génération de la Lignée et, d'autre part, ce qui bien sûr était plus important, la conviction inébranlable que c'était la Lignée, et pas l'humanité, qui méritait de régner sur le morceau de roc en orbite qu'était la planète. Pendant de très nombreuses décennies, ils avaient travaillé ensemble, complotant et conspirant, nourrissant leur vision à coups de matériel, de personnel, d'argent, d'information et de soutien mutuel, en bref tout ce que Dragos exigeait d'eux, y compris leur allégeance sans condition.

Les quatre qui participaient à présent à la vidéoconférence restaient persuadés que la vision de Dragos pour l'avenir était la seule acceptable. Ils croyaient en lui, leur leader et, bientôt, leur roi. Tant que cela durerait, et jusqu'à ce qu'ils s'avèrent incompétents ou un danger pour ses objectifs, Dragos leur permettrait de vivre. Et il respecterait peut-être même sa promesse de leur laisser partager le butin avec lui.

Et ça ne tarderait plus, se disait-il, presque incapable de contenir l'excitation qui le parcourait lorsqu'il rêvait au chaos qu'il allait infliger au monde.

— Messieurs, dit-il en adressant à chacun un hochement de tête en guise de salut, nous avons attendu longtemps ce moment. Nous n'attendrons plus. Je vous ai tous convoqués ce soir pour vous faire savoir que notre triomphe est enfin à portée de main.

Des sourires froids et des regards enthousiastes accueillirent cette déclaration. Jouissant de son pouvoir, Dragos se tut un moment pour laisser l'excitation s'installer dans les esprits. Même si la décision qu'il avait prise un peu plus tôt ce soir-là avait suivi une vague d'indignation et une forte envie de vengeance, il avait eu le temps de considérer toutes les implications de l'apocalypse qu'il s'apprêtait à déclencher. Si, dans un premier temps, cela lui avait semblé une solution adaptée à sa réaction instinctive, à présent qu'il avait la tête froide il était encore plus convaincu que le moment était venu de jeter le gant.

— J'ai accordé ma confiance à chacun d'entre vous parce que nous avions une résolution commune. Un rêve que nous partagions tous, celui de concevoir un monde autour de nos propres idéaux, de nos propres libertés et de nos propres lois. Nous y sommes presque, mes amis.

Nous en sommes si proches qu'il serait impensable que notre vision pour notre monde, pour le futur de notre propre race, soit mise en danger par l'Ordre ou les imbéciles qui seraient prêts à s'allier avec lui. (Il passa en revue les visages de ses lieutenants, content de voir la rancœur qui se faisait jour dans plus d'un regard.) La victoire à notre portée, nous ne pouvons plus nous permettre de la laisser filer entre nos doigts. Le temps de la dissimulation, de la planification et de l'attente est désormais derrière nous. (Il abattit son poing sur la table devant lui et se leva dans la foulée.) J'en ai marre de tout ça ! Le moment est venu de faire saigner ce foutu monde !

Trois des quatre mâles de la Lignée qui le regardaient acquiescèrent immédiatement à cette déclaration de guerre explosive. La respiration de Dragos était saccadée. Un regain de fureur lui enflammait les veines. Et cette agressivité s'accrut lorsqu'il regarda Nigel Traherne et qu'il s'aperçut que le blond Londonien fronçait les sourcils et secouait lentement la tête en signe de désapprobation.

— Vous avez quelque chose à dire, monsieur Traherne ?

Traherne s'éclaircit la voix. Il semblait soudain mal à l'aise. Ce qui n'avait rien d'étonnant.

— Si je comprends bien ce que vous avez en tête, sire…

Il n'avait pas besoin de finir sa phrase. Tous les participants à cette conversation comprenaient parfaitement ce dont il voulait parler. Ça avait été l'option de secours de l'opération tout le long, le pire des scénarios.

— Il sera impossible de revenir sur un acte de cette envergure, avertit Traherne. Je suis obligé de me demander si, peut-être… Sire, j'ai peur que vos récentes déconvenues dans vos efforts pour vous adjoindre le sénateur américain et vous ouvrir ainsi la route vers d'autres… alliances au sein des gouvernements humains ne vous poussent à des réactions qui n'auraient pas été mûrement réfléchies.

— Pas mûrement réfléchies ! gronda Dragos, appuyé à la table sur ses poings, dont les phalanges écrasaient le bois poli.

Il était furieux du défi fait à son autorité. La contradiction était téméraire. Mais il s'empêcha d'y réagir violemment. De justesse.

— Et qu'en disent les autres ? Vous semble-t-il aussi que je n'ai pas assez mûrement réfléchi ?

Un par un, les trois autres lieutenants lui apportèrent son soutien.

— J'en ai plus qu'assez d'attendre, réagit le premier l'obéissant Pike, qui aimait tant le sang. J'ai confiance en vous pour nous guider, sire, comme vous l'avez toujours fait. Je suis prêt à frapper à votre commandement.

— Je serai honnête, ajouta Louvell. J'ai souvent craint que nous n'en arrivions là. Mais j'en suis, quelle que soit la décision prise. Je suis allé trop loin pour tourner casaque maintenant. Et c'est vrai pour nous tous.

Kaszab afficha un sourire mauvais. Ses yeux sombres brillaient.

— L'humanité a tenu les rênes du pouvoir pendant assez longtemps. Je fais partie de ceux qui sont plus que prêts à voir la Lignée se dresser pour régner sur la nuit comme elle y a droit.

Dragos revint à Traherne, qui était visiblement mal à l'aise, et haussa les épaules.

— Vous êtes clairement le seul à vous faire du mouron, Nigel.

— Sire, je…

— Je comprends, bien sûr. Des décisions de ce genre, comme beaucoup de celles qui ont été nécessaires pour mener notre opération jusqu'à ce moment décisif et à la victoire qui nous attend, ne sont pas pour les âmes sensibles.

— Sire, j'ai suivi le mouvement avec enthousiasme pour tout ce qui a précédé. Je crois toujours à la cause… Vous devez le savoir. (La peur s'entendait désormais dans la voix du vampire, la peur et quelque chose d'autre. En regardant le visage du fier mâle se défaire, Dragos décida qu'il devait s'agir de chagrin.) Sire, ma Compagne de sang doit accoucher d'un jour à l'autre. Et mes deux fils aînés m'ont donné plus d'une dizaine de petits-enfants, de bons garçons qui deviendront adultes dans le monde que nous allons créer. Je suis d'accord avec le fait que la Lignée doit prendre sa place comme race dominante sur cette planète. J'avais simplement espoir qu'il y aurait une meilleure façon de faire en sorte que cela arrive.

Dragos croisa les bras sur la poitrine, attendant que Traherne ait fini d'exposer ses scrupules de dernière minute. Derrière le mâle, l'assassin préposé à sa sécurité gardait le regard rivé sur Dragos comme un molosse en laisse attendant l'ordre d'attaquer.

— J'ai longtemps eu des réserves sur le fait d'introduire un civil dans notre cercle, exposa Dragos d'une voix égale. Mais vous nous avez été très utile, Nigel. Vous m'avez trouvé des Compagnes de sang pour mes programmes d'élevage et de génétique. Vous avez localisé certains des esprits scientifiques humains les plus brillants pour former les équipes de Laquais de mes laboratoires. Vous avez versé des centaines de millions de dollars pendant des décennies pour aider à équiper les installations, et vous avez fourni des informations précieuses tant d'un point de vue social que d'un point de vue politique grâce à vos relations dans les milieux européens de la nation vampire.

— C'est vrai, sire, approuva Traherne avec empressement. Et si j'ai fait tout ça, c'est parce que j'avais foi en vous et en votre vision.

La colère de Dragos ne s'était pas calmée du tout. Mais il souriait, la bouche emplie de ses crocs émergents.

—Je n'ai jamais douté de votre foi, mon bon monsieur Traherne. Vous avez ouvert votre cœur et votre portefeuille. Vous avez même su faire preuve de méchanceté quand c'était nécessaire. Mais malheureusement vous n'avez jamais eu de couilles. (Dragos fit signe au Chasseur qui se tenait derrière Traherne.) Finis-en avec lui.

Le meurtre fut rapide et propre. À l'écran, on vit les yeux de Traherne sortir de leurs orbites tandis que sa tête s'inclinait, tordue selon un angle bizarre sur son cou brisé. Son crâne finit avec un bruit sourd sur le bureau devant lui.

Dragos n'accorda pas plus d'une seconde au spectacle. Mais il laissa son lieutenant mort bien visible à l'écran tandis qu'il ramenait son attention sur les trois autres membres de l'alliance.

—Nous nous sommes aventurés là où personne avant nous n'avait osé le faire, leur dit-il comme si rien ne s'était passé. Maintenant nous allons nous préparer à franchir la dernière étape qui nous amènera à prendre notre vraie place dans l'histoire.

Chapitre 26

Ils roulaient vers le nord dans un grand 4 × 4 noir Land Rover. Ils étaient déjà au cœur du Maine, à plusieurs heures de Boston.

Au départ, Tavia ne s'était pas montrée enthousiaste à l'idée d'aller où que ce soit avec qui que ce soit, et encore moins avec un groupe de trois mâles de la Lignée lourdement armés et d'une femme entièrement vêtue de cuir qui semblait tout aussi dangereuse qu'eux avec ou sans les pistolets et les lames qu'elle arborait à son ceinturon. Mais la promesse de Chase qu'elle serait en sécurité avec eux, et en sécurité dans l'abri de l'Ordre, qui était leur destination, l'avait suffisamment rassurée pour qu'elle accepte.

Il était assis à l'arrière du véhicule, entre elle et le guerrier qui était apparemment chargé de leur récupération, un mâle formidable avec des yeux verts impitoyables et une crinière de cheveux cuivrés en désordre. Ce dernier s'appelait Tegan. Nikolaï et Renata étaient assis à l'avant, le guerrier blond à la langue bien pendue au volant et sa compagne aux cheveux d'ébène sur le siège passager.

Installé sur le siège rabattable derrière Tavia, Chase et Tegan se tenait un géant stoïque aux cheveux châtain clair coupés court et aux yeux d'or perçants. De tous les occupants du véhicule, c'était celui qui mettait Tavia le plus sur ses gardes. Son aspect froid, son détachement, tout chez le mâle appelé « Chasseur » semblait maîtrisé, létal, comme le tranchant d'une lame. Ce qui n'avait rien d'étonnant si l'on considérait sa profession antérieure.

Tavia aurait voulu en savoir plus sur lui, surtout dans la mesure où ils avaient été engendrés à partir du même ADN dans les laboratoires de Dragos. Mais elle n'avait pas vraiment eu le temps de poser des questions chez Mathias Rowan. Et jusqu'ici, dans la voiture, la conversation avait été plutôt limitée.

Chase n'avait pas dit un mot depuis le début du voyage. Il gardait la tête penchée sur la poitrine, mais malgré la touffe de cheveux qui lui tombait sur le visage il aurait été difficile de ne pas voir la lumière d'ambre qui émanait de ses yeux. Quant aux glyphes de ses avant-bras nus, ils pulsaient encore de couleurs sombres. Le corps de Tavia avait retrouvé son état normal avant même qu'ils aient quitté Boston, mais il semblait que celui de Chase avait besoin de beaucoup plus de temps. La fureur qui l'avait envahi chez Mathias bouillonnait encore comme un poison sous sa peau.

La douleur psychique que lui avait infligée Renata n'avait, elle non plus, pas tout à fait disparu. Tavia en ressentait les échos via le lien de sang auquel elle essayait encore de s'accoutumer. Elle n'était pas près d'oublier la terreur qu'elle avait ressentie à l'instant où cet éclair de fureur mentale avait éclaté sous le crâne de Chase. Elle avait réagi par pur instinct, sautant par-dessus la rambarde sans même réfléchir au fait que c'était humainement impossible, pour se retrouver en bas dans l'entrée. Seul Chase avait compté pour elle à cet instant-là. Le soulagement qu'elle avait éprouvé en constatant qu'il était vivant et en le voyant se relever à côté d'elle avait été si profond et si complet qu'il était indescriptible.

Comme était indescriptible la chaleur qu'elle avait ressentie lorsqu'elle avait entendu la rage protectrice de sa voix profonde quand il avait hurlé à ses amis de ne pas lui faire de mal.

À présent, son silence, sa présence même dans l'espace confiné du 4 × 4 semblaient mettre tout le monde sur ses gardes. Collé contre le sien, son corps tendu transpirait la chaleur et l'agressivité. Peut-être aurait-elle dû ressentir la même appréhension envers lui que ses amis, mais la chaleur de sa cuisse lui était en fait un réconfort. Et son épaule musclée était ferme sous sa tête, qu'elle avait posée légèrement dessus.

Elle garda longtemps le regard rivé au paysage sombre qui défilait, imprécis, au-delà des fenêtres du véhicule tandis que celui-ci avalait les kilomètres. Lorsqu'elle leva les yeux, elle vit ceux, bleu de glace, de Nikolaï qui l'observaient dans le rétroviseur. Ce n'était pas la première fois qu'il lui lançait un tel regard inquisiteur. Mais cette fois, Renata lui donna un petit coup de poing dans l'épaule.

— Arrête de regarder cette pauvre fille comme ça, Niko ! Ce n'est pas un monstre de foire, bordel.

— Désolé, dit-il, avant d'émettre un juron dans une langue qui sembla à Tavia être du russe. Ça va juste me prendre un moment pour m'habituer à l'idée.

Renata roula des yeux, puis pivota dans son siège pour faire face à Tavia.

— Il ne faut pas lui en vouloir. Je pense que nous essayons tous avec difficulté de ne pas te regarder fixement. Je veux dire… Mathias nous a dit pour toi, mais te voir de nos propres yeux… Et puis là-bas au Havrobscur… Eh bien, waouh !

Elle regarda les autres occupants du véhicule, puis secoua la tête.

— Entre Jenna et Tavia, les choses vont devenir vraiment intéressantes.

— Qui est Jenna ? demanda Tavia. Est-elle… comme moi ?

Elle frissonna d'espoir à cette pensée, même si elle se voyait mal souhaiter à quiconque la même vie qu'elle, avec toutes les trahisons qu'elle avait comportées.

— Jenna est humaine, répondit Nikolaï, avec un nouveau coup d'œil dans le rétroviseur. Ou en tout cas elle l'était jusqu'à il y a quelques semaines.

— Jenna est toujours humaine là où ça compte. (Renata se tourna vers son compagnon et se frappa la région du cœur.) Certes elle change physiquement et psychiquement, mais à l'intérieur c'est toujours Jenna.

— Que lui est-il arrivé ?

Renata lança un bref coup d'œil à Tegan comme pour lui demander la permission d'expliquer.

— Jenna a été attaquée il y a quelques semaines en Alaska, où elle habitait. La créature qui a fait ça était un Ancien…

— Celui que Dragos a retenu prisonnier dans ses laboratoires, compléta Tavia, se souvenant de ce que Chase lui avait raconté à propos du dernier des ancêtres extraterrestres de la Lignée. Je pensais que l'Ordre l'avait tué.

— Oui, reprit Renata. Mais avant que l'Ordre le rattrape, l'Ancien s'était introduit dans la maison de Jenna. Il l'a terrorisée et retenue en otage, et s'est nourri à sa veine. Et puis il lui a introduit une sorte de technologie extraterrestre sous la peau, en haut de sa moelle épinière. Et avec elle des brins de son ADN.

Nikolaï hocha la tête.

— Après que nous avons ramené Jenna à Boston avec nous, elle est restée inconsciente plusieurs jours. C'est quand elle s'est réveillée que les choses ont commencé à changer en elle.

— Quels ont été ces changements ?

— Déjà, une force surhumaine, répondit Renata. D'un jour à l'autre, apparemment, elle s'est mise à disposer d'une vitesse et d'une agilité incroyables. Puis son corps a commencé à apprendre à se guérir tout seul de ses blessures. Bref, le genre de choses qu'on ne rencontre pas tous les jours chez l'être humain moyen.

— Sans parler des dermoglyphes qui se répandent comme une mauvaise herbe depuis l'endroit où la puce a été implantée.

Tavia croisa le regard de Nikolaï dans le rétro.

— Alors, l'Ancien l'a-t-il transformée en l'une d'entre vous, un membre de la Lignée ?

— Elle n'appartient pas à la Lignée, répondit-il. Mais désormais elle n'est plus complètement humaine non plus. Gideon a fait toutes sortes d'analyses, et le plus intéressant des résultats est que l'ADN de l'Ancien se reproduit plus vite que son propre ADN d'*Homo sapiens*. Il est en train de prendre le contrôle de son système nerveux central et de ses organes vitaux, ainsi que de son sang.

— Mon Dieu ! murmura Tavia. Ça doit être terrifiant pour elle.

— Ce n'est pas une partie de plaisir, confirma Nikolaï. Mais elle assure en bon petit soldat qu'elle est. Et si on y réfléchit un peu, ce n'est pas un si mauvais plan. Elle est plus forte, plus rapide, plus saine qu'aucun humain ne pourrait espérer l'être. Et d'après ses résultats d'analyse, Gideon pense que son espérance de vie a explosé.

— N'empêche, dit Tavia, incapable de ne pas faire le lien entre les changements soudains subis par Jenna et la propre révélation inattendue qu'elle venait de vivre, qu'il n'est pas facile de découvrir tout d'un coup que vous êtes quelque chose d'autre que ce que vous pensiez être.

On pouvait lire de la compassion dans le regard de Renata.

— Et toi, comment t'en sors-tu ?

— Ça va, affirma Tavia, en s'apercevant que c'était vrai. Au début j'étais terrifiée, mais je suis contente de connaître enfin la vérité.

— Je pense que la partie la plus effrayante pour Jenna maintenant, reprit Nikolaï, ce sont les rêves. Gideon pense que la puce projette les souvenirs de l'Ancien dans son subconscient. Elle a eu toute une série de cauchemars épouvantables ces derniers temps. Beaucoup de rêves apocalyptiques. Et ça la met vraiment dans un état pas possible.

— Mais au moins Jenna a Brock, dit Renata en glissant un regard amoureux à son propre compagnon. Il l'aidera à traverser ce à quoi il lui reste à faire face. Et nous sommes nous aussi avec elle.

Le regard que lui rendit Nikolaï était aussi chaud que tendre. Il tendit la main pour prendre celle de Renata, la porta à sa bouche et posa un baiser au centre de sa paume.

— Que savez-vous de la Lignée ?

Cette fois, c'était Tegan qui avait parlé. Il ne regardait pas Tavia, mais sa voix rauque lui parvenait par-delà Chase.

— Vous voulez dire au-delà du fait que votre histoire a des origines extraterrestres ?

— La vôtre aussi, lui fit remarquer le guerrier d'un ton égal.

C'est juste, pensa-t-elle. Tout ça rappelait les romans d'épouvante et les films de science-fiction, mais elle ferait mieux de commencer à se l'approprier.

— Chase m'a expliqué un certain nombre de choses. Mais ça fait beaucoup à assimiler. Il m'a aidée à essayer de comprendre tout ça.

Tegan ricana d'un air sceptique.

— Et moi qui pensais qu'il était trop occupé à se rendre célèbre auprès des humains pour prendre le temps d'enseigner.

J'imagine qu'il est inutile de te demander ce que tu lui as appris d'autre, hein, Harvard ?

La pique envoya une explosion de colère à travers les veines de Tavia, pas sa colère, mais celle de Chase. Elle sentit son corps se tendre encore plus à côté d'elle tandis que Tegan se tournait vers lui pour lui jeter un regard blanc mais néanmoins inquisiteur. Pendant un instant d'incertitude tendue, Tavia se demanda si Chase allait se précipiter sur l'autre mâle en réaction à ce qui avait clairement été une provocation intentionnelle.

Les autres devaient s'être posé exactement la même question, parce qu'un silence de mort s'était installé dans le véhicule. Ils restaient en attente de ce que Chase pourrait faire dans l'instant suivant.

Mais Chase n'explosa pas comme la grenade qu'ils semblaient voir en lui.

Tavia perçut sa lutte intérieure pour se maîtriser. Et même si cela pouvait sembler dangereux, à peu près aussi déconseillé que d'essayer de caresser un grizzli, elle tendit la main vers lui dans l'habitacle sombre du 4 × 4. Sa grande main était posée sur sa cuisse et ses doigts agrippaient son jean comme une pince. Tavia fit courir le bout de son index sur le dos de sa main, en un geste d'apaisement silencieux qui était aussi un signe de sa confiance, de sa foi en lui.

Un geste qui lui disait qu'elle était consciente de sa lutte contre quelque chose de sombre et de puissant et qu'elle était à ses côtés.

Il ne la regarda pas, mais ses doigts se détendirent. Il glissa à son tour la main vers la sienne et l'effleura. Ce lien silencieux qui s'était formé entre eux la réchauffa jusqu'au plus profond d'elle-même. Il lui sembla qu'il s'agissait moins du lien de sang ou des folles circonstances qui les avaient amenés à se rencontrer que de quelque chose de profond et de plein de sens, quelque chose de précieux, qui prenait forme au sein de l'un comme de l'autre.

Elle éprouvait quelque chose de fort pour cet homme, ce mâle de la Lignée compliqué et hanté, mais aussi dangereux. Et qu'il l'ait admis ou non, elle sentait que c'était réciproque.

De l'autre côté de Chase, Tegan s'était relâché lui aussi. Il se laissa aller contre le dossier de la banquette en expirant lentement.

— Nous y sommes presque.

Ils étaient sortis de l'autoroute à péage quelques minutes auparavant et se retrouvaient à présent sur une voie secondaire cahoteuse et sinueuse qui traversait une épaisse forêt. Ils parcoururent ainsi plusieurs kilomètres sous la lune avant que Nikolaï tourne sur une piste enneigée qui semblait peu faite pour autre chose qu'un traîneau tiré par un cheval. Alors que Tavia commençait à se demander si ce chemin désolé se terminerait jamais, le 4 × 4 sortit des arbres et ses phares vinrent balayer la façade d'une impressionnante forteresse de pierre et de bois. Malgré son côté brut, celle-ci était magnifique. Comme quelque chose tout droit sorti d'un conte de fées gothique.

À côté d'elle, Chase se redressa un peu et observa le terrain entouré par la forêt.

— Le nouveau quartier général de l'Ordre ? demanda-t-il d'une voix rauque.

— C'est bien ça, répondit Nikolaï en stoppant le véhicule. *Home Sweet Home*, ajouta-t-il en coupant le moteur.

— Est-ce que tu es prête, Jenna ?

Elle fit un signe affirmatif à Gideon et serra la main de son compagnon un peu plus fort. Les traits du beau visage de Brock étaient déformés par l'inquiétude, et ses yeux marron à la profondeur infinie étaient rivés sur elle.

— Tu n'as pas besoin de faire ça si tu n'es pas sûre. Tu as déjà traversé tellement de…

— Je suis sûre, répondit-elle, tendant la main de là où elle était allongée sur leur lit pour venir caresser sa forte mâchoire. C'est juste un rêve après tout. Tu n'as pas à t'en faire pour moi.

Il gloussa, prêt à l'humour mais pas détendu pour autant.

— Me dire de ne pas m'en faire pour toi, c'est comme me dire d'arrêter de respirer. Pas moyen, ma douce. Et tu le savais quand tu as signé.

— Oui, je le savais. (Jenna sourit à son compagnon, se demandant comment il était possible que son amour pour lui grandisse tous les jours comme ça.) Et tu sais très bien que je suis aussi têtue que toi et…

— Plus, l'interrompit-il, en levant les yeux au ciel.

Elle n'allait pas dire le contraire. Pas plus qu'elle n'allait laisser sa peur ou son inquiétude l'empêcher de prendre cette mission à bras-le-corps. Parce que c'était ce que cette quête de réponses était devenue pour elle : une mission. Comme n'importe laquelle des dizaines de patrouilles qu'elle avait menées à bien quand elle était policière en Alaska. Et elle allait s'y consacrer entièrement.

Même si elle devait le faire morte de trouille.

— Ce n'est qu'un rêve, répéta-t-elle, et peut-être avait-elle besoin de se rassurer autant que lui.

Le dernier cauchemar l'avait laissée nerveusement épuisée. Elle voyait encore l'énorme mur d'eau s'abattre de toutes parts, entendait encore les cris des mourants emportés par le vent de la nuit. Tant de terreur et de destruction, des centaines de vies balayées en un instant. Et tout ça lui avait paru tellement réel, horriblement réel. Elle sentait encore son cœur battre sous l'effet de la panique et ses paumes suer d'anxiété.

— Tout ça n'est pas la réalité, juste un cauchemar. Tout va bien se passer, Brock. Je peux faire ça.

Il fronça les sourcils, l'air sceptique, et, pour la première fois depuis qu'elle connaissait son compagnon, Jenna fut contente de ne pas avoir de lien de sang avec lui. Elle était née humaine, pas Compagne de sang, et l'absence de la petite marque rouge de la larme tombant dans un croissant de lune avait été au début un obstacle entre eux. Mais ça n'avait pas duré. Ce qui les avait finalement liés l'un à l'autre, c'était l'amour. Brock n'était peut-être pas en mesure de lire ses sentiments les plus profonds à travers son sang, mais leur lien émotionnel n'en était pas moins fort pour autant.

Raison pour laquelle le froncement de sourcils de Brock ne fit que s'accentuer tandis que, tout en lui caressant la main, il regardait Gideon préparer le léger sédatif qui allait l'aider à s'endormir et, avec un peu de chance, à s'enfoncer encore plus profond dans le rêve.

— Je n'aime pas ça du tout. Je me fiche pas mal de savoir si ce n'est qu'un rêve ou une espèce d'écho psychique des souvenirs de l'Ancien dans ton subconscient. Je ne veux pas te laisser partir…

— Alors ne le fais pas, dit-elle en serrant encore plus les doigts autour des siens. Ne me lâche pas la main. Je suis capable de faire face à n'importe quoi quand je sais que tu es avec moi. Et cette fois j'aurai en plus Claire pour me guider à l'intérieur du rêve.

Ils avaient pris contact avec la compagne d'Andreas Reichen à Rhode Island plusieurs heures auparavant, après la dernière rencontre de Jenna avec son rêve terrifiant. Claire avait accepté immédiatement de les aider de toutes les manières possibles et elle attendait à présent l'appel de Gideon dans son Havrobscur. Dès que Jenna dormirait, Claire la rejoindrait dans son rêve. Ensemble, elles espéraient revenir avec une idée plus précise de ce que le cauchemar et ses événements apocalyptiques pouvaient bien signifier.

Jenna posa un baiser sur les phalanges de Brock, puis jeta un regard à Gideon.

—Allons-y!

Avec un regard d'excuse pour son camarade guerrier, le génie de l'Ordre, infirmier à ses heures, se pencha avec la seringue de sédatif. Jenna grimaça quand l'aiguille s'enfonça dans son bras, puis laissa lentement échapper le souffle qu'elle avait retenu sans s'en rendre compte. Un instant plus tard, elle fut envahie par une chaleur plaisante, comme si on lui avait remonté une couette depuis les pieds jusque sous le menton.

—Tout va bien jusque-là, Jen?

La voix de Gideon lui parvenait au ralenti, chaque syllabe allongée et comme voilée.

Il lui fallut un effort considérable pour esquisser un hochement de tête. Ses paupières se fermaient, lourdes comme du plomb.

—Je pense que ça mar…

Elle ne termina pas sa phrase.

Un épais brouillard gris l'enveloppa et la transporta loin de son lit et de la conscience qu'elle pouvait avoir de son poids. Elle se laissa emporter, trop faible pour résister, loin du quartier général de l'Ordre, loin de tout ce qu'elle connaissait.

Ce ne fut qu'après un long moment, qui lui avait semblé durer éternellement, que le brouillard commença à se lever et que ses pieds touchèrent le sol.

Elle souleva les paupières, mais seule l'obscurité l'accueillit. Elle était seule, sans personne aux alentours. Il n'y avait qu'elle, debout sous un ciel nocturne couvert de nuages, les pieds nus accrochés à un rebord de pierre escarpé.

— Claire ? appela-t-elle, mais le vent froid souffla ses mots dans le néant dès qu'ils eurent quitté sa bouche.

Elle s'efforça de ne pas avoir peur, mais elle savait ce qui allait se passer.

L'idée venait à peine de se former dans sa tête que les vagues se précipitèrent de toutes les directions à la fois.

Sous son perchoir au-dessus du précipice, l'eau enflait, dévorant toute la vallée. Il y avait eu une ville là en bas, elle le savait. Elle savait que toute sa population était en train de disparaître, noyée par l'impitoyable tsunami.

— Non !

Le mot explosa dans sa tête, mais il ne sortit aucun son de sa bouche. Elle contemplait d'un regard froid la catastrophe se dérouler, détruisant tout sur son passage.

— Non ! Nooon !

Dévastée, malade d'horreur, elle sentit à peine qu'on lui touchait doucement le bras. Le vacarme du chaos destructeur était assourdissant. Autour d'elle, tout était devenu sombre et désolé. Vide.

— Jenna !

Elle sursauta en entendant la voix féminine. Il y avait un autre être vivant avec elle dans ce monde infernal, quelqu'un qui connaissait son nom.

— Jenna, tu m'entends ? (C'était la voix de Claire Samuels, veloutée et ferme, qui lui parvenait de sa gauche.) Détourne les yeux du carnage, Jenna. Vois-moi. Je suis ici avec toi maintenant.

Elle obéit, stupéfaite de voir qu'elle en trouvait la force. Le tumulte du désastre et de la mort qu'il laissait sur son passage lui emplissait toujours la tête, mais il y avait à présent aussi un espace de paix, une présence à son côté.

Claire lui prit la main.

— Je t'ai trouvée. Peux-tu essayer de retourner au début avec moi maintenant que je suis là ?

Jenna hocha la tête, incapable d'utiliser sa voix, la voix de celui ou de celle qu'elle incarnait dans ce rêve. Elle voulait remonter dans le temps. Elle en était capable. Elle devait le faire.

Un mouvement soudain la tira en arrière à travers l'obscurité.

En un instant, les vagues se retirèrent, annulant dans le même mouvement avec elles le tsunami et la destruction, la ramenant au moment précis où elle pénétrait toujours dans le rêve, une fraction de seconde avant la catastrophe.

Puis elle se trouva entraînée encore plus loin dans le passé du rêve.

La vision qu'elle avait depuis son perchoir avait changé. Dans la vallée qui s'étalait à ses pieds se dressait sous la lune une cité antique. Il y avait là des temples blancs à colonnade et des voies pavées de briques qui partaient dans toutes les directions, d'énormes portes, des tours de pierre, des douves protectrices et des canaux courant comme des artères au milieu d'une métropole virginale et animée à la beauté mythique époustouflante.

Elle commença à tourner la tête pour voir si Claire contemplait la même chose qu'elle. Mais avant même qu'elle ait fini son mouvement, une lumière éclatante envahit soudain l'horizon devant elle, illuminant le ciel nocturne comme un soleil en formation.

Sous ses pieds, la terre tremblait. La secousse fut si puissante qu'elle faillit perdre l'équilibre et chuter de la plate-forme escarpée sur laquelle elle se tenait. Toute la planète tremblait, comme si elle allait s'ouvrir en deux.

Et là-bas au-delà de la mer, un grand nuage était en train de se former. Il se développait furieusement en hauteur, en forme de champignon. Et la chaleur qu'il renvoyait était si intense que Jenna dut lever le bras pour protéger son visage de la brûlure.

Sous elle dans la vallée, certains des plus grands temples commençaient à trembler et à se disloquer. Les gens sortaient en courant des maisons et des tavernes pour se répandre dans les rues pavées dans une atmosphère de panique et de confusion. Leurs cris filaient sur le vent sec de la nuit comme des lamentations de pleureuses.

C'étaient les hurlements et les pleurs d'une population confrontée à son anéantissement soudain.

Comme les vagues se dressaient de toutes les directions, Jenna arracha son regard au carnage qui commençait pour chercher Claire auprès d'elle. Mais celle-ci n'était plus là.

À présent, c'était quelqu'un d'autre qui se tenait près d'elle sur la falaise.

Un Ancien.

Il y en avait trois autres avec lui, tous de la même taille impressionnante, têtes chauves et torses nus couverts de dermoglyphes extraterrestres. Leurs yeux aux pupilles étrécies, qui faisaient penser à des yeux de chat dans l'obscurité, trahissaient un plaisir infini face au spectacle de la destruction qui se déroulait devant eux.

Ils exultaient.

C'étaient eux les initiateurs de cette chose terrible, elle en était certaine.

D'un coup, la réalité la frappa de plein fouet. Là, à ce moment précis, dans ce paysage de fin du monde, elle n'était pas Jenna. Elle était l'un d'entre eux. L'un de ces brigands d'Anciens, celui qui avait implanté un petit bout de matériau extraterrestre dans son corps d'humaine et l'avait ainsi transformée en autre chose. Une ombre de ce qu'il était. Un réceptacle pour son histoire, aussi perverse et horrible qu'elle ait été.

Ce moment n'était pas seulement un rêve. C'était un souvenir. C'était un événement passé dont le film se déroulait devant elle, image par image.

Dans la cité en contrebas, les gens criaient et pleuraient. Ils tentaient de fuir, mais l'océan ne cessait de gonfler, avançant de plus en plus loin dans les terres. Ils n'avaient nulle part où se réfugier, aucun espoir de survivre.

L'un des Anciens à côté d'elle tourna son regard d'ambre sans émotion vers elle.

— *Ces fous auraient dû se rendre quand ils en avaient l'occasion.*

Ce n'était pas une voix, mais une pensée projetée loin dans sa tête.

Un autre regarda de son côté, sans aucune émotion non plus.

— *Elle ne se rendra jamais.*

Puis un troisième :

— *Et quid de la légion qui s'est échappée avec elle ?*

— *Nous allons partir à sa recherche.*

Cette pensée était celle de Jenna, et pourtant ce n'était pas la sienne. Une projection psychique de pensées qu'elle ne percevait pas comme étant les siennes. Parce qu'elles ne l'étaient pas.

C'était à lui qu'elles appartenaient, à celui dont elle occupait à présent la peau d'extraterrestre, dans ce paysage de cauchemar.

Elle ne comprenait pas les mots qu'elle émettait, pas plus qu'elle ne pouvait comprendre la raison pour laquelle ces créatures avaient commis un acte aussi immonde envers une communauté entière. Mais les quatre autres Anciens debout avec elle sur la falaise regardaient vers elle en attente des décisions du frère extraterrestre qu'ils voyaient devant eux.

— *Où qu'ils soient, quel que soit le temps que ça prendra,* dit l'esprit résidant dans son crâne dans le langage extraterrestre qui n'était pas le sien, *nous les poursuivrons… jusqu'à les avoir décapités jusqu'au dernier.*

Chapitre 27

Seul dans la pièce qu'il avait réquisitionnée comme son bureau, Lucan entendit un coup unique frappé à la porte. Il leva les yeux et poussa un soupir de lassitude.

— Entrez !

Toujours vêtu de son manteau d'hiver et équipé de ses armes, Tegan entra, de retour de Boston depuis quelques minutes à peine.

— Je ne voulais pas déranger.

Lucan haussa les épaules et poussa de côté les rapports que Gideon lui avait remis un peu plus tôt cette nuit-là. Il n'avait même pas encore vraiment lu les foutus trucs, mais s'était contenté de les feuilleter, l'esprit ailleurs, pendant l'heure qui venait de s'écouler, content de ce prétexte qui lui avait permis de s'isoler du reste du complexe pour réfléchir. Mais à en croire le regard grave de Tegan, ses pensées risquaient de ne pas s'éclaircir dans un futur proche.

— Alors, comment ça s'est passé ?

— Ç'aurait pu être pire. Chase et la femme sont tous deux là dans le hall avec les autres.

— Il n'a pas opposé de résistance ?

Lucan n'imaginait pas que ce fût possible.

— Oh, il a résisté. Ou en tout cas c'est ce qu'il aurait fait si Renata ne l'avait pas foutu sur le cul avec un avant-goût de ce qu'elle pouvait lui faire.

— Merde ! grommela Lucan, passant une main sur sa mâchoire tendue. Et la femelle ?

Les yeux verts de Tegan brillèrent soudain d'un éclair d'ironie.

— Tavia Fairchild est tout ce que Rowan nous a dit qu'elle était, et plus encore. Elle appartient bien à la Lignée et c'est très clairement une Gen-1. Aucun doute sur la question. Elle a les glyphes et les crocs pour le prouver.

— Je ne suis pas sûr de vouloir savoir ce qui vous a permis de confirmer ça.

Tegan grogna et secoua la tête. Il en fallait beaucoup pour provoquer l'admiration chez le guerrier Gen-1, mais là, elle transparaissait clairement dans sa voix rauque.

— Tu aurais dû la voir, mec. À l'instant même où Renata a lâché sur Chase sa décharge mentale, Tavia est sortie de nulle part, crachant le venin et prête à nous prendre tous les quatre à la fois. (Il poussa un juron.) Peut-être que j'aurais dû la laisser essayer, histoire de voir de quoi elle était capable sous sa forme Gen-1 brute. Avec un peu d'entraînement et un peu plus de temps pour s'habituer à sa nouvelle peau, elle sera à mon sens un super atout pour nous.

— Elle ne reste pas, dit Lucan.

Il ne supportait pas l'idée qu'un civil de plus, et une femelle de surcroît, se retrouve sous le toit de l'Ordre. Pas question de se retrouver avec encore une vie innocente sur les bras. Une vie pareille à nulle autre, si ce que l'on savait sur les origines de Tavia Fairchild était vrai, ne serait-ce qu'en partie.

— J'ai accepté de la faire venir parce que nous ne pouvons nous permettre de laisser quiconque lié à Dragos en liberté dans la nature à l'heure actuelle. Elle est là pour nous fournir toutes les informations que nous pourrons en tirer et pour se reposer jusqu'à ce que nous ayons réduit ce fils de pute de Dragos en cendres une bonne fois pour toutes. Dès que nous aurons ce dont nous avons besoin, elle repartira chez Rowan ou n'importe où ailleurs où elle sera à l'abri. De toute façon, elle fout le camp dès que possible.

— Tu vas dire ça à Chase ?

Lucan fronça les sourcils.

— Ah, bon Dieu… Harvard et elle…

Tegan confirma d'un signe de tête.

— Ça m'en a tout l'air. Si la façon dont elle est venue à son secours chez Rowan ne m'avait pas convaincu, le voyage vers le nord l'aurait fait.

— Tu parles de sexe ou bien de sexe et de lien de sang entre eux ?

— Ça, je ne sais pas, admit Tegan. Harvard a l'air dans un état pas possible, mais pour l'essentiel il se contrôle. Je l'ai testé en chemin, et je dois dire qu'il m'a surpris. Il ne s'est pas laissé déstabiliser, mais de peu. Sa sauvagerie n'est clairement pas loin, mais il y a chez lui une maîtrise que je n'avais pas vue depuis bien longtemps.

Lucan réfléchit un moment.

— Tu penses qu'il a besoin d'être confiné ?

— Je pense au contraire que si on le met dans un trou, ça risque de lui faire franchir la limite. À l'heure actuelle, il semble que Tavia soit la seule chose qui lui permette de tenir, et même ça me paraît précaire.

— Seigneur ! (Lucan se laissa aller contre le dossier de son siège et lâcha un long soupir.) Comme si les choses n'étaient pas déjà assez compliquées ici. Tu dis que Harvard est dans le hall ?

Tegan hocha la tête.

— Le Chasseur et Niko gardent un œil sur lui.

— Et la femelle ?

— Elle a droit au comité d'accueil au moment où je te parle. Il semble que nous soyons rentrés à la base juste à temps.

Tout le monde s'apprête à rejoindre Dante et Tess pour la cérémonie de présentation de Xander Raphaël.

Lucan fronça les sourcils.

— C'est ce soir ?

Mais bien sûr que c'était ce soir-là ! Cela faisait des jours que Gabrielle et les autres Compagnes de sang s'étaient lancées dans les préparatifs du rituel pour tenter d'offrir au fils de Tess et de Dante une arrivée digne dans le monde malgré le chaos qui les entourait tous. Et en tant que leader de cette communauté, ce serait à Lucan d'officier ce soir-là pour la présentation officielle de Xander Raphaël à l'ensemble de ses membres. Quant à ses parrain et marraine, ils feraient publiquement vœu de l'élever si Dante et Tess venaient à disparaître tragiquement avant sa majorité.

Ce rituel trouvait ses racines dans une tradition en usage au sein des populations civiles des Havrobscurs. Il avait plus une fonction d'apparat que de réelle nécessité. Mais il prenait tout son sens à cette occasion, sous le toit de l'Ordre, où la guerre pouvait venir arracher son tribut n'importe quelle nuit.

Lucan se leva et ce n'est qu'alors qu'il prit conscience qu'il grinçait des dents. Il avait aussi les poings serrés à s'en faire blanchir les phalanges.

Le regard de Tegan l'épingla.

— Qu'est-ce qui t'arrive ?

— Rien.

Mais quand Lucan se dirigea vers la porte, Tegan se mit en travers de son chemin.

— Rien, mon cul ! Je n'ai pas besoin de te toucher afin de lire tes émotions pour savoir que quelque chose te tracasse sérieusement. Et je ne pense pas que ça ait à voir avec Chase ni avec la nouvelle péripétie due à Tavia Fairchild. Je ne crois pas non plus que ça concerne directement Dragos.

Le regard du guerrier sur Lucan s'était durci, comme s'il pouvait voir directement en lui.

— Que se passe-t-il entre toi et Gabrielle ?

Lucan sentit qu'il pointait le menton en signe de défense.

— Est-ce qu'elle t'a dit quelque chose ? Ou à Élise ? Qu'est-ce que tu as entendu, putain, Tegan ?

Tegan secoua sa chevelure fauve.

— Je n'ai rien entendu du tout. Mais je n'ai pas les yeux dans ma poche. Ces derniers temps elle se balade comme si elle avait un trou dans le cœur, et toi, on dirait que tu es sur le point de perdre ton meilleur ami.

Merde ! Lucan aurait voulu nier, mais ça n'avait plus grand sens de tenter d'esquiver Tegan alors qu'il devait lire sur son visage à quel point il avait raison.

— Je suis en train de tout foutre en l'air avec elle. Je savais quand cette femelle est entrée dans ma vie qu'elle méritait quelqu'un pouvant lui offrir une vie digne d'elle. Une vie de sécurité et de bonheur, pas cette guerre et ces bouleversements sans fin.

Tegan l'épingla du regard.

— Gabrielle ne m'a jamais paru du genre à se précipiter dans quoi que ce soit les yeux fermés. Quand elle t'a choisi, elle savait exactement dans quoi elle mettait les pieds. Et tous les gens qui sont ici savent parfaitement qu'il n'y a rien que tu ne ferais pour elle.

— Excepté lui donner un fils.

Lucan avait senti les mots quitter sa bouche avant de pouvoir les ravaler. Mais finalement, même s'il aurait été bien en peine de l'admettre, il était content d'avoir ainsi exposé sa culpabilité. La garder pour lui n'avait fait que le ronger de l'intérieur.

— C'est ça qu'elle veut de moi, Tegan, un enfant. Et je ne peux pas le lui donner. Pas maintenant. Pas alors que je sais que cette guerre contre Dragos pourrait finalement le lui arracher des bras. Et pas tant que je ne pourrai pas envisager un avenir clair, un avenir qui ne soit pas envahi par la violence et la corruption. Ce n'est franchement pas le moment de mettre au monde une nouvelle vie innocente.

Tegan ne disait plus rien. Plongé dans ses réflexions, il observait Lucan. Puis il finit par hausser les épaules.

— Peut-être as-tu raison, Lucan. Mais peut-être aussi n'y a-t-il jamais eu de meilleur moment pour le faire. Peut-être que tout ce dont nous avons actuellement besoin, c'est un peu d'espoir.

Lucan avait l'air d'avoir été frappé par la foudre. Il venait subitement de comprendre.

— Toi et Élise ?

— Oui.

Tegan laissa échapper un gloussement plein d'un étonnement mystifié que Lucan n'avait jamais vu chez lui au cours des cinq siècles qui les séparaient de leur première rencontre.

— Bon Dieu, T. Félicitations. (Il vint donner une tape sur l'épaule de son ami, avant de l'attirer contre lui en une brève étreinte fraternelle.) Elle est enceinte de combien ?

Le sourire de Tegan s'élargit.

— Pas de longtemps. Nous ne l'avons conçu qu'il y a quelques nuits.

Lucan repensa à la phase de lune décroissante, le bref cycle de fertilité pour les compagnes liées par le sang. Tandis que lui repoussait Gabrielle, Tegan et Élise étaient en train de fabriquer une nouvelle vie ensemble.

Malgré la honte que lui inspirait la peur qui l'avait empêché de sanctifier son propre lien de sang avec Gabrielle, Lucan ne pouvait nier le bonheur qu'il ressentait pour Tegan et sa Compagne de sang adorée.

— Un enfant de la Lignée ne pourrait rêver de meilleurs parents. Et je suis sincère, mon ami. Je suis vraiment heureux pour toi et Élise.

Tegan hocha solennellement la tête.

— Savoir que nous attendons un enfant ne me donne que plus de raisons de faire de ce monde un meilleur endroit. Pour tous nos fils, Lucan.

Ce dernier aurait bien voulu acquiescer, dire qu'il ressentait le même espoir envers un futur qu'aucun d'entre eux ne pouvait prévoir, mais sa langue resta collée à son palais. Tegan hocha de nouveau la tête. Il comprenait. Il savait, lui, l'un des tout premiers des guerriers de l'Ordre, quelle était la crainte qui rongeait Lucan de l'intérieur.

Tegan le savait, il devait bien ressentir cette crainte lui-même, et pourtant il avait trouvé la force de mettre ses peurs de côté et de se livrer à un remarquable acte de foi.

Lucan aurait voulu croire qu'il avait lui aussi cette force.

Mais la peur refusait de le lâcher.

Tavia ne s'était pas du tout attendue à l'atmosphère familiale qui l'avait accueillie à son arrivée avec Chase au quartier général de l'Ordre. Vu les armes et l'équipement de combat des membres de son escorte, elle s'était attendue à trouver plus ou moins la même chose une fois à l'intérieur de la forteresse de pierre et de bois où ils résidaient.

Mais, de fait, celle-ci ressemblait beaucoup plus à un vrai foyer qu'au bunker auquel elle s'était préparée. Elle voyait même un superbe feu dans la cheminée de la grande salle qui s'ouvrait au-delà du hall, ainsi qu'un énorme sapin garni de décorations faites main, rubans festifs et guirlandes de pop-corn. Elle n'aurait su dire ce qui la remuait le plus : l'atmosphère familiale de Noël de l'endroit, ou le fait que, bien que se retrouvant au milieu d'une demi-douzaine de vampires lourdement armés et de leurs compagnes, elle ne s'était jamais sentie nulle part aussi à l'aise et autant la bienvenue.

Tandis que Nikolaï et le Chasseur gardaient l'œil rivé à Chase à travers le hall, Renata avait fait rapidement les présentations. Tavia était émerveillée de la beauté de ces femmes qui étaient liées à certains des membres de l'Ordre : Dylan, avec ses abondants cheveux roux et ses taches de rousseur ; Alex, une blonde athlétique aux yeux bruns et au sourire amical ; Corinne, toute menue, dont les longs cheveux noirs et les traits délicats auraient pu la faire paraître fragile, n'eût été la détermination qui se lisait dans son regard bleu-vert, et enfin Jenna, la femelle humaine dont Tavia avait entendu parler pendant le voyage vers le nord.

La jolie brune venait juste d'arriver dans le hall au bras de son compagnon, Brock, sur lequel elle s'appuyait un peu. Les traits de l'immense vampire étaient tirés par l'inquiétude qu'elle paraissait lui inspirer à elle seule.

— Comment ça s'est passé ce soir ? demanda Renata au couple une fois qu'ils eurent été présentés à Tavia. Des progrès grâce à Claire ?

Jenna hocha la tête avec enthousiasme.

— Il y a eu du nouveau cette fois. Je ne sais pas encore trop ce que ça signifie, mais Claire et moi avons tout noté. Ça a beau avoir été terrible de vivre ce cauchemar comme s'il s'était agi de mes propres souvenirs, je suis impatiente d'y retourner et d'en rapporter de nouveaux éléments.

À côté d'elle, Brock poussa un petit grognement et murmura quelques mots sur les femelles à la tête dure. Jenna lui mit les bras autour du cou et plongea son regard dans ses yeux pleins de crainte.

— Il s'inquiète, déclara-t-elle à Tavia et aux autres avec un sourire pour lui.

— Il t'aime, rétorqua immédiatement le grand guerrier d'une voix aussi solennelle que son regard.

— Tavia, est-ce que je peux voir tes glyphes ?

Cette brusque requête venait de Mira, une enfant d'environ huit ou neuf ans qui avait été parmi les premiers à accueillir Tavia à son arrivée et qui n'avait cessé de la regarder avec un intérêt grandissant depuis.

— Enfin, ma puce ! la tança Renata, en secouant la tête d'un air exaspéré. Et les bonnes manières, jeune fille ?

— Désolée ! (Le petit diable blond laissa échapper un soupir de remords.) Tavia, est-ce que je peux s'il te plaît voir tes glyphes ?

— Ce n'est pas exactement ce que je voulais dire, Mira. (L'expression mortifiée de Renata aurait convenu à n'importe quelle mère d'un enfant précoce, même si sa voix laissait entendre un soupçon d'amusement.) On ne demande pas quelque chose de ce genre, c'est impoli. C'est impoli aussi de fixer les gens du regard.

— Non, non, intervint Tavia. Ça va, vraiment. Ça ne me pose aucun problème.

Elle releva la manche de son pull et laissa l'enfant observer le réseau des marques qui couraient sur la peau de son bras. Il ne fallut pas longtemps pour que les autres enfants, deux adolescents, rejoignent le groupe pour jeter un coup d'œil à leur tour.

— Ce sont de vrais dermoglyphes, dit le premier, un grand garçon dégingandé aux cheveux roux et au regard noisette suspicieux. Vous appartenez vraiment à la Lignée, alors ?

Tavia hocha la tête.

— Il semble bien, oui.

Mira leva ses yeux mauves au ciel.

— Je te l'avais bien dit, Kellan. Il ne me croyait pas.

Le garçon lui jeta un regard sombre.

— Je voulais voir par moi-même, c'est tout.

— Tu as dit que tu avais besoin de preuves, comme si tu pensais que j'essayais de te raconter des histoires. (On sentait à sa voix qu'elle était un peu blessée.) Comment se fait-il que tu ne croies jamais ce que je dis ?

Cette accusation publique parut mettre Kellan mal à l'aise. Lorsqu'il répondit, ce fut sur un ton défensif.

— C'est idiot de croire les gens sur parole.

— Même ses amis ?

Il ne répondit pas et, tandis que la dispute se terminait par un silence, l'autre garçon, qui continuait d'étudier les glyphes de Tavia, s'approcha. Il avait remonté sa propre manche, révélant un motif similaire à celui qui courait sur l'avant-bras de Tavia.

L'adolescent, dont le cuir chevelu couvert de dermoglyphes était rasé et dont le visage ne laissait voir aucune émotion, s'appelait Nathan, et à part le fait qu'on le lui avait présenté comme le fils de Corinne, il restait un mystère pour Tavia. Elle le regardait cataloguer les marques de sa peau une par une. Derrière ses longs cils, son regard était sérieux et curieusement détaché, lui donnant l'air beaucoup plus vieux qu'il ne l'était réellement. Il ne ressemblait en rien aux adolescents qu'elle avait pu rencontrer jusqu'ici.

Quand il leva les yeux vers elle, la tête inclinée sur le côté, son regard bleu-vert la transperça avec la froideur d'une lame.

— Vous êtes Gen-1. Née dans le laboratoire de Dragos.

Elle acquiesça.

— Moi aussi, reprit-il.

Cet aveu fait presque à voix basse déclencha chez elle un sentiment immédiat d'affinité, et elle ressentit le besoin absurde de prendre dans ses bras l'enfant qui lui aussi avait été une victime de Dragos. Elle aurait voulu parler avec Nathan un peu plus longtemps, lui demander de lui raconter son expérience avec le monstre qui les avait créés, mais son regard se fit plus hanté, se referma derrière ses cils noirs et avait retrouvé sa vacuité quand il la regarda de nouveau.

Au même moment, venus d'une pièce située plus loin dans le couloir, Tegan et un autre guerrier arrivaient dans le hall. Rien que par sa présence, le vampire aux cheveux noirs qui accompagnait Tegan attirait l'attention et imposait le respect. Tavia n'eut aucun doute sur le fait que c'était lui le leader de l'Ordre, avant même que Tegan ne le lui présente comme tel.

— Lucan, voici Tavia Fairchild.

Elle accepta la main tendue du guerrier et se sentit enveloppée par le regard perçant et scrutateur des yeux gris de Lucan tandis qu'il lui serrait la main de ses doigts calleux.

— Mathias Rowan nous a donné les grandes lignes, mais je suis sûr que vous comprendrez que nous avons des questions à vous poser maintenant que vous êtes ici.

— Bien sûr. Je ferai tout mon possible pour vous aider, répondit-elle. J'ai moi-même besoin de réponses.

Il acquiesça d'un air sévère en relâchant sa main.

— Jusque-là, vous resterez ici, sous la protection de l'Ordre. Ce qui veut dire que vous resterez dans l'enceinte de cette propriété en permanence, et que vous ne prendrez contact avec personne au-delà de ces murs sans ma permission expresse.

— D'accord.

Ça sonnait bien un peu comme le prononcé d'une peine de prison, mais il lui aurait été difficile de refuser l'offre dans la mesure où elle n'avait pas beaucoup d'autres options. À part ça, elle avait vécu la première partie de sa vie dans une forme de prison. À présent au moins elle connaissait la vérité. Et puis elle avait Chase. Elle sentait sa présence derrière elle, et c'était pour elle un réconfort malgré la tension qui émanait de lui.

Lucan lança un regard inquisiteur à Chase par-dessus l'épaule de Tavia.

— Malheureusement, nous n'avons pas beaucoup de place ici et nous n'avons plus qu'une chambre…

— Je n'en ai pas besoin. (Malgré le haussement d'épaules désinvolte qui avait accompagné sa réponse, celle-ci avait été faite sur le mode défensif.) Je suis sûr qu'il y a quelque part ici une cellule avec mon nom sur la porte.

— Ça dépendra de toi, Harvard.

— Et on pourra décider de ça plus tard.

La voix douce qui venait de s'élever était celle d'une femelle qui arrivait derrière le groupe dans le hall. Toutes les têtes se tournèrent vers elle. Tavia observa la belle femme aux cheveux auburn, dont les yeux marron très expressifs ne regardaient que Lucan. C'était sa compagne : l'énergie palpable qui circulait entre eux ne laissait aucun doute sur la question.

— Vous devez être Tavia, dit la nouvelle arrivée en s'avançant pour l'accueillir à son tour avec un grand sourire. Je suis Gabrielle.

— Bonjour.

Gabrielle rejoignit Lucan et lui prit la main.

— Tess et Dante attendent à la chapelle avec les autres. Tu viens ?

Lucan inclina la tête, et caressa avec douceur la joue de Gabrielle du dos de la main. C'était un geste tout simple, et pourtant il y avait tant de dévotion dans ses yeux que Tavia en perdit presque le souffle.

— Tout ce que tu voudras, mon amour. Et ce n'est pas qu'une expression en l'air. Comme tu viens de le dire, nous pourrons décider du reste plus tard.

Elle le regarda un long moment dans les yeux. Une question non formulée était suspendue entre eux. Puis un sourire tendre s'épanouit sur son visage, plein de chaleur et de joie, et qui n'était destiné qu'à Lucan.

Tandis qu'ils échangeaient un baiser, Mira rejoignit Tavia et lui prit la main.

— Allez, viens ! Il faut que tu fasses la connaissance du bébé.

— Le bébé ?

Tavia lança un regard interrogateur au reste des femmes.

— Le nouveau-né de Tess et de Dante, Xander Raphaël, expliqua Renata. Il a à peine une semaine, et ce soir il va être présenté officiellement à sa marraine et à son parrain. C'est une tradition de la Lignée.

— Vous êtes la bienvenue, dit Gabrielle. Mais je suis sûre que vous devez aussi être épuisée, alors si vous préférez vous reposer…

— Pas du tout.

Étonnamment, elle n'était pas fatiguée du tout, même après tout ce qu'elle venait de traverser. Son corps lui semblait plus fort, plus vivant que jamais, sans doute grâce à ses gènes extraterrestres et à l'absence de médicaments gardant étouffée cette partie d'elle-même. Elle devait bien reconnaître qu'elle était plus qu'un peu curieuse de ce nouvel aspect de sa vie, y compris des rituels qui faisaient partie de l'étrange monde dans lequel elle se retrouvait soudain immergée.

— Si vous pensez que ça ne gênera personne que je sois là, je serais ravie d'assister à la cérémonie.

— Viens, alors, allons-y !

Se précipitant déjà devant le groupe qui commençait à quitter le hall, Mira tira énergiquement Tavia par la main.

Mais malgré l'intérêt qu'elle portait elle-même à ces gens et l'accueil généreux qu'ils lui avaient réservé, Tavia ne put s'empêcher de remarquer la façon dont Chase semblait tirer la patte. En fait, il lui paraissait même moins à son aise que lors du voyage vers le nord. Et ce malaise picotait ses veines comme de petites aiguilles sous la peau.

Elle s'arrêta et se retourna pour le regarder, attendant qu'il la rejoigne. Il n'était pas question pour elle de le laisser là seul alors que tout le monde allait à la chapelle, même s'il semblait que c'était exactement ce qu'il voulait qu'elle fasse. Quand enfin il fit le premier pas vers elle, ce fut avec la lenteur d'un homme montant à l'échafaud.

Chapitre 28

C'était vraiment le dernier endroit où il aurait voulu être.

S'il y avait un truc dont il se serait bien passé, c'était bien de se tenir là comme l'intrus qu'il était pour regarder Dante et Tess présenter leur fils à Gideon, son parrain désigné. Chase ne leur en voulait certes pas de ce choix. Ç'avait été la meilleure chose à faire pour leur enfant. S'il devait arriver quoi que ce soit aux parents de Xander avant qu'il soit adulte, le jeune vampire ne manquerait de rien. Gideon et Savannah lui donneraient tout l'amour et toute l'attention dont il pourrait avoir besoin.

Dante avait été fou de penser que Chase pourrait remplir ce rôle. Heureusement pour lui et pour Tess, Chase leur avait démontré quel mauvais choix ce serait avant même que leur enfant naisse. Et à présent il allait devoir rester là et essayer de ne pas se laisser affecter, de ne ressentir que du soulagement, tandis que c'était Gideon qui recevait cet honneur.

Et Tavia qui serait là pour assister à ça aussi !

Elle ne connaissait ni la tradition du rituel ni son aspect politique, pas plus que la quantité d'échecs qu'il avait fallu à Chase pour perdre le privilège de devenir le parrain désigné du nourrisson. Mais tandis qu'ils entraient tous dans la chapelle préparée pour la cérémonie afin de prendre place sur les bancs de bois, il savait qu'elle pouvait ressentir sa honte, et c'était déjà trop.

Mais ce n'était pas fini. Le regard de Tavia venait de se poser sur Élise de l'autre côté de la pièce éclairée aux chandelles.

Elle ne manifesta aucune surprise, mais il la sentit se tendre à côté de lui tandis qu'elle regardait la femme qui avait jadis fait partie de sa famille et qui était l'objet d'une de ses hontes les plus tenaces.

Élise se trouvait à l'avant du petit sanctuaire avec Gideon, Savannah, Dante, Tess et le bébé. Elle s'occupait des bandeaux de soie qui devaient servir pour la cérémonie, mais quand son regard bleu lavande se posa sur Chase et Tavia, elle murmura quelque chose aux couples qui attendaient là et vint vers eux. Tegan l'intercepta à mi-chemin et, lui entourant les épaules d'un bras protecteur, l'escorta jusqu'à eux. À son expression, on voyait qu'il était sur ses gardes, prêt à faire couler le sang au milieu de cet espace sanctifié si c'était nécessaire pour protéger sa compagne.

Et sa méfiance à l'égard de Chase n'avait rien d'étonnant. Ce dernier pouvait encore sentir la main ouverte d'Élise le giflant la dernière fois qu'il l'avait vue. Une gifle qu'il avait plus que méritée pour ce qu'il lui avait dit peu de temps avant son départ de l'Ordre.

Mais l'occasion n'avait rien à voir.

Il observa le couple qui venait vers lui, Élise radieuse, Tegan comme illuminé de l'intérieur et possessif, et soudain il sut.

Elle était enceinte depuis peu.

Cela aurait dû l'affecter plus que cela ne le fit. Peut-être aurait-ce été le cas si Tavia n'avait pas été à son côté, son regard calme dénué de tout jugement l'observant avec une compréhension tranquille tandis que le couple approchait d'eux.

— Sterling, murmura Élise en s'arrêtant devant lui.

Elle s'apprêtait visiblement à le toucher mais sembla se raviser, et serra les mains devant elle.

— Je suis si soulagée de voir que tu vas bien. À la façon dont tu nous as quittés l'autre jour à Boston… nous avons tous craint le pire.

— Je suis désolé que vous vous soyez inquiétés, murmura-t-il. Ce n'était pas mon intention.

— Non, dit-elle. Ton intention ce jour-là était de nous sauver. Et c'est ce que tu as fait. Ce que tu as fait pour nous tous à ce moment-là a été…

— Honorable, finit Tegan à sa place. Et salement suicidaire aussi, mais ça n'est pas la question.

Chase haussa vaguement les épaules, gêné par cette gratitude. De toute façon, un geste noble ne suffirait pas à réparer tout ce qu'il avait foutu en l'air, même s'il avait soudain très envie que ce soit possible. Il lui faudrait du temps pour retrouver la confiance de ses frères d'armes. Du temps dont il n'était pas sûr de disposer alors que la soif continuait à le ronger tout au fond de son âme.

Ses mains étaient agitées, son sang commençait à bouillir, lui donnant le besoin soudain de se précipiter hors de cet endroit pour plonger dans la nuit. Mais comme cette sombre impulsion se renforçait en lui, il sentit les doigts de Tavia effleurer les siens. Elle savait ce qu'il ressentait, et sa main offerte était juste le point d'ancrage dont il avait besoin. Leurs doigts s'entrecroisèrent, il s'éclaircit la voix et fit les présentations.

— Tavia Fairchild, voici la compagne de Tegan, Élise.

— Je suis aussi l'ex-belle-sœur de Sterling, ajouta Élise en souriant avec beaucoup de gentillesse.

— Oui, je sais, répondit Tavia. Je suis ravie de vous rencontrer.

— Moi de même. (Le regard d'Élise glissa vers leurs mains jointes et une lueur de tendresse apparut dans ses yeux.) Peut-être qu'après la cérémonie je pourrais vous faire visiter la maison et la propriété ?

Tavia sourit.

— Bien sûr, ça me ferait très plaisir.

— Il faut que j'aille prendre ma place maintenant. Nous allions commencer.

Alors qu'Élise et Tegan se retournaient, Chase tendit la main et prit doucement le bras d'Élise.

— Attends !

Tegan poussa un sourd grondement, et il aurait été difficile de le lui reprocher. Ses yeux étincelaient d'ambre. Chase lâcha le bras d'Élise.

— Je voulais juste vous féliciter tous les deux. Pour le bébé. Je suis heureux pour vous deux.

Élise lança un regard lumineux à Tegan, puis le tourna vers Chase.

— Merci. Ça veut dire beaucoup pour moi, Sterling. Ça veut dire beaucoup pour nous deux.

Tegan grogna et prit la main que lui tendait Chase. La poigne du guerrier blond était hésitante. Il était clairement en train de lire la vérité émotionnelle des mots de Chase avec le pouvoir de son toucher. Chase ne recula pas sous le pouvoir scrutateur du don ; il n'avait vraiment rien à cacher. Tegan hocha la tête, puis retira sa main et donna à Chase une bourrade sur l'épaule.

— C'est bon de t'avoir de retour parmi nous, Harvard.

Le couple s'éloigna pour aller s'asseoir à l'avant de la chapelle.

Chase se retourna vers Tavia.

— Cela fait juste un peu plus d'un an qu'elle est liée à Tegan. J'aurais dû te dire qu'elle faisait désormais partie de l'Ordre.

— Ne t'inquiète pas. J'ai été surprise de la voir, mais tout va bien. (Elle soutint son regard, sans jalousie ni colère, mais avec une inquiétude réelle.) Mais toi ? Ça ne te pose pas de problème qu'elle soit là, et qu'elle soit liée à l'un de tes amis ?

— Non, répondit-il en secouant la tête. (Il faisait aller et venir son pouce sur le dos de la main de Tavia.) Elle s'est bien liée. Tous les deux se sont bien liés.

Pendant un moment, un moment fou, il s'imagina lié aussi heureusement que Tegan et Élise l'étaient. Ce n'était pas une chose à laquelle il avait jamais pensé, mais à présent, la main de Tavia dans la sienne, son esprit était envahi d'images de ce que le futur pourrait être si elle devenait sa compagne. Mais ce n'était qu'un rêve.

Son espoir d'un avenir avec Tavia, quel qu'il ait pu être, s'effondrerait dès qu'il laisserait sa soif le régenter de nouveau.

Et alors que la cérémonie commençait et qu'ils s'installaient tous deux dans la dernière rangée de bancs, il se dit que ça n'avait pas d'importance.

Tandis que Gabrielle tenait le bébé devant tous, Élise et les autres Compagnes de sang allumaient huit cierges blancs en un large cercle autour de Dante, Tess, Gideon et Savannah, en un anneau infini qui les connectait en cet instant. Aucun des quatre ne portait de tunique à capuche blanche ; ils n'avaient probablement pas eu le temps de récupérer ce dont ils avaient besoin entre l'évacuation du complexe de Boston et la cérémonie de ce soir-là. Mais ils avaient bien les huit longueurs de soie blanche, et tandis que l'on allumait les cierges autour d'eux, Dante, Tess, Gideon et Savannah tressaient les pièces de tissu ensemble pour en faire un berceau qu'ils allaient maintenir entre eux, lien symbolique entre parents et parrains.

Lucan se tenait à l'avant au milieu, arborant l'air grave qui convenait à son poste d'officiant.

— Qui amène cet enfant devant nous ce soir ?

— Nous le faisons, répondirent Dante et Tess à l'unisson. C'est notre fils, Xander Raphaël.

Sur un signe de Lucan, Gabrielle apporta le bébé nu à ses parents et le plaça dans les bras de sa mère. Tandis que Dante tenait l'une des extrémités du berceau tissé et que Gideon et Savannah tenaient l'autre, Tess souleva Xander dans les airs pour le présenter à l'assemblée.

À côté de lui sur le banc, Chase sentit Tavia retenir sa respiration, contemplant la cérémonie avec un silence impressionné.

— Ce bébé est le nôtre, récitèrent Tess et Dante ensemble. Par notre amour nous l'avons mis au monde. Avec notre sang et nos vies nous le nourrissons et le protégeons de tout mal. Il est notre joie et notre promesse, l'expression parfaite de notre lien éternel, et nous sommes honorés de le présenter à vous tous membres de notre communauté.

La réponse de l'assemblée s'éleva à l'unisson :

— Vous nous faites honneur.

Chase s'aperçut qu'il murmurait lui aussi la réponse traditionnelle et qu'il se préparait à la suite du rituel. Il avait assisté à de très nombreux rites de ce genre dans les Havrobscurs, à l'occasion de naissances, de décès et de déclarations de liens, mais chez ses frères d'armes, c'était rare. Et celui-ci, la présentation d'un bébé aux membres du complexe, était une première, ce qui le rendait encore plus impressionnant.

Tess posa son enfant dans les bras de Lucan et reprit sa place au côté de Dante. Lucan pivota vers Gideon et Savannah et déclara alors d'une voix ferme et profonde :

— Qui promet de protéger cet enfant avec son sang et sa chair jusqu'à son dernier soupir si la nécessité s'en fait sentir ?

— Nous le faisons, répondit le couple ensemble, des mots dont Chase ressentit l'amertume sur sa langue tandis qu'il les ravalait.

Il vit Dante le chercher du regard à travers l'assemblée, et il s'obligea à lui faire un signe de tête d'approbation pour la décision qu'il avait prise pour protéger les intérêts de son fils.

Le bien-fondé de cette décision frappa Chase encore plus clairement l'instant suivant, lorsque Lucan plaça Xander au centre du berceau tissé et que Gideon procéda à la dernière étape du rituel. Portant son poignet à sa bouche, il planta les crocs dans sa chair puis, se retournant, fit la même chose au poignet de Savannah.

Chase avait su ce qui allait se passer, mais dès que l'odeur du sang frais envahit la pièce, son corps fut saisi d'un violent tremblement. Il lutta pour le maîtriser, mais la soif était terrible. Ses crocs émergèrent et vinrent emplir sa bouche.

— Chase ? chuchota Tavia à côté de lui. Est-ce que ça va ?

Son joli visage déformé par l'inquiétude et baigné dans la lueur de ses iris transformés, elle tendit la main pour toucher sa joue.

À l'avant de la chapelle, Gideon et Savannah tenaient à présent leurs poignets au-dessus de Xander, laissant tomber des gouttelettes de sang sur sa peau nue pour symboliser leur vœu de donner leur vie pour la sienne.

Chase ne pouvait plus rester ici. Il risquait de perdre la tête et de gâcher toute la cérémonie.

Malheureux, il se leva du banc et se glissa hors de la chapelle aussi doucement que possible. Puis il prit le couloir jusqu'à la grande salle et sortit par les portes-fenêtres qui donnaient sur la terrasse. Sautant la rambarde de cette dernière, il se mit à courir vers la lisière de la forêt.

Dès qu'il eut pris sa première goulée d'air frais, il se retrouva malade de soif, la respiration saccadée, l'estomac noué. Il tomba à quatre pattes dans la neige, inspirant péniblement une bouffée d'air après l'autre.

— Chase ?

Ah, Seigneur ! Tavia ! Elle l'avait suivi dehors. Ça le tuait de la laisser le voir comme ça, faible et nauséeux comme le junkie qu'il était. S'il faisait quoi que ce soit qui puisse la blesser, il ne se le pardonnerait jamais.

— Éloigne-toi de moi, Tavia ! Retourne à l'intérieur !

— Qu'est-ce qui t'arrive ? Parle-moi, Chase.

— Va-t'en, Tavia ! Maintenant. (Il tressaillit quand elle se pencha pour toucher son dos courbé.) Écarte-toi, bon Dieu !

Devant sa réaction violente, elle arrêta son geste, mais il n'y avait pas de peur dans ses yeux, pas plus que de pitié ou de répugnance. Seulement de l'inquiétude.

— Tu as besoin d'aide. Je vais chercher quelqu'un à l'intérieur…

— Non ! Je t'en prie, pas eux.

Il avait émis ces mots avec difficulté, d'une voix rauque. Il secoua la tête et la regarda d'un air misérable, conscient de l'image qu'il devait lui donner. Si faible. Si diminué. Pathétique. Pas d'ombre où se cacher, pas de bravade ni de fureur pour masquer la vérité de ce qu'il était devenu. Il gronda, sans savoir si cela venait de la souffrance que lui infligeait sa soif ou de la profondeur de son humiliation.

— Je ne veux pas que qui que ce soit me voie dans cet état.

Pas même elle.

Surtout pas elle, mais Tavia ne partait pas. Non, elle s'était agenouillée à côté de lui dans la neige. Et elle lui caressait doucement le dos, et la tête à travers ses cheveux courts trempés de sueur.

— Je sens ta soif… Et ta souffrance. Tu en trembles, Chase. Mon Dieu, mais tu meurs de faim. Si tu as besoin de sang, prends-en.

— Non.

Il était parvenu à refuser, même si ses crocs continuaient à sortir de ses gencives. Il avait la gorge sèche et la soif de sang le déchirait de l'intérieur. Son regard enfiévré se riva au pouls qui battait à la base du cou de Tavia. La soif grandissait, dure et exigeante.

— Je t'en prie, Tavia. Rentre ! Avant que je…

— Avant que tu boives à ma veine ? (Elle le regardait sans ciller, sans la moindre peur.) C'est OK, Chase. Je suis là pour toi. Je te laisserai…

— Non ! (Il cracha un juron et détourna la tête de la tentation que représentait sa gorge vulnérable.) Non. Jamais avec toi.

— Parce que tu ne veux pas te lier à moi ?

Cette conclusion tranquille était si loin de la vérité qu'il ramena instantanément son regard d'ambre sauvage sur elle.

— Parce que je ne me fais pas confiance pour m'arrêter une fois que j'aurai goûté à ton sang. Et tu ne devrais pas me faire confiance non plus. (Sa voix n'était guère plus qu'un grognement animal.) Je suis malade, Tavia. Ce truc me tient depuis longtemps déjà. Je ne sais pas combien de temps encore je parviendrai à le combattre.

Elle le considéra, lisant la souffrance qui était écrite sur son visage et dans les couleurs tempétueuses de ses dermoglyphes. Elle comprit soudain et pâlit.

— Tu parles de la Soif sanguinaire. C'est ça cette douleur incessante que je sens dans tes veines. C'est ton addiction.

Inutile de nier. Elle était la seule personne dont il ne pouvait se cacher, mais aussi la personne dont le rejet lui ferait le plus mal.

Il grogna sous l'effet d'une nouvelle convulsion de son estomac. Il suait par tous les pores et son front était froid et humide dans l'air glacé de l'hiver. Quand le pire de la crise le prit de plein fouet, ce furent les douces mains de Tavia qui le ramenèrent. Elle était assise près de lui sur le sol gelé et lui caressait le visage avec tendresse, faisant face avec courage à sa sauvagerie.

— Quand tout ça a-t-il commencé, Chase ? Depuis quand luttes-tu contre la Soif sanguinaire ?

Le contact de sa main lui donna la force, lui permit de faire sortir les mots de sa gorge asséchée comme un baume arrachant le poison à une blessure.

— Six ans, admit-il d'une voix rauque. (Tout lui venait d'un coup à présent, en un flot âcre et rugueux.) Ça date de la nuit où mon frère est mort. Et depuis je l'ai caché à tout le monde.

Elle passa ses doigts apaisants le long de la courbe de sa mâchoire serrée.

— Que s'est-il passé cette nuit-là ? Je sais que tu ne m'as pas tout dit la première fois que tu m'as parlé de la mort de Quentin. Tu as dit que tu ne te souvenais plus, mais tu te souviens… tu te souviens de tout, n'est-ce pas ?

Il hocha la tête, malade de la vérité mais incapable de la lui refuser. Il se souvenait de chaque seconde de ces heures sanglantes qui avaient entouré la mort de Quent, de chacun des Renégats qu'il avait massacrés dans sa soif de vengeance.

Et il se souvenait de la honte qui avait suivi, quand sa culpabilité l'avait conduit à tomber encore plus bas.

— C'était moi qui avais amené au poste le Renégat qui a tué mon frère. Ce fils de pute avait vidé de leur sang deux humains devant un bar de Cambridge. J'aurais dû le réduire en cendres sur-le-champ, mais c'était contraire à la politique de l'Agence. (Il ricana, sentant toujours la morsure de sa rage comme de l'acide sur la langue.) Alors je l'ai ramené, et Quent s'est occupé de le faire parler et de traiter son cas. Il n'est resté seul dans la pièce avec ce salopard assoiffé de sang que pendant quelques minutes. Quand il a déclenché l'alarme, il saignait déjà à profusion de l'énorme trou que lui avait fait le Renégat dans la gorge.

—Oh, Chase!

La voix de Tavia n'était qu'un murmure sur la bise nocturne. Elle était chargée du même choc et de la même souffrance que ceux qu'il ressentait à présent en revivant ces moments affreux.

—J'avais fouillé le Renégat pour voir s'il était armé quand je l'avais amené au poste, mais je n'avais pas trouvé le couteau qu'il dissimulait. J'ai failli à mes obligations envers mon frère. (Il laissa échapper un juron bien senti.) Je pourrais aussi bien l'avoir poignardé moi-même.

—Non, dit Tavia, en secouant la tête. Mon Dieu, non. Tu ne peux pas te reprocher sa mort.

—Ah oui? (Sa voix était aussi froide que la nuit autour d'eux.) Sais-tu combien de fois je me suis demandé ce que ce serait de vivre sans l'ombre de Quent au-dessus de ma tête? Il y a eu des moments où j'ai désiré sa mort, Tavia.

Elle le regardait fixement, sans aucun doute horrifiée à présent. Elle écarta sa main. Son souffle blanchissait dans l'air froid avant d'être emporté par le vent.

—Tu ne l'as pas tué, Chase, affirma-t-elle. Tout le monde fait des erreurs.

—Mais pas l'un des fils d'Auguste Chase, répliqua-t-il d'une voix pleine de l'amertume de la haine qu'il avait pour lui-même.

Il se souvint des rumeurs qui avaient suivi immédiatement la mort de Quentin. Le plus dur à supporter avait été l'horreur ressentie par Élise. Il avait encore en tête son trouble et les questions qu'elle avait posées en arrivant au quartier général de l'Agence pour voir son compagnon mort: « *Comment ça a pu arriver, Sterling ? Qui a amené le Renégat au poste ? Qui était responsable de la fouille ? Sterling, je t'en prie, dis-moi que Quentin n'est pas vraiment parti !»*

— J'aurais voulu réparer bien sûr, mais je ne pouvais rien faire. J'ai tué le Renégat qui avait tué mon frère, mais ça n'a rien changé à ma culpabilité.

Il jura et passa une main sur les os douloureux de son visage. Sa soif ne l'avait pas quitté, mais tandis qu'il inspirait l'air froid dans ses poumons il sentit que la brûlure commençait à se calmer un peu.

— Je suis retourné au club gothique où j'avais ramassé le Renégat en début de soirée. Il y en avait un autre qui rôdait à l'extérieur, attendant une proie. J'ai tenté de passer ma rage sur lui puis je l'ai forcé à me dire où il créchait. Il appartenait à un groupe de Renégats qui squattait un entrepôt isolé sur les berges de la rivière Charles. Je les ai tous tués, brutalement ; je me suis pratiquement baigné dans leur sang. Et je n'en suis pas resté là. La violence me tenait. Avant l'aube, j'avais tué mon premier humain et je vacillais au bord d'une soif que je parvenais à peine à contenir. Depuis, je n'ai cessé de la combattre.

— La Soif sanguinaire, murmura-t-elle doucement.

Il acquiesça.

— Il y a dans la maladie un point de non-retour que je n'ai pas encore atteint. Si je franchis cette ligne et que je deviens Renégat, je suis perdu.

— Comme le fils de Quentin et d'Élise ? demanda-t-elle, en fronçant les sourcils. Tu m'as dit que c'était ça qui lui était arrivé, avant que tu…

— Avant que je le tue d'une balle de pistolet, ouais, termina-t-il. (Ça lui était toujours difficile à énoncer.) Mais pour Camden c'était différent. Il s'était retrouvé à prendre une nouvelle drogue en vogue l'an dernier à Boston. Cette drogue avait été baptisée « Écarlate ». C'était une merde puissante à action rapide conçue spécialement pour les membres de la Lignée. Il suffisait d'une prise de cette poudre rouge et on se retrouvait à baiser, à combattre ou à mordre tout ce qui passait à sa portée.

— Mon Dieu ! lâcha Tavia. Ça a l'air épouvantable.

Chase grogna.

— Pas pour un jeune mâle qui s'emmerde à mourir dans son Havrobscur. Ils en prenaient comme tu aurais mangé des sucreries, et certains d'entre eux ont appris que c'était le chemin le plus rapide jusqu'à la Soif sanguinaire. Cam fut l'un de ceux-là.

— Je suis désolée.

Il haussa les épaules.

— Moi aussi. Aidé par l'Ordre, je me suis occupé du laboratoire du dealer d'Écarlate et j'ai détruit toute sa production. Enfin… presque toute. J'en ai gardé un flacon pour moi-même. Une dernière dose, une dose mortelle.

— Le flacon métallique que j'ai trouvé dans ton bureau à Boston, murmura Tavia. Mais pourquoi garder un truc pareil ?

Il n'avait pas besoin de répondre à cette question. Elle comprendrait très bien d'elle-même sa logique. La dose d'Écarlate était son plan B, son remède miracle, si la Soif sanguinaire finissait par gagner. Et il semblait de plus en plus que la question n'était pas « si » mais « quand ».

Il lâcha un juron bien senti.

Se casser. Voilà ce qu'il aurait dû faire, ce qu'il avait toujours fait quand les problèmes devenaient trop réels pour lui, trop lourds à gérer. Et quelque chose en lui à présent ne désirait rien de plus que de s'évanouir dans la nuit sans jamais regarder en arrière. Juste courir… jusqu'à ce qu'il atteigne l'aube et que tous ses problèmes, tous ses foutus échecs, passés, présents et futurs, soient dévorés par le soleil.

Ç'aurait été la chose facile à faire. Ce qui était dur, c'était de rester assis là à supporter les tremblements qui écartelaient son corps, c'était d'afficher ses faiblesses et d'avouer ses péchés les plus noirs les yeux plongés dans le regard tendre de Tavia en attendant le moment où son inquiétude se changerait en mépris, ou pire, en pitié.

Mais Tavia ne détournait pas le regard. Ses yeux verts, calmes et clairs, l'aidaient à tenir dans l'obscurité comme une caresse. Il s'aperçut en la regardant que la lueur sauvage de son propre regard s'était estompée. Ses iris ne la baignaient plus d'ambre. Et même la vibration assoiffée de ses crocs s'était calmée depuis qu'il était là-dehors seul avec elle.

— Tu n'as pas encore perdu la bataille, Chase, lui dit-elle. N'y a-t-il pas quelque chose que tu puisses faire pour t'aider toi-même à aller mieux ? Peut-être que moi, je peux t'aider. J'aimerais essayer, si tu veux bien.

Il la regarda, stupéfié par la compassion sincère, par une profondeur de sentiments qu'il pouvait à peine imaginer, que reflétait son beau visage. Il ne put résister à l'envie de lui caresser la joue.

— Comment peux-tu te montrer aussi attentionnée après tout ce que tu viens d'entendre ? Quand je n'ai pas arrêté de faire de ta vie un enfer depuis le moment où je t'ai vue pour la première fois ?

— Tu n'as pas fait de ma vie un enfer. C'est Dragos qui a fait ça.

Ses mains étaient chaudes et apaisantes contre son visage quand elle l'attira à elle pour poser un baiser rapide sur ses lèvres.

— Tu m'as donné la vérité, Chase. Depuis le début. Tu m'as ouvert les yeux. Je n'aime peut-être pas tout ce que je vois, mais c'est vrai et honnête et j'ai le sentiment d'être enfin vivante. C'est toi qui m'as donné tout ça.

Il jura à voix basse, se demandant comment il était possible qu'il ait laissé cette femelle l'ensorceler comme elle l'avait fait. Elle avait trouvé le chemin de son cœur, de son sang.

Le plus ironique, c'était qu'il la trouve à présent, alors que la dernière chose qu'il voulait, et la dernière chose qu'il ait pu mériter, était une femme aussi extraordinaire que Tavia Fairchild.

Qu'il l'ait méritée ou non, Chase ne put s'empêcher de la prendre par la nuque et de l'attirer dans un nouveau baiser. Elle était si douce contre sa bouche. Si bonne et si chaude contre lui tandis qu'elle se laissait aller à son étreinte et écartait les lèvres pour laisser sa langue se glisser entre ses dents.

Il aurait pu l'embrasser comme ça toute la nuit. Et il l'aurait peut-être fait sans les cris joyeux des enfants qui se précipitaient hors de la maison pour jouer dans la neige. Chase tourna la tête et vit Mira, Kellan et Nathan bondir depuis la terrasse dans le jardin bordé de pins avec les deux chiens du complexe, la majestueuse chienne de traîneau gris et blanc d'Alexandra et un petit terrier marronnasse qui ne payait pas de mine et appartenait à Dante et Tess.

Remarquant à peine Chase et Tavia enlacés, les gosses les dépassèrent. Kellan se pencha pour attraper une poignée de neige et en faire une boule. Il l'envoya sur Mira, qu'il rata de quelques centimètres lorsqu'elle esquiva sur sa droite tout en lançant à son tour une boule de neige, qui, elle, atteignit sa cible au beau milieu de la poitrine.

— Bon tir, lança Chase, ce qui lui valut un grand sourire du petit diable blond.

De nouvelles boules de neige furent échangées entre Mira et les deux garçons, jusqu'à ce que tout d'un coup Chase et Tavia se retrouvent sous le feu du trio. Ils se dépêchèrent de se remettre debout, Tavia riant tandis que

Chase essayait de la mettre en sûreté derrière le tronc d'un grand pin. L'une des boules de Nathan vint s'écraser à l'arrière de son crâne, laissant couler une poudre glaciale le long de sa nuque et sous le col de sa chemise.

— Ça, c'est la guerre, cria Chase, en attrapant à son tour une poignée de neige pour envoyer une boule vers les enfants et les chiens qui aboyaient en sautant tout autour d'eux.

Le rire de Tavia était la plus belle chose qu'il eût jamais entendue. Il se retourna vers elle, plein d'une colère feinte.

— Alors tu trouves ça drôle, femelle ?

Le sourire de Tavia s'élargit, mais de ses yeux émanaient autant de chaleur que d'humour. Il alla vers elle, souriant à son tour, bien plus désirable qu'il n'aurait dû l'être, avec les enfants qui jouaient derrière eux dans les bois.

— Tu es sûre que tu veux m'affronter ? ajouta-t-il.

Le regard par lequel lui répondit Tavia était une invite dévastatrice.

— Tu crois que tu fais le poids ?

— Tu verras bien.

Il l'attira contre lui et l'embrassa comme s'il ne devait pas y avoir de lendemain.

Chapitre 29

Déjà loin dans les arbres, Kellan, riant, les joues enflammées par le froid, ramassa une poignée de neige dans ses gants et pivota pour l'envoyer sur Nathan.

Mais celui-ci avait disparu.

À plusieurs mètres sur sa gauche, Kellan entendait le rire de Mira et les aboiements des deux chiens qui la suivaient plus avant dans la forêt. Il s'arrêta, silencieux, aux aguets. Il fouilla l'obscurité du regard à la recherche de Nathan, s'attendant à une explosion soudaine de froid suite à un tir de boules de neige de l'ennemi.

Ce n'était qu'une guerre pour rire, il le savait bien. Mais il y avait en lui comme une étincelle de compétitivité, un besoin latent de prouver qu'il pouvait être un opposant coriace, spécialement contre cet étrange nouveau venu qui avait été élevé et entraîné par le méchant responsable des meurtres commis contre les membres de sa famille.

Il perçut un déplacement d'air. Nathan avançait sous les arbres. L'instinct de Kellan le fit se faufiler le plus discrètement possible derrière l'adolescent.

Nathan traquait Mira en silence tandis qu'elle jouait avec les chiens. Il avait une boule de neige à la main. Soudain, il la lança vers Mira.

La boule fila avec une puissance incroyable et vint la frapper en plein milieu du dos.

Elle tomba tête la première comme s'il s'était agi d'un coup de feu en laissant échapper un cri de surprise.

— Mira ! cria Kellan, qui jaillit de sa cachette dans les pins.

Il vit une expression de surprise se peindre sur le visage de Nathan. Il n'avait clairement pas eu l'intention de faire du mal à Mira. Mais l'instinct de Kellan ne s'arrêta pas à ça. Il s'enflamma comme un feu d'artifice, cédant à la vague confuse d'inquiétude et d'agressivité qui l'avait submergé en un instant. Avec un rugissement, il lança son propre missile sur Nathan avec une violence délibérée.

Nathan esquiva et inclina la tête d'un air interrogateur. Puis il se pencha et répliqua. Il lança boule après boule en une grêle sans répit qui repoussa Kellan avec la force d'une armée.

Kellan sentit sa colère culminer. Son sentiment d'impuissance déclencha en lui une véritable fureur qui explosa en un brame rauque. Il se releva et se précipita sur Nathan avec la ferme intention d'envoyer son poing dans la gueule du petit tueur stoïque.

Sans se départir de son calme, Nathan esquiva. Il avait bougé si vite que Kellan ne vit son mouvement de défense arriver qu'alors qu'il était déjà en train de chuter sur le dos. Il en eut le souffle coupé et la seconde d'après se retrouva cloué au sol par Nathan, incapable de bouger.

Une main froide et humide lui serrait la gorge. Une seconde de plus et son larynx serait écrasé. Kellan ne pouvait plus respirer.

— Stop ! hurla Mira.

Elle courut jusqu'à eux, le regard affolé. Elle tira sur les bras de Nathan, mais celui-ci ne lâcha pas prise.

— Nathan, s'il te plaît, arrête ! Tu vas le tuer !

Son intervention blessa Kellan, dont l'esprit fut envahi par l'embarras et l'humiliation tandis que la pression sur sa gorge se relâchait.

Nathan le laissa aller sans s'excuser. Il se leva, regardant sans remords Kellan tousser et reprendre de l'air avec difficulté. Le visage dévoré par l'inquiétude, Mira s'accroupit au côté de ce dernier et lui posa une main hésitante sur l'épaule. Kellan la repoussa, furieux qu'elle ait assisté à sa défaite.

Il se força à lever les yeux vers le visage calme et silencieux du garçon qui devait bien avoir tué une dizaine d'hommes, tous adversaires plus coriaces qu'il ne pourrait jamais espérer l'être.

Kellan admirait cette aptitude meurtrière. S'il comptait survivre dans ce monde créé par le démoniaque Dragos, il en aurait besoin lui aussi. S'il voulait un jour venger les morts de sa famille, comme guerrier de l'Ordre ou par lui-même, il aurait besoin de ce talent froid, de ce détachement émotionnel qu'il voyait dans le regard inflexible de Nathan.

Kellan se frotta la gorge. Puis, s'efforçant de parler malgré la brûlure acide de l'humiliation qu'il venait de subir devant Mira, il s'adressa au garçon qui savait distribuer la mort avec tant d'efficacité.

— Apprends-moi tout ce que tu sais !

Engourdie par le plaisir, Tavia était allongée au milieu du grand lit contre Chase dans leur chambre du nouveau complexe de l'Ordre. Elle avait perdu le compte du nombre de fois qu'ils avaient fait l'amour. Ils avaient commencé après la bataille de boules de neige du soir précédent, puis avaient recommencé après avoir passé le plus clair de la journée loin l'un de l'autre, Tavia avec Élise et d'autres Compagnes de sang, à partager repas et agréables conversations, Chase en réunion avec Lucan, Gideon, Tegan et le reste des guerriers.

À présent, une nouvelle aube pointait de l'autre côté des fenêtres occultées et Tavia se sentait merveilleusement épuisée.

Les yeux fermés, prisonnière d'un demi-sommeil paresseux, elle le sentait qui remuait légèrement à côté d'elle sur le lit. Il vint déposer un baiser tendre sur chacune de ses paupières, l'une après l'autre, tandis que son érection venait lui chatouiller la hanche sans équivoque.

— Hmm, gémit-elle en soulevant ses paupières lourdes. Bonjour. Tu te lèves tôt !

— Tu peux être sûre que tant que tu seras à mes côtés, il y aura toujours quelque chose chez moi pour se lever.

Elle plongea les yeux dans son profond regard bleu et sourit.

— Heureusement que je bénéficie moi aussi de la génétique de la Lignée. Sinon je ne parviendrais pas à suivre ton rythme.

— Ouais, mais si ç'avait dû être le cas, j'aurais fait en sorte que tu trouves ton compte en essayant. (Il l'embrassa en prenant tout son temps, éveillant ses sens en fanfare.) Joyeux Noël, ma beauté.

— Noël ? (Elle tenta de se remémorer le calendrier et s'aperçut qu'il avait raison.) Jamais, au grand jamais, je n'aurais pu imaginer que je me réveillerais nue dans les bras d'un vampire le matin de Noël.

Il arbora un grand sourire.

— Le Père Noël est même déjà passé. Tu veux voir ce qu'il t'a apporté ?

Elle rit.

— Est-ce un gros cadeau ?

Les yeux de Chase brillèrent d'un éclat diabolique, chargé d'étincelles d'ambre.

— Très gros !

— Avec un grand ruban rouge ?

Il jeta un regard vers le bas et haussa les épaules, son sourire se transformant en une expression sardonique qui laissait voir la pointe de ses crocs.

— Que dirais-tu d'un nez de clown à la place ?

Elle se mit à rire joyeusement et il l'embrassa de nouveau. Il la pénétra alors doucement et son rire se transforma en soupirs puis en gémissements de plaisir. Il connaissait désormais chaque centimètre de son corps et savait comment en jouer sans pitié. Elle se livra tout entière, et il l'amena rapidement jusqu'à un orgasme éclatant.

— Mon Dieu ! souffla-t-elle, pantelante, ses propres crocs remplissant à présent sa bouche tandis qu'il l'emmenait vers une nouvelle jouissance. Joyeux Noël à moi !

Le grognement qui lui répondit dénotait une fierté toute masculine.

— Et tu devrais voir ce que j'offre pour les anniversaires !

Elle rit et leva les yeux vers lui. Ça lui paraissait à présent si normal, si juste de le voir comme ça tout près d'elle, et sentir son corps nu pressé contre le sien en toute intimité lui était aussi naturel que de respirer.

Quant à l'impression de chaleur qu'elle ressentait dans la poitrine et bien plus bas encore, au cœur de son sexe, c'était une sensation qu'elle espérait bien ne jamais perdre.

Et pourtant, tout au fond d'elle-même, elle se demandait si elle n'aurait pas dû avoir peur, parce qu'il était clair pour elle qu'elle était tombée amoureuse de Sterling Chase.

Chapitre 30

Venu de nulle part, le rêve se précipita sur Jenna. Endormie dans les bras de Brock, elle flottait, à demi consciente, d'un fragile paysage de rêve à l'autre.

Puis vint la sombre couverture de brouillard gris. Il la prit sans prévenir, l'emportant loin de son esprit conscient, dans celui d'un autre être.

L'Ancien.

L'élément extraterrestre de son être qui se fondait avec son humanité, renforçant ainsi ce qui en elle avait jadis été mortel. Pour créer quelque chose de… différent.

C'était ça qui dirigeait à présent l'œil de son esprit, tandis que l'épais brouillard l'emportait encore plus loin dans le royaume des souvenirs de l'Ancien. Elle se retrouva dans l'ombre crépusculaire d'une forêt primitive dense entourée par les pics escarpés de montagnes de grès. On distinguait dans le lointain de grands feux, dont la fumée et les cendres étouffaient le paysage.

Elle courait vers eux à présent, sa poitrine et ses cuisses couvertes de glyphes enserrées dans une armure métallique qui brinquebalait à chaque pas de ses pieds nus couverts de sang. Elle tenait à la main une longue épée grossière à la lame de fer martelé et à la garde gainée de cuir. Mais cet outil rudimentaire du monde des humains ferait l'affaire. Il avait déjà fait tomber plus d'une tête chez l'ennemi ce soir-là.

Et d'ici peu, il recommencerait.

Tandis qu'elle courait vers la fumée d'un campement en feu, elle sentait la terre meuble s'enfoncer sous ses pieds. Certains de ses frères d'armes étaient déjà là et avaient déjà engagé le combat contre la légion qu'ils avaient chassée ensemble à travers les continents pendant de longs siècles.

Le cri de guerre inhumain de Jenna fit trembler les pins grêles et les tours de basalte tandis qu'elle chargeait à travers le rideau d'épaisse fumée noire parmi les corps amoncelés sur le sol.

En réponse, la silhouette massive d'un guerrier ennemi se releva de derrière l'un de ses frères tombés. Il pivota pour lui faire face tandis qu'elle abattait son épée en un arc puissant et meurtrier.

Le visage encadré de fines tresses de cheveux blonds, raides de sang séché et de sueur, il ne portait aucune armure pour protéger sa poitrine nue, mais seulement des bracelets de métal martelé sur ses bras musclés. Une culotte bouffante blanche couverte de sang et de poussière pendait en loques au-dessus de ses pieds chaussés de sandales.

La lame massive de Jenna descendait sur lui, mais il bloqua le coup d'un mouvement rapide de sa lance polie tenue à deux mains. Le choc des armes produisit des étincelles et l'épée émit un crissement métallique quand la lance, modifiant sa trajectoire, la fit pointer vers le bas.

Jenna sentit ses lèvres bouger, la voix qui n'était pas la sienne prononçant des mots dans une langue morte depuis longtemps qui n'était pas non plus celle de l'Ancien.

— Ta reine ne pourra pas se cacher éternellement, Atlante.

— Non, répondit le guerrier, plissant les yeux de fureur. Mais elle n'a pas besoin de l'éternité. Il lui suffit de vous survivre, à toi et à ton espèce sauvage. Et elle y parviendra.

Il leva la longue lance et, à la lueur des flammes qui s'élevaient vers le ciel tout autour d'eux, on vit briller le symbole qui ornait la garde de la lance et les bracelets de métal sur ses bras : c'était un croissant de lune, incliné pour recevoir une larme prête à tomber dedans.

La marque de naissance que porte chaque Compagne de sang quelque part sur le corps !

Jenna n'avait pas le temps d'analyser cette révélation troublante ni ses implications stupéfiantes.

Son bras se leva, dressant l'épée vers le ciel.

Exploitant tout le pouvoir surnaturel dont elle pouvait disposer, elle abattit l'arme. L'ennemi esquiva, mais une fraction de seconde trop tard.

La lame de fer trancha à travers la chair et les os, en un coup terrible à l'épaule. Le sang gicla comme un geyser à l'endroit d'où le bras de la sentinelle pendait inutile à son côté, presque arraché. Dans le creux de sa paume se mit à briller une lumière revêtant la même forme que le symbole qu'il portait sur son arme et ses bracelets. Il était désormais blessé et affaibli, mais il faudrait plus qu'un membre perdu pour mettre fin à l'existence du guerrier immortel.

Jenna inspira le parfum du sang ennemi répandu et ressentit une exaltation sauvage l'envahir.

Elle lança un rugissement de victoire.

Rien ne pouvait l'arrêter.

Elle arma de nouveau son bras et vint trancher la gorge de son ennemi. La tête de ce dernier se sépara de son corps, avec une lumière aveuglante, pure et blanche comme la pleine lune accrochée dans le ciel nocturne.

Le rayon lumineux sembla devenir encore plus brillant, jusqu'à un point impossible à concevoir… puis disparut.

Une flamme immortelle mouchée pour toujours par l'épée qu'elle tenait dans sa main extraterrestre.

— Jenna !

La voix profonde l'appelait à travers les tourbillons de suie et le vacarme des armes non loin de l'endroit où elle se tenait. Des mains puissantes s'emparèrent d'elle et la secouèrent vivement.

— Jenna, tu m'entends ? Jenna, bordel, réveille-toi !

Elle sortit de son rêve en cherchant son souffle désespérément, accrochée à Brock, qui était à présent assis sur le lit à côté d'elle. Ses yeux écarquillés exprimaient l'inquiétude. Il faisait aller et venir ses grandes mains sur son visage, écartant les mèches de cheveux qui collaient à son front moite.

Elle regardait fixement, tentant de donner un sens à ce à quoi elle venait d'assister.

— Nom de Dieu ! fut tout ce qu'elle parvint à dire.

Lucan faisait les cent pas dans sa chambre, les nerfs à fleur de peau malgré la satisfaction physique qu'il éprouvait. Le soleil venait de se lever derrière les murs protecteurs et les fenêtres occultées du complexe temporaire. C'était Noël, putain !

Il ne se sentait pas l'esprit festif. Il aurait voulu s'habiller et s'équiper pour le combat et porter cette foutue guerre directement chez Dragos. Il voulait qu'elle finisse, de préférence avec Dragos sous le talon de sa botte, brisé et sanguinolent, implorant une miséricorde qui ne lui serait pas accordée.

Ce désir était si violent qu'il avait du mal à le contenir.

Et ce d'autant plus quand il repensait à la promesse qu'il avait faite à Gabrielle cette nuit-là alors qu'ils faisaient l'amour dans le lit où elle dormait à présent, aussi douce et charmante qu'un rêve.

Lors de son prochain cycle de fertilité, il lui donnerait un fils.

Il avait beau avoir combattu cette idée, une part de lui-même l'avait désiré autant qu'elle. Peut-être plus. Pendant neuf longs siècles, il avait cheminé seul par choix. Certes, il avait eu ses frères d'armes, mais avoir une famille, une Compagne de sang et des enfants, n'avait jamais fait partie de ses objectifs. Jusqu'à ce qu'une beauté auburn aux grands yeux marron incandescents et au cœur intrépide de lionne se soit introduite dans son monde pour y réduire toutes ses résolutions à néant.

Il n'aurait jamais imaginé pouvoir aimer si pleinement, si complètement. Et sa crainte d'un avenir incertain ne faisait pas le poids face à sa dévotion à la femelle incroyable qui avait fait de lui son compagnon.

Et, comme le disait Tegan, savoir que le monde pour lequel ils combattaient appartenait à leurs fils ne faisait que renforcer sa détermination de le voir prospérer en paix.

Lucan retourna jusqu'au lit et se pencha pour déposer un baiser sur la joue de Gabrielle. À ce bref contact de ses lèvres, elle remua, puis sourit, toujours prisonnière d'un demi-sommeil.

— Bonjour, murmura-t-il. Dors, mon amour. Je ne voulais pas te réveiller. Je vais passer un moment au labo pour étudier de plus près une partie des informations récupérées à La Nouvelle-Orléans.

— Mais aujourd'hui, c'est fête, lui rappela-t-elle, la voix encore engourdie par le sommeil. (Elle s'étira avec une grâce féline et roula sur le dos pour lui faire face dans une pose bien trop tentante.) Tu reviens au lit ?

Dieu qu'il aurait aimé se laisser faire.

— Je ne serai absent qu'une paire d'heures. Je veux travailler tranquillement tant que le reste de la maisonnée dort encore. Repose-toi, et je serai bientôt de retour, tu verras.

Le souffle court, elle répondit par un gémissement languide qui donna envie à Lucan de se glisser sous les couvertures et de lui en tirer d'autres, mais de préférence en la faisant jouir sur sa bouche.

Il s'écarta du lit et enfila un tee-shirt et un pantalon de treillis noirs propres. Gabrielle s'était déjà rendormie profondément, expirant doucement entre ses lèvres écartées. Il sourit, jouissant du plaisir simple de la regarder.

Seigneur ! Il l'avait vraiment dans la peau.

Et il n'aurait voulu à aucun prix qu'il en soit autrement.

Il avait toujours sur le visage un sourire niais d'amoureux transi quand il sortit dans le couloir et referma silencieusement la porte de la chambre derrière lui. Une autre porte s'ouvrit un peu plus loin et Mira en sortit sur la pointe des pieds, sa chemise de nuit rose flottant autour de ses chevilles tandis qu'elle se dépêchait de rejoindre la grande salle. Elle courait presque, l'esprit focalisé sur son but, et, ne voyant pas Lucan, elle vint s'écraser contre lui.

— Oh ! s'écria-t-elle alors qu'il la rattrapait des deux mains pour lui éviter la chute. J'ai cru avoir entendu le Père Noël là-bas.

— Et non, ce n'était pas le Père Noël, gloussa Lucan, qui s'accroupit à son niveau. Juste moi.

Comme il écartait les mèches folles qu'elle avait devant le visage, il croisa le regard de Mira. Il s'était attendu à voir le violet opaque de ses lentilles de contact faites sur mesure, des lentilles prévues spécialement pour occulter le don de prescience de la jeune Compagne de sang. Mais il se retrouva en train de contempler les lacs miroitants du regard puissant de l'enfant voyante.

Et une vision fusa dans son esprit comme un missile.

Une vision sanglante.

Horrible.

— Oh non ! s'exclama Mira. (Elle s'était rendu compte immédiatement de son erreur et avait levé les mains devant ses yeux pour protéger Lucan de leur pouvoir.) Mes lentilles ! J'ai oublié de les mettre. Lucan, je suis désolée !

— Allons, allons, susurra Lucan alors qu'elle fondait en larmes. (Il la serra contre lui, tandis que la petite fille sanglotait de remords.) Tout va bien, Mira. Tu n'as rien fait de mal.

Elle s'écarta de lui, en faisant bien attention de garder le bras devant les yeux.

— Qu'est-ce que tu as vu, Lucan ? Est-ce que c'était quelque chose de mauvais ?

— Non, mentit-il. Ce n'était rien. Ne t'inquiète pas, tout va bien.

Mais au moment même où il disait ça, un gouffre de terreur noire s'ouvrait en lui.

Le don de Mira venait juste de lui donner un aperçu d'un avenir encore plus sombre que tout ce qu'il avait pu imaginer au cœur des pires de ses innombrables cauchemars.

Chapitre 31

— Encore un tube et ça devrait suffire, Tavia, déclara Gideon depuis l'autre côté de son laboratoire de fortune. Comment ça va pour toi là-bas, Harvard ?

Chase grogna, seule réponse dont il était capable en regardant l'autre guerrier tirer le dernier d'une dizaine d'échantillons sanguins au poignet de Tavia. Il se sentait ridicule d'avoir à rester pendant toute la procédure assis à l'autre bout de la pièce en tentant de toutes ses forces de ne pas laisser la vue de ces tubes en train de se remplir réveiller son côté sauvage. Ses crocs étaient sortis de ses gencives à l'introduction de la première aiguille, sa soif empirant dès qu'il avait senti le parfum exotique du sang de Tavia.

Mais ça avait beau être terrible pour lui d'être là, le corps tendu par la soif, il n'avait pas envisagé une seule seconde de rester dans le couloir pendant que Tavia serait soumise à toute une série d'examens et de prélèvements.

Heureusement, Gideon avait à son habitude fait preuve de rapidité et d'efficacité.

— C'est fini, annonça-t-il un instant plus tard.

Chase s'approcha tandis que le guerrier blond emportait les tubes de sang et les prélèvements d'ADN pour préparer leur examen.

— Ça va ? demanda-t-il à Tavia, toute notion de son propre bien-être éclipsée par l'inquiétude qu'il ressentait pour elle.

— Ce n'était rien du tout, répondit-elle en redescendant sa manche sur son avant-bras couvert de glyphes. J'ai passé mes vingt-sept premières années à faire des séjours en clinique privée pour y subir des examens. J'ai l'habitude qu'on m'enfonce des aiguilles dans le bras.

L'expression de Chase reflétait à présent une autre sorte de soif.

— Je ne veux pas que tu prennes l'habitude que qui que ce soit d'autre que moi t'enfonce quoi que ce soit dans le corps.

C'était une réflexion très possessive, et même s'il n'avait aucun droit de la laisser traverser son esprit, sans parler de la formuler à haute voix, il ne pouvait se résoudre à s'excuser de l'avoir fait. Les quelques heures qu'il venait de passer avec Tavia, à lui ouvrir son cœur, à rire avec elle, à lui faire l'amour, puis à recommencer, l'avaient tellement lié à elle qu'il se demandait s'il serait jamais capable d'y renoncer.

De toute façon, il n'en avait pas l'intention. C'était comme ça et pas autrement.

Il désirait cette femme, tenait à elle plus qu'il n'avait jamais tenu à quiconque ou à quoi que ce soit de toute sa vie avant elle. Et quelque part en lui se levait l'espoir que le creux qu'elle remplissait dans son cœur pourrait un jour déborder au point que soit comblé l'autre vide, plus exigeant encore, qui menaçait de le dévorer.

— Bien, les enfants, déclara Gideon en revenant dans la pièce. Je ferai les analyses de sang et de tissus un peu plus tard aujourd'hui. Nous devrions avoir des résultats complets d'ici quelques jours, mais, à en croire ce que j'ai déjà vu ici et les données que vous avez trouvées chez le bon vieux docteur Laquais, je pense avoir une idée assez précise de ce qu'ils vont être. (Il passa les doigts dans les épis de ses cheveux blonds coupés court et laissa échapper un gloussement d'enthousiasme.) Je n'aurais jamais cru me retrouver un jour intime avec une femelle de la Lignée, sans parler d'une femelle Gen-1 avec un ADN de Compagne de sang. Tu peux te mêler aux humains si nécessaire, tu peux te nourrir de sang ou d'aliments classiques, et tu peux te promener en plein jour sans te retrouver rôtie au bout de quelques minutes. Mon Dieu, Tavia, tu es absolument remarquable !

— Quant à toi, répliqua-t-elle avec un grand sourire, je t'ai vu faire des miracles avec ces ordinateurs, Gideon. Pas mal non plus !

Chase grogna et lança un regard de côté au guerrier blond.

— Ouais, et il me semble que tu as été assez intime avec elle pour la journée.

Gideon esquissa un sourire ironique à l'intention de Tavia.

— Que puis-je dire ? Il vire jaloux et parano quand je flirte avec toi. Ça va être un problème pour nous.

Elle rit avec lui, déjà parfaitement consciente que le génie de l'Ordre n'avait d'yeux que pour sa Compagne de sang, Savannah.

Gideon observait Tavia sans dissimuler son émerveillement, la tête à présent penchée sur le côté, les bras croisés sur son tee-shirt gris.

— Avez-vous pensé à une progéniture ?

— Une progéniture ? (Tavia lança un coup d'œil gêné à Chase.) Euh…

— Oh non, ce n'est pas à ça que je pensais, se dépêcha de reprendre Gideon. Je voulais juste dire que, d'un point de vue strictement génétique, les possibilités sont… enfin, excitantes. Intrigantes pour dire le moins. Tu ne crois pas, Harvard ?

Chase n'aurait pu répondre s'il l'avait voulu. L'idée même de Tavia enceinte l'avait complètement retourné.

Il ne pouvait imaginer rien de plus fort que de la voir donner naissance à un enfant. Et la pensée que ses enfants marqueraient le début d'une toute nouvelle génération de la Lignée n'était rien en comparaison de l'émotion qui envahit Chase lorsqu'il se représenta lui-même comme le père de ses fils.

Ou même, Seigneur… de ses filles.

Tavia ne le lâchait pas du regard, et il se demanda si le lien qui l'unissait à lui trahissait la profondeur de sa réaction. À elle, il ne pouvait pas cacher ce qu'il ressentait. Et même sans le lien de sang qui lui disait à quel point elle le remuait, son regard brûlant l'aurait trahi.

Gideon dissipa le silence pesant qui s'était installé dans la pièce en s'éclaircissant la voix.

— Tu disais qu'il y avait à la clinique des dossiers documentant d'autres cas comme le tien, Tavia ?

Elle acquiesça.

— Le docteur Lewis traitait d'autres femmes comme moi, mais à en croire les dossiers que nous avons trouvés, ces patientes étaient toutes mortes au cours des années. S'il y en avait sur d'autres, vivantes, je ne les ai pas vus quand nous avons fouillé la base de données de la clinique.

— Mais il pourrait bien y en avoir d'autres comme toi là-dehors, conclut Gideon. Et connaissant Dragos, je suis quasiment certain qu'il y en a. Des femmes auxquelles on a attribué des vies humaines normales comme à toi. Des femmes qui seront bientôt à court de médicaments et commenceront à se transformer en vraies femelles de la Lignée exactement comme ç'a été ton cas.

— Oh, mon Dieu ! s'exclama Tavia. Si c'est vrai… Si quoi que ce soit de ce genre devait se produire…

Gideon hocha la tête.

— La catastrophe !

— Et si on part du principe qu'il en existe d'autres, intervint Chase, il est impossible de savoir à quoi Dragos les emploie. Dans le cas de Tavia, c'était sa mémoire photographique qui l'intéressait. Dragos l'utilisait pour récupérer des informations sensibles pour les humains grâce à son travail pour le sénateur.

Tavia confirma de la tête.

— Quand j'entrais en traitement à la clinique, ils exploitaient aussi ce séjour pour récupérer des détails sur les lieux où j'étais allée avec le sénateur, des éléments top secret que j'avais pu voir en tant que son assistante. Ce n'était pas assez pour eux de m'utiliser en tant que sujet d'expériences scientifiques, il a aussi fallu qu'ils violent mon esprit.

Chase perçut la colère dans sa voix calme et lui prit la main.

— J'aimerais vraiment avoir l'occasion de rendre à ce salopard fou la monnaie de sa pièce. Et plus ce sera douloureux, meilleur ce sera.

— Toi, moi, et le reste de l'Ordre, dit Gideon. (Il lança un nouveau regard à Tavia.) Connaîtrais-tu par hasard quelque chose, ne serait-ce que le moindre petit truc, des opérations de Dragos ?

— Non. Je ne savais même pas qu'il existait jusqu'à ce que Chase essaie de me prévenir contre lui. (Elle fronça les sourcils et secoua la tête.) Et si je pouvais me retrouver à portée de Dragos, je n'aimerais rien tant que d'essayer mes nouveaux talents contre lui. En particulier les plus meurtriers d'entre eux.

Même si Chase comprenait parfaitement ce besoin, il tressaillit à l'idée qu'elle puisse ne serait-ce qu'envisager de s'approcher d'un démon comme Dragos.

— Ça n'arrivera pas tant que j'aurai mon mot à dire. Dragos est mortel, Tavia. On ne surestime jamais assez ses intentions.

— Harvard a raison, ajouta Gideon. Mais j'ai beau être tout à fait d'accord avec lui, je dois admettre qu'avoir une taupe dans son organisation s'avérerait sacrément utile en ce moment précis. (Il montra un écran d'ordinateur où tournait un programme qui affichait des résultats dans plusieurs fenêtres.) Certaines des données que le Chasseur et Corinne ont rapportées de La Nouvelle-Orléans sont protégées par un double mot de passe. J'en ai craqué un mais l'autre m'échappe. J'ai créé une routine pour le trouver, mais ce foutu programme traîne sur cette séquence de caractères depuis deux jours et nous en sommes à peine à la moitié.

Chase regarda l'écran. Sur les treize champs destinés à recevoir chacun un caractère, seuls six ne variaient pas et contenaient respectivement : 5, 0, 5, 1, 1, N.

Tavia se retourna vers Gideon avec sur les lèvres un sourire rusé.

— Je peux essayer ?

Il l'invita d'un signe de la main à s'asseoir devant l'un de ses ordinateurs. Puis il tapa quelque chose au clavier, et la machine émit un bip en affichant un cartouche « Accès refusé » assorti d'une invite à saisir un mot de passe.

— Fais-toi plaisir !

Chase et Gideon debout derrière elle à la regarder faire, elle tapa les six caractères déjà trouvés par le programme de décryptage de Gideon.

Puis elle en tapa sept autres pour compléter la séquence : 1, 5, 2, 5, 1, 2, E.

Et, d'un coup, elle se retrouva à l'intérieur de la base de données.

— C'est le même mot de passe que celui qui ouvrait l'accès aux dossiers de la clinique du docteur Lewis, expliqua-t-elle, l'air plutôt contente d'elle-même.

Avec une exclamation de stupéfaction, Gideon envoya une grande claque sur l'épaule de Chase.

— Eh bien, putain, Harvard. Elle est sacrément douée. (Il se retourna soudain pour attraper un bloc-notes et un stylo sur son bureau et le tendit à Tavia.) Tu peux me mettre ça vite fait là-dessus, s'il te plaît ?

Quand elle lui rendit le bloc, il laissa échapper un lent juron.

— Bordel ! J'aurais dû me douter que ce serait quelque chose de ce genre. (Il ouvrit un navigateur Web et tapa la séquence sur un site de cartographie.) Ce sont des coordonnées GPS.

Chase vit s'afficher à l'écran une vue rapprochée d'une zone qu'il reconnut immédiatement.

— C'est une région montagneuse de la République tchèque. Est-ce que ce n'est pas la zone où nous avons trouvé la grotte où l'Ancien avait hiberné avant que Dragos le réveille et l'emprisonne dans son laboratoire ?

— C'est exactement ça, confirma Gideon. Dragos utilise ses coordonnées GPS comme mot de passe pour toute son opération. (Il se laissa aller à un grand rire d'incrédulité.) Nom de Dieu ! C'est la version vilain mégalo de l'utilisation du nom de son animal domestique préféré comme mot de passe. Peut-être y a-t-il encore un espoir de venir à bout de ce connard.

Gideon se mit à pianoter sur trois claviers à la fois, passant d'un écran à l'autre, ouvrant fichiers de données et dossiers de laboratoire sur de multiples ordinateurs comme un chef d'orchestre dirigeant une symphonie. Tout à son enthousiasme de geek, il avait complètement oublié Chase et Tavia.

— Je suis épaté, déclara à Tavia Chase, fier et pas qu'un peu excité.

Elle lui adressa un sourire qui fila directement à son sexe.

— Nous avons tous nos petits talents.

Il allait lui demander si elle voulait voir l'un de ses talents favoris en action lorsqu'un bruit de bottes se fit entendre dans le couloir. Lucan entra, équipé pour le combat en treillis et lourdement armé, suivi de près par le reste des guerriers, harnachés de même. Ils avaient tous des expressions graves et des regards durs que Chase connaissait bien.

L'Ordre se préparait à la bataille.

— Ça y est, j'ai pu pénétrer dans les bases de données qui me résistaient, dit Gideon en tournant sa chaise pour leur faire face. Tavia vient de trouver le mot de passe qui permettait d'y accéder. Je m'y mets à fond.

Lucan se tourna vers elle et lui offrit un regard d'approbation de ses yeux gris.

— Beau boulot !

Elle hocha légèrement la tête.

— Je suis prête à faire tout mon possible pour aider.

— Bien compris, répondit Lucan avant de regarder Chase et de lui faire de la tête un petit salut neutre. Je viens juste de parler avec Mathias Rowan pour lui faire part de nos plans, expliqua-t-il à Gideon. Nous partirons ce soir au coucher du soleil pour aller balayer tous les bouges de l'Agence du maintien de l'ordre à Boston.

— Tu veux dire une descente générale ? demanda Chase.

— Une descente, une razzia, un nettoyage par le vide si c'est nécessaire, répliqua Lucan, dont la voix profonde vibrait de violence.

Chase jura à voix basse.

— Tu n'es pas sérieux ! La trêve entre l'Agence et nous est au mieux indécise. Et ça a toujours été le cas. Si l'Ordre envahit son territoire sabre au clair, il va falloir vous battre non seulement contre Dragos mais contre toute la nation vampire.

— Ce n'est pas nous qui avons commencé cette guerre, rétorqua Lucan. Mais il est clair que c'est nous qui allons y mettre un terme. Même si je dois jouer de la machette à travers les rangs de toute l'Agence du maintien de l'ordre pour enfin étrangler Dragos. Pour moi, lui et l'Agence sont les deux têtes d'une même hydre. Et je serais content de trancher l'une ou l'autre. À Mathias Rowan de trier les corps une fois que la poussière sera retombée.

Chase n'avait jamais vu Lucan si virulent. Il émanait du leader de l'Ordre une menace sombre et sa rage froide était comme une force palpable dans la pièce.

— Nous devons mettre au point notre stratégie.

Lucan avait dit « nous », mais il suffit à Chase de lire son regard pour savoir ce qu'il entendait par là. « Nous » signifiait l'Ordre, et il n'était pas compté au nombre de ses membres.

— Bien sûr, dit-il, sans animosité dans la voix ni dans le cœur.

Il représentait un risque pour l'Ordre à présent, et ce à un moment où ses membres ne pouvaient vraiment plus se permettre d'en prendre. Il comprenait. Et il ne pouvait pas en vouloir à Lucan de le tenir à l'écart de cette mission.

Certes, il aurait bien voulu être sûr de ne pas avoir perdu ses frères d'armes complètement, mais il savait bien qu'il avait encore un long chemin à faire s'il voulait se montrer digne de leur confiance. Il espérait seulement qu'un jour ils lui donneraient cette chance.

Glissant sa main dans la sienne sans rien dire, Tavia l'accompagna dans le couloir. Elle n'avait pas besoin de parler.

Elle comprenait. Elle tenait à lui. Il se demanda pour la centième fois comment il pourrait jamais croire la mériter.

— Hé, Harvard !

En entendant cette voix profonde, il s'arrêta net dans le couloir et se retourna. Dante se tenait là devant lui, les bras croisés. Ses lames courbes en titane, des armes qui avaient pris la vie d'innombrables Renégats et dont l'une s'était même retrouvée sous le menton de Chase pas si longtemps auparavant, étaient rangées dans leur fourreau à son ceinturon comme d'immenses griffes. Ses yeux couleur whisky se plissaient sous l'accent rude de ses sourcils noirs. D'un coup de menton par-dessus l'épaule il montra le labo.

— À propos de ce qui vient juste de se passer là-dedans…

— Oublie, dit Chase. Moi aussi je veux pour l'Ordre ce qui est bon pour lui. Et pour l'instant je n'en fais pas partie.

Il fit mine de repartir, mais Dante vint jusqu'à lui et l'arrêta d'une main fraternelle posée sur son épaule.

— Je voulais juste te dire que c'est bon de t'avoir de retour. Je suis heureux que tu sois là.

Chase sentit le regard de Tavia se poser sur lui tandis qu'il assimilait l'offre de trêve du guerrier qui avait été son allié le plus proche au sein de l'Ordre, son meilleur ami, un frère dans tous les sens du mot.

— Merci.

C'était une réponse un peu faiblarde, mais c'était tout ce qu'il avait réussi à faire passer par sa gorge soudain sèche.

— Écoute, Tess aimerait beaucoup que toi et Tavia veniez nous voir dans notre appartement un de ces jours. Moi aussi. J'aimerais vous présenter comme il faut mon fils.

— Sûr. (Chase hocha la tête.) Ouais, sûr. Bien sûr.

— Ce serait pour nous un honneur, dit Tavia, prononçant les mots qui semblaient lui manquer de façon si spectaculaire à ce moment précis.

— Super, dit Dante. Super.

Il pivota les talons, repartit jusqu'au labo, puis soudain se retourna de nouveau, un large sourire sur le visage, le regard planté dans celui de Chase plus loin dans le couloir.

— Au fait, joyeux Noël, tête de nœud.

— J'en ai autant à ton service, gloussa Chase, retombant avec bonheur dans leur rapport de camaraderie antérieur. (Bon Dieu, il ne s'était pas rendu compte d'à quel point ce dernier lui avait manqué jusque-là.) Essaie de ne pas te faire planter ce soir en patrouille, OK ?

Toujours souriant, Dante lui fit un doigt d'honneur. Et il partit d'un grand éclat de rire en franchissant la porte pour rejoindre les autres guerriers.

Chapitre 32

Minuit était passé depuis longtemps et les membres de l'Ordre qui avaient rejoint Boston étaient toujours en patrouille. Au cours des quelques heures écoulées depuis leur arrivée ils avaient effectué une descente dans une dizaine de bouges et de lieux de rencontre fréquentés par les Agents du maintien de l'ordre en ville et autour.

Et Lucan n'avait absolument aucune intention de rentrer se coucher avant de les avoir tous visités.

Rares étaient les Agents qu'ils avaient interrogés à avoir confessé savoir quoi que ce soit à propos de traîtres dans leurs rangs. Mais il y avait un nom qui était venu aux lèvres tuméfiées plus souvent qu'à son tour : Arno Pike.

— Son Havrobscur est dans le North End, lui indiqua Mathias Rowan.

Lucan avait appelé le directeur régional de l'Agence pour en savoir plus sur le salopard tandis que Kade, Brock et le Chasseur nettoyaient les dégâts qu'ils avaient faits lors de leur descente la plus récente.

— A-t-il des parents qui vivent dans ce Havrobscur ?

— Aucun, répondit Rowan. Pike vit seul, sans famille immédiate. Il avait bien une compagne jusqu'à il y a à peu près un an, mais elle est morte. Il dit qu'elle a été agressée à Dorchester, et étranglée.

Lucan grogna.

— Comme c'est pratique ! Adresse ?

Rowan débita une adresse dans une zone chic où pullulaient les résidences de multimillionnaires. Lucan la tapa dans un SMS sur un deuxième téléphone et l'envoya au reste de l'Ordre sur le terrain.

— Écoute, Lucan. Tu sais que tu peux compter sur moi pour tout ce qui a à voir avec Dragos. Et j'entends bien pour en finir avec lui. Mais mon standard est débordé. Il y a des civils qui appellent, terrifiés de ce qu'ils entendent. La rumeur qui circule parmi la population vampire ici à Boston dit que tu as perdu la tête. Ils disent que sur ton commandement l'Ordre défonce les portes des Havrobscurs et oblige des civils non armés à sortir de chez eux le pistolet sur la tempe.

Lucan lâcha un juron bien senti.

— Bref, les mêmes conneries qui se disent sur l'Ordre depuis des années, voire des décennies.

— Sauf que maintenant c'est vrai, dit Rowan d'une voix lasse. Et c'est Noël, putain. Combien de temps encore avant la fin de cette mission ?

— Ça prendra le temps qu'il faudra pour que je débusque Dragos et tous ses partisans une fois pour toutes.

Le silence par lequel lui répondit Rowan se prolongea. Soudain son téléphone lui signala un nouvel appel entrant. Il demanda à l'Agent de rester en ligne et prit cet appel.

C'était Niko.

— Lucan, nous avons Pike.

— Où êtes-vous ?

— Dans Southie, près de la Mystic. Rio et moi avons poursuivi le fils de pute jusqu'à un entrepôt vide. Tu veux qu'on te le garde, ou est-ce qu'on peut commencer tout de suite à le travailler au corps pour obtenir des informations ?

— Gardez-le-moi, grogna Lucan. (Il s'était déjà mis en mouvement, rentrant la tête dans le club de l'Agence qu'ils venaient de ravager pour faire signe au Chasseur de le suivre.)

Je suis déjà en route, avec du renfort pour l'interrogatoire. Si tabasser Pike ne nous mène nulle part, je demanderai au Chasseur de lire la vérité dans son sang.

Il raccrocha, puis reprit Rowan en ligne pour l'informer de la situation tandis qu'avec le Chasseur il sautait dans la Rover qui les attendait au bord du trottoir pour filer vers Southie à toute allure.

Même si Arno Pike ne devait à sa garde à vue que quelques bleus et quelques égratignures, il avait l'air bien mal en point. Et il puait. L'urine en tout cas, mais aussi une odeur âcre qui allait bien au-delà de celle de la peur. Lucan eut bien du mal à supporter cette puanteur quand il entra avec le Chasseur dans l'entrepôt où Nikolaï et Rio l'attendaient avec l'Agent.

— Tu es populaire, Pike, déclara-t-il en approchant du mâle affalé sur une chaise métallique rouillée. Tu serais surpris de savoir combien d'Agents ont mentionné ton nom ce soir lorsqu'on leur a demandé de nous indiquer quelqu'un qui avait de fortes chances de se retrouver traître à sa propre race. Eh bien, tu es le gagnant incontesté. Félicitations !

— Je suis impatient de savoir ce qu'il a gagné, dit Niko, dont les dents et les crocs brillaient dans la pénombre du bâtiment abandonné.

— Tu as dépassé les bornes cette fois, attaqua Pike, d'une voix faible mais néanmoins hargneuse.

Son visage pâle et sa gorge étaient couverts de perles de sueur. Il avait les joues creuses, les lèvres décolorées.

— L'Ordre s'est fait de nombreux ennemis ce soir, poursuivit-il. L'Agence du maintien de l'ordre n'acceptera pas sans protester ces descentes illégales et ce harcèlement.

— L'Agence peut protester tant qu'elle veut, rétorqua Lucan. En attendant, l'Ordre a bien l'intention de la retourner dans tous les sens pour y débusquer les traîtres.

Pike se mit à rire, la respiration sifflante.

—Tu arrives trop tard, guerrier. Tu ne l'arrêteras plus désormais.

L'esprit de Lucan s'assombrit de la vision que Mira lui avait montrée. Tant de sang dans les rues. D'innombrables vies perdues, vampires comme humaines. Les cris de terreur et de deuil, les lamentations des mourants emplissant la nuit.

Avant même de s'en rendre compte, Lucan se retrouva dressé au-dessus de Pike, affalé sur sa chaise.

—Que veux-tu dire par : « Tu arrives trop tard » ? grogna-t-il, la fureur lui faisant bouillir le sang. Dis-moi ce que tu sais des plans de Dragos !

Pike serra les mâchoires. Son regard trouble était rebelle, obstinément fermé.

—Je ne te le dirai jamais. Il faudra que tu me tues.

—Pas un problème, gronda Lucan. Mais d'abord, tu vas parler. Ou je te promets que tu me supplieras de t'achever.

Pike partit d'un ricanement où se lisait à présent comme de la folie.

—Tu n'obtiendras jamais rien de moi. Jamais rien de ceux d'entre nous qui lui sont loyaux.

Lucan n'aurait rien tant aimé que de déchirer la gorge de ce salopard. Mais il parvint à se contenir.

—Nous avons d'autres moyens d'obtenir ce que nous voulons de toi, connard.

Il fit signe au Chasseur. L'assassin Gen-1 était capable de lire les souvenirs d'un membre de la Lignée à travers son sang. Une morsure et tous les secrets de Pike s'étaleraient au grand jour. Le Chasseur s'approcha en découvrant ses crocs.

—Vas-y, ordonna Lucan froidement.

Le Chasseur prit le poignet de Pike et le mordit sans ménagement. Mais un instant plus tard il le lâcha et cracha le sang en jurant. Il regarda Lucan, ses yeux d'or pleins de rage, tandis qu'il essuyait les taches rouges sur sa bouche.

— Il a pris du poison.

— Le fils de pute, cracha Lucan.

Ils regardèrent tous Pike, qui riait franchement à présent, alors même qu'il chutait au sol et commençait à convulser. Le poison faisant pleinement effet désormais, de l'écume se formait autour de sa bouche.

— Tu arrives trop tard, Lucan. Je te l'avais bien dit.

Son rire s'interrompit brusquement sur un grognement de douleur. Il se mit à chercher l'air, déjà à l'agonie.

— Allons-y, dit Lucan, en faisant signe aux autres de le suivre. Barrons-nous d'ici !

Mais tandis qu'ils laissaient Arno Pike mourir en se tordant de douleur au milieu de l'entrepôt vide, les moqueries du vampire les poursuivaient.

— Tu arrives trop tard… Dragos a déjà gagné.

Chapitre 33

Tavia hurla de plaisir en se cambrant sous Chase, emportée par son troisième orgasme en autant d'heures. Son bonheur était vif et cru. Elle s'y abandonnait complètement, saisissant à pleines mains les muscles tendus des épaules de Chase, qui allait et venait en elle à un rythme animal endiablé.

Elle adorait la façon qu'il avait de lui faire l'amour, adorait sa force et sa puissance, à la fois sombres et surnaturelles. Elle aimait aussi le fait qu'il attendait d'elle la même chose, la manière dont il accueillait ce qui en elle était tout sauf humain, son côté sauvage et exigeant, la manière dont il le lui réclamait. Et elle adorait la façon qu'il avait avec chaque contact, chaque baiser et chaque pénétration fiévreuse de la faire sienne.

Elle était à lui, son cœur le savait aussi sûrement que le savaient son sang et son corps en ébullition.

Un sifflement lui échappa tandis qu'il plongeait profondément en elle, l'emplissant, allant toucher un endroit qui n'appartenait qu'à lui. Elle rejeta la tête en arrière contre l'oreiller, retroussa les lèvres sur ses dents et ses crocs en lâchant un cri de plaisir haletant.

— Oh, oui ! Oh, putain, Chase… plus fort. Ne t'arrête pas !

Poussant un rugissement entre ses dents serrées, il lui prit les fesses dans les mains et la tira contre lui, lui soulevant le bassin pour l'amener à la rencontre de ses va-et-vient. Il allait et venait en elle avec une vigueur sans retenue, son sexe comme d'acier, impitoyable, dominateur.

Ses crocs immenses brillaient derrière sa belle bouche aux lèvres tendues et ses glyphes étaient animés de couleurs sombres sauvages représentant toutes les nuances du désir, des couleurs qui circulaient aussi sur la peau de Tavia tandis qu'il l'amenait vers le pic d'un nouvel orgasme.

— Tavia, lâcha-t-il d'une voix rauque en tressaillant contre elle sous la force de sa jouissance.

Le geyser brûlant de sa semence l'envahit et elle jouit avec lui, pantelante et gémissante tandis que son corps explosait autour du sexe de Chase et que ses sens éclataient en un million de morceaux étincelants.

Après l'orgasme vint la soif.

Elle ne s'était pas nourrie de sang depuis la première fois qu'ils avaient fait l'amour ensemble. À présent, les nerfs à fleur de peau, elle en avait envie avec une force qui frisait la folie et ne pouvait détacher les yeux du pouls qui battait sur le côté du cou puissant de son partenaire.

Elle avait la bouche sèche comme du carton et les gencives qui vibraient à la base de ses crocs allongés. Elle s'humecta les lèvres et leva le regard sur Chase de sous ses paupières alourdies par la soif.

Il comprit son besoin. Ses iris d'ambre brûlèrent encore plus vivement et ses pupilles se rétrécirent en la voyant reporter son regard sur son pouls battant.

— Bordel de Dieu ! murmura-t-il, mélangeant le vulgaire et le sacré dans un même souffle.

Elle se souleva du matelas, posa sa paume contre la poitrine de Chase et le poussa sur le dos. Son corps était chaud et puissant sous elle, sa respiration haletante. Elle se pencha, lécha lentement sa gorge tendue, jouant avec le bout de sa langue sur la veine épaisse qui battait si délicieusement sous la surface de sa peau douce.

Elle l'agaça de l'extrémité de ses crocs acérés, lui arrachant un grognement étranglé avant de les plonger profondément dans sa chair.

Elle se mit à gémir en sentant le sang de Chase couler sur sa langue, chaud et légèrement piquant. Elle l'avala avec gourmandise, savourant son exotisme épicé. Tandis qu'elle se nourrissait à sa veine, il resta immobile sous elle, se contentant de caresser son dos et ses cheveux défaits. Elle ne savait pas s'il éprouvait la même impression de plénitude qu'elle. Tout ce qu'elle percevait, c'était le battement rythmé de son pouls contre ses lèvres et dans ses oreilles, le rugissement du sang de Chase qui l'envahissait tout entière en coulant dans ses muscles, ses os et ses cellules. Il étanchait la pulsation sauvage de ses sens, la nourrissait comme s'il lui avait manqué sa vie entière.

Quand elle sentit qu'elle arrivait à satiété, elle scella à regret la morsure d'un coup de langue.

Ce ne fut que lorsqu'elle reporta son regard repu sur le visage de Chase qu'elle s'aperçut qu'il allait mal. Il avait les lèvres exsangues, rétractées sur ses dents et ses crocs en une grimace grotesque. Il roula loin d'elle avec un juron et c'est tremblant de tous ses membres qu'il balança les jambes par-dessus le bord du lit et passa ses doigts dans ses cheveux humides.

Sa soif le dévorait. Et elle la traversait de part en part à présent, sa violence éclipsant tout le plaisir et tout le réconfort qu'elle avait pris si égoïstement à sa veine. Elle la déchirait, apportant avec elle une douleur glaciale au plus profond de son âme.

Dieu, combien il souffrait.

Elle ne comprenait pas comment il faisait pour supporter une douleur pareille. Rien que son écho dans son propre sang suffisait à lui faire perdre le souffle.

Elle chercha de l'air, se prenant le ventre à deux mains tandis que le supplice de Chase la renversait sur le lit. Elle se tordait de douleur, pliée en deux alors que la souffrance qu'imposait sa soif à Chase la parcourait comme de l'acide.

Il lui faisait mal.

Cette pensée le frappa avant même qu'il se retourne pour trouver le corps nu de Tavia roulé en boule au milieu du lit.

Ah, Seigneur!

— Tavia?

Ça le tuait de la voir souffrir ainsi, de savoir que c'était sa propre douleur qui la torturait à travers le lien de sang qu'elle avait avec lui. À cause de ce lien, elle partageait son tourment.

Et il éprouvait à cause de ça un remords infini.

— Tavia, regarde-moi! murmura-t-il en se recouchant à côté d'elle. Il lui passa la main sur la tête, affolé au contact de son front brûlant. Dis-moi que ça va.

Elle gémit lorsqu'une nouvelle vague de soif le parcourut comme une torche enflammée. Quand elle ouvrit les yeux, il vit une souffrance infinie dans les lacs d'ambre lumineux de ses iris. Les dermoglyphes de Tavia pulsaient furieusement des mêmes couleurs que les siens.

Il étouffa un juron. Il ne s'était jamais senti si désarmé, si plein de haine pour lui-même et pour la maladie qui, il le savait, finirait un jour par le détruire. Mais rien, pas même la Soif sanguinaire, ne pouvait se comparer à l'épreuve de voir Tavia dans cet état de détresse. Et de savoir qu'il en était responsable.

Il devait se nourrir.

Cette réalité le frappa de plein fouet, froide et indiscutable.

Il avait besoin de sang pour faire reculer la douleur, pour elle. Sa propre souffrance n'avait aucune importance sauf dans la mesure où elle se transmettait à la femme à laquelle il tenait plus qu'à la vie elle-même.

La femme qu'il aimait.

Le visage plein de larmes, Tavia leva les yeux sur lui, toujours repliée sur elle-même en position fœtale. Elle haletait, tremblait et se contorsionnait de douleur.

Bon Dieu!

Il ne pouvait pas la laisser comme ça pour aller chasser. Il ne pouvait pas savoir combien de temps il lui faudrait courir avant de trouver une proie, et entre-temps Tavia souffrirait seule.

— Aide-moi, Chase!

Sa voix n'était plus qu'un fragile murmure. Si nu et si confiant! Elle tendit la main vers lui, puis la laissa tomber ouverte devant lui sur le lit.

— Je t'en supplie... fais-le! Débarrasse-moi de cette douleur.

Il sentit le dernier lambeau de son honneur lui échapper alors que son regard assoiffé venait se poser sur le pouls qui battait entre les os et les tendons délicats de son poignet offert.

Il aurait dû refuser de céder à la tentation. Il aurait dû trouver un autre moyen, n'importe quoi d'autre que cette solution. Celle qui le lierait irrévocablement à Tavia. Pour l'éternité.

Mais alors même qu'il luttait pour se refuser ce que son cœur désirait le plus, Chase se mettait au-dessus d'elle sur le lit. Les mains tremblantes, avec un soin infini, il souleva le bras de Tavia jusqu'à sa bouche et posa les pointes acérées de ses crocs sur sa peau tendre.

Jurant à voix basse, il les plongea alors dans sa veine et tira la première goulée de son sang.

Seigneur, qu'elle était douce !

Le sang de Tavia se répandit sur sa langue comme le nectar d'un vin interdit. Chase se mit à boire goulûment, ressentant un afflux d'électricité et de puissance dans chacune des cellules assoiffées de son corps. La force de ce sang le percuta comme un coup en pleine poitrine. Une explosion qui réveillait ses sens, les illuminait de l'éclat d'une supernova.

Il avait entendu dire que le lien de sang était quelque chose de très puissant, mais il n'avait pas été préparé à ça. Loin de là. Un reste de logique distant lui rappela que Tavia n'était pas seulement une Compagne de sang mais aussi une femelle de la Lignée. C'était l'intensité de cette combinaison qui se faisait jour pour lui à présent, tandis qu'il sentait son sang fuser dans son corps.

Le sang des humains dont il s'était si souvent nourri au-delà de la satiété auparavant aurait tout aussi bien pu être de la poussière. Celui de Tavia était une drogue qui ne ressemblait à rien qu'il ait goûté jusque-là.

Il lui était impossible de s'en lasser.

La bouche collée à son poignet comme une sangsue, il buvait sans retenue.

Il n'arrivait pas à s'arrêter.

Il n'y parvint pas même quand la main de Tavia se recroquevilla en poing et que les muscles de son bras se tendirent sous ses lèvres. Pas même lorsqu'elle gémit un peu, prononçant son nom en haletant.

Ce ne fut que lorsqu'il sentit sa peur, profonde et glacée, se glisser en lui à travers leur nouveau lien qu'il trouva la force de la lâcher.

Elle le regardait à présent avec des yeux qui, au lieu de briller d'ambre sous l'effet du plaisir et du désir comme un peu plus tôt, avaient retrouvé leur vert brillant et s'étaient emplis d'une terreur qui le déchira.

Elle avait les joues pâles et ses dermoglyphes n'avaient presque plus de couleurs. Elle avait porté son poignet sanguinolent à la poitrine et l'avait entouré des doigts de l'autre main.

— Chase, murmura-t-elle avec difficulté, je suis désolée d'avoir paniqué. J'avais peur. Tu buvais tellement, je…

Seigneur!

L'idée même de ce qu'il aurait pu faire si le lien de sang ne l'avait pas alerté de sa terreur le rendait malade. Ce dont il avait le plus peur, c'était de lui faire du mal.

Se rendre compte des conséquences qu'aurait pu avoir son acte était plus qu'il n'en pouvait supporter.

Et le pire était qu'il n'avait envie que d'une chose, de la prendre de nouveau et de se perdre dans le plaisir de son corps tout en se noyant dans la douce ivresse que lui procurait son sang.

— Je ne peux pas rester près de toi comme ça, s'entendit-il dire, même si sa voix était difficilement reconnaissable à ses propres oreilles. (Les mots se précipitaient hors de sa bouche en une cavalcade sauvage.) Je ne veux pas recommencer. Je ne recommencerai pas.

— Chase, l'appela-t-elle en tendant vers lui son bras blessé.

Le parfum de son sang le percuta comme un missile. Il recula vivement, détournant le regard tout en rejoignant le mur du fond. Aussi loin d'elle que possible. Il jeta un coup d'œil à la fenêtre et à la nuit qui s'achevait au-dehors. D'une commande mentale, il ouvrit le panneau vitré, et un souffle d'air glacé s'engouffra dans la pièce.

Tavia se leva du lit et se dirigea vers lui.

— Chase, je t'en prie. Ne me rejette pas… Laisse-moi t'aider.

Il s'autorisa un dernier regard vers elle, puis il tourna les talons et disparut dans l'obscurité.

Chapitre 34

Les oreilles aux aguets, à l'affût du retour de Chase, Tavia prit son temps pour se doucher et s'habiller.

Mais cela faisait plus de deux heures qu'il était parti. L'aube était proche, et il n'était toujours pas là. Peut-être disparu de sa vie à jamais.

Elle trébucha sous le poids de cette pensée.

Il lui était impossible d'envisager sa vie telle qu'elle était à présent, sa nouvelle vie, enfin fondée sur la vérité, sans Chase. Elle était liée à lui, et pas seulement par le sang. Elle tenait profondément à lui. Elle l'aimait, et elle l'aurait aimé même sans la connexion irréversible qui la liait à lui à un niveau viscéral et surnaturel.

Et parce qu'elle l'aimait, elle ne pouvait plus désormais rester là.

Il avait raison. Ce qui s'était produit entre eux un peu plus tôt ne devait pas se reproduire. Elle avait ressenti la puissance de sa soif, la profondeur de son addiction. Elle avait senti à quel point il avait réagi à son sang, combien il aurait été facile pour lui de perdre complètement la tête et de glisser par-dessus le bord d'un abîme dont il ne serait probablement jamais revenu.

Elle ne supportait pas d'alourdir son combat.

Alors qu'elle sortait dans le couloir, elle entendit certaines des femmes de l'Ordre qui parlaient. Elles étaient apparemment rassemblées dans la cuisine. Les effluves de café frais et de petit déjeuner lui parvinrent en même temps que la conversation tranquille des Compagnes de sang.

— Réfléchissez une minute. Ne vous êtes-vous pas déjà demandé ce qui nous rendait différentes des autres femmes ? (La voix de velours était celle de Savannah.) Et si le rêve de Jenna pouvait expliquer ça en partie ?

— Des Atlantes ? Tu n'es pas sérieuse ?

Cette réplique venait de la compagne de Rio, Dylan.

Ce fut Gabrielle qui lui répondit.

— Il n'y a pas si longtemps, la plupart d'entre nous disaient la même chose à propos de la Lignée. Cela dit, j'ai bien du mal moi aussi à me faire à l'idée que les marques de naissance que nous partageons toutes puissent avoir un rapport quelconque avec une race immortelle de guerriers.

Tavia fit quelques pas dans le couloir et vit Corinne, la Compagne de sang du Chasseur, sortir de la cuisine avec des assiettes destinées à la table de la salle à manger.

— Je me suis retrouvée orpheline tout bébé, et j'ai été adoptée par une famille de Havrobscur, lança par-dessus son épaule la petite femme aux cheveux noir d'ébène. Je n'ai jamais connu mes parents naturels. Pas plus que ma sœur adoptive, Charlotte, n'a connu les siens.

— C'est vrai pour toi, pour Élise, Renata et Mira, répondit Dylan. Mais comment expliques-tu les autres d'entre nous ?

— Tu peux ajouter à cette liste Eva et Danika, intervint Savannah. Toutes deux sont des enfants trouvées, élevées dans des Havrobscurs.

Tavia ne voulait surtout pas qu'on la remarque, surtout en train de se faufiler hors de la chambre comme un fantôme, mais il n'y avait aucun moyen de rejoindre la porte d'entrée sans que quelqu'un la voie. Elle s'arrêta en voyant Élise sortir de la cuisine à son tour avec un plateau couvert de tasses et de soucoupes.

— En vérité, la plupart des Compagnes de sang que j'ai connues soit étaient orphelines, soit avaient été abandonnées bébés ou très jeunes. C'est ainsi que tant d'entre nous se sont retrouvées en famille d'accueil ou dans des centres d'accueil pour jeunes fugueuses.

Dylan sortit à son tour, une cafetière fumante à la main.

— Eh bien, moi, j'ai connu mon père, et il n'avait rien de spécial. Un simple colporteur, arnaqueur sur les bords et poivrot à plein-temps, qui a brisé le cœur de tous les membres de la famille avant de se casser pour de bon. Quant au père de Tess, il est mort dans un accident de voiture quand elle était adolescente. Et si je ne me trompe pas, le père d'Alex est mort d'Alzheimer.

— C'est exact, confirma la Compagne de sang de Kade en tendant des couverts à Corinne. Mais si Hank Maguire a été le seul père que j'aie jamais eu, il n'était pas mon père naturel pour autant. Ma mère ne m'a jamais dit qui était mon vrai père. Elle a emporté ce secret avec elle dans la tombe.

— Moi non plus je n'ai jamais connu mes parents, déclara Gabrielle. Ma mère a été placée dans une institution pour jeunes mères célibataires juste après ma naissance. Le dossier me concernant se trouve quelque part dans les archives de l'aide sociale à l'enfance de Boston.

— Et on ne peut pas oublier le père de Claire, reprit Dylan, qui visiblement ne voulait pas en démordre. Lui et sa mère ont été tous deux tués en Afrique lors d'un raid de rebelles. Ce qui le disqualifie comme immortel.

— Écoute, dit Jenna, qui sortait à son tour de la cuisine. Je ne dis pas que j'ai la moindre certitude, mais je sais ce que j'ai vu. Les Anciens étaient en guerre contre une race d'êtres qui n'étaient pas humains. Ils ont chassé ces guerriers à travers les continents pendant des siècles, et la seule façon de les tuer était de leur couper la tête.

— Salut Tavia. (Mira venait de sortir d'une pièce qui donnait sur le couloir et passait à côté d'elle en lui faisant un petit signe.) Tu prends le petit déjeuner avec nous ?

— Oh, je…

Levant les yeux, elle s'aperçut que plusieurs regards étaient braqués sur elle. Élise, Dylan et Gabrielle avaient rejoint le couloir et la regardaient d'un air interrogateur.

— Je me… dégourdissais juste les jambes, c'est tout.

Mira haussa les épaules.

— Bien. Mais tu ne vas quand même pas rater des crêpes aux myrtilles avec de la crème Chantilly ?

Alors que la fillette suivait dans la cuisine les autres Compagnes de sang, Élise resta dans le couloir. Son doux regard était plein de compassion et bien trop complice au goût de Tavia.

— Il est arrivé quelque chose avec Sterling. (Ce n'était pas une question, juste un fait énoncé avec gentillesse.) Il est encore parti ?

Tavia hocha la tête, consciente qu'il était inutile de nier.

— Il y a environ deux heures. Je ne sais pas s'il reviendra.

Élise laissa échapper un petit soupir.

— Je suis désolée. J'ai vu comment il était avec toi. Ne crois surtout pas que s'il est parti, c'est parce qu'il ne tient pas à toi. En fait, il est très clair pour moi, pour tout le monde, qu'il tient beaucoup à toi.

Tavia haussa les épaules et esquissa un faible sourire.

— Maintenant, je ne peux pas rester non plus.

Élise arbora soudain une expression réservée.

— Peut-être devrais-tu en parler avec Lucan d'abord.

— Est-ce une façon polie de me dire que je ne suis pas autorisée à partir ? (Elle fit un signe de la main comme pour s'excuser.) Quand Chase reviendra, s'il revient, je ne veux pas rendre les choses plus difficiles pour lui. Il a besoin de l'Ordre.

— Oui, acquiesça Élise. Mais je crois qu'il a besoin de toi aussi.

Tavia secoua la tête, elle aurait bien voulu que ce soit vrai.

— Il faut que je m'en aille.

— Reste au moins pour le petit déjeuner, offrit Élise. Les guerriers et Renata seront là avant le lever du soleil. Peut-être Sterling sera-t-il rentré d'ici là lui aussi.

— Je ne peux pas, répondit Tavia.

Au-delà d'Élise, elle vit Dylan passer sa tête rousse à la porte de la cuisine.

— Est-ce qu'on met un couvert de plus ?

— C'est ce dont nous sommes en train de discu…

Élise ne termina pas sa phrase car, dans la seconde qu'il lui avait fallu pour tourner sa tête blonde vers Dylan, Tavia avait fait appel à la vitesse que lui conférait son appartenance à la Lignée et avait disparu par la porte d'entrée.

Il était trop bête.

Il lui avait fallu plusieurs heures pour arriver à cette conclusion. Plusieurs dizaines de kilomètres à courir comme un animal indompté à travers les étendues sauvages obscures et froides jusqu'à ce qu'il comprenne enfin qu'il ne serait jamais en mesure de s'éloigner assez de son plus grand problème : lui-même.

Il lui fallait faire face à ses démons au lieu d'espérer parvenir à les distancer ou à les nier.

Et pourtant Tavia lui avait enseigné ça par l'exemple depuis l'instant où il avait posé les yeux sur elle pour la première fois. Il s'était simplement montré trop obtus pour comprendre.

Avant de quitter le complexe, il l'avait blessée, l'avait terrorisée. Et il fallait absolument qu'il répare ces dommages, si elle voulait bien le laisser faire.

Il ne savait pas comment vivre avec quelqu'un, comment aimer quelqu'un comme une femelle aussi particulière que Tavia le méritait, mais il voulait essayer. Il avait beau douter de sa capacité à s'en montrer digne, il ne pouvait imaginer sa vie sans elle.

Il l'aimait, et s'il lui fallait s'enfermer sous le nouveau complexe de l'Ordre pour étouffer la Soif sanguinaire qui menaçait de s'emparer de lui, alors il était tout à fait prêt à le faire.

Ses pieds nus volaient sur la neige et la glace qui couvraient le sol de la forêt. Il ne ressentait pas le froid, mais seulement la chaude promesse d'un avenir qu'il espérait pouvoir convaincre Tavia de partager avec lui comme sa compagne.

Mais alors que l'imposant bâtiment de pierre et de bois du complexe lui apparaissait au loin, Chase s'aperçut qu'elle était partie.

Avant même de rentrer par la fenêtre qu'il avait laissée ouverte dans la chambre où ils avaient fait l'amour – et où il lui était tombé dessus comme l'animal qu'il était pour se nourrir d'elle jusqu'à la terrifier au point de la faire pleurer –, son sang lui avait dit qu'elle n'était plus dans les parages.

Au froid qu'il ressentait dans les veines, il devina qu'elle était même à des kilomètres de là. Il l'avait perdue, probablement pour toujours.

Il aurait dû être soulagé, pour elle sinon pour lui. Elle avait pris la décision à sa place. La décision la plus sûre. La seule qui ne mettrait pas sa vie en danger chaque fois qu'elle s'approcherait de lui.

Il s'assit sur le bord du lit, nu et désemparé.

L'aube était là, lançant des rais de lumière rose pâle à travers l'épaisse canopée de pins au-dehors. Il l'observa un moment, incapable de faire appel à sa volonté pour fermer les volets. Mais la sécurité électronique de la maison s'en chargea pour lui, et les persiennes d'acier automatisées se mirent en place pour empêcher la lumière du jour d'entrer.

Il ne sut pas combien de temps il était resté assis là. Lorsqu'il entendit le coup frappé à la porte derrière lui, il répondit d'une voix éraillée qui avait bien du mal à se frayer un chemin dans sa gorge asséchée.

— Ouais.

— Harvard ? (C'était Dante qui parlait à travers le panneau de bois taillé à la main.) Vous êtes visibles là-dedans, mec ?

Chase se laissa aller à ricaner.

— Elle est partie, murmura-t-il.

La porte s'ouvrit et Dante entra.

— Seigneur, on se les gèle ici ! Que veux-tu dire, par : « Elle est partie » ?

Chase tourna la tête et croisa le regard interrogateur de son ami, l'inondant de lumière ambrée. Le guerrier fronça les sourcils en considérant l'apparence sauvage de Chase.

— Ah, merde ! Tu n'as pas…

— J'ai bu à sa veine, admit Chase. Les choses sont devenues… incontrôlables. Je l'ai méchamment effrayée. Je l'ai blessée, et maintenant elle est partie.

Dante garda les yeux rivés sur lui un grand moment, le scrutant du regard.

— Tu tiens à cette femelle.

— Je l'aime. Ça devrait être pour moi une raison suffisante de la laisser partir, n'est-ce pas ? (Il secoua lentement la tête, réfléchissant à combien elle serait mieux sans lui.) Je suis la dernière chose dont elle ait besoin dans sa vie.

— C'est plus que probable, répondit Dante, l'air grave. (Il n'y avait aucune pitié dans sa voix ni dans le regard sombre qui ne lâchait pas celui de Chase.) Elle n'a pas besoin de toi dans sa vie dans ton état, mon ami. Aucun de ceux qui tiennent à toi ne veut se trouver là à te regarder t'effondrer et brûler. N'y vois aucune dureté de ma part. Je vois bien que tu essaies de rassembler les morceaux.

— Oui, acquiesça Chase. Il le faut. Je veux lui prouver que je peux venir à bout de ce truc.

Dante secoua la tête.

— Non, mec. D'abord, c'est à toi-même que tu dois le prouver.

Chapitre 35

L'aube était glaciale et le souffle de Tavia se changeait en vapeur. Elle se tenait sur le perron de la petite maison qu'elle avait considérée comme son foyer jusqu'à il y avait environ une semaine. La porte d'entrée était toujours décorée d'une couronne de Noël enrubannée et de clochettes de traîneau, qui tintèrent lorsqu'elle brisa les scellés apposés par les policiers pour entrer dans la maison.

Celle-ci était silencieuse comme une tombe. Une coquille vide qui lui semblait à présent aussi étrangère que la vie qu'elle y avait menée.

Que les mensonges qu'elle y avait vécus.

Tavia circulait de pièce en pièce avec détachement. Rien de ce qu'il y avait ici ne lui appartenait. Pas plus le mobilier rustique et les bibelots que les photographies sur le mur, assemblages d'instantanés d'un autre temps, reflet d'une chronologie morcelée de son enfance et de son adolescence, des périodes qui avaient été soigneusement mises en scène, bâties sur d'innombrables mensonges et trahisons.

Il y avait eu un temps où ces restes de son passé lui avaient semblé très réels. Son existence lui avait paru si normale jusqu'à une semaine auparavant. Elle avait été la plupart du temps heureuse, appréciant sa vie domestique et sa carrière, contente d'appartenir au monde dans lequel elle vivait. Comment cela avait-il pu lui paraître aussi réel pendant si longtemps, alors que ça n'avait rien été de plus qu'un mensonge monstrueux ?

Mais ça n'avait plus d'importance.

À présent tout ça n'était plus rien pour elle.

C'était sans amertume qu'elle regardait autour d'elle, sans rien de plus qu'une acceptation calme que son regard parcourait la cuisine, avec son sol crème souillé d'une horrible tache de sang brune à l'endroit où le Laquais prétendant être sa tante était tombé après s'être suicidé sur ordre de Dragos.

Ce ne fut que lorsqu'elle pensa à lui, Dragos, le maître d'œuvre de la trahison dont elle avait été victime, qui avait ruiné et pris tant d'autres vies, que Tavia sentit la rage naître en elle. Pour ce qu'il avait fait, à elle et aux autres comme elle, pour ce qu'il avait fait subir à l'Ordre au cours de ses efforts pour le défaire, pour les crimes qu'il était presque certainement en train de commettre à l'instant même, elle espérait que sa fin était proche.

Une partie sombre de ce qu'elle était, une partie puissante et prédatrice qui était en train de lui devenir plus proche que ce qu'elle avait connu d'elle-même au cours des vingt-sept années écoulées, souhaitait être là le jour où Dragos rendrait son dernier soupir. L'exigence de cette revanche sanglante et définitive la fit grogner et ranima la fureur colorée de ses glyphes sous ses vêtements.

Mais elle avait beau vouloir participer à la chute de Dragos, elle ne pouvait se permettre de laisser un besoin de vengeance personnelle se mettre en travers du chemin de l'Ordre. C'était leur combat, pas le sien. De la même façon que le combat de Chase contre la Soif sanguinaire lui appartenait et que c'était à lui de le mener. Il ne l'avait pas invitée à l'aider, et il ne voulait pas qu'elle le fasse. Même si elle en avait eu le cœur brisé, il avait été parfaitement clair sur ce point.

Elle ne faisait pas plus partie du monde de Chase et de l'Ordre qu'elle n'appartenait à celui qui l'entourait dans les limites étroites de cette maison de Laquais désormais déserte.

Il lui fallait trouver sa propre place à présent, où qu'elle soit. Le problème, c'était que quelle que soit la façon dont elle se représentait son avenir, c'était le beau visage hanté de Chase qui lui venait à l'esprit.

Elle l'aimait. Elle lui appartenait entièrement, et ça ne cesserait jamais.

Même s'il ne devait jamais se débarrasser de sa maladie.

Un fort sentiment d'appréhension s'était installé dans le complexe au fur et à mesure que la matinée avançait. La nouvelle de ce qui s'était passé entre Chase et Tavia et du départ de cette dernière ne constituait qu'une complication supplémentaire dans une situation qui mettait tout le monde sur les dents.

Dragos s'apprêtait à frapper fort.

Personne ne pouvait vraiment connaître ses intentions, mais l'interrogatoire de l'un de ses lieutenants par les membres de l'Ordre à Boston la nuit précédente avait laissé un sombre pressentiment à tous les guerriers. Ce qui n'aidait pas, c'était qu'il était à peine 10 heures et que la lumière du jour les empêcherait de quitter le complexe pendant les prochaines heures.

Alors que la plupart d'entre eux étaient rassemblés ailleurs pour passer en revue les informations dont ils disposaient et discuter stratégie avec Lucan, Gideon et Lazaro Archer étaient assis dans le laboratoire de fortune avec Dylan et Jenna. Âgé d'un peu plus de mille ans, Archer était l'un des aînés de sa race, plus vieux même que Lucan. Pourtant personne n'aurait deviné que le beau mâle de la Lignée aux cheveux noir de jais et aux yeux d'un bleu profond avait plus de trente ans.

Mais quand il expliquait avoir été le témoin de la conquête normande de l'Angleterre et des croisades comme si elles s'étaient produites l'année précédente, Jenna restait abasourdie par la disparité entre son immense expérience et son apparence de jeunesse.

— Alors vous pensez qu'il est possible que les Anciens aient poursuivi activement une race qui n'était pas tout à fait humaine ? lui demanda-t-elle.

Archer réfléchit un moment.

— Tout est possible. Ça pourrait expliquer pourquoi mon propre père, l'un des huit extraterrestres d'origine, a disparu pendant des mois à plusieurs reprises quand j'étais un petit garçon. Il parlait de temps en temps de réunions avec ses frères d'armes. Il aurait très bien pu s'agir d'opérations de chasse telles que vous en avez vu dans le rêve.

— Mais pourquoi les tuer ? se demanda Jenna à haute voix. Je veux dire, quel était le problème entre eux ?

Archer haussa les épaules.

— Les Anciens appartenaient à une race conquérante. Nous avons vu ça dans votre journal, dans l'histoire que nous avons reconstituée à partir de vos autres rêves. Mon père et ses frères d'armes n'avaient aucune humanité, et encore moins de pitié.

— Il a raison, intervint Gideon depuis l'autre côté de la pièce, où il continuait à taper sur ses claviers d'ordinateur, fouillant dans ce qui devait représenter des milliers d'enregistrements récupérés dans l'entrepôt d'un lieutenant de Dragos à La Nouvelle-Orléans.

— Avant que l'Ordre n'en finisse avec eux, les Anciens ont dévasté les établissements humains comme des sauterelles.

Ils buvaient le sang, violaient, massacraient. Tous ceux qui résistaient à leur volonté étaient immédiatement éliminés.

Jenna hocha la tête, se souvenant du cauchemar de la vague qui emportait une population entière. Il y était question d'une reine enfuie qui avait refusé de se rendre aux Anciens. Sa cité avait été détruite par mesure de représailles et son armée poursuivie sans relâche.

— Admettons que tout ça soit vrai, intervint à son tour Dylan en faisant tourner sa chaise de bureau. Même s'il existait une autre race non humaine sur cette planète et qu'il y a eu une sorte de conflit surnaturel entre ses membres et les pères de la Lignée, ça ne signifie pas pour autant que chaque Compagne de sang a un père atlante dans son placard.

Un sourire en coin joua sur les lèvres de Gideon.

— À propos, ça a donné quoi ce petit bout de programme que j'ai écrit pour Gabrielle afin de lui permettre de pénétrer dans les bases de données des services d'aide à l'enfance ?

— Elle a pu accéder à son dossier, mais il n'y avait pas grand-chose à découvrir, répondit Jenna. Ses deux parents y étaient enregistrés comme inconnus. Sa mère était déjà bien trop atteinte mentalement pour fournir le moindre détail lorsqu'elle a été internée. Quant au père de Gabrielle, ça pourrait être n'importe qui. Sa mère a mentionné un petit copain, un saisonnier qui a disparu peu de temps après qu'elle était tombée enceinte.

Gideon haussa les sourcils, l'air intrigué.

— Des mâles d'origine inconnue qui disparaissent après avoir mis enceinte une jeune femme ?

— Oh, allons ! s'exclama Dylan. Ne me dis pas que toi aussi tu penses que c'est vraiment possible ? S'il y en a un que j'aurais cru plus pragmatique que les autres, c'est bien toi.

— Il y a une certaine logique là-dedans. (Il leva les mains en signe de reddition.) Moi, ce que j'en dis…

— Claire est en train de regarder de plus près les détails concernant la mort de ses parents en Afrique, ajouta Jenna. Cela fait maintenant près de cinquante ans, mais l'organisation humanitaire pour laquelle travaillait sa mère semble disposer d'archives assez complètes. Elle pense avoir des réponses d'ici deux ou trois jours.

Dylan ne s'était pas départie de son air sceptique.

— Et puis il y a le père de Tess. Mourir dans un accident de voiture, c'est plutôt humain comme façon de disparaître.

Jenna haussa les épaules.

— Je sais. J'ai besoin de récupérer quelques informations supplémentaires auprès d'elle avant d'avoir une idée plus précise pour ce père-là.

Dylan secoua son épaisse chevelure rousse.

— En attendant, ça ne vous choque pas un seul instant que ces guerriers immortels, cette légion d'Atlantes servant une reine exilée, aient pu vivre sur cette planète pendant des milliers d'années sans être détectés.

Tous la regardaient à présent d'un air interrogateur. Elle laissa échapper un soupir d'exaspération et leva les bras au ciel.

— Ouais, ouais, je sais. Mais la Lignée, c'est différent. Ses membres se sont organisés en colonies. Ils protègent les leurs. S'il y a là-dehors une race immortelle dont les membres font des petits et se cassent sans se retourner, alors elle ne m'intéresse pas.

— Peut-être que c'est plus sûr pour eux s'ils s'en vont, proposa Jenna.

Dylan fronça les sourcils.

— Plus sûr pour un immortel ?

— Non, répondit Lazaro Archer. Plus sûr pour leurs filles si elles ne savent jamais qui sont leurs vrais pères. Du moins tant que le dernier des ennemis jurés de ces immortels n'est pas mort.

Jenna le regarda.

— Le dernier des Anciens est peut-être mort, mais ses souvenirs et son histoire sont toujours vivants en moi. Et peut-être pour quelque chose qui frise l'éternité, si ce que dit Gideon à propos de mes chances de longévité est exact.

— C'était peut-être ça l'idée. (Les yeux sans âge d'Archer brillaient d'une intelligence aiguë.) Il était le dernier de son espèce sur cette planète. Pour ce qu'il en savait, il était peut-être même le dernier de sa race. Si l'Ancien a compris qu'il allait mourir, son ego l'a peut-être poussé à chercher un moyen de garder une partie de lui-même en vie.

— Alors pourquoi m'avoir fait choisir d'être sa boîte noire ambulante ? demanda Jenna. Il m'a donné le choix entre la vie et la mort cette nuit-là. Que voulait-il dire par là ?

Archer devint grave.

— Peut-être avons-nous beaucoup de choses à apprendre de ces immortels ? Et peut-être l'Ancien nous a-t-il donné cette chance à travers vous ?

Alors que ces questions planaient sur la pièce, l'un des ordinateurs de Gideon émit un bip. Il se retourna sur sa chaise et tapa une séquence de caractères.

— Non, ce n'est pas possible ! Est-ce que ça peut être vraiment si simple ?

Tandis que Jenna et les autres le regardaient faire, il se précipita sur une table où se trouvaient une demi-douzaine d'épais colliers noirs. Il s'agissait de colliers d'obéissance conçus par les scientifiques de Dragos pour équiper tous ses assassins Gen-1 de laboratoire. Le Chasseur et Nathan en avaient tous deux porté un quand ils servaient Dragos, et ils avaient eu beaucoup de chance d'en être libérés sans avoir perdu leur tête dans l'opération.

Quant aux assassins qui avaient porté les colliers qui faisaient partie de l'assortiment de Gideon, ils n'avaient pas eu autant de chance. Le Chasseur avait récupéré le dispositif sur chacun des membres de l'armée personnelle de Dragos qu'il avait tués. La plupart des anneaux de polymère avaient été détruits au-delà de tout espoir de réparation, ce qui constituait un risque logique lors de leur récupération. Mais Gideon était parvenu à en reconstituer quelques-uns. Et c'était l'un de ceux-là qu'il venait de prendre sur la table.

— Grâce à Tavia, je suis parvenu à consulter des fichiers encryptés et protégés par mot de passe, expliqua-t-il en plaçant le collier dans une grosse boîte métallique équipée d'un couvercle.

Puis il prit un téléphone portable qu'il avait transformé en télécommande et tapa une séquence de chiffres sur le clavier.

— Si mes calculs sont corrects, ce code devrait neutraliser le détonateur.

En réponse, le dispositif placé dans la boîte émit un bourdonnement sourd.

— Oh, merde ! (Les traits de Gideon s'affaissèrent un peu.) Archer, au sol !

Avant que Jenna se rende compte de ce qui se passait, Dylan et elle se retrouvèrent plaquées au sol sous la masse protectrice de deux mâles de la Lignée, juste avant qu'un rayon de lumière UV intense ne s'échappe de sous le couvercle de la boîte métallique. Il disparut aussi vite qu'il s'était déclenché, s'évaporant comme un brillant rayon de soleil étouffé par l'ombre.

— Nom de Dieu ! s'exclama Gideon en se levant pour laisser Jenna se redresser à son tour.

En fait, Dylan et elle n'avaient pas vraiment besoin de protection, mais ce n'était pas le cas de Gideon et d'Archer. Gideon passa une main dans ses cheveux blonds en bataille, ce qui ajouta encore à son air de génie ébouriffé.

— Eh bien, ça alors ! C'est une première.

— Tu n'avais jamais vu un de ces trucs détoner ? demanda Archer, en tendant la main à Dylan pour l'aider à se relever.

Gideon grogna et inclina la tête.

— Non, ce n'est pas ça. Mais je ne me suis jamais trompé jusqu'ici. (Une seconde plus tard, il esquissa un sourire espiègle.) Mais maintenant je sais comment faire exploser ces foutus trucs sur demande.

C'est le moment que choisit Tess pour apparaître dans l'encadrement de la porte du laboratoire. Elle les regarda tous puis balaya des yeux la pièce comme si elle sentait qu'il s'était passé là quelque chose peu de temps auparavant.

— Jenna, Savannah m'a dit que tu voulais me voir ?

— Oui, répondit Jenna en croisant le doux regard aigue-marine de la Compagne de sang. Je voulais te poser quelques questions sur ton père.

— D'accord, mais il n'y a pas grand-chose à en dire. Il est mort à Chicago quand j'avais quatorze ans.

— Un accident de voiture, intervint Dylan à côté de Jenna.

Tess hocha la tête.

— C'est ça. Pourquoi veux-tu savoir ?

— Es-tu sûre que c'était un accident de voiture ? insista Jenna.

— Certaine. Il était dans une décapotable et il allait trop vite. Mon père adorait conduire trop vite. (Elle sourit tristement.) C'était une force de la nature. Il n'avait peur de rien.

Jenna ressentit de la compassion pour la jeune fille qui avait perdu un père qu'à l'évidence elle adorait.

— Que s'est-il passé exactement ?

— Les témoins ont dit qu'il avait fait un écart pour éviter un chien et qu'il s'était retrouvé sur la mauvaise file. Il y avait un semi-remorque qui venait en face de lui.

Jenna avait vu de nombreuses collisions de ce genre quand elle travaillait comme policière en Alaska. Elle imaginait bien ce qui avait pu se produire. Mais elle avait besoin d'entendre la réponse de la voix même de la Compagne de sang.

— Comment est-il mort, Tess ?

— Il a été décapité. Il est mort sur le coup.

Chapitre 36

— S'il y a une chose que je supporte mal, c'est bien de voir une jolie femme boire seule.

Tavia ne prit même pas la peine de lever les yeux lorsque l'homme mûr en costume installé jusque-là à l'autre bout du bar de l'hôtel trouva enfin le courage de venir jusqu'à elle et d'entamer la conversation. Elle avait fini son verre depuis longtemps et avait à peine touché au hamburger et aux frites qu'elle avait commandés.

— Je n'ai pas besoin de compagnie.

— Je vous comprends. Moi aussi j'en ai eu ma dose des gens ces deux dernières semaines. Pour ça, les vacances, c'est la galère. (Sa bière blonde locale ballotta dans sa bouteille quand il s'en servit pour désigner le siège vide à côté d'elle.) Je peux m'asseoir ?

Elle ricana presque.

— Est-ce que ça changerait quelque chose si je disais non ?

Il gloussa comme s'il avait pris ça pour une invitation et s'assit lourdement près d'elle. Ne le regardant toujours pas, elle le jaugea à l'odeur. Sa peau gardait le parfum d'un savon d'hôtel bas de gamme et celui d'une eau de Cologne de marque, qui ne masquaient ni l'un ni l'autre le musc d'une activité sexuelle récente. Sa chemise sentait l'assouplissant et l'amidon, et le costume bon marché qu'il portait par-dessus gardait l'odeur de kérosène due au séjour en soute de sa valise. Il ne portait pas d'alliance, mais elle n'avait pas besoin de vérifier pour savoir qu'elle trouverait sa trace sur le bronzage que lui avait laissé son récent séjour à Disney World en famille.

— Vous êtes à Boston pour affaires ? demanda-t-elle.

Il posa son verre vide sur le bar et tourna dans son siège pour lui faire face.

— Un congrès d'agents commerciaux ici à l'hôtel les deux jours qui viennent. J'ai débarqué cet après-midi.

Tavia esquissa un sourire forcé, résistant avec peine à l'envie de montrer les crocs.

— On peut dire que vous ne perdez pas votre temps. Votre femme sait-elle que vous baisez à tout-va quand vous n'êtes pas à la maison ?

Il devint d'un coup extrêmement silencieux.

— Ma…, finit-il par dire. Mais qu'est-ce que vous savez de ma femme ?

Elle sourit ironiquement à son hamburger alors qu'il glissait de son tabouret l'air en colère et se dépêchait de rejoindre d'autres hommes de sa tribu.

De nouveau seule, Tavia ne put étouffer un petit éclat de rire. Disposer de sens exacerbés pouvait s'avérer très amusant dans cette nouvelle vie qu'elle allait mener comme membre de la Lignée.

Elle fit signe au barman de lui donner l'addition et se mit à fouiller dans la poche de son jean pour y trouver son argent. Avant de quitter la maison ce jour-là, elle avait pris les 200 dollars de secours dans le tiroir de la cuisine. Après tout, ils ne manqueraient à personne. Malheureusement, cela ne durerait pas très longtemps, et il lui faudrait alors trouver autre chose.

Et pourtant elle s'était déjà sentie coupable lorsqu'elle s'était approprié une chambre après que l'hôtel avait refusé de lui en donner une sans carte de crédit et pièce d'identité. Quelques tentatives lui avaient suffi pour déverrouiller mentalement une chambre libre près de l'escalier de secours. Elle n'aurait pas loin à aller si quelqu'un ouvrait la porte avec une clé et qu'elle devait filer rapidement.

— Autre chose ? demanda le barman en arrivant avec l'addition.

Tavia secoua la tête.

— J'ai tout ce qu'il me faut.

Elle regarda le total et lui laissa un bon pourboire, plus que prête à quitter l'endroit maintenant que le bar se remplissait d'une dizaine d'hommes d'affaires de plus, qui sentaient tous la bière, le tabac et les eaux de toilette bas de gamme.

Elle quitta son tabouret mais elle eut bien du mal à traverser la foule qui s'épaississait à l'intérieur du bar. Les gens se déplaçaient en masse vers une télévision à écran plat montée au mur dans le coin de la pièce à l'autre bout du comptoir. Elle se dit qu'il y avait peut-être un grand match en cours, jusqu'à ce qu'elle voie plusieurs des hommes assemblés là se signer, les yeux écarquillés, comme hypnotisés par la télévision.

— Mon Dieu ! murmura l'un d'eux. Monte le son, tu veux ? ajouta-t-il plus fort à l'intention du barman.

Le volume devint presque insupportable et Tavia regarda, horrifiée, le reportage transmis par satellite d'outre-Atlantique. Le journaliste parlait en allemand, mais il n'était pas besoin de comprendre la langue pour saisir ce qu'il disait.

Ce que l'on voyait se dérouler derrière lui sur plusieurs écrans en simultané était une vraie scène de chaos.

Les gens couraient dans les rues obscures d'une ville en criant et en pleurant, fuyant la mort. On entendait dans le lointain des fusillades. De la fumée s'élevait des vitrines et des immeubles d'habitation. Il y avait des voitures abandonnées au milieu des carrefours, portières tordues et écrasées par une force brute d'une ampleur que l'humanité n'avait jamais connue auparavant.

Et puis il y avait les corps. Des dizaines de corps, éparpillés comme des poupées cassées sanguinolentes.

Le journaliste continuait, la voix tremblante d'émotion, tentant de ravaler ses larmes alors que sa ville était ravagée sous les yeux du monde entier. Il finit par craquer. Il lâcha un sanglot et, dans les instants qui précédèrent ses hurlements inintelligibles d'angoisse et de terreur, un mot résonna comme un cri dans le cœur de Tavia.

« Vampires. »

Lucan ne sentait plus ses jambes.

Pour la première fois de sa vie, il se sentait complètement impuissant. Il se tenait dans la grande salle du complexe de fortune si mal équipé avec le reste de la maisonnée et écoutait au haut-parleur d'un téléphone ce qu'Andreas Reichen leur rapportait depuis Berlin.

Au coucher du soleil, les installations de réhabilitation de l'Agence du maintien de l'ordre partout en Europe avaient été ouvertes, laissant s'échapper des centaines de Renégats assoiffés de sang, qui s'étaient immédiatement attaqués à une population humaine prise complètement au dépourvu.

— Ce sont essentiellement les grandes villes qui subissent le carnage pour l'instant, expliqua Reichen, d'une voix dont l'accent ne masquait pas le désespoir. En Allemagne, ce sont Berlin, Francfort et Munich. La France signale des centaines de victimes aussi, ainsi que la Pologne et la République tchèque. Chaque heure apporte son lot de nouvelles sinistres du même ordre.

Lucan aurait voulu rugir. Il aurait voulu tout détruire, hurler sa rage jusqu'à ce que la maison tombe en ruine autour de lui. Mais il ne parvenait même pas à desserrer les poings. Il avait bien du mal à former des mots, la gorge immédiatement asséchée dès l'instant où les premiers reportages avaient annoncé les attaques vampires outre-Atlantique quelques minutes plus tôt.

Et à présent Reichen avait confirmé le pire.

Dragos était derrière tout ça. C'était son coup de grâce. Celui que Lucan n'avait pas vu venir. Celui dont il n'aurait jamais cru Dragos capable, car c'était si incompréhensible, si définitif.

Les paroles moqueuses d'Arno Pike la nuit précédente lui revinrent comme un coup de poing dans le ventre.

« Tu arrives trop tard… Dragos a déjà gagné. »

Comment l'Ordre pourrait-il réparer ça ?

Comment pouvait-il contenir la situation alors que le nombre de Renégats libérés était tellement plus important que le nombre de guerriers dont il disposait et qu'ils étaient répartis à travers de multiples régions sur tout le globe ?

Comment quiconque aurait-il pu espérer réparer les dommages que Dragos avait causés par ce simple acte de représailles ?

Le voile de secret, garant d'une paix toujours fragile, qui avait dissimulé l'existence de la Lignée pendant si longtemps, des millénaires, venait d'être arraché. Et l'on ne pourrait jamais le remettre en place. Leur espèce venait d'être exposée à l'humanité de la pire façon possible.

Comme des monstres.

Comme des tueurs sans conscience, sans âme.

Et le pire de tout, c'était que les attaques en Europe n'étaient que le début. Lucan connaissait Dragos assez bien désormais pour s'attendre à ce que le même type de carnage et de terreur se déclenche très bientôt aux États-Unis, au Canada et au Mexique.

Il n'y avait plus que trois heures de jour.

Le crépuscule s'approchait à grands pas.

— Appelle Mathias Rowan, dit-il à Gideon. Je veux un embargo sur toutes les installations de réhabilitation de l'Agence du maintien de l'ordre à travers le continent nord-américain. Immédiatement.

Tandis que Gideon se dépêchait d'exécuter son ordre, Lucan considérait les guerriers et leurs compagnes rassemblés autour de lui à présent : Dante et Tess, leur nouveau-né dans les bras ; Tegan et Élise, graves à l'idée du monde obscur dont leur propre fils allait hériter ; Rio et Dylan, main dans la main, le visage sombre ; Niko et Renata, tous deux l'air résolu, serrant Mira contre eux en un geste de protection ; Kade et Alex, collés l'un à l'autre tout près de Brock et de Jenna, elle pleurant sans bruit, lui la serrant dans ses bras ; le Chasseur et Corinne, stoïques, même s'ils se tenaient la main à s'en faire blanchir les phalanges, regroupés avec le fils de Corinne, Nathan, et les Archer. Savannah et Gabrielle, elles, se tenaient ensemble aux côtés de Lucan, toutes deux bien droites et l'air décidé, aussi braves que n'importe quel guerrier.

Il y avait aussi Chase, qui, se sentant importun, se tenait à l'écart. Ça ne l'avait pas empêché de se mettre en tenue de combat, en treillis noir et rangers, armes pendant au ceinturon et aux sangles qui se croisaient sur sa poitrine.

Lucan inclina la tête vers lui pour lui marquer sa confiance et le remercier de sa présence. Cette mission allait requérir les efforts de tous. Chase n'aurait jamais de meilleure occasion de se réhabiliter, et Lucan voyait à son regard que telle était son intention. Il y parviendrait où il mourrait en tentant de le faire.

Tous les yeux étaient rivés sur Lucan. Tous lui faisaient confiance pour prendre la meilleure décision, pour les mener comme il n'avait jamais eu à le faire auparavant.

Il ne pouvait pas les décevoir.

Il ne les décevrait pas.

Gideon revint dans la pièce et tendit un téléphone portable à Lucan.

— C'est Rowan. Il dit que toutes les installations nord-américaines sont injoignables. Toutes les communications ont été interrompues. Il n'y a pas moyen de déclencher un embargo.

Ce qui signifiait que Dragos avait anticipé cette réaction et qu'il avait fait le nécessaire pour y parer. Lucan jeta un regard grave à ses frères d'armes assemblés là.

— Tout le monde en tenue. Nous partons avant la nuit.

CHAPITRE 37

Tavia frissonnait encore en traversant la ville à la fin de cet après-midi-là. Partout, les gens parlaient des atrocités qui se produisaient en Europe. Les pays d'outre-Atlantique demandaient une assistance d'urgence et une aide humanitaire, tout en suppliant les gouvernements des États-Unis et d'autres nations épargnées de leur fournir un soutien militaire immédiat.

L'état dans lequel se trouvait le monde après à peine quelques heures de massacres non provoqués était à la fois horrible et irréel.

Et Tavia était certaine que la responsabilité en revenait à Dragos.

Elle avait vu des photos et de nombreux reportages vidéo qui montraient les visages sauvages et sanglants de certains des agresseurs. Et l'humanité savait désormais que c'étaient des vampires.

Tous étaient en fait des Renégats.

Comme elle l'avait déjà fait plusieurs fois depuis l'annonce de l'attaque, elle repensa à ce que Chase avait dit sur les installations de réhabilitation contrôlées par l'Agence du maintien de l'ordre. Il avait évoqué la violence généralisée, le carnage étendu que représenterait un lâchage des Renégats sanguinaires sur le monde des humains.

Et à présent, Tavia en était sûre, c'était ce cauchemar même que Dragos avait concrétisé outre-Atlantique.

Il fallait l'arrêter avant qu'il provoque encore plus de ravages.

Si seulement elle trouvait un moyen de s'approcher de lui, elle trouverait bien celui de le tuer.

Un plan lui permettant de faire ça avait germé dans son esprit au cours des dernières heures.

Alors que le coucher de soleil s'achevait, elle filait à pied dans le quartier résidentiel de Back Bay. Il y avait une chute de neige légère, qui étouffait un peu le bruit de la circulation dans les rues encombrées et celui des piétons discutant anxieusement sur les trottoirs et dans les allées.

Tavia aperçut enfin l'imposante maison de Chase de l'autre côté de la rue. Elle laissa passer un car, puis entreprit de traverser la voie à sens unique.

Alors que le nuage de fumée d'échappement et de vapeur s'estompait, elle se retrouva face à un monstre.

Sur le trottoir éclairé par le crépuscule se tenait un Renégat vêtu d'une tenue de prisonnier déchirée et couverte de sang. Il penchait la tête en la regardant. Son visage et son cou étaient couverts de sang frais. Tavia sentit ses crocs vibrer sous l'effet du parfum des globules rouges, mais la montée d'adrénaline qu'elle éprouvait n'avait rien à voir avec la soif. C'était la peur qui accélérait son rythme cardiaque.

Oh, mon Dieu!

Le carnage allait se déclencher là aussi.

Avec un reniflement animal et un grondement sourd, le Renégat descendit du trottoir pour venir vers elle. L'esquivant, Tavia courut dans l'allée la plus proche. Puis elle regarda derrière son épaule, s'assurant qu'il suivait bien.

La terreur qu'elle éprouva lorsqu'elle le vit bondir à sa suite crocs découverts lui noua l'estomac. Elle courut plus loin dans l'allée, attrapant l'arme qu'elle avait dissimulée dans son dos à la ceinture.

Les pas lourds du Renégat écrasaient la glace qui recouvrait le vieux revêtement de l'allée.

Tavia se glissa derrière le coin d'un immeuble et attendit quelques secondes que la masse du vampire le tourne son tour. Alors, elle frappa, rapidement et en silence.

La lame s'enfonça dans la poitrine du Renégat, le stoppant net. Il grogna quelque chose d'inintelligible et porta les mains à la blessure qui s'étalait au niveau de son cœur.

Déjà le titane faisait son office, fusant à travers les veines et les artères malades du Renégat comme du poison, exactement comme Chase le lui avait expliqué.

C'était grâce à cette information que Tavia était passée chez un prêteur sur gages plus tôt dans la journée, dépensant la moitié de ce qui lui restait en liquide pour acheter cette lame. Et en voyant le Renégat tomber à genoux, terrassé par l'effet du métal sur son organisme, elle se dit que le jeu en avait vraiment valu la chandelle.

Couteau de chasse en titane d'occasion : 63 dollars.

Valeur : inestimable.

Elle n'attendit pas de voir le corps du Renégat se transformer en un petit tas de matière gluante avant de finir en cendres. Elle se contenta de nettoyer sa lame et de la ranger avant de filer vers le Havrobscur de Chase.

Alors qu'elle atteignait la porte de la grande maison vide, un cri à fendre l'âme s'éleva quelques rues plus loin.

Encore des Renégats en maraude, encore des morts parmi les humains.

La nuit arrivait, et la terreur qu'elle apportait avec elle était déjà là.

Le monde était en feu et saignait dans l'obscurité.

Chase contemplait le paysage déchiré par la terreur depuis la banquette arrière d'une des Rover noires de l'Ordre.

Dante et Renata étaient assis à côté de lui en silence. Derrière, sur le siège rabattable, se trouvait Rio, le visage grave. Quant à Lucan, stoïque, les mâchoires serrées, il occupait le siège passager à côté de Nikolaï à l'avant.

Ils avaient déjà parcouru plusieurs centaines de kilomètres, un trajet de plus de cinq heures réduites à moins de trois par Nikolaï, qui roulait à tombeau ouvert. Brock suivait à la même vitesse dans le second véhicule, transportant le reste du commando vers Boston. Même Lazaro Archer s'était équipé et armé afin d'accompagner les guerriers pour le combat à venir.

Et Dieu sait qu'ils allaient avoir besoin de toute l'aide disponible.

À en croire Mathias Rowan, la population de Renégats libérée des installations de réhabilitation le long de la côte Est seule comptait déjà près de cent individus. Il faudrait des semaines pour les contenir tous, peut-être même plus. Et c'était sans compter sur les dizaines d'autres probablement lâchés dans d'autres parties du continent nord-américain cette même nuit.

Les chances de succès de l'Ordre étaient très minces. Ses membres finiraient par devoir se séparer afin de traiter le problème dans toutes les directions à la fois.

Mais le problème numéro un, c'était Boston. C'était là que Dragos semblait avoir porté le coup le plus dur, sans aucun doute pour exhiber sa puissance au nez et à la barbe des guerriers, en faisant un enfer du territoire originel de l'Ordre.

Plus ils s'approchaient de la ville, pire était le chaos.

Des incendies projetant de brillantes flammes orange émaillaient les deux côtés de l'autoroute. La circulation était congestionnée dans les deux sens tandis que des conducteurs paniqués cherchaient à accéder aux différentes voies de la ville ou à les quitter. Partout des sirènes hurlaient.

Et, dans les banlieues, des troupeaux d'humains se précipitaient à pied, paniqués, les yeux fous, les visages déformés par la terreur, fuyant un danger auquel ils ne pourraient échapper.

Où que se portât le regard de Chase, ce n'était que folie sanglante.

— *Cristo !* siffla Rio dans le silence de mort qui régnait dans la Rover.

Du coin de l'œil, Chase vit l'immense guerrier espagnol se signer et porter à ses lèvres une médaille votive accrochée à une fine chaîne autour de son cou en priant silencieusement.

On commençait à distinguer la ligne d'horizon de Boston juste devant. De la fumée noire s'échappait d'immeubles en feu et il y avait dans les rues de nombreuses épaves de voitures écrasées abandonnées par leurs conducteurs en fuite. Des cris déchiraient l'air, ajoutant à la cacophonie de violence qui régnait dans toute la ville.

Chase pensa à Tavia. Elle n'avait pas vraiment quitté son esprit un seul instant depuis qu'ils étaient partis du Havrobscur du Maine. Il savait qu'elle était proche, quelque part en ville. Il le sentait dans son sang. Ses veines résonnaient encore de l'accès de terreur qu'elle lui avait communiqué peu de temps après leur départ pour Boston. Il avait été profond mais bref et s'était apaisé depuis longtemps. Il s'accrochait à l'idée qu'elle était à présent en sécurité, qu'elle était vivante et n'avait pas été blessée, alors que le reste du monde se transformait en bain de sang et en ruines devant ses yeux.

Cela ne l'empêchait pas de devoir lutter contre l'envie d'ouvrir la portière du véhicule à la volée et de courir vers elle. Mais, à présent plus que jamais, son devoir lui imposait de rester avec l'Ordre. Tant qu'il savait qu'elle respirait, il pourrait faire ce qu'il avait à faire cette nuit-là.

Tavia était une femme forte et capable. Elle l'avait été avant même la révélation surprenante de son appartenance à la Lignée. Il la savait intelligente et raisonnable. Il trouvait un réconfort dans le fait que sa bien-aimée, sa compagne s'il parvenait un jour à se rendre digne de cet honneur, était la femelle la plus extraordinaire qu'il connaîtrait jamais.

Mais elle était aussi courageuse et déterminée. Deux qualités qui l'inquiétaient lorsqu'il envisageait ce qu'elle pourrait faire si elle se retrouvait directement confrontée à la violence que Dragos avait provoquée cette nuit-là. Il ne pouvait qu'espérer qu'elle garderait profil bas jusqu'à ce que l'Ordre parvienne à maîtriser cette situation infernale et qu'il ait l'occasion de partir à sa recherche.

Soudain, Lucan s'adressa par radio à ceux du second véhicule.

— Tegan, emmène ton équipe par le North End. Commence à partir de là. Nous allons, nous, commencer par Southie, et comme ça nous rabattrons les Renégats à partir des deux extrémités pour pouvoir en éliminer le plus possible.

— Ça marche, répondit Tegan d'une voix grave.

Derrière eux, les phares de la seconde Rover s'écartèrent alors que Brock entraînait le 4 × 4 dans une course d'obstacles au milieu de la circulation chaotique.

— Que tout le monde se prépare à l'action, déclara Lucan, en leur adressant à tous un regard grave. Ça va être une longue nuit sanglante.

Chapitre 38

La terreur se poursuivit jusqu'à l'aube.

Tavia n'avait pas dormi du tout, comme probablement tous les habitants de la ville. Personne dans la nation entière n'avait dû trouver une seule minute de repos tant qu'avaient duré les cris et la violence au cours de ce qui avait dû sembler à tous une nuit sans fin et sans espoir.

Ce n'était que lorsque le lever du jour eut poussé les Renégats à se mettre à l'abri du soleil que la terreur avait cessé. Le matin amena avec lui les pleurs et les lamentations d'une zone de guerre après un assaut que peu d'esprits humains étaient capables d'imaginer.

Et ce n'était pas fini.

Lorsque le soleil se coucherait de nouveau, viendrait une nouvelle vague de massacres.

C'est avec cette peur ancrée en elle que Tavia ouvrit la porte d'entrée du Havrobscur de Chase et sortit à la lumière du jour. Pendant la nuit, elle avait mis au point les détails de son plan pour trouver Dragos. Elle avait effectué les préparatifs nécessaires et avait conçu la méthode qu'elle utiliserait pour se retrouver en sa présence, ce qui lui permettrait avec un peu de chance de tuer ce fils de pute.

Le spectacle qui l'attendait dehors n'était rien de moins qu'apocalyptique. Il y avait partout des voitures à l'abandon, phares toujours allumés, klaxons formant une symphonie discordante avec les sonneries musicales de ce qui semblait être un millier de téléphones portables à la fois. Des nuages de cendres s'élevaient des ruines fumantes des vitrines pillées et des habitations aux portes fracassées au cours des pires moments de l'attaque. Et d'immenses flaques de sang trempaient les jardins enneigés et les trottoirs vides du quartier.

Boston était une ville fantôme. Personne ne se risquait dehors. Tavia ne croisait que les membres des services d'urgence parcourant les rues dévastées ou encore les employés de la morgue venus couvrir et récupérer les nombreux morts.

Elle se dépêchait de rejoindre sa destination, tête baissée, les larmes aux yeux devant le spectacle de tant de laideur et de destruction. Elle traversait la ville pour rejoindre le poste de police où elle s'était trouvée une semaine auparavant. Il lui semblait qu'une décennie s'était écoulée depuis qu'elle y avait été convoquée pour identifier le tireur inconnu de la soirée donnée à l'occasion des fêtes par le sénateur Clarence. Son monde n'aurait pas pu se transformer plus qu'il ne l'avait fait au cours des quelques jours qui avaient suivi.

La réalité s'était décalée et, à présent, ce prétendu fou était la personne qu'elle aimait le plus au monde, celle dont elle ne pouvait plus se passer. Elle était décidée à le retrouver dès qu'elle aurait joué son rôle dans la destruction de leur ennemi commun.

— Madame Fairchild… Tavia ? appela un instant après son arrivée la voix de l'inspecteur Avery depuis l'autre bout du hall du poste de police encombré.

Elle leva les yeux et le vit se hâter vers elle. Il avait les traits tirés, le visage hagard et il la regardait l'air inquiet.

— Mon Dieu, est-ce que ça va ?

Elle allait bien, mais les ecchymoses et les lacérations de son visage et de son corps pouvaient faire croire qu'il n'en était rien. Ce qui après tout était le but recherché.

Outre les blessures qu'elle s'était infligées elle-même, elle avait un jean et un sweat noir tout déchirés. Quant à ses mocassins de cuir, ils étaient imprégnés de sang, conséquence de sa marche jusqu'au poste.

— Venez avec moi. Je vais trouver quelqu'un pour s'occuper de vos blessures, dit le brave inspecteur, qui prenait à l'évidence son silence pour la preuve qu'elle se trouvait en état de choc.

Il la conduisit plus loin dans le bâtiment, au milieu des nombreux policiers entrant et sortant dans un état second.

— Au moins vous êtes vivante. Dieu merci, poursuivit-il, en l'amenant jusqu'à une chaise vide dans un bureau vacant.

Et ce fut les mains tremblantes qu'il souleva le combiné d'un téléphone noir sur le bureau et composa un numéro. Mais, un instant plus tard, il raccrochait violemment en jurant.

— Occupé ! Il se peut que le téléphone ne fonctionne plus. Cette foutue ville s'écroule de toutes parts. Je n'arrive même pas à comprendre ce qui s'est passé ces dernières heures. Je veux dire, rien de tout ça ne peut vraiment s'être produit…

Tavia ressentait une profonde tristesse à l'idée de l'horreur que cet homme et le reste de son espèce enduraient. Mais elle aurait été bien en peine de trouver les mots pour exprimer sa compassion. Aucun n'aurait convenu de toute façon. Elle restait focalisée sur la raison pour laquelle elle se trouvait là, au poste, et scannait les dizaines de visages qui passaient devant la porte.

Elle finit par trouver ce qu'elle cherchait : des yeux froids et morts venaient de croiser son regard à travers la mer de corps en mouvement.

Le Laquais avait tout de suite reconnu ce qu'elle était.

— Je reviens tout de suite, murmura-t-elle à l'intention de l'inspecteur. J'ai besoin d'un verre d'eau.

Avery ne protesta pas et ne se leva pas non plus pour la suivre, déjà préoccupé par un autre problème lorsqu'un policier en tenue entra pour lui annoncer d'autres mauvaises nouvelles du front. Tavia fonça directement sur le Laquais en se frayant un passage à travers les humains.

— Il faut que je voie ton Maître.

Le Laquais fit une grimace.

— Je ne prends mes ordres que de lui.

— J'arrive directement du nouveau complexe de l'Ordre, insista-t-elle. Je pense que Dragos serait très intéressé d'entendre ce que j'ai à lui dire.

Le Laquais en uniforme resta les yeux rivés sur elle un long moment.

— Suivez-moi ! finit-il par dire.

À sa suite, elle franchit une porte de derrière qui donnait sur le parking. Le Laquais composa un numéro sur son téléphone portable, laissa sonner une fois, puis raccrocha. Une seconde plus tard, le téléphone sonnait. Tavia eut bien du mal à dissimuler son mépris lorsque la voix de Dragos lui parvint. Il demandait à son Laquais pourquoi on le dérangeait. Ce dernier l'informa de la présence de Tavia, et se vit sèchement ordonner de la fouiller pour voir si elle n'avait pas d'armes.

Gardant Dragos en ligne, le Laquais empocha le téléphone et commença à la palper. Il trouva tout de suite la lame de titane, la lui enleva avec un ricanement et la passa sous la ceinture de cuir de son uniforme de policier. Il opérait sans ménagement, et palpa jambes et cuisses avant de passer au haut du corps. Comme il s'attardait un peu trop longtemps autour de sa poitrine, Tavia poussa un grognement de désapprobation en lui montrant la pointe de ses crocs.

Le Laquais recula d'un pas et reprit son téléphone.

— Elle est clean. Que voulez-vous que je fasse d'elle, Maître ?

La voix de Dragos était menaçante, et son côté calculateur donna la chair de poule à Tavia.

— Retiens-la et attends de nouvelles instructions !

— Les morts se comptent par milliers au niveau mondial, annonça ce matin-là Mathias Rowan à Lucan dans son Havrobscur, où l'Ordre avait fini par trouver refuge au bout d'une longue nuit de combats.

Dragos lui-même ne pouvait rien contre le soleil. Au lever du jour, tous les membres de la Lignée, guerriers, civils et Renégats, étaient bien obligés de se mettre à l'abri.

Un peu plus loin dans la pièce, Tegan, Chase et le reste des guerriers, plantés devant une télévision, passaient d'un reportage sur les attaques et leurs conséquences à un autre. Tout cela semblait impossible. Non seulement les comptes-rendus des massacres et des destructions qui avaient eu lieu au cours des dix-huit dernières heures, mais aussi la façon dont les autorités policières humaines et leurs gouvernements parlaient de l'existence indiscutable de vampires.

Et l'humanité, comme on pouvait s'y attendre, les considérait comme des ennemis.

Des ennemis sauvages et monstrueux, une plaie mortelle qui exigeait la mise en œuvre d'un processus d'extermination ciblé et rapide.

Dans les reportages explicites diffusés dans le monde entier, Lucan reconnaissait la vision que lui avaient donnée les yeux de Mira. Il l'avait vécue la nuit précédente, lorsque ses bottes avaient trempé dans le sang versé, les corps des humains morts et des Renégats exterminés s'étendant à perte de vue. Il en avait encore comme le goût dans la bouche, l'âpreté du regret sur la langue, le regret de n'avoir pu mettre un terme aux activités de Dragos avant qu'il se lance dans cet accès de destruction massive, le regret de savoir que le cauchemar ne faisait que commencer.

L'Europe se préparait à une nouvelle nuit, faisant appel à ses armées pour aider à sécuriser les plus grandes villes dans l'hypothèse d'une nouvelle attaque. Tout le monde priait pour qu'elle ne vienne pas, mais Lucan et le reste de l'Ordre savaient qu'elle était inévitable. Même si ni Mathias Rowan ni aucun des guerriers n'en avaient parlé à voix haute, ils se demandaient forcément, comme lui, comment ils parviendraient à affronter une autre attaque de la magnitude de celle à laquelle ils avaient eu affaire la veille.

Ils étaient en gros une dizaine d'individus rassemblés là contre des centaines de Renégats lâchés sur deux continents, une vingtaine s'il comptait Rowan et la poignée d'Agents dont il s'était porté garant, de braves types qui s'étaient immédiatement ralliés à la cause ; et une poignée d'autres outre-Atlantique sous la direction de Reichen. Mais l'Ordre et ses nouveaux alliés ne pouvaient être partout à la fois. Ils auraient eu besoin de dix fois leur effectif courant pour parvenir à éradiquer les Renégats lâchés dans la nature avant qu'ils fassent de nouvelles victimes.

Avant que les humains décident de passer à l'attaque.

— Le couvre-feu est-il en place ? demanda Lucan.

Vu la terreur et la méfiance qui régnaient chez les humains, aucun mâle de la Lignée ne serait autorisé à se nourrir tant que les Renégats continueraient à représenter une menace. Pour l'instant, il ne pouvait y avoir pour l'humanité aucune différence entre un civil de la Lignée respectueux de la loi et un Renégat. Pour la sécurité de toute la Lignée, Lucan avait exigé que les Havrobscurs respectent un couvre-feu nocturne jusqu'à nouvel ordre.

Le doute se lisait dans le regard que lui jeta Rowan.

— Nous faisons tout ce que nous pouvons pour informer les Havrobscurs, mais avec l'essentiel de l'infrastructure de l'Agence hors service depuis les premières attaques, ça prend beaucoup de temps.

— Continuez, lui dit Lucan. Nous avons assez à faire comme ça sans devoir nous soucier de civils susceptibles de se retrouver pris entre deux feux.

De fait, l'Agence du maintien de l'ordre s'était virtuellement désintégrée d'un jour à l'autre. Les communications étaient interrompues. Les membres du réseau caché de disciples de Dragos, dont faisaient partie deux directeurs de l'Agence, l'un à Seattle, l'autre en Europe, étaient sortis de l'ombre pour proclamer ouvertement leur adhésion à ses objectifs. De très nombreux autres Agents avaient également déserté, soit parce qu'ils pariaient sur la victoire de Dragos, soit pour se consacrer à la sécurité de leurs familles en ces temps troublés.

Le cœur de Lucan était à des centaines de kilomètres de là, auprès de Gabrielle. Il s'inquiétait pour elle, les autres Compagnes de sang et les enfants, seuls avec Gideon pendant ces événements terribles. Il était sûr que Gideon saurait assurer leur sécurité, mais il souffrait d'être loin de sa compagne alors qu'il sentait en permanence son anxiété. Mais tous les guerriers étaient graves et songeurs.

Spécialement Chase.

C'est probablement pour lui que Lucan éprouvait le plus de compassion à cet instant-là. Chase se tenait seul au fond de la pièce, stoïque et maître de lui-même, un changement marqué par rapport à ce qu'il avait été au cours des derniers mois : imprudent, volatil et insubordonné, constituant un vrai risque pour ses partenaires de patrouille.

Il n'y avait plus grand-chose de ce Chase-là dans le guerrier froid et capable qui avait combattu à ses côtés la nuit précédente malgré tout le sang versé autour de lui. Ç'avait été une nuit ardue et éprouvante pour tous les guerriers, mais en particulier pour lui. Et pourtant il avait tenu le coup. Il n'avait pas craqué. Et il ne craquerait pas, se dit Lucan, en croisant son regard clair plein d'une détermination inflexible.

Et cette détermination donnait à Lucan un aperçu du leader naturel que Sterling Chase était né pour être et qu'il serait peut-être de nouveau un jour, s'ils survivaient.

Lucan inclina la tête, un signe qui en disait plus que ce que les mots auraient pu exprimer.

Chase hocha la tête en retour, grave. Il comprenait.

Lucan était fier de savoir Harvard aux côtés de l'Ordre de nouveau, fier de pouvoir appeler Sterling Chase son frère et son ami.

Chapitre 39

Jenna raccrocha le téléphone et se laissa aller contre le dossier de sa chaise. Même si la nouvelle qu'elle venait d'entendre lui avait donné une poussée d'adrénaline, elle sentit la lassitude s'installer en elle comme si on lui avait posé des enclumes sur les épaules.

— Comment Claire s'en tire-t-elle à Newport ? demanda Gideon, en levant les yeux des expériences qu'il poursuivait sur les colliers à ultraviolets de l'autre côté du laboratoire.

— Elle va bien. Elle est saine et sauve, et les choses sont calmes pour l'instant.

Alors que les autres résidents restés au complexe étaient collés à la télévision pour y voir les reportages sur les attaques de Renégats, Jenna et Gideon s'étaient plongés dans le travail. Après la détonation imprévue de l'un des colliers, Gideon s'était attaché à trouver la clé logicielle permettant de déclencher toutes les séquences d'activation des colliers. Il était par ailleurs parvenu à faire afficher l'un des colliers de sa collection sur une carte GPS, ce qui l'avait excité au plus haut point. Le travail les aidait tous les deux à supporter l'attente de nouvelles des guerriers partis pour Boston.

Jenna se passa une main sur la nuque pour la masser, sa douleur résultant de trop d'heures sans sommeil et de trop d'inquiétude pour Brock et le reste de l'Ordre, d'inquiétude pour le monde entier, en fait. À la lumière des événements des vingt-quatre heures qui venaient de s'écouler, rien ne semblait plus avoir d'importance. Au moins tous les gens qu'elle aimait étaient-ils sains et saufs.

— Lucan et Mathias Rowan ont envoyé une paire d'Agents à Newport pour garder le Havrobscur pendant l'absence de Reichen. Claire dit qu'elle est entre de bonnes mains.

Gideon hocha la tête.

— Je suis content de l'apprendre. Je suppose qu'elle a eu le temps de faire quelques recherches à propos de la mort de ses parents avant les événements dramatiques de cette nuit ?

— Oui, répondit Jenna. En fait, à part pour nous faire savoir qu'elle allait bien, c'est pour ça qu'elle appelait. Claire a contacté l'organisation humanitaire pour laquelle travaillait sa mère dans les années 1950 et ils ont recherché des informations à propos du raid des rebelles sur le village. Apparemment, plusieurs personnes ont été tuées ce jour-là, trois appartenant à l'organisation humanitaire et quatre faisant partie du village.

— Et le père de Claire était l'un d'entre eux ?

Comme elle haussait les épaules, Gideon posa l'anneau cassé de polymère noir sur lequel il travaillait. Fronçant les sourcils, il l'observa par-dessus les verres de ses petites lunettes bleu pâle perchées au bout de son nez.

— Le père de Claire n'a pas été tué ?

— Personne ne semble en être sûr. D'après ce qu'ont raconté à l'époque des villageois qui ont assisté au raid, on lui a tiré dessus plusieurs fois. Comme la mère de Claire et les autres, il a reçu des blessures mortelles.

— Mais ? la relança Gideon, avec une grimace.

— Mais on ne trouve nulle part mention de son cadavre.

— Nom de Dieu !

— Ouais, acquiesça Jenna en secouant la tête, toujours un peu troublée à cette idée. Il a été déclaré mort comme les autres victimes et a simplement cessé d'exister à compter de ce jour-là. Pour ce qu'on en sait, il aurait très bien pu se lever et s'en aller.

— Pas s'il était mortel, répondit Gideon avec un regard sérieux, d'où le doute avait disparu.

— C'est exact.

L'information qu'elle venait de recevoir de Claire n'avait fait qu'ajouter à la certitude de Jenna qu'elle était sur la bonne piste. N'eût été l'insistance tenace de Dylan à expliquer que son père était juste un connard humain des plus classiques, tous les doutes subsistant sur la théorie de Jenna auraient été levés.

— Jen ?

Comme s'il avait suffi que Jenna pense à elle pour la faire apparaître, Dylan se tenait dans l'encadrement de la porte du laboratoire. Elle tenait à la main un carré de papier jauni et paraissait pâle et choquée.

— Salut ! fit Jenna, en se levant pour aller à sa rencontre. (Dylan avait l'air si bouleversée que Jenna l'attira contre elle et la serra dans ses bras.) Que se passe-t-il ? Qu'est-ce qui ne va pas ?

La Compagne de sang avait le regard un peu perdu.

— Avec tout ce qu'il se passe, je crois que j'ai eu un accès de nostalgie aujourd'hui. Ma mère s'est mise à me manquer. À sa mort l'an dernier, j'ai récupéré une petite boîte de souvenirs dans son appartement. Je m'étais contentée d'y jeter un coup d'œil, juste assez pour voir qu'elle contenait quelques lettres, des cartes postales, des souvenirs de ses voyages. Des petites choses sans intérêt, en fait. Elle était sentimentale. Je n'ai jamais connu personne qui ait aussi bon cœur.

Jenna fit entrer Dylan et la guida jusqu'à une chaise de bureau vide.

— Dis-moi de quoi il s'agit.

— Je viens juste de parcourir tout ce qu'il y avait dans cette boîte. Au fond, j'ai trouvé une enveloppe scellée. À l'intérieur, il y avait ça.

Elle posa le morceau de papier sur le bureau. Il y avait quelque chose d'écrit dans le coin supérieur droit : « Zael, Mykonos, 1975 ». Dylan leva un regard chargé de sens sur Jenna.

— Je suis née l'année suivante.

Jenna comprit tout de suite où elle voulait en venir.

— Mais je pensais que ta mère et ton père étaient déjà mariés. Tu as deux grands frères.

Dylan acquiesça.

— Et en 1975 ma mère est partie pendant quelques mois. Elle est allée toute seule en Grèce, elle a pris ses cliques et ses claques et elle a filé. Elle m'a expliqué il y a quelques années qu'à l'époque elle avait voulu divorcer de mon père, mais qu'il l'avait suppliée de le reprendre. Mais elle ne m'avait jamais parlé de ça. Elle ne m'avait jamais parlé de lui.

Dylan retourna le morceau de papier. C'était une photo en gros plan d'un homme d'une beauté incroyable, torse nu et tout bronzé, assis sur une plage de sable blanc. Sa bouche sensuelle arborait un sourire à se pâmer destiné à la personne qui prenait la photo, probablement la mère de Dylan.

— Et tu crois qu'elle a eu une aventure avec ce type ?

— Ouais, confirma Dylan. Je dirais qu'il y a de très fortes chances.

Jenna ramassa la photo pour la voir de plus près. Strictement pour clarifier les choses, bien sûr ! Subjuguée, elle contemplait le corps musclé et parfait et la crinière de cheveux blonds aux reflets de cuivre. Le visage, sans âge, n'avait aucune ride. Les yeux aux cils noirs étaient d'un bleu perçant, du turquoise des eaux tropicales, sages et comme d'un autre monde.

Et il portait autour du poignet un bandeau de cuir ouvragé avec un symbole d'argent martelé représentant… une larme tombant dans le creux d'un croissant de lune.

Tavia sentit son estomac se retourner lorsque l'hélicoptère noir piqua sur l'eau étincelante de soleil vers une île isolée, presque entièrement couverte d'arbres, située à plusieurs kilomètres de la côte du Maine. Vingt minutes après que le Laquais du poste de police avait contacté Dragos, le pilote en combinaison noire, lui aussi Laquais, était arrivé pour l'emmener vers une hélistation privée installée en haut d'un immeuble de Boston.

Elle avait mémorisé tous les détails du voyage, fixant dans son esprit des repères et des lieux précis pour le cas où elle devrait faire passer ces informations à l'Ordre. Même si rien de tout ça n'aurait d'importance si son plan pour tuer Dragos échouait et qu'elle se retrouvait morte dans les heures qui allaient suivre.

Le pilote posa l'hélicoptère sur une dalle de béton derrière une résidence aux allures de forteresse. C'était le seul bâtiment de ce rocher escarpé de granit couvert de grands pins. Impossible de quitter cette île par ses propres moyens, à moins de nager dans un courant glacé ou de se laisser pousser des ailes.

— Par ici.

Le Laquais quitta le cockpit et attendit qu'elle le suive. Ils traversèrent la cour face à un vent glacial et hurlant pour rejoindre l'arrière de la vaste demeure.

La porte s'ouvrit de l'intérieur, et un autre Laquais, un fusil semi-automatique en mains, lui fit signe d'entrer.

Elle avait cru être préparée à faire face à Dragos, mais à sa vue son sang se figea.

— Madame Fairchild ! Voilà vraiment un plaisir inattendu.

Il avait autour de lui quatre assassins Gen-1, habillés de noir de la tête aux pieds. Eux aussi étaient armés, de pistolets et de couteaux accrochés à leurs vastes poitrines ou attachés à leurs cuisses musclées. Mais ce n'étaient pas leurs armes qui leur donnaient leur air meurtrier, pas plus que leurs crânes rasés et les colliers à ultraviolets noirs qu'ils portaient autour de leurs cous puissants. C'était l'absence de pitié dans leurs yeux, l'absence de toute émotion.

C'étaient des machines à tuer, et tout espoir d'éliminer Dragos rapidement à son arrivée fut étouffé dans l'œuf à l'idée que ces quatre Chasseurs la tueraient dans la seconde qui suivrait son premier geste.

Mais, malgré la menace qu'ils constituaient tous les quatre, ce fut surtout la présence de Dragos devant elle qui la fit frissonner. Il y avait quelque chose chez lui qui l'avait glacée d'instinct lorsqu'elle l'avait rencontré pour la première fois au bureau du sénateur. Maintenant qu'elle connaissait la profondeur de sa dépravation et de sa malignité, elle se sentait physiquement repoussée. Elle utilisa son léger tremblement pour faire croire à la peur et au soulagement.

— Je n'avais nulle part ailleurs où aller. Merci de m'avoir permis de vous voir.

Dragos la regardait d'un air soupçonneux.

— Tu es restée auprès de l'Ordre tout ce temps.

Ce n'était pas une question, mais bien une accusation.

— J'ai cru que je ne parviendrais jamais à leur échapper.

— Et moi qui pensais que tu les avais rejoints volontairement, répondit-il en la scrutant l'air méfiant. Je me suis dit que peut-être Sterling Chase avait trouvé le moyen de te charmer.

— Me charmer ? (Elle se força à un ricanement indigné.) Il m'a enlevée ! Il m'a interrogée ! Il m'a battue !

Il étudia les ecchymoses et les lacérations, qui étaient déjà en train de guérir. Narines frémissantes, il renifla légèrement, opposant son odeur à son récit.

— T'a-t-il séduite ?

Elle ne pouvait espérer le tromper complètement. Il était capable de sentir la vérité sur sa peau, elle en était sûre. Elle inclina la tête comme si elle avait honte.

— Il a utilisé mon corps contre ma volonté. Et il m'a forcée à boire de son sang.

— Hmm ! (Il avait l'air satisfait de sa réponse mais contrarié par les faits.) C'est malheureux, Tavia. Le lien est indestructible.

— Sauf par la mort, répondit-elle, la gorge nouée, mais pas par le regret comme elle voulait qu'il le croie.

Il lui souleva le menton et elle se força à exprimer la haine par le regard, ce qui n'était pas si difficile puisque cette haine était en fait réservée au vampire qui se tenait devant elle.

— Pourquoi ne pas m'avoir dit qui j'étais ? Pourquoi m'avoir caché la vérité sur mes origines ?

Il recula hors de portée, ses yeux froids plissés, calculateurs, le soupçon de nouveau présent dans son regard. Ses gardes Gen-1 firent un pas en avant, prêts à protéger leur créateur.

Tavia sentit son pouls accélérer tandis qu'elle luttait pour trouver le moyen de s'assurer définitivement la confiance de Dragos. C'était sa seule chance ; elle ne devait lui laisser aucun doute.

— Pourquoi m'avoir laissée en état de faiblesse alors que j'aurais pu vous servir tellement mieux si j'avais été forte ? (L'intensité de sa détermination à gagner sa confiance faisait luire ses yeux couleur d'ambre.) J'aurais pu être bien plus pour vous si seulement vous m'aviez accordé la vérité.

Il arqua légèrement un sourcil et esquissa un sourire.

— Tu m'as bien servi, Tavia. Tu m'as été plus qu'utile. Et je t'aurais tout dit, j'aurais libéré ce côté magnifique que tu portes en toi, lorsque le temps serait venu.

— Et au lieu de ça vous m'avez laissée sans défense. Vous ne m'avez donné aucune chance.

Elle jouait sur son ego et sur l'attirance qu'il éprouvait à l'évidence pour elle tandis que son dégoût pour lui réveillait sa nature de vampire.

— Mais vous deviez savoir que l'Ordre me retenait. Vous deviez savoir qu'ils me questionneraient sur vous, qu'ils me maltraiteraient. Ils ont refusé de me croire quand je leur ai dit que je ne savais pas qui vous étiez ni où ils pouvaient vous trouver.

— Et s'ils avaient su la vérité sur toi, ils t'auraient tuée, répondit-il d'un ton égal. En tout cas, c'est ce que j'aurais fait à leur place.

Des mots froids sortis d'un cœur de glace. Elle le croyait, et il lui fallut faire appel à toute sa volonté pour parvenir à prononcer les mots suivants :

— Vous avez été la première personne à qui j'ai pensé après m'être échappée. Je suis partie à votre recherche parce que vous êtes mon créateur. Le seul vers qui je puisse me tourner. Vous êtes le seul à être assez puissant pour venir à bout de l'Ordre.

— Et c'est ce que j'ai fait, répondit-il avec un sourire d'autosatisfaction. (Il la regarda longuement et sans retenue, et son intérêt sans fard pour elle lui donna la chair de poule.) Depuis que tu es toute petite, tu me fascines, Tavia. Tu es si merveilleuse. Tu es mon Ève faite maison. (Il haussa les épaules.) Oh, les autres ont bien leur charme aussi, mais je me suis toujours senti particulièrement attiré vers toi.

Il avait dit « les autres ». Et pas au passé mais au présent. Elle repensa aux dossiers du docteur Lewis, ceux qui détaillaient les patientes décédées et ceux qu'elle n'avait pas eu la possibilité de lire avant la destruction de la clinique. Il y avait donc d'autres femelles de la Lignée créées en laboratoire qui avaient survécu aux expériences et aux traitements médicaux prolongés ? Elle devait en être sûre. Si elle avait des sœurs, il lui fallait trouver le moyen de les aider.

Dragos continuait à la détailler, ses yeux froids comme des doigts morts sur sa peau.

— Lorsque je serai roi et que tous les humains, comme tous les membres de la Lignée, me feront allégeance – et ça ne tardera plus, ajouta-t-il avec un sourire arrogant –, j'aurai besoin d'une reine.

Tavia ravala la bile que cette idée même avait fait remonter dans sa gorge.

— Je pense que j'aimerais bien t'avoir à mes côtés, dans mon lit. (Il poussa un grognement amusé.) En cadeau de noces je t'offrirai les membres de l'Ordre enchaînés. Tu pourras tuer Sterling Chase toi-même si le cœur t'en dit.

Ces mots, la pensée même de Chase ou des autres membres de l'Ordre tombant entre les mains de Dragos, la frappèrent comme une gifle. Il tendit la main et lui caressa légèrement la joue. Elle réprima un haut-le-cœur, consciente des regards de rapaces que posaient sur elle les assassins Gen-1.

Elle aurait pu dévorer la main de Dragos sur-le-champ, mais il lui fallait le tuer. Et pour ça, elle devait s'en approcher encore. Et s'il le fallait – Dieu fasse que ça ne soit pas nécessaire –, intimement.

— Viens, lui dit-il. Le soleil est couché outre-Atlantique. J'allais justement regarder les informations. Tu vas te joindre à moi, Tavia, et assister à l'émergence du royaume qui sera bientôt le nôtre.

Chapitre 40

Le Renégat venait de coincer une femme dans l'escalier de son immeuble chic lorsque Chase se précipita dans le hall pour en finir avec le salopard. La lame de titane traversa la gorge du vampire sauvage et l'envoya finir au sol en un petit tas bouillonnant de chair et d'os en fusion.

Il se tenait là au-dessus du Renégat mort, les doigts collants sur la poignée de sa lame, le treillis noir et les rangers couverts du sang des autres exécutions qu'il avait accomplies au cours des quelques heures qui s'étaient écoulées depuis le coucher du soleil. Il regarda la femme terrorisée qui se recroquevillait par terre au fond de la cage d'escalier. La lueur ambre de ses yeux illuminait son visage. Ses cheveux bruns étaient en désordre, échappés du chignon strict qu'elle portait bas. Son tailleur sombre et son corsage de dentelle étaient déchirés par endroits et tachés des traces de mains sales du salopard qui l'avait attaquée.

— Tout va bien, lui assura-t-il en nettoyant le tranchant de sa lame sur son pantalon. Le Renégat ne peut plus vous faire de mal désormais.

Elle resta bouche bée d'horreur, secouant la tête frénétiquement en se tassant encore plus contre le mur, ses yeux écarquillés et pleins de méfiance.

— Vous… oh, mon Dieu ! Vous en êtes un vous aussi !

— Non, protesta-t-il, avant de lâcher un juron en pensant à quel point il était proche des bêtes voraces qui taillaient leur chemin de sang à travers la nuit. Je ne vous veux aucun mal. Levez-vous.

Elle avait la respiration saccadée.

— Je ne comprends pas.

— Pas le temps de vous expliquer, grogna-t-il. Maintenant grouillez-vous de rejoindre votre appartement et verrouillez la porte derrière vous. Ne sortez plus avant le lever du jour, vous comprenez ? Allez-y ! Maintenant !

Elle s'éloigna de lui en trébuchant, car elle avait perdu l'une de ses chaussures à talons pendant l'attaque. Tandis qu'elle se dépêchait de rejoindre son appartement, elle eut la présence d'esprit incroyable de fouiller dans son sac pour en sortir son téléphone portable et prendre un instantané de Chase dans toute sa gloire de vampire. Fabuleux ! Cela dit, sa photo figurait depuis quelque temps déjà dans les dossiers des autorités humaines.

Il se glissa au-dehors et inspira une goulée d'un air qui aurait dû être vivifiant mais était chargé du parfum des globules rouges, certains frais, d'autres en train de coaguler dans des flaques déjà à moitié gelées sur la chaussée et sur les trottoirs.

La présence de tant de sang, pendant tant d'heures d'affilée, le rendait fou.

Mais il persévérait malgré tout, l'esprit focalisé sur sa responsabilité envers l'Ordre. Quant à son cœur, il était lourd de son amour pour Tavia.

Ce qui le troublait, c'est qu'il ne la sentait plus dans les parages.

Il aurait voulu la voir, la toucher, disposer d'une preuve irréfutable qu'elle était saine et sauve. Et, plus que tout, il aurait voulu qu'elle sache qu'il l'aimait.

Que Dragos aille au diable. Et avec lui cette guerre qui avait fini par exploser à la figure de l'Ordre. Ils faisaient de leur mieux pour venir à bout de cette situation, mais la bataille venait juste de commencer. Les rues de Boston à peu près sous contrôle plus tôt cette nuit-là, l'Ordre s'était depuis déplacé jusqu'à New York, où avaient été signalées des attaques dans Manhattan et tous les quartiers environnants. Entre l'Ordre et les types de Rowan, ils avaient fumé à eux tous jusqu'à trente Renégats au cours de cette nuit et de la précédente. Il y en avait encore beaucoup à descendre. Et de nombreuses villes étaient encore sous siège, aux États-Unis comme à l'étranger.

— Harvard ? lui parvint la voix de Dante à travers l'obscurité. (Il se dépêchait de le rejoindre, ses lames courbes en mains, le visage couvert de la poussière des récents combats.) Tu as eu le salopard qui venait de ce côté-là ?

— Il est mort, répondit Chase. (Sa vision était toujours envahie par l'ambre, et ses crocs sortis en réaction à la puanteur du sang qui imprégnait la nuit.) Je l'ai fumé juste avant qu'il en finisse avec sa victime. Elle a pu filer la carotide intacte… et avec une photo de moi au-dessus du corps fumant du Renégat.

Ce n'était pas la première fois que les humains que l'Ordre essayait d'épargner s'arrêtaient pour prendre avec leurs portables des photos ou des vidéos des guerriers tentant de mettre de l'ordre dans ce bordel. Et ce ne serait pas la dernière.

Dante passa une main sur son visage noirci.

— Foutue technologie ! Carrément gênante par moments, hein ? Enfin, ce n'est pas comme si la Lignée devait se soucier de faire profil bas plus longtemps. En matière de coming out, on se pose un peu là.

Chase acquiesça tout en se frottant distraitement le sternum.

— Ça va ? demanda Dante en l'observant.

— Ouais. C'est juste que…

— Tavia, dit le guerrier comme Chase ne finissait pas sa phrase.

— Je ne supporte pas l'idée de ne pas être avec elle maintenant. (Leur lien de sang résonnait en lui, mais la distance physique qu'il y avait entre eux lui laissait un vide dans la poitrine.) Je ne supporte pas de ne pas pouvoir la sentir dans les parages.

Dante hocha la tête, compatissant.

— Si elle est en danger, tu le sauras. Et si ça arrive, tu peux compter sur moi. Tu peux compter sur l'Ordre.

Cette promesse, ce lien d'amitié et de fraternité renouvelé laissa Chase sans voix. Savoir que Dante et les autres étaient prêts à l'accepter de nouveau, prêts à donner leur sang pour lui comme il était prêt à le faire pour n'importe lequel d'entre eux, était pour lui une leçon d'humilité.

Il avait trouvé sa famille au sein de cette communauté d'hommes bons et braves.

Pour rien au monde il n'aurait risqué de perdre ça.

Mais il ne pourrait avoir un vrai foyer qu'avec Tavia à ses côtés.

C'est alors que le téléphone portable de Dante se mit à vibrer. Il décrocha, salua Niko, puis jura à voix basse.

— Non ! Tu déconnes ! Ouais, on peut. Harvard et moi ne sommes qu'à cinq minutes d'où tu es. On arrive. (Il raccrocha et lança un regard grave à Chase.) On bouge. L'Ordre dégage le plus tôt possible.

— Un problème ? demanda Chase.

La question était rhétorique. Les problèmes, ils étaient dedans jusqu'au cou.

— Une nouvelle vague de Renégats vient juste d'envahir Washington. Ils mettent la ville à feu et à sang, détruisant les ambassades étrangères et arrachant les gens à leurs maisons. Les pertes humaines montent en flèche.

Chase laissa échapper un juron bien senti puis emboîta le pas à Dante pour aller rejoindre leurs frères d'armes en vue de la bataille suivante.

Elle n'arriverait jamais à l'approcher d'assez près pour le tuer.

Dragos gardait ses Chasseurs près de lui en permanence. Pourtant, malgré sa prudence extrême, il ne semblait pas la considérer comme une véritable menace. Comment l'aurait-elle été, alors que pour l'atteindre il lui aurait fallu désarmer simultanément quatre soldats à l'entraînement sans faille ?

Pour l'instant, il était dans son bureau, porte fermée, en conférence avec ses lieutenants. Ils étaient sans aucun doute en train de se réjouir de la terreur qu'ils avaient provoquée en lâchant encore plus de Renégats dans des zones très peuplées, y compris sur Washington. Dragos s'était montré tout joyeux à l'idée de nouveaux carnages et de nouvelles destructions à venir.

Et Tavia avait été obligée de refouler l'horreur qu'elle ressentait alors que le nombre de morts grimpait pour la deuxième nuit d'affilée.

Au cours des heures qui s'étaient écoulées depuis son arrivée à son repaire, elle avait fini par se convaincre qu'il n'y avait vraiment qu'un seul endroit où elle aurait l'occasion de se retrouver seule avec Dragos. Elle était révoltée d'avance à l'idée de le laisser la toucher, de s'allonger près de lui dans un lit, mais elle le ferait si cela s'avérait la seule solution.

Elle était assise sur un canapé dans son salon magnifiquement meublé, à écouter retentir son rire sadique et sa conversation animée de l'autre côté de la porte fermée. Le Laquais posté dans la pièce ne la lâchait pas des yeux, l'éclat terne de son regard provoquant chez elle un frisson de mépris. L'inaction et son sentiment d'impuissance par rapport à tout le mal que Dragos avait accompli la rendaient folle. Si son plan pour le tuer devait attendre plus longtemps, il fallait qu'elle trouve quelque chose à faire pour le contrecarrer.

Elle se leva brusquement, mettant le Laquais debout de l'autre côté de la pièce en alerte maximale.

— Ça fait plus d'une heure que je suis assise là. J'ai besoin d'aller aux toilettes.

Le Laquais hésita, puis lui indiqua une porte un peu plus loin dans le couloir. Tavia la rejoignit d'un pas nonchalant, l'ouvrit et se laissa aller contre elle dès qu'elle l'eut refermée derrière elle. Puis elle plongea la main dans son soutien-gorge pour en sortir l'objet qu'elle transportait avec elle depuis qu'elle avait quitté le Havrobscur de Chase plus tôt ce matin-là.

Le flacon métallique d'Écarlate était chaud du contact avec sa peau, mais le bouchon scellé à la cire était toujours bien en place. Tout ce qu'il lui fallait, c'était l'occasion de mettre la poudre dans la bouche de Dragos. Le fait que la drogue délivrait une mort terrible n'aurait probablement pas dû lui donner tant de satisfaction, mais elle voulait qu'il souffre pour tout le mal qu'il avait fait au cours de sa trop longue vie, elle voulait qu'il meure lentement et dans d'atroces souffrances.

Elle remit le flacon entre ses seins et ouvrit doucement la porte pour jeter un coup d'œil dans le salon par l'interstice. Le Laquais n'avait pas bougé. D'un point de vue génétique, il n'était qu'humain, et il ne cilla même pas lorsqu'elle fusa hors des toilettes et le long du couloir avec l'agilité que lui conférait son appartenance à la Lignée.

Tavia suivit la vibration électronique des équipements informatiques qui émanait de la cage d'escalier située à l'autre bout du couloir. Elle se dit qu'il devait s'agir du poste de commandement de Dragos.

On entendait en bas quelqu'un taper sur un clavier et le léger bourdonnement des machines. Tavia descendit les marches silencieusement, trop vite pour que le technicien Laquais puisse s'en apercevoir. Elle gagnait désormais chaque jour en force, en vitesse et en agilité. Elle prit la tête du technicien dans les mains et effectua une torsion mortelle sur sa nuque. Puis, sans bruit, elle prit son cadavre sur sa chaise et alla le cacher dans un placard à fournitures proche.

Sur un mur de moniteurs s'affichaient les images provenant de plusieurs caméras de sécurité, mais aussi les résultats de programmes en cours. Tavia les visualisa tous, mémorisant tout ce qu'elle pouvait. L'un des ordinateurs, celui sur le clavier duquel tapait le Laquais, affichait une base de données débloquée. Tavia fouilla le menu du système à la recherche d'applications qui lui permettraient d'en savoir plus sur les opérations de Dragos.

Après quelques essais, elle avait récupéré une quantité d'informations, dont les dossiers de trois autres femelles Gen-1 toujours actives dans le programme de Dragos. Elle avait lu leurs noms et ceux des lieux où elles se trouvaient avec un pincement au cœur.

— Je vous trouverai, promit-elle en murmurant à ces trois demi-sœurs dont aucune ne connaissait l'existence des autres. Un jour, tout ça aura une fin.

Comme elle continuait à fouiller le disque dur, de nouvelles données lui apparurent : des résultats d'expériences menées par le docteur Lewis, des procédures de traitement et des formules médicamenteuses, des dossiers traitant du programme « Chasseurs », y compris des dossiers individuels pour l'ensemble de la population des assassins.

Grands dieux ! Tout ce dont l'Ordre avait besoin pour mettre un terme aux opérations de Dragos de l'intérieur se trouvait là devant elle.

Il lui fallait trouver un moyen de faire passer ces informations aux membres de l'Ordre. Les appeler pour les leur donner serait impossible. Elles étaient trop nombreuses et elle disposait de beaucoup trop peu de temps pour le faire. Il devait y avoir un meilleur moyen.

Mais oui, bien sûr!

Elle fit afficher une fenêtre de terminal sur l'ordinateur et tapa une ligne de commande. L'écran noir se mit à se remplir de lignes de codes et de paramètres. Lorsqu'elle vit apparaître celui dont elle avait besoin, elle le mémorisa instantanément.

Mais comment le faire passer à l'Ordre ?

Elle se précipita jusqu'au placard où elle avait enfermé le Laquais mort et le fouilla à la recherche d'un téléphone portable. Elle en trouva un dans la poche de devant de son jean. Un instant plus tard ses doigts volaient sur le clavier.

Elle venait à peine de terminer le message et de l'envoyer qu'elle perçut un mouvement dans le couloir au-dessus d'elle. Elle remit en toute hâte le téléphone dans la poche du Laquais et se précipita en haut… où elle se retrouva face à Dragos et à ses quatre assassins.

Chapitre 41

— Tu as perdu ton chemin, Tavia ?

Sous le regard scrutateur de Dragos, l'expression de la femelle ne varia pas une seule seconde. Si ç'avait été le cas, il aurait ordonné à ses Chasseurs de la tuer sur-le-champ. Mais son regard était exempt de toute trace de culpabilité ou de peur.

Bien au contraire, elle était restée imperturbable et il y avait même au fond de ses yeux comme une lueur aguicheuse qui donna à Dragos l'envie de l'étudier de plus près et lui fit venir à l'esprit de nombreuses idées sur la façon de le faire.

— Mon Laquais m'a dit que tu étais partie aux toilettes.

— Votre Laquais est un raseur. J'en ai eu assez d'attendre que vous ayez terminé votre réunion, et j'ai décidé de visiter les lieux. (Elle afficha un sourire espiègle et confiant, qui excita Dragos au plus haut point.) Votre installation est impressionnante. J'espère que vous ne m'en voulez pas de ma curiosité.

Il n'en savait trop rien, mais la manière dont elle le regardait à présent, moitié séductrice, moitié prédatrice, le poussait à la pardonner. À part ça, il était bien trop exalté pour se soucier de savoir si elle se jouait de lui ou non. Le résultat de ses nombreux efforts était enfin en train de se matérialiser.

Et ce, avec violence, beaucoup de sang, et précision, exactement comme il l'avait souhaité.

— Alors, la deuxième partie du spectacle t'a-t-elle plu ? demanda-t-il en surveillant de près sa réaction.

— Incroyable ! répondit-elle sans hésiter. (Mais elle s'approchait de lui à présent, son regard vert acéré braqué sur lui dans un but bien précis.) Tout ce sang… (Elle frissonna et, lorsque ses yeux se posèrent de nouveau sur lui, ils étincelaient d'ambre.) Ça me remue, cette puissance. Et m'en trouver si proche me fait ressentir des choses que j'aurais bien du mal à expliquer.

Il poussa un grognement sourd d'approbation.

— Ça t'excite.

Il comprenait sa réaction. Et il n'était pas surpris d'entendre cette femelle lui faire cet aveu. Elle était Gen-1 et ses gènes de prédatrice étaient presque purs. Elle était aussi de la même lignée extraterrestre que lui, car l'Ancien qu'il avait utilisé pour la créer était celui qui avait engendré son propre père Gen-1 plusieurs siècles auparavant. Tavia Fairchild partageait ses gènes ; l'idée qu'elle puisse aussi partager certains de ses instincts et de ses désirs les plus vils le séduisait et augmentait son envie d'aller plus loin avec elle.

— J'espérais que vous pourriez me montrer d'autres aspects de cette puissance, susurra-t-elle avant de jeter un coup d'œil aux quatre assassins qui accompagnaient Dragos comme s'ils étaient des éléments gênants dont elle était pressée de se débarrasser. En privé, j'entends.

Si Dragos avait atteint près de sept cents ans, c'est que ce n'était pas un imbécile. Il n'avait pas non plus pour habitude de laisser son sexe prendre les décisions à sa place. Il savait très bien quelque part au fond de lui que, s'il descendait l'escalier jusqu'à sa salle de commandement, il trouverait son technicien Laquais mort et découvrirait une brèche de sécurité dans ses systèmes informatiques.

Il savait aussi que la captivité de Tavia avec Sterling Chase et l'Ordre n'avait probablement pas été aussi subie qu'elle voulait bien le lui faire croire. Mais ses plans étaient trop bien engagés pour que quiconque puisse les stopper et, de toute façon, les guerriers de Lucan avaient largement de quoi s'occuper avec les désastres qu'il avait provoqués dans plusieurs parties du monde.

Tavia voulait qu'il croie qu'elle n'en pouvait plus d'attendre qu'il la mette dans son lit. Il ne voyait pas l'intérêt de la décevoir. Il la baiserait tout son soûl jusqu'à ce qu'elle saigne et le supplie d'arrêter, mais pas avant que son pouvoir suprême soit définitivement assuré.

Il tendit la main et caressa sa joue veloutée.

— J'ai l'intention de te montrer beaucoup de choses, Tavia. À commencer par le moment où je deviendrai empereur et maître de tous les êtres vivant sur cette planète. (Il se réjouit de l'éclair d'incertitude qu'il surprit dans ses yeux, qui pourtant ne cillaient pas.) Nous partons pour Washington. Si tu dois être ma reine, je veux que tu sois avec moi quand je m'empare de la couronne.

À côté du spectacle qui les attendait à Washington, les attaques de Boston et de New York faisaient figure de pâles coups d'essai.

Des Renégats avaient envahi les rues du centre et des banlieues de tous les côtés à la fois. Il y avait de nombreuses victimes, sans compter d'énormes dommages collatéraux. Pour combattre les dizaines de vampires assoiffés lâchés sur ces zones urbaines densément peuplées, les membres de l'Ordre s'étaient divisés en trois équipes : deux au sol avec armes de poing et lames au titane ; et une autre de *snipers* postés en haut d'une tour de bureaux, chargée de descendre les Renégats avec des fusils d'assaut surpuissants tout en gardant un œil sur la situation pour les équipes à pied.

Tegan, le Chasseur, Brock et Kade s'occupaient de Columbia Heights lorsque Niko informa par radio l'équipe de Chase qu'une troupe de Renégats venait juste de renverser un bus articulé plein de gens.

— Ça se passe sur Pennsylvania Northwest, précisa Niko depuis le nid d'aigle qu'il partageait avec Renata et Rio. Merde ! Il doit y avoir au moins trente humains à bord. Les choses vont vite se gâter.

— On est sur le coup, répondit Lucan en faisant signe à Chase, à Dante et à Archer de le suivre.

Quelques minutes plus tard ils étaient sur place, mais le carnage avait déjà commencé.

Le bus était sur le flanc et une dizaine de Renégats grimpés dessus brisaient les fenêtres pour attraper les humains terrifiés et hurlants qui étaient piégés à l'intérieur. D'autres arrivaient des rues et des allées environnantes, attirés par l'odeur du sang versé.

La réaction physique de Chase ne tarda pas non plus. Elle fut presque irrésistible. Ses tempes battaient sous l'effet de la soif, qui le poussait à se repaître des humains présents comme le faisaient les monstres fous qui s'accrochaient au bus renversé pour le déchiqueter. Mais il repoussa cette envie fiévreuse pour se lancer dans la bataille avec le reste de son équipe en chargeant le véhicule échoué pour commencer à casser du Renégat.

Lucan se saisit du plus gros des assaillants et précipita le salopard sur la chaussée en rugissant. Il tira deux coups rapides : le crâne du Renégat explosa, et il mourut avant même que le titane des balles ait pu faire effet. Au même moment Lazaro Archer se précipitait pour arroser de son tir meurtrier une paire de Renégats qui s'introduisaient dans le bus par le pare-brise éclaté, salivant déjà à l'idée de rejoindre les quatre qui étaient parvenus à s'y introduire pour se nourrir.

En parfaits duettistes, Chase et Dante firent ensemble un saut périlleux pour atterrir sur la partie arrière du bus, rage et lames de titane au vent. En quelques secondes ils en eurent fini avec trois salopards et plongèrent alors à l'intérieur du bus pour se charger des autres assaillants, tandis que Lucan taillait dans ceux qui restaient à l'extérieur. À l'avant, Archer dégageait les restes du pare-brise éclaté et commençait à faire sortir les humains terrifiés pour les mettre en sûreté.

Cris et rugissements se mélangeaient au staccato des tirs tandis que la bataille faisait rage. Hystériques, les gens se précipitaient à l'extérieur du bus. C'était un chaos sanglant et sauvage. Lorsque enfin la poussière retomba il n'y avait à déplorer que quatre victimes humaines à l'intérieur du bus et deux autres dans la rue à proximité. Les pertes avaient été plus importantes du côté des Renégats : les restes fumants de près d'une vingtaine d'entre eux s'étalaient comme des flaques de mazout sur la chaussée.

Ils venaient à peine de contenir la situation que le téléphone portable de Lucan se mit à vibrer. Le chef de l'Ordre s'écarta des victimes pour répondre. Sa voix profonde semblait encore plus grave que d'habitude. Lorsqu'il remit le téléphone dans sa poche de manteau et se tourna pour regarder Chase, son visage sévère couvert de sang affichait une expression désolée.

— Que se passe-t-il ? demanda Dante qui se tenait à côté de Chase, alors qu'Archer rejoignait les autres guerriers.

— C'était Rowan. (Lucan secoua tristement la tête.) Il vient de recevoir un SMS avec une information destinée à Gideon. Il semble que nous disposions désormais de l'adresse IP du centre de commandement de Dragos.

— Putain, ça alors ! s'exclama Dante. Mais de qui venait ce SMS ?

Le regard grave de Lucan revint sur Chase et le guerrier sentit son estomac se nouer.

— De Tavia. Elle l'a envoyé depuis le quartier général de Dragos. Il détient Tavia.

Chapitre 42

Le manoir de briques blanches du XVIIIe siècle et son parc occupaient une partie importante du domaine circulaire de l'Observatoire naval des États-Unis au centre de Washington. C'était au cœur de la splendeur de ses trente-trois pièces que résidait le vice-président.

Tavia le connaissait pour avoir eu plusieurs fois l'occasion de s'y rendre en tant qu'assistante du sénateur Clarence. Tandis que l'hélicoptère de Dragos, piloté par un Laquais, s'en approchait dans le ciel nocturne, elle observa par la fenêtre le terrain enneigé et couvert d'arbres et eut le souffle coupé par la surprise.

Il y avait tout autour des véhicules de l'armée et du Secret Service aux portières ouvertes. Non loin étaient allongées au sol, immobiles, des formes sombres, témoins d'une lutte de plus en plus évidente au fur et à mesure que l'hélicoptère descendait vers une clairière située à une centaine de mètres du bâtiment.

Les assassins de Dragos étaient passés par là.

Elle l'avait compris avant même de voir une paire d'entre eux quitter le couvert des arbres pour venir à la rencontre de leur chef.

— Le périmètre est sécurisé, l'informa l'un des immenses Gen-1 vêtus de noir de la tête aux pieds. L'humain vous attend à l'intérieur.

— Parfait, répondit Dragos.

Il sortit de l'hélicoptère en prenant Tavia par le bras sans trop de ménagement. Les deux Chasseurs déjà présents sur place ouvrirent la marche et celui qui avait fait le voyage avec eux suivit Dragos et Tavia sans quitter cette dernière des yeux.

Si ce qui s'était passé à l'extérieur l'avait terrorisée, la réalité des événements qui s'étaient déroulés dans le manoir la remua encore plus. Le vice-président était assis sous la menace d'une arme sur un canapé ivoire dans un salon meublé avec goût. Derrière lui, contre le mur, un immense tableau abstrait où dominaient le vert céladon et le blanc crème était désormais émaillé de taches de sang, qui provenaient sans aucun doute du marine mort étalé au sol à proximité.

— Mais dites-moi ce que vous voulez de moi, bon Dieu ! criait le politicien grisonnant à ses geôliers impassibles. Je vous en prie, laissez-moi au moins voir ma femme et mes enfants. Laissez-les partir.

— Calmez-vous, intervint Dragos d'une voix douce, alors qu'il pénétrait dans la pièce. Votre famille est en haut, saine et sauve, avec plusieurs de mes hommes. Elle ne m'intéresse pas.

Le visage du vice-président exprima soudain l'incrédulité.

— Drake Mestre ? Mais enfin que… Et Tavia ? (Il fit mine de se lever, mais l'assassin qui se tenait près de lui le persuada de n'en rien faire d'un léger mouvement de son semi-automatique.) De quoi s'agit-il, Drake ? J'exige de savoir ce qui se passe, bon Dieu !

Dragos gloussa.

— Vous n'exigez plus rien. Et vous pouvez m'appeler Dragos. Dans quelques minutes, vous m'appellerez « Maître ».

— Je ne comprends pas, murmura le vice-président. Je n'ai rien compris à ce qui s'est passé ces deux derniers jours.

— Vraiment ? rétorqua Dragos d'une voix glaciale.

Il s'avança vers le politicien. Il émanait de lui une sourde menace.

— Vous n'avez pas encore compris combien je suis puissant ? Maintenant que vous avez vu ce que je suis capable de faire, maintenant que le monde entier a vu l'ampleur de ma colère, peut-être l'humanité comprendra-t-elle qu'elle ne maîtrise rien. Ce monde nous appartient désormais ; ce monde m'appartient.

Le vice-président écarquilla les yeux.

— Qu'êtes-vous en train de dire ? Que vous êtes à l'origine de toute cette folie ?

Dragos répondit par un grognement qui fit se nouer l'estomac de Tavia.

— La Lignée a vécu dans l'ombre assez longtemps comme ça. Je rétablis l'ordre des choses. Je la remets à sa place en haut de la chaîne alimentaire. Et vous allez m'y aider.

Tavia serra les poings. Elle sentit l'angoisse l'envahir comme de l'acide en voyant Dragos passer d'un amusement léger à une dangereuse détermination.

— Ce soir, je prends la place qui est la mienne en tant que maître de l'humanité comme de la Lignée, poursuivit Dragos. Quant à vous, vous allez passer l'appel qui va m'aider à débuter mon ascension vers le pouvoir. Vous allez me livrer le Président ici et maintenant.

Obéissant à un regard de Dragos, l'un des assassins vint prendre le téléphone portable de l'humain dans la poche de son veston. Le Gen-1 le tendit alors au vice-président, qui se contenta de le regarder en signe de refus.

— Vous êtes fou, dit-il d'un ton sec. Vous avez peut-être trouvé le moyen de passer outre à mon service de sécurité là-dehors et de tuer mes hommes, mais d'autres vont arriver.

Ils sont déjà en chemin, je peux vous l'assurer. Vous allez vous retrouver confronté à toute l'armée américaine.

Dragos se mit à rire. Puis il se dégagea de lui la menace d'un danger imminent et ses yeux se mirent à luire d'ambre et ses crocs à sortir de ses gencives.

— Passez… cet… appel.

— Je ne peux pas, protesta l'humain. Je ne ferai pas ce…

Dans la fraction de seconde qui s'écoula entre ces mots et le bond que fit Dragos comme une vipère prête à frapper, Tavia entra en action. Avec une vitesse surnaturelle, elle se positionna entre Dragos et sa victime, le flacon d'Écarlate qu'elle venait de sortir de sa cachette débouché dans la main.

Elle avait dans la paume un tas de la poudre rouge, seule arme dont elle disposait à ce moment-là. Elle s'apprêtait à souffler cette dose massive dans le visage de Dragos, priant pour que celle-ci suffise à le mettre hors d'état de nuire, voire à le faire mourir dans d'affreuses souffrances.

Mais elle n'en eut même pas la possibilité.

Réagissant si vite qu'elle-même, malgré les gènes qu'elle avait en commun avec eux, fut incapable de suivre leurs mouvements, deux des Chasseurs protégeant Dragos se saisirent d'elle.

L'un d'eux lui tordit les bras derrière le dos. L'autre lui arracha le flacon d'Écarlate. Elle sut alors avec certitude que sa vie ne tenait plus qu'à un fil, à un simple geste de Dragos.

C'est avec une expression trop douce pour que l'on pût y croire et des mouvements très mesurés qu'il prit le flacon des mains de son garde pour le porter à son nez. Il huma légèrement, puis ricana.

— Ça, c'était un pari incroyablement stupide de ta part, Tavia. Dommage !

Avant qu'elle puisse réagir, il plongea en avant et lui fourra le flacon ouvert dans la bouche. Elle s'étrangla sur la poussière sèche de la poudre rouge et, toussant et crachant, tomba à genoux, tandis que sa tête était envahie par le bourdonnement d'un millier d'abeilles.

Oh, mon Dieu! pensa-t-elle, submergée par la peur tandis que l'Écarlate rejoignait son sang et que la douleur diffusait dans chaque cellule de son corps.

Elle avait échoué.

Elle avait manqué à son devoir envers Chase et l'Ordre, et à présent elle était sûre que Dragos venait de la tuer.

Chase sentit ses genoux céder sous lui dans la rue. La douleur qui s'emparait de lui était si violente qu'il lui sembla que sa poitrine éclatait.

Tavia!

Ah, mon Dieu!

Sa souffrance le parcourait de la tête aux pieds. À la fois brûlure, coup de poignard et poison, elle était si intense qu'il se demanda comment son cœur ne cessait pas de battre, alors qu'en fait il ne demandait qu'à exploser.

La violence de ce qu'il ressentait à cet instant était ce qu'il avait connu de plus terrible. Pas seulement à cause de l'intensité de sa douleur, mais aussi parce que c'était elle qui la ressentait.

Elle, sa femelle, sa compagne, qui souffrait ou même mourait peut-être – que Dieu lui vienne en aide – alors qu'il n'était pas à son côté.

— Tavia! hurla-t-il.

— Chase! cria Dante, qui se trouvait près de lui lorsqu'il avait trébuché sous le poids de la souffrance de Tavia. Seigneur! Parle-moi, Harvard. Que se passe-t-il?

— Elle est blessée. Ah, putain! Il faut que je la rejoigne!

Ce besoin qu'il avait déjà éprouvé quelques minutes plus tôt en apprenant qu'elle se trouvait avec Dragos se transforma en nécessité absolue. Alors que Niko et Brock arrivaient dans les deux 4 × 4 de l'Ordre avec le reste des guerriers, Chase se précipita vers eux. Dante, Lucan, et Archer étaient juste derrière lui.

Lorsque Chase et les autres membres de son équipe s'engouffrèrent dans la Rover, Tegan était au téléphone avec Gideon.

— OK, nous fonçons, dit-il à ce dernier avant de se tourner vers Lucan et les autres. Gideon a une piste sur l'adresse IP que Tavia lui a fournie. Elle correspond à une île privée du Maine à peu près à mi-chemin de la côte.

La souffrance de Chase empirait, le dévastant de l'intérieur.

— Amenez-moi à elle, grogna-t-il. Je vous en supplie...

Les conducteurs démarrèrent et se mirent à foncer à travers les rues enfumées de Washington.

— Gideon dit aussi qu'il a du nouveau sur les séquences de déclenchement des colliers UV, reprit Tegan. Il essaie de les associer à des signaux GPS et de localiser ainsi tous les Chasseurs actifs.

Lucan poussa un grognement.

— Dis-lui qu'il ferait mieux d'accélérer le mouvement. Nous aurons peut-être besoin de ces codes lorsque nous arriverons au repaire de Dragos.

Tandis qu'ils filaient à travers le chaos et le carnage qui régnaient dans la capitale privée de lumière, le poids qui oppressait Chase augmentait encore. Son lien de sang avec Tavia vibrait sans discontinuer, ébranlant tous ses sens au rythme d'un tambour.

— Nous n'allons pas dans le Maine !

Le regard interrogateur de Niko croisa celui de Chase dans le rétroviseur.

— Arrête la voiture ! éructa Chase, presque incapable de parler sous l'effet de ce dont il venait de se rendre compte. Nous devons faire demi-tour. Je la sens. Elle est là. Elle est quelque part dans cette ville.

Chapitre 43

La douleur était presque insoutenable.

Elle fusait dans ses veines, dans son esprit, la privant de toutes ses forces. Et elle grignotait petit à petit sa raison.

C'était ça la mort, une addiction rapide et totale qui la faisait se tordre au sol, cherchant désespérément à reprendre son souffle.

Sentir ainsi son corps livré à une soif sauvage et destructrice que rien ne pouvait étancher était pour elle un enfer pire que tout ce qu'elle aurait jamais pu imaginer.

Le regard brouillé, le visage collé au sol, elle vit le plus récent des Laquais de Dragos passer un appel téléphonique à l'homme qu'il avait servi jusqu'ici en second loyal. La morsure qu'avait faite Dragos au vice-président saignait encore à son cou, mais il ne ressentait plus la moindre douleur. Seul comptait pour lui le bon plaisir de son Maître.

— Le Président est en chemin, annonça le Laquais en tendant le téléphone portable à Dragos avec un sourire de mort. Mais ma requête lui a paru suspecte. Il aura une garde renforcée, Maître. Et ses membres auront ordre de tirer pour tuer s'il subodore quoi que ce soit d'anormal.

Dragos hocha la tête.

— Nous sommes parés pour ça. Tout ce dont j'avais besoin, c'était de l'avoir à portée de main. Bientôt, il m'appartiendra aussi. Et avec son allégeance viendra celle des autres dirigeants du monde, l'un après l'autre. Tu viens juste de m'aider à mettre la dernière main à la suppression de la domination humaine sur la Lignée.

Le Laquais inclina la tête servilement.

Tavia tenta de se relever, portée par l'espoir que quelque chose, n'importe quoi, allait mettre un terme au projet diabolique de Dragos. Mais à peine eut-elle levé la tête qu'une lourde botte vint s'appuyer sur sa nuque, la ramenant au sol.

Le Chasseur n'hésiterait pas à lui écraser la gorge du talon si elle s'avisait ne serait-ce que d'envisager de se dresser de nouveau contre son chef.

Elle sentit soudain un nouvel élancement la parcourir. C'était Chase. Le sang de Tavia se mit à bouillir de la puissance de sa rage, de la peur qu'il ressentait pour elle. La profondeur du désir qu'il ressentait de se trouver près d'elle en cet instant la remua jusqu'au plus profond de son être.

Et il arrivait. Ça aussi elle le sentait. Elle sentait chaque kilomètre en moins de la distance qui les séparait encore, pouvait presque l'entendre l'inciter à tenir bon, à rester en vie jusqu'à ce qu'il parvienne à la rejoindre.

Ce n'est qu'alors que ses larmes se mirent à couler.

Chase venait la chercher et Dragos et son armée de tueurs seraient là à l'attendre.

— Tu es sûr que c'est là ? demanda Nikolaï de derrière son volant alors qu'ils fonçaient vers l'immense complexe de l'Observatoire naval des États-Unis.

Le sang de Chase vibrait de la réponse.

— Je suis sûr. Elle est quelque part là-dedans.

— La résidence du vice-président se trouve dans cette enceinte, dit Dante, qui était assis à côté de lui à l'arrière de la Rover. Cet endroit devrait grouiller de militaires.

— Pas si Dragos est là lui aussi, répondit Lucan d'un ton chargé d'appréhension et de menace voilée. Grands dieux ! Tavia nous a amenés directement à ce fils de pute.

Le portable de Lucan sonna et il décrocha en mettant le haut-parleur. C'était de nouveau Gideon. À présent sa voix était tendue.

— Nous avons enfin des résultats en ce qui concerne les signaux envoyés par ces foutus colliers d'obéissance, expliqua-t-il. J'ai sous les yeux une carte où j'en localise toute une série provenant du secteur de Washington.

— De quel côté ? demanda Lucan tandis que Niko tournait un coin de rue à toute vitesse pour foncer sur Observatory Circle, Brock juste derrière lui.

— J'ai carrément des dizaines d'échos provenant d'un endroit situé trois kilomètres au nord-ouest de la Maison Blanche. Le coin clignote comme un arbre de Noël.

Lucan jeta un regard à Chase et aux autres guerriers en fronçant ses sourcils noirs.

— Nous savons exactement où ça se trouve. On y arrive justement.

— Bordel, ça ne présage rien de bon, murmura Gideon en passant la main dans sa tignasse blonde en désordre et en se laissant aller contre le dossier de son siège du labo. Ça pourrait être un piège, les mecs. Vous risquez de foncer directement dans la gueule du loup.

Un tendon vibrait dans la mâchoire de Lucan lorsqu'il croisa le regard déterminé de Chase.

— J'imagine qu'on va savoir ça très vite. La femelle de Chase est là et on ne partira pas sans elle.

Lucan glissa un regard à Niko et celui-ci appuya encore sur le champignon.

Dans le vrombissement de leurs moteurs, les deux Rover de l'Ordre foncèrent sur la pelouse du domaine du vice-président.

Chase sauta à mi-chemin de la résidence et courut vers elle avec toute la vitesse surnaturelle dont il disposait.

Dragos entendit le crissement soudain des pneus sur le gravier devant le manoir. Il se retourna d'un coup vers le bruit, conscient que le Président et son détachement de sécurité n'arriveraient pas sur les lieux à fond la caisse.

C'était l'Ordre.

Il jeta un regard à Tavia, se souvenant qu'elle lui avait avoué avoir bu le sang de Sterling Chase. Il aurait dû se douter que l'ancien Agent désormais à moitié Renégat avait aussi goûté le sien. Ils étaient liés et, en voyant les larmes qui coulaient sur le visage décomposé de la femelle, il comprit qu'elle et Chase étaient liés par autre chose que le sang. Elle l'aimait.

Et à en croire la cacophonie de la bataille qui commençait dans la cour, il devinait que Chase lui aussi l'aimait.

— C'est toi qui les as amenés ici. (Il partit d'un grand éclat de rire en battant des mains ironiquement.) Félicitations, Tavia. Tu as fait ce que je ne suis pas parvenu à accomplir de tout ce temps. Tu as amené les membres de l'Ordre jusqu'à moi, directement à une mort certaine.

Il lança un regard dur à l'un des Chasseurs qui se tenaient à proximité dans le salon.

— Pas de quartier. Je ne veux pas de survivant, compris ? Dis aux autres de faire tout ce qu'il faudra pour y parvenir. Je veux voir Lucan et ses guerriers morts dans les plus brefs délais !

Alors que l'assassin tournait les talons pour exécuter l'ordre qu'il venait de recevoir, une fenêtre de la façade de la résidence éclata. Une masse de fureur rugissante se précipita à l'intérieur accompagnée du staccato d'une arme automatique et le Gen-1 se retrouva au sol en un mouvement de sauvagerie confuse.

Dragos resta bouche bée devant cette invasion inattendue. Il se précipita pour prendre une arme alors que son Chasseur encaissait l'assaut de Sterling Chase, rendu fou de violence, purement animal, magnifique de puissance mortelle.

Un autre guerrier bondit derrière Chase, puis encore un autre, le fol échange de coups de feu et de force brute venant à bout de deux assassins supplémentaires. La bataille était sanglante, et Dragos connut un instant d'incertitude lorsqu'il vit ses machines à tuer hyper entraînées se faire laminer par Chase, Dante et Rio.

Dragos vit soudain Tavia, qui, derrière lui, exploitait ce moment d'inattention pour se relever. La salope était en mauvais état, mais elle n'allait pas se laisser faire sans combattre. Ses yeux couleur d'ambre le transperçaient. Ses crocs étaient des dagues blanches pointues, d'où gouttait la mousse rouge due à l'Écarlate qui finirait par venir à bout de sa raison et de sa vie.

Mais cela n'arriverait pas assez vite.

Elle bondit et se précipita sur Dragos, qui chuta au sol sous elle, son pistolet lui échappant tandis que la femelle vampire perchée sur sa poitrine sifflait comme un dragon sur le point de l'éviscérer.

Mais elle n'en eut pas l'occasion.

Avant qu'elle ait pu le massacrer, le dernier Chasseur qui lui restait sur les lieux l'arracha à lui et la lança contre le mur. Elle finit au sol en tas, brisée. Et Dragos était là lorsqu'elle essaya de se relever pour un nouveau round.

— Pas si vite, prévint-il, le canon d'un semi-automatique 9 mm posé sans ménagement sur sa tempe.

Sur un signe de tête de Dragos, le Chasseur la remit brutalement sur ses pieds. Dragos gardait son pistolet près du crâne de Tavia, prêt à lui faire sauter la cervelle à la moindre velléité de révolte de sa part.

De l'autre côté de la pièce, Chase et les autres en avaient terminé avec ses deux assassins. Dehors dans la cour, le combat faisait rage, et l'on entendait une série ininterrompue de coups de feu avec en fond sonore les sirènes qui hurlaient au loin dans la ville toujours en état de siège.

Voir Chase comprendre qu'il ne pouvait aller plus loin donna le sourire à Dragos.

Avec des yeux brûlants d'ambre il regardait le pistolet qui pouvait mettre un terme à la vie de sa femelle à tout instant.

— Tu as perdu, déclara Dragos. Toi et l'Ordre ne pouvez pas gagner.

— Laisse-la partir, intima Chase en levant sa propre arme et en visant la tête de Dragos.

— La laisser partir ?

Dragos ricana. Il savait très bien que Chase ne se risquerait jamais à tirer alors que sa femelle risquait d'être touchée en même temps. Même s'il n'y avait pas besoin d'une balle perdue pour tuer Tavia Fairchild à présent.

— Elle n'est déjà plus là, guerrier. Regarde-la écumer et haleter comme un chien enragé. Pose ton arme.

— Tavia, lança Chase, son regard plein d'amour et d'inquiétude. Dis-moi que tu vas bien. Ah, Seigneur ! Dis-moi que je ne t'ai pas perdue.

Dragos ricana, profitant de la détresse de Chase en vrai méchant qu'il était.

— J'ai dit : « Pose ton…

Les mots s'étranglèrent dans sa gorge, avant de s'échapper en sifflement alors qu'une décharge atroce lui vrillait le crâne. Ce fut comme si une barre chauffée à blanc lui embrochait la cervelle, provoquant d'insupportables convulsions dans chaque muscle de son corps. Le pistolet lui échappa des mains. Ses genoux se dérobèrent sous lui.

Sa tête était comme dans un étau, prête à éclater sous l'intensité de la pression et de la douleur.

Alors qu'il s'écroulait au sol, Dragos vit la silhouette d'une femme vêtue de cuir noir, une Compagne de sang aux cheveux noirs et aux yeux vert jade perçants qui le maintenaient dans une griffe débilitante de puissance extrasensorielle.

Dès que Renata eut fait chuter Dragos au sol grâce à son don, Chase se précipita sur lui en un bond furieux.

Il fut incapable de modérer sa rage.

Ce fut avec un rugissement purement animal qu'il referma les mâchoires sur la gorge du vampire et lui arracha le larynx de ses dents et de ses crocs. Le hurlement de Dragos mourut avec lui. Le responsable de tant de violence et de désespoir était mort dans une bouillie sanguinolente de tendons arrachés et d'artères déchirées, les yeux grands ouverts de terreur.

Chase aurait voulu que la souffrance de Dragos dure. Il aurait voulu pour lui une fin lente et expiatoire, mais ç'avait été impossible avec la vie de Tavia en jeu. Il se détourna du corps de Dragos comme d'un tas d'ordures abandonnées, sans le moindre regard en arrière.

Au moment où la vie avait déserté Dragos, tous ses Laquais avaient péri. Derrière Chase, l'humain qui avait été vice-président des États-Unis était allongé sans vie au sol. Ailleurs dans le monde, dans tous les endroits où Dragos avait semé ses graines de révolte, les humains qui lui appartenaient avaient dû périr de la même façon : brusquement, tranquillement, inexplicablement.

Mais il n'en était pas de même de son armée d'assassins. Avec Dante, Rio et Renata, le dernier Chasseur restant dans la maison ne constituait plus une menace, mais ceux qui continuaient à combattre l'Ordre à l'extérieur ne s'arrêteraient pas tant qu'ils n'auraient pas rempli la mission que leur avait confiée leur chef.

Chase savait que ses frères d'armes avaient besoin de lui là-dehors.

Mais rien, pas même ça, n'aurait pu l'empêcher de se précipiter au côté de Tavia pour prendre dans les bras son corps ravagé par l'Écarlate.

— Reste avec elle, dit Dante, son regard couleur de whisky dépourvu de tout jugement. (Il ne s'y lisait que de l'amitié et la compréhension d'un mâle lié qui aurait fait la même chose si ç'avait été sa compagne qui avait été étendue là à ce moment précis.) Assure-toi de sa sécurité. Nous nous occuperons du reste.

Et tandis que les autres tournaient les talons pour se précipiter au combat, Chase serra Tavia contre lui.

Dans l'instant qui suivit, la nuit fut soudain illuminée par un éclair intense.

Chapitre 44

Lucan se précipita au sol en se protégeant les yeux comme le reste de l'Ordre lorsque se fit entendre le bourdonnement combiné de tous les colliers UV de l'armée d'assassins Gen-1.

Malgré ça, l'impact de leur détonation fut un choc.

La lumière émise fut aussi brillante qu'un éclair qui aurait balayé tous les assaillants d'un coup.

Lorsque l'irruption lumineuse fut terminée un instant plus tard, les cadavres de dizaines de Chasseurs étaient couchés là où ils étaient tombés, la tête nettement séparée du corps par la puissance tranchante des colliers qui avaient assuré leur loyauté et leur soumission envers Dragos.

— Il est mort, déclara Dante en arrivant en courant avec Rio et Renata, que Nikolaï souleva dans ses bras dès qu'il la vit. Dragos est mort.

— Et Chase et Tavia ? demanda Lucan en jetant un coup d'œil vers la résidence comme il constatait que ni l'un ni l'autre ne suivait.

— Elle est en mauvais état, Lucan. (Le ton de Dante n'était pas encourageant.) Son aspect, son comportement, l'écume rose qu'elle a aux lèvres… me rappellent quelque chose que je n'ai vu qu'une fois jusqu'ici.

— Lorsque l'Ordre s'est vu chargé de mettre un terme aux agissements du dealer d'Écarlate qui ruinait la vie de tous ces gosses civils, acheva Lucan.

Il se remémorait cette nuit-là, mais aussi l'Agent du maintien de l'ordre coincé qui les avait rejoints à reculons un an plus tôt pour finalement devenir un membre à part entière de l'Ordre, c'est-à-dire un membre de cette famille élargie que Lucan était prêt à protéger de sa vie. Et vu à quel point Chase aimait Tavia Fairchild, vu leur lien, elle était elle aussi membre de l'Ordre à présent.

— Il faut qu'on la ramène au complexe et qu'on trouve un moyen de l'aider, poursuivit-il.

Dante acquiesça, mais son regard était plein d'inquiétude, pas seulement pour Tavia, mais aussi pour Chase.

— Si elle ne s'en sort pas…

— Eh bien, il va falloir s'assurer qu'elle s'en sorte.

Le portable de Lucan sonna. C'était Gideon, qui appelait du quartier général.

— J'imagine que si tu prends mon appel, ça veut dire que mes codes de détonation ont fonctionné.

— Ça a marché, confirma Lucan avec un signe de tête à l'intention de Tegan et des autres, qui venaient eux aussi d'être les témoins du miracle dû au génie de Gideon et qui rejoignaient le reste du groupe. On en a enfin fini avec cette guerre contre Dragos. Maintenant, il va falloir s'occuper de ses retombées.

Tandis qu'il parlait, un grand 4 × 4 noir avec gyrophare précédé d'une escorte militaire arrivait sur la route d'accès à la résidence. Lucan sentit ses frères d'armes se tendre, prêts à reprendre le combat si nécessaire.

— Tout le monde se calme, leur enjoignit Lucan doucement. Nous devons montrer aux humains que nous sommes leurs alliés, pas l'ennemi. En espérant qu'ils nous accorderont cette possibilité malgré tout ce que Dragos a fait pour la faire disparaître.

Des dizaines de soldats prêts à en découdre entouraient déjà les membres de l'Ordre quand le 4 × 4 s'arrêta à quelques mètres. Un homme à l'air rogue en uniforme sortit de l'arrière du véhicule et marcha d'un pas alerte jusqu'à eux. Quatre étoiles ornaient la barrette d'insignes de son treillis de camouflage, ainsi que la casquette assortie qui couvrait ses cheveux gris à la coupe réglementaire. Tandis que l'officier approchait, ses yeux perçants balayaient le champ de bataille couvert de trop nombreux cadavres inexplicablement mutilés.

— Général, salua Lucan avec un léger signe de tête.

L'humain resta silencieux, évaluant la situation.

— Où est le vice-président ?

— Il est mort. Vous trouverez son corps à l'intérieur à côté de celui du responsable de tout ce qui s'est passé ici ce soir. (Lucan ne se laissa pas troubler par le regard scrutateur de l'officier supérieur.) L'individu qui a orchestré le carnage qui a eu lieu dans cette ville et dans d'autres autour du monde ne sévira plus. Mes frères d'armes et moi-même venons de le détruire. Mais le mal n'a pas pour autant été éradiqué de vos rues et il y a encore du travail à faire pour en venir à bout. Du travail que nous devons accomplir ensemble, l'humanité et notre race.

Le général plissa les yeux.

— Votre race… Et qu'est-elle justement, cette race, putain ? Des sauvages, des vampires massacrant nos citoyens, répandant le sang partout dans le monde, se nourrissant de nous comme des parasites…

— Ma race a pour nom « la Lignée », répondit Lucan sans se laisser déstabiliser. Nous vivons parmi vous depuis de nombreux siècles. Nous ne sommes pas des monstres. En fait, nous sommes en partie humains et pas si différents de vous.

— Je n'ai pas vu la moindre humanité dans les tueries qui se sont déroulées au cours des dernières trente-six heures.

Lucan hocha la tête, ne pouvant qu'approuver.

— Il y en avait parmi nous qui estimaient que nous devions asservir l'humanité plutôt que de vivre en paix avec elle. Mais leur chef est mort à présent.

Le général ne semblait pas convaincu.

— Après ce que nous venons de voir, comment pourrions-nous jamais faire confiance à l'un d'entre vous ?

Lucan laissa la vague de mépris et de soupçon passer sans y répondre. Après tout, cette réaction était compréhensible. Il faudrait peut-être des années pour dissiper la crainte qui avait envahi le cœur des humains ces deux derniers jours, des siècles pour retrouver un semblant d'ordre et plus longtemps encore pour arriver à une coexistence pacifique entre les deux espèces.

Mais il leur fallait essayer.

Pour le futur de tous.

Pour l'avenir de tous les enfants à naître au sein de la Lignée comme de l'humanité.

— Je sais que la confiance ne sera pas facile à instaurer, déclara Lucan. Mais pour le bien de tous, nous devons essayer de l'établir.

Le général allait dire quelque chose qui, à en croire son regard dur, risquait de ressembler à une fin de non-recevoir, lorsqu'il s'arrêta pour écouter l'oreillette qu'il portait.

— Bien, monsieur, murmura-t-il d'une voix radoucie. Bien sûr, monsieur le Président.

Il fit un pas de côté alors que s'ouvrait la portière arrière du 4 × 4 et qu'en descendait un autre homme. Lucan prit une profonde inspiration, le regard braqué sur le détachement militaire dont les membres s'écartaient pour laisser un passage à l'homme le plus puissant des États-Unis.

Celui-ci s'arrêta devant Lucan. Il était en tenue décontractée avec, par-dessus, un blouson d'aviateur vert olive à col fourré. Il avait l'air hagard, comme si le poids du monde reposait sur ses épaules. Lucan esquissa un sourire de reconnaissance en le saluant d'un signe de tête.

— Vous dites que le responsable de tout ça est mort ?

— Oui, monsieur, confirma Lucan, comprenant que le Président avait dû suivre sa conversation avec le général depuis l'intérieur de son véhicule.

— Et vous et ces hommes… cette femme aussi, ajouta le politicien avec un regard à Renata, qui avait un air tout aussi martial que celui du reste des guerriers. Vous dites que vous avez aidé à le mettre à terre.

— C'est exact, répondit Lucan.

Le commandant en chef américain se tut et réfléchit un moment.

— J'ai vu quelques rapports qui parlaient d'un groupe de soldats, un groupe de vampires, qui sauvent des vies humaines depuis le début du massacre ici la nuit dernière. J'ai vu des photos et des clips vidéo. Savez-vous quelque chose sur ce groupe ?

— Il s'agit de mes frères d'armes, répondit Lucan, plein de fierté. Nous constituons l'Ordre, dont je suis le chef. Mon nom est Lucan Thorne.

Le Président l'étudiait à présent, et il continua si longtemps que Lucan se demanda si une nouvelle guerre n'allait pas commencer là à ce moment même. Puis l'humain leva lentement la main et la tendit à Lucan en signe de salut et de remerciement.

— Nous vous devons une fière chandelle, Lucan Thorne. À vous et à votre Ordre.

Lucan accepta la marque de confiance qui lui était présentée. Il posa sa paume ensanglantée et pleine de cals contre celle de l'humain et lui serra fermement la main.

Tavia était trop chaude dans ses bras, frissonnante de fièvre.

L'Écarlate la tenait dans ses griffes, l'entraînant au fond, l'emportant de plus en plus loin hors de portée de Chase.

— Reste avec moi, ma belle. Ne lâche pas l'affaire.

— Je suis si fatiguée, murmura-t-elle. (Elle avait les lèvres toutes parcheminées et les coins de sa bouche étaient couverts d'écume rose.) J'ai si soif.

— Je sais, murmura-t-il. Je sais, mais le sang ne peut pas t'aider maintenant. Il ne ferait qu'aggraver les choses.

Elle gémit, et dans ce son où se lisait le manque il perçut l'écho de sa propre lutte. Comme c'était ironique de voir Tavia faire face à la Soif sanguinaire au moment même où il commençait à croire qu'il avait une chance de vaincre la sienne.

Comme c'était cruel de se dire qu'elle souffrait comme il l'avait fait simplement parce qu'elle avait voulu les aider, lui et l'Ordre, à défaire Dragos.

Et elle avait aidé à y parvenir.

Personne n'aurait su dire jusqu'où Dragos serait allé sans les risques insensés qu'elle avait pris au péril de sa vie.

Dehors, le vacarme du combat avait cessé. La violente explosion de lumière que Chase avait vue quelques minutes auparavant avait cédé la place à un calme étrange. Plus de coups de feu, plus de bruits de bataille. Les assassins de Dragos étaient morts eux aussi, il en était sûr. Quant aux Renégats qui restaient en liberté dans les villes du monde, l'Ordre continuerait à les traquer et à les descendre jusqu'à ce que le dernier d'entre eux ne soit plus qu'un petit tas de cendres dans la rue.

Le monde serait meilleur demain, grâce au courage de Tavia et à celui de ses frères d'armes.

Il y avait à présent tant de choses à attendre et à espérer. Il ne voulait pas imaginer ce monde sans Tavia. Il refusait de croire que c'était possible.

Il la soignerait jusqu'à ce qu'elle aille mieux, même s'il lui fallait pour ça s'enfermer avec elle jusqu'à ce que la fièvre de sa soif finisse par passer. Si elle passait.

Il aurait volontiers échangé sa vie contre la sienne à présent s'il avait pu revenir en arrière et prendre l'Écarlate à sa place.

— Non, murmura-t-elle d'une voix épaisse autour de ses crocs sortis.

Malgré les ravages de la drogue, elle avait dû sentir la profondeur de l'émotion de Chase, qui la gardait précautionneusement dans ses bras. Elle leva vers lui ses yeux envahis par l'ambre, tristes et humides de larmes.

— Laisse-moi ici, Chase. Rejoins tes frères d'armes.

— Non. (Il secoua la tête une fois, puis recommença plus vivement encore.) Non. Je ne te laisserai jamais. Plus jamais. (Sa voix tremblait, trop pleine de l'émotion que lui inspirait cette femme… sa femme, sa compagne.) Je t'aime. Tu es mienne. Mon cœur l'a toujours su, dès le premier instant. Tu es ma bien-aimée, Tavia, mon unique amour.

— Chase, chuchota-t-elle. (Ses larmes coulaient à présent, le long de ses joues et de son menton.) Je t'ai…

Une convulsion la parcourut comme l'Écarlate s'enfonçait plus profondément encore dans son sang. Chase le sentit, brûlant et sifflant, dans ses propres veines. Et il sentit son amour. Diffusant sous le flux de la soif qui ravageait son corps, il perçut le battement régulier et puissant du cœur de Tavia… et ce cœur était plein de son amour pour lui.

C'était tout ce qu'il avait besoin de savoir.

C'était tout l'espoir qu'il lui fallait.

Elle irait mieux.

Elle guérirait.

Et elle était sienne pour toujours.

Il la souleva dans ses bras en embrassant sa bouche asséchée puis la transporta hors de la maison, loin du carnage, pour retrouver les guerriers qui constituaient sa famille.

— Je te ramène à la maison, maintenant, Tavia.

Épilogue

Un an plus tard. Nouvel an.

Chase avait respecté sa promesse de rester à ses côtés jusqu'à ce qu'elle aille mieux.

Tavia avait senti sa force la maintenir, la protéger, lui fournir un ancrage durant tout le temps où son corps s'était battu pour revenir des rivages d'un abîme obscur.

Tess avait certes aidé à guérir les organes ravagés par l'Écarlate, mais il n'y avait pas grand-chose que pût faire son don de Compagne de sang pour la soif qui s'était emparée de Tavia, grignotant sa volonté et sa raison heure après heure, jour après jour… semaine après semaine.

Pour ça, ils avaient fait appel à une ressource inattendue : Dragos ; ou plutôt les formules médicamenteuses et les procédures que son médecin Laquais avait mises au point et rédigées au cours des vingt-sept ans pendant lesquels il avait maintenu sous le boisseau le côté vampire de Tavia. Ils avaient utilisé les traitements médicaux du docteur Lewis pour faire baisser sa soif de sang et calmer sa fièvre de sorte qu'elle parvienne à purger son système de la Soif sanguinaire et à se reposer autant de mois que nécessaire pour guérir.

Il était ironique, mais finalement assez approprié, que ç'ait été justement la pratique sournoise qui avait constitué une trahison de Tavia depuis le moment même de sa naissance qui finisse par la sauver.

Sans oublier bien sûr l'amour de Chase.

C'était lui qu'elle sentait la parcourir maintenant qu'elle se trouvait devant lui dans ses bras. Les battements de son cœur se répercutaient dans son propre sang, stable et puissant, entier et enfin purifié. Elle se blottit encore plus contre lui, soupirant doucement alors que son souffle chaud circulait sur sa nuque.

— T'ai-je déjà dit aujourd'hui à quel point je t'aimais ? lui murmura-t-il à l'oreille, ses mots n'étant destinés qu'à elle.

— Oui, chuchota-t-elle en retour en souriant au baiser qu'il venait de lui faire rapidement sous l'oreille et dont la chaleur se répandait dans tout son corps. Mais je ne crois pas que je me fatiguerai jamais de l'entendre.

Le grognement par lequel il répondit vibra contre la colonne de Tavia comme un ronronnement sensuel.

— C'est une bonne chose que nous ayons l'éternité devant nous. Nous avons déjà perdu de trop nombreux jours.

Six longs mois : c'était ce qu'il avait fallu à Tavia pour revenir dans le monde des vivants. Ça n'avait pas été facile, mais elle avait à présent du mal à se souvenir de ce moment et de sa souffrance ; ce qui constituait une exception bénie au pouvoir de sa mémoire sans faille. Mais Chase, lui, avait tout supporté à travers leur lien de sang. Ç'avait dû être l'enfer pour lui de trouver la force de combattre sa propre maladie tout en souffrant de la sienne en même temps, mais d'une manière ou d'une autre il y était parvenu.

Avec l'aide de ses frères d'armes de l'Ordre, sa famille.

Cette famille qui était désormais aussi celle de Tavia.

Elle jeta un regard circulaire aux gens réunis avec eux ce soir-là dans la loge vitrée faiblement éclairée qui donnait sur le hall de l'Assemblée générale dans le bâtiment des Nations unies à New York, où Lucan se préparait à s'adresser aux délégués du monde entier.

Tous les membres de l'Ordre et leurs familles étaient présents. Assis au premier rang de la loge qui leur avait été réservée se trouvaient Gabrielle, Savannah et Gideon, ainsi que Dante et Tess avec leur fils d'un an, Xander Raphaël. Le bébé d'Élise et de Tegan était niché dans un des bras musclés de son père, qui entourait amoureusement les épaules de sa mère de l'autre. Rio et Dylan, Kade, Alex, Brock et Jenna étaient debout contre la grande vitre aux côtés de Nikolaï, de Renata et de Mira, observant, tout comme Andreas Reichen et Claire Samuels, le Chasseur, Corinne et Nathan, Lazaro et Kellan Archer, la foule des près de mille délégués venus de partout dans le monde et assis en contrebas dans le hall.

Celui-ci était plein et vibrait de l'excitation et de l'anticipation des présents. Car, en ce 1er janvier au temps clair et frais, alors que la nuit tombait sur l'Amérique du Nord, cette organisation regroupant cent quatre-vingt-treize nations du monde venait d'amender sa charte pour accueillir un nouveau membre.

La nation vampire, la Lignée.

Le pouls de Chase s'accéléra sous l'effet de l'anticipation, un sentiment immédiatement partagé par Tavia, tandis que Lucan rejoignait le pupitre pour accepter cet honneur au nom de la Lignée. À côté de lui se tenaient le président des États-Unis et plusieurs autres leaders.

— Mon nom est Lucan Thorne.

Son regard perçant passa sur les visages des délégués, dont les yeux étaient tous braqués sur ce mâle formidable dont le costume noir strict n'adoucissait pas vraiment l'air de sombre puissance.

— Je suis là devant vous ce soir pour m'adresser au monde pour le compte des miens… de cette race déjà ancienne qui a pour nom « la Lignée ».

Comme sa voix grave emplissait l'espace, un silence profond se fit chez ceux qui le regardaient.

— Cela fait très longtemps que nous existons à vos côtés et nous n'avons jamais eu de mauvaises intentions à votre égard, même s'il va falloir du temps pour établir la confiance entre nous vu les prémices sanglantes de notre relation au grand jour. (Il fit une pause comme pour laisser ses mots s'inscrire dans l'esprit de chacun, tous les présents conscients que son message était entendu par des millions de gens à travers le monde.) Il y a eu des victimes des deux côtés au cours de l'année écoulée, les humains qui ont été attaqués de nuit par les Renégats de notre espèce, et ceux d'entre nous qui ont été chassés de jour et arrachés à leurs Havrobscurs au cours des semaines et des mois qui ont suivi les premières vagues de violence. Nous devons nous mettre d'accord pour laisser ces sombres débuts derrière nous et nous engager ensemble sur une autre voie. Ce ne sera pas facile. Et peut-être même n'y parviendrons-nous complètement que dans plusieurs années et après la perte d'autres vies.

Comme l'assemblée réagissait de façon houleuse au malaise provoqué par la franchise de mots qui pouvaient être interprétés plus comme une menace que comme un avertissement, Lucan se tourna vers le président américain et les autres leaders présents à ses côtés.

— Pendant des siècles nous avons observé dans l'ombre les hommes se faire la guerre pour des querelles de frontières et par méfiance les uns envers les autres. Je viens ici ce soir pour demander que tous les fossés soient enfin comblés pour le bien de l'humanité et des miens. Je viens ici ce soir avec l'espoir que tous les résidents de notre monde trouveront une façon de coexister, de s'entendre. Et enfin je viens ici ce soir parce que je crois vraiment que nous allons trouver un terrain d'entente et que nous finirons par forger une paix durable entre nous tous.

Avec un sourire plein de larmes, Gabrielle se retourna vers Chase, Tavia et les autres dans la loge.

— Lorsque j'ai rencontré Lucan pour la première fois, il m'a dit qu'il était juste un guerrier, pas un émissaire de la Lignée. Plus tard, au pire des agissements de Dragos, Lucan s'est inquiété de ne plus croire en l'avenir. (Elle jeta un regard plein d'amour à son fils de deux mois, endormi paisiblement contre elle, son petit poing calé sous le menton.) Je n'ai jamais été aussi fière d'être sa compagne que je le suis en cet instant.

— C'était ça le vrai destin de Lucan, déclara Tegan avec un regard respectueux et admiratif à l'endroit de son chef, son ami. Il a toujours eu en lui ce qu'il fallait pour diriger, pour être celui qui ouvrirait la route vers un avenir meilleur. C'est ce qu'il a toujours fait. Il fait honneur à sa race.

— Vous le faites tous, ajouta Élise, en adressant un sourire radieux à son compagnon tandis que leur bébé ouvrait sur la loge de grands yeux inquisiteurs du même bleu lavande que ceux de sa mère.

Tous répondirent par un hochement de tête ou un sourire et il n'y avait aucun doute sur le fait que chacun de leurs cœurs était plein de fierté et d'espoir envers l'avenir qu'ils voyaient se forger dans ce hall ce soir-là.

Mais les avertissements de Lucan n'en restaient pas moins nécessaires.

Même si Tavia s'était réveillée six mois plus tôt guérie et plus forte que jamais grâce à l'amour qu'elle partageait avec Chase, le reste du monde restait profondément marqué par la violence et la terreur que Dragos avait déclenchées.

Il y aurait beaucoup à faire dans les mois et les années à venir. La méfiance entre l'humanité et la Lignée n'avait pas complètement disparu. Il restait çà et là des poches d'agitation et de violence entre les deux camps.

Avec l'aide d'Andreas Reichen, de Mathias Rowan et des dizaines d'Agents du maintien de l'ordre qui s'étaient rassemblés pour mettre un terme au massacre, l'Ordre avait nettoyé les villes où sévissaient encore des Renégats. Ensemble, ils avaient aussi éliminé les lieutenants de Dragos encore en vie et leurs complices connus. Mais il n'était pas certain que la dissension qu'il avait semée n'ait pas pris racine ailleurs en secret.

L'état-major de l'Agence du maintien de l'ordre neutralisé et ses troupes désorganisées, c'était à l'Ordre que revenait désormais la responsabilité de faire respecter seul la loi au sein de la Lignée.

Il y avait encore du pain sur la planche et de nombreux problèmes à résoudre, mais les choses étaient en bonne voie.

L'espoir était de retour.

C'est ce que Tavia lut sur les visages sincères et aimants de ses amies Compagnes de sang rassemblées autour d'elle. Elle le sentait aussi en regardant les guerriers, si fermes et si courageux derrière la fière bannière de Lucan, tous prêts à se lancer dans ce nouveau mode de vie encore à définir. Un nouveau monde à construire et à partager avec tous, humains comme vampires.

Et surtout, elle ressentait l'espoir fleurir en elle, chaud et constant, lorsqu'elle plongeait le regard dans les yeux bleus de Chase et sentait son amour la parcourir et… grandir dans son ventre.

Car leur amour se matérialiserait bientôt avec la naissance de leurs jumeaux au printemps.

Tavia éprouvait une joie pleine et une paix parfaite. Chase et elle avaient trouvé l'amour et un lien éternel qui transcendait celui qui les unissait par le sang.

Ils avaient enfin trouvé tous deux un foyer.

Achevé d'imprimer en août 2013
Par CPI Brodard & Taupin - La Flèche (France)
N° d'impression : 3001662
Dépôt légal : septembre 2013
Imprimé en France
81120965-1